Mike Maurus

Jenseitsfalle

COPPENRATH bei cbj

DER AUTOR

Mike Maurus führt Regie bei Zeichentrickserien und animierten Kinofilmen. Er lebt mit seiner Frau und zwei Töchtern im Süden von München. Seine bisherigen Veröffentlichungen wurden von Publikum und Presse begeistert aufgenommen.

Von Mike Maurus ist als Coppenrath Taschenbuch bei cbj *erschienen:*

»Fantasmania – Mittelsturm« (28004)
»Fantasmania – TeamGeister« (28006)

Mike Maurus

Jenseitsfalle

Mit Zeichnungen
des Autors

COPPENRATH bei cbj

cbj
ist der Kinder- und Jugendbuchverlag
in der Verlagsgruppe Random House

FSC
Mix
Produktgruppe aus vorbildlich
bewirtschafteten Wäldern und
anderen kontrollierten Herkünften

Zert.-Nr. SGS-COC-001940
www.fsc.org

Verlagsgruppe Random House FSC-DEU-0100
Das FSC-zertifizierte Papier *München Super Extra*
für dieses Buch liefert Arctic Paper Mochenwangen GmbH.

1. Auflage
Erstmals als *Coppenrath Taschenbuch bei cbj* Mai 2010
Gesetzt nach den Regeln der Rechtschreibreform

Lektorat: Carola Henke
Innenillustrationen: Mike Maurus
Umschlaggestaltung: Basic-Book-Design,
Karl Müller-Bussdorf, unter Verwendung
der Originalgestaltung von
init.büro für gestaltung, Bielefeld
MI · Herstellung: AnG
Satz: Uhl + Massopust, Aalen
Druck und Bindung: GGP Media GmbH, Pößneck
ISBN: 978-3-570-28005-8
Printed in Germany

www.cbj-verlag.de

FÜR MEINE ELTERN,
die mir gezeigt haben,
was Erwachsensein bedeutet, es von mir
aber nie verlangt haben.

UND FÜR MEINE KINDER,
für die ich gerne erwachsen bin,
die sich aber jedes Mal freuen,
wenn ich's dann doch nicht durchhalte.

Gewinnen, abhaken und
wieder gewinnen. Nur das zählt.
JENS JEREMIES

Ich bin Optimist.
Sogar meine Blutgruppe ist positiv.
TONI POLSTER

Blut ist ein ganz besonderer Saft.
JOHANN WOLFGANG VON GOETHE

INHALT

Lorenzo Mystelzweig war zu Lebzeiten mein bester Freund. Nicht zu seinen Lebzeiten – zu meinen.

Ja, ihr habt richtig gehört. Ich bin nicht mehr am Leben … aber auch nicht tot. Jedenfalls nicht so richtig. Ich bin ein Geist. Dass die Armbrust, die auf mich gerichtet war, mehr oder weniger aus Versehen losging, hilft da überhaupt nichts. Ich bin ein Geist geworden, weil ich mich ein einziges Mal geweigert habe, den Weg zu gehen, den das Schicksal einem vorschreibt. Da war ich schon tot. In dem schmutzigen, verregneten Hinterhof, in dem ich gestorben war, öffnete sich plötzlich eine Tür, die es dort vorher nicht gegeben hatte. Daraus strahlte mir ein helles Licht entgegen, wie ich es noch nie gesehen hatte, und mein einziger Wunsch war, in dieses Licht zu gehen. Aber ich hab's nicht getan. Ich hab die Tür zugeknallt und dafür gesorgt, dass Lorenzo nicht als Nächster erschossen wird. Seitdem bin ich ein Geist. Seitdem versucht Lorenzo alles, was in seiner Macht steht, um mich ins Leben zurückzuholen. Ich bin einerseits froh, dass ich immer noch mitten in diesem wilden Abenteuer stecke und davon berichten kann. Aber ich denke auch oft an das Licht hinter der Tür.

Wir hätten uns nie träumen lassen, dass unsere Feinde so weit gehen würden, einen von uns zu verletzen oder gar zu töten. Wir haben anfangs nicht mal gewusst, dass wir Feinde haben. Wir waren nur eine Bande von Straßenkindern, die für ihr Leben gern Fußball spielte.

Für ihr Leben gern … na, in meinem Fall ist der blöde Spruch wahr geworden. Wenn die Magie stark genug ist, wird ein Geist sichtbar, vielleicht auch für die Lebenden. Das heißt aber nicht, dass man als Geist irgendwas greifen kann. Anfangs konnte ich nichts anfassen oder bewegen. Es hat verdammt lange gedauert, das erste Buch zu schreiben. Bei diesem hier, dem zweiten, geht's schon leichter. Durch einen verrückten Zufall bin ich ein Stück näher an die Welt der Lebenden herangerückt. Dabei wäre ich aber fast komplett draufgegangen.

Mein Name ist übrigens William. Ihr könnt mich auch Will nennen. Ich war ungefähr elfeinhalb Jahre alt, als ich getötet wurde, und ich war Torwart der Verdammten Rotznasen. So nannten wir unsere Waisenhausmannschaft. Das war nämlich das Schimpfwort, das wir am häufigsten zu hören bekamen, wenn wir irgendwo zu kicken anfingen.

Lorenzo war unser Anführer und der beste Fußballspieler von uns allen.

Bis letzten Sommer lebten wir in einem Heim am Rand der Stadt Arkanon. Das ist die westlichste Stadt der Menschenwelt, direkt an der Grenze zum magischen Königreich Fantasmanien, das Menschen nicht betreten können. Inzwischen sind Lorenzo und ich selbst Fantasmanier geworden. Jetzt wohnen wir 700 Meilen westlich von Arkanon, mitten in Fantasmanien, im Turm des Zauberers Merellyn, hoch über dem Dorf Flüsterwald.

Um euch zu verklickern, was Fantasmanien ist, warum es einen Krieg gibt und wie Lorenzo und ich mitten hineingeraten konnten, hier erst mal zwei Seiten aus einem fantasmanischen Geschichtsbuch. Wenn ihr den ersten Band gelesen habt, könnt ihr diese und die Seiten aus dem Macronomicon auch überspringen und mit Kapitel eins weitermachen. Ach, falls Lehrer Rosenholz fragt: Ich hab sie nicht rausgerissen. Die waren schon lose.

Wann	Was geschah?
Vorzeit	Menschen, Elben, Zwerge und all die anderen magischen Völker leben zusammen. Doch die Menschheit, das Volk mit der schwächsten Magie, fordert immer mehr Macht.
Vor circa 4000 Jahren	Menschenwelt und Fabelwelt trennen sich. Die Fabelwesen ziehen nach Fantasmanien.
Vor 3094 Jahren	Elbenkönigin Urania bringt die Zwillinge Oberon und Zerberon zur Welt.
Vor 2234 Jahren	Oberon wird König. Menschenbanden überfallen immer wieder den Osten Fantasmaniens.
Vor circa 2000 - 1700 Jahren	Lord Zerberon wird der mächtigste Magier aller Zeiten. Die Menschen ziehen immer größere Armeen zusammen, um den Osten Fantasmaniens zu erobern und zu plündern.
Vor circa 1700 Jahren	Lord Zerberon sammelt eine Armee aus Vampiren, Werwölfen und Trollen. Sie verjagt die Menschen aus der Provinz Monstrovia, die im Osten an Fantasmanien grenzt. Der Mensch Mysterio Mystelzweig wird Zerberons Lehrling.
Vor circa 1600 – 1400 Jahren	Zerberon und Mysterio schreiben jeder für sich ein großes Buch der Magie.
Vor circa 1400 Jahren	Die beiden Bücher werden mit silbernen Klammern, den sogenannten Zeichen der Lords, zusammengefügt. Alle Einträge korrigieren und ergänzen sich gegenseitig. Das umfassendste Werk der Magie, das sprechende Macronomicon entsteht.
Vor circa 1200 – 600 Jahren	Die Provinz Monstrovia wird nach und nach wieder von Menschen besiedelt. Lord Zerberons Truppen überfallen Monstrovia fortwährend.

Wann	Was geschah?
Vor circa 600 Jahren	Als Lord Zerberon den König drängt, einen Vernichtungskrieg gegen die Menschen zu führen, stellt sich Mystelzweig gegen seinen Lehrmeister. Er gründet den Ritterorden vom Mystelzweig und baut an der Grenze eine Burg. Das Buch Macronomicon folgt Mystelzweig.
Vor circa 600 – 125 Jahren	Ständige Kämpfe an der Grenze. Der Orden wehrt erfolgreich Überfälle von beiden Seiten ab.
Vor 125 Jahren	Lord Zerberon zerstört die Mystelburg mit Hilfe eines Feuerdrachen. Mystelzweig und seine verbliebenen Ritter fliehen zu König Oberon. Die Menschenstadt Arkanon entsteht unterhalb der Burgruine.
Vor 12 Jahren	Taufe der Kronprinzessin Titanica. Schlacht im Südflügel der Königsburg. Als Zerberons Niederlage nicht mehr abzuwenden ist, entfernt er beide Klammern aus dem Rücken des Macronomicons. Er nimmt die magische Explosion in Kauf, die unweigerlich folgen muss, da weder er noch Mysterio Mystelzweig ihre geheimen Schutzzauber aufgehoben haben. Die Explosion zerstört den Südflügel der Königsburg und fegt alle Magier und Hexen, die noch am Leben sind, davon durch Zeit und Raum.
Vor 12 Jahren	Der sprechende Wald schließt die östliche Grenze Fantasmaniens. Er wird für Menschen undurchdringlich. Sie nennen ihn den Wilden Wald.

Die nächsten Seiten habe ich auch nicht geklaut. Die hat das Macronomicon mir gegeben. Es ist eine Zusammenfassung von allem, was seit der Schlacht auf der Königsburg passiert ist.

In einem Punkt irrt der Schreiber des Geschichtsbuchs. Nicht die Anhänger der Weißen Magie hatten die Schlacht gewonnen und waren dann verraten worden. Es war genau andersherum. Zerberon, der Schwarze Lord, hatte gewonnen, und Mysterio Mystelzweig entfernte mit meinem Einverständnis die Klammern aus meinem Rücken. Damit löste er die magische Explosion aus, um die Herrschaft des Mundovoros zu verhindern (so nennen viele Leute den Schwarzen Lord. Es heißt so viel wie 'Weltenfresser').

Da Lorenzo und William durch ihr Auftauchen das Königreich wachgerüttelt haben und neue, unerwartete Dinge passieren, habe ich beschlossen, eine Chronik der Ereignisse anzulegen. Sie beginnt hier:

Weil Mysterio ahnt, dass es bei der Taufe der Prinzessin Titanica zu einem Angriff der Dunklen Mächte kommen wird, bittet er seinen Ordensbruder Merellyn, seine hochschwangere Tochter nach Arkanon zu bringen. Ausgelöst durch die Ausläufer der magischen Explosion setzen bei Mysticia die Wehen ein. Sie bringt am Straßenrand einen Jungen zur Welt. Doch sie verliert zu viel Blut und weiß, dass sie sterben wird.

Um das Kind vor Zerberon zu verbergen, blockiert sie all seine magischen Fähigkeiten. Zwei gestaltwandelnde Sirenen greifen sie in Sichtweite der Stadt an. Mysticia stirbt. Einer der sprechenden Bäume des fantasmanischen Waldes erwürgt die Sirenen. Aber Holzfäller, die glauben, er habe zwei von ihren Leuten getötet, legen Feuer im Wald. Merellyn wird niedergeschlagen, das Kind wird ihm entrissen. In dem Glauben, es sei im Feuer umgekommen, reist er zur Königsburg und findet in den Ruinen des Südflügels mich, den Teil des Macronomicons, der von Mysterio geschrieben wurde.

Überzeugt von meinem Verrat am König und seinen Anhängern, setzt Merellyn mich in den unterirdischen Verliesen unter seinem Turm gefangen. Er ahnt nicht, dass ich durch die Explosion gespalten wurde und der Teil von mir, den Zerberon geschrieben hat, immer noch auf der Königsburg ist, beschützt von Anhängern des Schwarzen Lords.

Zwölf Jahre später: Auf der Waldlichtung, die durch den Brand entstanden ist, tritt Lorenzo, Anführer der Verdammten Rotznasen, nach Williams Aussage der beste Fußballer der Welt, zu einer Wette an. Er will allein gegen sieben Gegner ein Tor schießen. Alle setzen dabei Magie ein, die sie aus dem fantasmanischen Wald beziehen. Nur Lorenzo ist dazu nicht in der Lage.

In einem magischen Gewitter gewinnt er die Wette. Daraufhin schlägt Baron Frasbert von Fresseisen ein Freundschaftsspiel in seinem Stadion zwischen den Monster Soccer Juniors und den Verdammten Rotznasen vor.
Doch in der Nacht vor dem Spiel werden der Stürmer Lorenzo und der Torwart William von der Sirene Arachnua angegriffen. Baron Frasbert hat einen gigantischen Wettbetrug eingefädelt und muss dazu die beiden besten Spieler der Waisenhausmannschaft außer Gefecht setzen.

Der Halbkobold Schnick und der Riesentroll Glubschnak kommen den beiden zu Hilfe. Doch der Troll setzt dabei seine Keule ein und richtet mehr Schaden an, als die Sirene. Lorenzo wird schwer am Knie verletzt. William stirbt durch einen versehentlichen Schuss aus Arachnuas Armbrust. Doch er kehrt sofort als Geist zurück, um seinen Freund Lorenzo zu retten.
Die Sirene nimmt Lorenzos Gestalt an, sodass alle in der Stadt glauben, er sei Williams Mörder.

Mit einem gruseligen Auftritt während des Spiels im Stadion beweisen die Jungen, dass es einen Doppelgänger von Lorenzo gibt. Baron Frasbert, der glaubt, sein letztes Stündlein habe geschlagen, wirft einen dolchförmigen Anhänger fort, den Lorenzo einsteckt.

Merellyn nimmt Lorenzo, William, Schnick und Glubschnak im Turm auf. Der Zauberer heilt Lorenzos Knie, verbietet ihm aber für ein Jahr das Fußballspielen. Die Dornen an der Trollkeule waren von der sogenannten Jahresblume. Sollte innerhalb eines Jahres die Verletzung erneut aufbrechen, ist sie nicht mehr zu heilen.
Lorenzo wird Merellyns Lehrling, aber er kann nicht einmal den simpelsten Zauberspruch fehlerfrei aufsagen. Nur wenn er in Wut gerät, geschehen immer wieder seltsame magische Vorfälle. Merellyn ahnt bereits, dass Lorenzo der verlorene Enkel Mysterio Mystelzweigs ist. Mit verschiedenen Tricks bricht der Zauberer nach und nach Mysticias Bann, doch dabei kommt auch eine dunkle Seite Lorenzos ans Tages-, bzw. Mondlicht. Möglicherweise war sein unbekannter Vater ein Vampir.

Überzeugt, dass ich Tote zum Leben erwecken kann, setzt Lorenzo alles daran, mich zu befreien. Im Kerker werden Lorenzo und William von einem zweiten Buch angegriffen, das von sich behauptet, das echte Macronomicon zu sein. Es gelingt ihnen, Merellyn zu überzeugen, dass es seit der Explosion vor zwölf Jahren eine gute und eine böse Version des Macronomicons gibt. Der Zauberer lässt mich frei.

Doch William wieder zum Leben zu erwecken ist mir nicht möglich. Es gibt dafür einen äußerst gefährlichen Zauberspruch, aber der muss von meinen beiden Verfassern gleichzeitig aufgesagt werden, und dazu muss ich mit meinem feindlichen Bruder wiedervereint werden. Aber ich kann dafür sorgen, dass die beiden Jungen wieder Fußball spielen können. Merellyn braut nach einem Rezept in mir einen Trank, einen sogenannten Zeitumkehrer, den Lorenzo vor jedem Spiel einnehmen muss. Sollte er sich verletzen, kann er mit einem Zauberspruch um eine Stunde zurück versetzt werden, sodass die Verletzung ungeschehen gemacht wird. William bekommt einen Geisterball, den wir aus Lorenzos Ball exorziert haben.

Die beiden bringen den fantasmanischen Kindern, mit denen sie zur Schule gehen, das Fußballspielen bei. In kürzester Zeit verbreitet sich das neue Spiel wie ein Lauffeuer in ganz Fantasmanien. Unmittelbar nach dem magischen Gewitter auf dem Bolzplatz hat Merellyn Bewegung in fernen Dimensionen entdeckt. Alles spricht dafür, dass es die dunklen Mächte sind, die den Weg zurück nach Fantasmanien gefunden haben. Der Krieg wird wieder beginnen. Merellyn und ich glauben, dass dieses neue Spiel den Krieg entscheiden kann.

LEDEREIER

»Ich habe keine verdammte Ahnung, wie man die verdammten Lederstreifen schneiden muss, damit ein verdammter Fußball dabei rauskommt!«, brüllte Lorenzo so laut, dass es durch alle verschachtelten Treppenhäuser und krummwinkligen Stiegenschächte des Turms hallte. »Und zum allerletzten Mal: Wir werden *nicht* den einzigen vernünftigen Ball zerschneiden, den es in ganz Fantasmanien gibt!«

Es hatte den ganzen Winter wahnsinnig viel geschneit. Mit meinem Geisterball konnte ich spielen, wann ich wollte, aber Lorenzo musste monatelang darauf verzichten. Jetzt, gegen Ende des Winters, waren seine Nerven nicht mehr die besten.

Ich sauste durch Mauern und Stützbalken Richtung Küche, von wo das Gebrüll gekommen war.

»Jetzt reg dich doch nicht so auf!«, quäkte eine andere Stimme. »Wenn wir endlich die richtige Form für die Lederstreifen wissen, können wir Hunderte von Fußbällen machen.«

»Oder vielleicht sogar Dutzende!«, ergänzte eine dritte, tiefe Brummstimme.

Das waren Schnick und Glubschnak. Der Halbkobold und der riesengroße Bergtroll, die uns in Arkanon … na ja, mehr oder weniger gerettet hatten. Mich eher weniger. Jedenfalls hatten sie uns hierher gebracht, in den Turm des Zauberers Merellyn, hoch über dem Dorf Flüsterwald.

Sie hatten uns gerettet, trotzdem konnte ich verstehen, dass Lorenzo rumbrüllte. Schnick hatte ihn den ganzen Winter über mit der Frage genervt, wie man Fußbälle herstellte. Wir wussten es nicht, aber er hörte nicht auf zu fragen. Dann kam er auf die Idee, unseren Ball, den Lorenzo Tag und Nacht in einem Umhängebeutel mit sich herumschleppte, in seine Einzelteile zu zerlegen.

Ich traf ungefähr gleichzeitig mit Merellyn in der Küche ein. Er kam durch die Tür, ich schoss als blauer Rauch aus der Ofenklappe und wurde wieder zu William. Ich sah genauso aus wie an dem Tag, als ich erschossen wurde. Nur etwas blasser, wie ausgewaschen, und aus dem Augenwinkel betrachtet war ich ein bisschen durchsichtig.

»Was gibt's denn hier für ein Gezeter?«, wollte der Zauberer wissen. »Haben Orks angegriffen? Treibt euch der Vollmond in den Wahnsinn? Oder hat mal wieder jemand die Salami aus der Vorratskammer weggemampft?«

»Das auch!«, rief die Elfe Myrabella, die von dort angeflogen kam. »Im Augenblick geht's jedoch schon wieder um den Ball.«

Sie war nur etwa drei Handbreit groß und sehr hübsch. Beim Fliegen tropfte glitzernder Feenstaub von ihren Libellenflügeln. Aber sie war vom Scheitel bis zu den Fußsohlen blau tätowiert, bärenstark und furchtbar streng. Und oft so griesgrämig, dass sogar Merellyn vor ihr kuschte.

»Meinen Ball!«, ergänzte Lorenzo mutig.

»Schon wieder die leidige Diskussion um den Ball!«, stöhnte der Zauberer.

»Du hast selbst gesagt, dass wir mehr Bälle brauchen!«, rief Schnick. »Aber wenn wir seinen Ball nicht kriegen, werden wir nie herausfinden, wie man sie machen muss.« Der Kobold wies mit einem spitzen Finger auf ein Dutzend unförmige Ledereier, die auf dem großen Küchentisch lagen.

Merellyn wandte sich an Lorenzo und mich. »Wie wurden denn die Bälle in Arkanon hergestellt? Ich könnte mir denken, dass so was von einem gelernten Schuster gemacht werden muss, der zusätzlich eine magische Ausbildung hat … wer sonst könnte Lederflicken so zusammennähen, dass sie am Ende eine Kugel bilden?«

Lorenzo sah nachdenklich auf seine Umhängetasche.

»Ganz so schlimm ist es nicht«, sagte er langsam. »Das Geheimnis liegt in der Form der Lederstreifen. Wenn die richtig geschnitten und aneinandergenäht sind, kommt eine Kugel dabei raus. Früher gab es viele kleine Schuster und Sattlereien, die …«

Lorenzo brach ab und sah mich an. Ich konnte mich auch erinnern, dass man noch vor ein paar Jahren überall mehr oder weniger gute Bälle kaufen konnte. Diese kleinen Läden und Werkstätten, wo man auch mal eine geplatzte Naht oder einen Riss im Leder ausbessern lassen konnte, waren alle verschwunden. Genau wie die fliegenden Händler, die auf dem Markt billige, eierförmige Bälle verkauft hatten, die einem spätestens beim dritten Kick in ihren Einzelteilen um die Ohren flogen.

Bälle konnte man in der Vorstadt An der Straße seit Jahren nur noch in einem einzigen Laden kaufen. Der lag an der Nordseite des Stadions und gehörte, genau wie die Fußballarena, Baron Frasbert von Fresseisen.

Tja, bei genauerem Hinsehen war das Geheimnis um den unglaublichen Reichtum der Familie von Fresseisen eigentlich schnell gelüftet. Der Baron verdrängte nach und nach die Konkurrenz aus jedem Geschäft, mit dem man Kasse machen konnte.

Deswegen waren Lorenzo und ich ja auch in Fantasmanien gelandet.

»Und was ist innen?«, bohrte der alte Zauberer weiter nach. »Ein Dämon?«

»Innen ist gar nichts«, lachte Lorenzo. »Nur Luft.«

»Das kann ich nicht glauben!«, rief Merellyn. »Luft würde doch durch die Nähte entweichen. Also doch ein Zauber!«

»Nein, kein Zauber«, warf Schnick ein. »Innen ist eine luftgefüllte Schweinsblase. Das ist der eigentliche Ball. Das zusammengenähte Leder drumherum ist nur die Schutzhülle. Das haben die Jungs uns ja alles erklärt. Aber wir kriegen's einfach nicht hin, die Schweinsblase aufzupumpen und gleichzeitig so zuzunähen, dass die Luft drinbleibt.«

»Wir wissen auch nicht, wie man das macht«, gab Lorenzo zu. »Aber es gibt einen Trick, der die Luft drinhält und es sogar möglich macht, den Ball immer wieder aufzupumpen, wenn er Luft verloren hat.«

»Eine Schweinsblase?«, wiederholte Merellyn interessiert. »Luftgefüllt … und eine lederne Hülle … ich frage mich …«

Er wies auf Lorenzos Umhängetasche.

»Natürlich wäre es eine Möglichkeit, den Ball da zu zerlegen. Aber wenn wir dann trotzdem nicht rausfinden, wie es gemacht wird, haben wir gar keinen mehr«, erklärte er mit wedelnden Armen. »Soll man den einen opfern, um Hunderte herzustellen? Tausende? Ganz Fantasmanien damit zu überschw…«

Der alte Zauberer brach mitten im Satz ab und stand eine Zeit lang da wie erstarrt. Dann begann er, zwischen Ofen und Eckbank auf und ab zu wandern. Die Spitze seines Hutes streifte Töpfe, Pfannen und Schöpfkellen, die von Holzstangen rund um die kupferne Dunstabzugshaube baumelten. Von den Kräuterbüscheln, die am Deckenbalken zum Trocknen aufgehängt waren, rieselten Samenkörnchen über seine Hutkrempe.

»Ganz Fantasmanien. Ganz Fantasmanien … hmm«, murmelte er vor sich hin. »Rund, elastisch, luftgefüllt und trotzdem fest … hmmm.«

Dabei klopfte er sich mit dem Zeigefinger seitlich an die große Nase, ein sicheres Zeichen dafür, dass er über etwas sehr Wichtiges nachdachte. Schließlich blieb er stehen und zeigte auf Lorenzos Tasche.

»Leih mir den Ball mal für kurze Zeit«, forderte er. »Keine Angst, ich werde ihn nicht kaputt machen.«

Lorenzo rückte ihn widerwillig heraus. Sobald Merellyn die Pille hatte, stürzte er zur Tür.

»Seid schön brav!«, rief er im Hinausrennen. »Streitet euch nicht. Ich muss dringend mit jemandem reden!«

Dann knallte er die Tür von seinem Arbeitszimmer hinter sich zu.

SIR HOLDMUND VON HOFESANG

Ich glaube, dass etwas noch viel schlimmer an Lorenzos Nervenkostüm nagte als der lange, verschneite, fußballlose Winter und Schnicks Versuche, seinen Ball zu zerschnippeln. Das war Sir Holdmund von Hofesang. Der brachte ihn bei der geringsten Gelegenheit zum Schreien. Sir Holdmund war ein Geschenk gewesen. Das fieseste Geschenk der Welt. Sir Holdmund war ein sprechendes Buch.

Bis letzten Sommer war Lorenzo ein ganz normaler Junge gewesen, so wie ich. Also, ich meine, so wie ich, bevor ich ermordet wurde. Und mit ganz normal will ich sagen, dass er sich genauso wenig für Mädchen interessiert hatte wie ich. Irgendwie war das während des Winters anders geworden. Nicht bei mir. Ich war ja ein Geist und wurde nicht mehr älter. Aber bei Lorenzo.

Wir gingen den ganzen Herbst und Winter über jeden Tag in die Dorfschule von Flüsterwald, wo wir mit den Kindern von Trollen, Zwergen, Gnomen, Gespenstern und sogar Schutzengeln in fantasmanischer Geschichte, Kräuterkunde, Seltsam Rechnen, Spinnenbeinig Schreiben, Runen-und-anderes-Gekrakel-Lesen, Kleinzauberei und Extrem Nutzlosen Sprachen unterrichtet wurden. Außerdem hatte ich an drei Nachmittagen in der Woche zusammen mit den Gespenstern Gruseln und Grausen, das einzige Fach, in dem ich dank Schnicks Lektionen richtig gut war. Der Kobold war nämlich ein Halbblut und zur Hälfte Poltergeist. Er brachte mir alles bei, was ein guter (also supernerviger) Poltergeist können sollte.

Und plötzlich begann Lorenzo sich für die schlimmste Streberkuh der ganzen Klasse zu interessieren. Sie war die mittlere von drei total hochnäsigen Schwestern. Drei wunderhübschen, blütenweißen, oberstrebsamen, fleißigen, TODLANGWEILIGEN Schutzengeln. Sie wussten alles. Sie hatten alles schon vorgelernt. Egal, was der Lehrer fragte, drei Arme in der ersten Reihe flogen in die Luft. Die Schwestern hießen Eriolena, Aerolina und Urielana.

Lorenzo tat alles, um irgendwie Aerolinas Aufmerksamkeit zu erregen. Aber er konnte anstellen, was er wollte, sie beachtete ihn nicht. Er vollführte die irrsinnigsten Kunststücke, fiel grandios auf die Schnauze und holte sich Tag für Tag eine blutige Nase. Aerolina rauschte jedes Mal an ihm vorbei, als wäre er etwas, das ein Vogel fallen gelassen hatte.

Das spornte seinen Ehrgeiz nur noch mehr an. Schließlich griff er zur schrecklichsten aller Waffen. Er lernte. Er meldete sich im Unterricht. Er wurde ein Streber!

Und dann hatte er es endlich geschafft. Ich fand die beiden nach dem Unterricht hinter der riesigen Eiche, unter deren Wurzeln unser Klassenzimmer lag. Sie unterhielten sich. Über das, was wir den ganzen Tag durchgenommen hatten. Ich hätte gekotzt, wenn in meinem Geistermagen irgendwas drin gewesen wäre.

Aber es gab noch jemand, der die beiden beobachtete und nicht damit einverstanden war, dass sie sich jeden Tag nach der Schule trafen. Das war Eriolena, Aerolinas ältere Schwester. Eines Tages lud sie Lorenzo nach dem Unterricht zu einem Gespräch in die Schulbücherei ein. Die leitete sie nämlich. Unentgeltlich und in ihrer Freizeit. Streb, streb.

Sie überrumpelte Lorenzo einfach damit, dass sie ihm das Buch schenkte. Und ihm sagte, dass er sich erst wieder mit ihrer Schwester treffen dürfe, wenn er alles gelernt habe, was es ihm beibringen könne. Mir wurde schnell klar, dass irgendwas mit dem Buch nicht stimmte. Die Trolle lachten sich kaputt, als Lorenzo damit auftauchte, und Urielana, die jüngste der drei Schwestern, hatte Mühe, Aerolina zurückzuhalten, die auf Eriolena losgehen wollte.

Und ich kann euch sagen, Lorenzo war schon auf dem Heimweg zum Turm geeilt. Kein übereifriges Lernen mehr, kein Strebern und kein Melden im Unterricht, ohne gefragt worden zu sein.

Sir Holdmund von Hofesang war ein sprechendes Buch wie das große Macronomicon. Aber das Zauberbuch sprach nur dann, wenn es etwas Sinnvolles zu sagen hatte. Sir Holdmund war ein dicker Wälzer voller gnadenloser Benimmregeln für edle Ritter, der pausenlos Schwachsinn von sich gab. Außerdem war das Buch schizophren. Merellyn hat das Wort für mich aufgeschrieben. Schisso...dingsbums bedeutet, dass jemand mehrere Personen im Oberstübchen beherbergt. Mal kommt die eine zum Vorschein, mal die andere. Oder die dritte Person. Oder die vierte. Keine Ahnung, wie viele Personen in ein einzelnes Gehirn passen. In Sir Holdmunds Fall war jede einzelne ein gnadenloser Schwätzer. Zum Ausgleich hörte nicht eine von diesen Personen jemals zu, wenn man etwas zu ihnen sagte.

Den Einband des Macronomicons zierte das gesteppte, reliefartige Gesicht eines strengen alten Mannes mit Bart. Auf dem Einband des Benimmbuchs tanzte Sir Holdmund in geckenhaften Posen herum.

»So geht Ihr alsbald auf große Fahrt, edler Recke?«, fragte das Buch Lorenzo auf dem Heimweg von der Schule.

»Was?«, hauchte Lorenzo entgeistert. »Wer verreckt?«

»Ich verstehe!«, behauptete Sir Holdmund mit schmerzlich verzogenem Gesicht. »Wieder so ein Tölpel vom Lande, dem bei Hofe einiger Schliff verpasst werden muss. Ein Edelstein, gewiss. Jedoch von größerer Rohheit als die meisten. Natürlich kann da nur ein von Hofesang helfen.«

»Was is' los?«, wollte Lorenzo wissen. »Wobei soll ein Hofgesang helfen?«

Das Buch machte einen Überschlag und plötzlich lümmelte jemand anderes auf dem Einband. Er sah aus wie einer der Stadtwächter von Arkanon. Nach einer halben Stunde Schlammringen mit einem wütenden Krokodil. Seine Uniform war zerfetzt, blutig und unheimlich schmutzig. Sein zerbeulter Helm saß schief auf den blutverklebten Strähnen.

»Einen nassen Furz drauf, was dieser Schleimer erzählt!«, brüllte der Soldat. »Ich sage, wenn sie am Boden liegen, gib ihnen einen Tritt, klau ihnen die Stiefel und Opas goldene Tabakdose noch dazu!«

Noch ein Überschlag und Sir Holdmund war wieder da.

»Bewahrt die Ruhe, Junker!«, verlangte das Buch. »Ihr sangt am Fenster der Geliebten, doch ward die Minne nicht erhört?«

»Willst du mich verarschen?«, fragte Lorenzo.

Er schnappte sich das Buch und steckte es zwischen zwei Pfosten an einem Weidezaun.

»Wovon redet dieser Irre?«, fragte er mich, als wir weitergingen. »Besser gesagt, die zwei Irren?«

Ich schüttelte den Kopf.

»Keine Ahnung. Der Vornehme hält dich für einen Ritter oder so. Ich glaube, der andere hat gar nicht mit uns geredet.«

Aber das Buch war eines von der Sorte, die schweben können und durch die Luft segeln, wohin sie wollen. Es befreite sich aus dem Spalt im Zaun und folgte uns.

»Lass uns abhauen!«, schlug Lorenzo vor.

Er rannte den südlichen Weideweg hinauf. Ich zischte sofort hinterher.

Lorenzo hatte die Lichtung erreicht, auf der Walter, genannt der Wahnsinnige Würger, einsam stand. Walter der Würger war der Baum, der vor zwölf Jahren die beiden Sirenen getötet hatte. Dass er den Lift spielen musste, mit dem man zu Merellyns Turm gelangen konnte, war die Strafe für den Waldbrand, den man ihm in die Schuhe … oder besser in die Wurzeln geschoben hatte.

Ich hätte nie gedacht, dass es so etwas geben könnte, aber inzwischen haben Lorenzo und ich die Baumkabine schon hundertmal benutzt. Walter rupft seine Wurzeln aus der Erde und verknotet sie, bis eine Art Korb entsteht. Man steigt ein und er zieht einen an einem Führungsseil nach oben.

Walter, der Wahnsinnige Würger, hatte also Lorenzo das Leben gerettet, als er noch keinen Tag alt war. Der vergaß deshalb auch nie, dem alten Baum einen Eimer Wasser vom Fluss heraufzuschleppen, wenn wir vorbeikamen.

Lorenzo wartete ungeduldig darauf, dass Walter seine Wurzeln in Stellung brachte. Aber das dauerte seine Zeit. Uraltes Holz knarrte und krachte, als bräche ein Segelschiff auseinander. Noch ehe Lorenzo in die Kabine steigen konnte, war Sir Holdmund bei ihm.

»Verzagt nicht, edler Junker!«, rief er. »Mit meiner Hilfe werdet Ihr das Herz der holden Jungfer erobern. Denn nicht Gesang allein betört der Damen Sinne!«

»Jetzt hör mal zu, du Spinner!«, fuhr Lorenzo das Buch an. »Ich will gar niemand betören! Es gibt keine holdi… hodeldi… hohlen Jungfern in meinem Leben. Und das werde ich Eriolena morgen auch sagen. Also lass mich in Ruhe, verstanden?«

»Absolut, gewiss!«, rief das Buch. Lorenzo atmete auf. Aber zu früh. Das Buch machte einen Überschlag und da stand ein Wikinger in Kettenhemd mit gehörntem Helm. Aber irgendwas stimmte nicht. Der Kerl sah aus, als würde er sich seine Locken mit der Brennschere legen, und die Hörner an dem Helm waren so lächerlich lang, dass er nur mit seitlich gedrehtem Kopf durch eine Tür gehen konnte.

»Ik såge, willste viele Fisse snåppe, musse erst die Røbbe kløppe!«

Und Überschlag.

»Grämt Euch nicht, Junker!«, fuhr Sir Holdmund fort. »Natürlich quält Euch die Furcht am Vorabend großer Taten. Doch wisset, dass ich stets bei Euch sein werde, Tag und Nacht!«

»Das darf nicht wahr sein!«, heulte Lorenzo. »Das kann sie mir doch nicht antun! Hör mal, wenn ich schwöre, nie wieder ein Wort mit Aerolina zu sprechen, wanderst du dann wieder in die Kiste?«

»Die Lenden gegürtet, mit festem Schild und blanker Rüstung, so werdet Ihr morgen ausreiten, edler Junker!«, schwärmte Sir Holdmund, ohne Lorenzo auch nur im Geringsten zuzuhören. »Nimmer werden wir rasten oder ruhen! Die verstecktesten Winkel der Welt werden wir durchwandern auf der Suche nach dem Heil'gen Gral. Und ist er dann Euer, flugs noch einen Drachen erschlagen und sie wird hinschmelzen!«

»Auf geht's!«, brummte Walter und packte mit zwei starken Ästen das Führungsseil über sich. Seine Wurzelkabine hob sich mit jedem Zug ein gewaltiges Stück höher über die Lichtung.

Lorenzo ließ sich auf ein paar Wurzeln fallen.

»Jetzt ehrlich, Will, ich wollte doch gar nichts von Aerolina!«, rief er, als müsste er sich bei mir entschuldigen. »Ich wollte nur sehen, ob's klappt … ob ich sie dazu bringen kann, ihre Nase aus den langweiligen Büchern zu heben … Aber das! So einen Irren hab ich nicht verdient. Diese Eriolena ist vielleicht ein Miststück!«

»Und dann!«, rief eine begeisterte Stimme hinter ihm. Das Buch kam mit einem Salto über die Reling gesegelt.

Auf dem Einband stand ein unglaublich dicker Mann in einer Jacke, die wohl irgendwann mal weiß gewesen war, bevor sie auf der Vorderseite mit den verschiedensten Speiseresten vollgeschlabbert worden war. Ähnlich versaut war der schwarze gezwirbelte Schnurrbart, der weit über das dicke Gesicht hinausragte. Er trug einen hohen, steifen weißen Hut, der bis auf einige Spritzer Tomatensoße an der Vorderseite noch einigermaßen sauber aussah. In der einen Hand schwenkte er einen Fisch, der ekelhaft grünlich schillerte, und in der anderen ein schlecht gerupftes Huhn.

»Nach la Vorespeise es gibt le 'auptegang«, verkündete er fröhlich und mit seltsamem Akzent. »Le Fi'ch oder la Flei'ch, was wir machään? Oh la la, machään wir beidääs.«

Und … Überschlag.

»Den Heiligen Gral in der Hand, die schimmernde Rüstung noch benetzt vom dampfenden Blute des hingemeuchelten Lindwurms … dann wird die Jungfer Euer Hohelied der Minne erhören, dessen seid gewiss!«

»Wie kann man ein Buch erwürgen?«, wollte Lorenzo wissen.

Merellyn lachte sich kaputt, als Lorenzo fragte, wer die heldenhafte Minna war und die heilige Kralle. Von allem, was er uns dann erzählt hat, habe ich nur das behalten: Es heißt Heiliger Gral und ist ein Trinkbecher. Der seltsame Name ist bei einem Abschreibfehler von irgendeinem Mönchslehrling entstanden. Es ist nicht sicher, ob es den Becher wirklich gibt, und genau deshalb muss jeder edle Ritter unbedingt danach suchen.

Lorenzo hielt sich von Aerolina so weit wie möglich fern, aber Eriolena befreite ihn nicht vom Fluch Sir Holdmunds. Das

Buch lauerte Lorenzo überall auf und folterte ihn mit begeistertem Geschwätz über richtiges Benehmen, Liedern, die man unter dem Fenster seiner Angebeteten singen konnte, und wieder und wieder mit der heldenhaften Fahrt, die Lorenzo bald antreten würde. Dazwischen tauchten ständig andere Gestalten auf, die meistens nur einen sinnlosen Satz von sich gaben und dann wieder verschwanden.

Das war Ende Januar oder Anfang Februar gewesen. Als der März fast vorbei war, hatte die Sonne den Schnee auf den Weiden und Berghängen schmelzen lassen. Man konnte wieder im Freien Fußball spielen. Wenn da nur nicht der nervige Patient in Merellyns Behandlungszimmer gewesen wäre.

Der Zauberer fütterte uns nämlich durch, indem er in seiner magischen Praxis die Krankheiten und Wehwehchen der Fabelwesen rund um Flüsterwald heilte.

TROLL-WEHWEHCHEN

»Wo fehlt's denn nun wirklich?«, fragte der Zauberer Merellyn etwas ungeduldig. »Den eingewachsenen Zehennagel haben wir weggehext, die kitzelnden Nasenhaare sind gestutzt und das Übergewicht kriegst du weg, wenn du täglich eine von den Zauberrüben isst, die ich dir gegeben habe. Sagte ich Zauberrüben? Bei dir helfen vielleicht eher Zauberkürbisse … Hier, das Rezept. Ernte sie bei Neumond.«

»Bei Neumond?«, brummte das riesengroße, haarige Wesen, das nur mit einem Lendenschurz bekleidet vor Merellyn auf einem Hocker saß.

»Aber sicher. Neumond! Bei Vollmond beißen sie nämlich. Dann machst du eine Bowle daraus. Oder war es ein Auflauf? Nein, nein, Bowle ist schon richtig. Nimm achtzig Liter Himbeerbier und zwanzig Kürbisse. Halbiere die Kürbisse, bevor du sie reinwirfst. Lass das Ganze von Mitternacht bis zum nächsten Mondaufgang ziehen, dann trinkst du's vor dem Schlafengehen.«

»Aber wo soll ich zu dieser Jahreszeit Kürbisse auftreiben?«, wollte sein Gegenüber wissen. »Es ist fast noch Winter. Die sind erst in einem halben Jahr reif.«

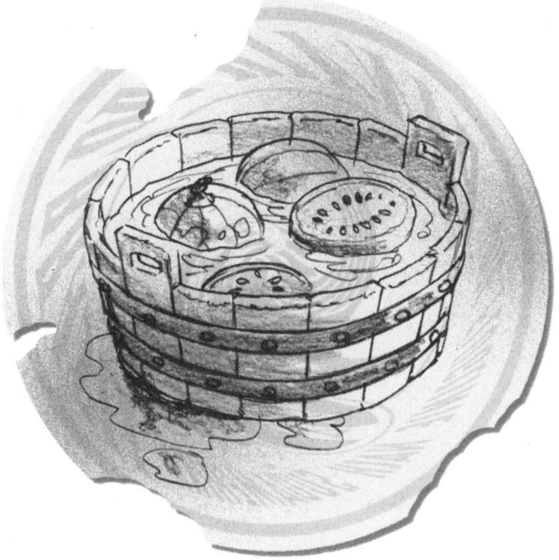

»Kauf sie bei einem Ruriko«, empfahl Merellyn. »Bei denen ist immer Erntezeit.«

»Bei einem Ruriko?«, fragte der wehleidige Patient.

»Aber ja. Rurikos sind … in gewisser Weise … Gärtner«, erklärte der Zauberer. »Ja. Sehr gute Gärtner sogar, würde ich mal sagen. Die besten Gärtner Fantasmaniens, so viel ist sicher. Es sind Züchter. Heger und Pfleger. Man nennt sie auch …«

Plötzlich sprang Merellyn auf. Er holte seine geliebte Kristallkugel aus der Tasche in seinem Umhang. Einen Moment starrte er reglos hinein. Dann wurde er hektisch.

»Vogelscheucher!«, rief er und war schon auf dem Weg in den sogenannten Dimensionsflugturm. »Ja, Vogelscheucher. So werden sie genannt. Das war's dann. Ich muss jetzt … ich habe da … aber wir haben ja alles besprochen. Gute Besserung!«

Erstaunlich schnell für sein Alter sprang der Zauberer die Stufen zum Flugturm hinauf und war verschwunden.

Ich schwebte kurz durch das hohe Bogenfenster nach draußen in die Märzsonne. Sogar von hier oben konnte ich den Lärm und das Lachen vom Bolzplatz hören, wo die Kinder von Flüsterwald ihren Spaß hatten. Seit ich ein Geist war, hatte ich ein phänomenales Gehör. Weiß gar nicht, warum das so ist.

Nur Myrabella, Lorenzo und ich waren noch hier oben im Turm des Zauberers. Wir hätten nichts lieber getan, als runter zum Bolzplatz zu rasen, aber Lorenzo war schließlich der Lehrling vom alten Merellyn. Und ich hatte versprochen, auf ihn zu warten.

Das war jedoch ein Fehler, weil der Zauberer sich verkrümelt hatte, wie so oft. Es passierte andauernd, dass Merellyn irgendwas in der Kristallkugel sah und sofort in den Flugturm rannte. Dann verschwand er mit dem Dimensionsflugzeug. Manchmal

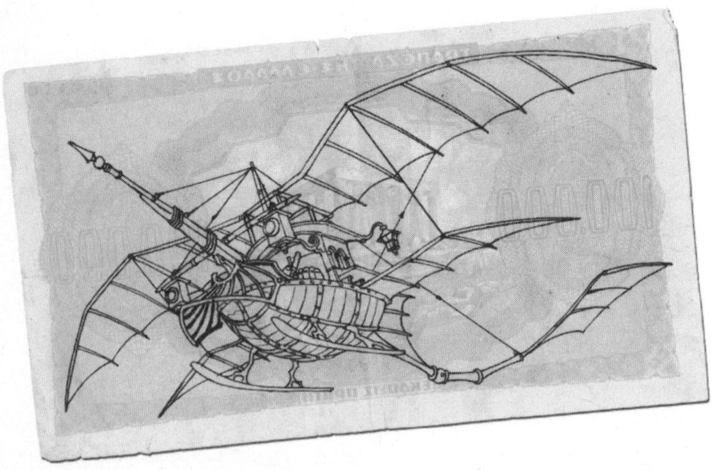

nur für ein, zwei Stunden, manchmal für mehrere Tage. Jetzt hatte Lorenzo den Patienten am Hals, und der machte nicht den Eindruck, als ob er bald gehen würde.

»Gute Besserung?«, wiederholte der Troll. »Ist das alles? Das kann doch nicht alles gewesen sein. Die Hälfte meiner Krankheiten habt ihr noch gar nicht entdeckt. Du musst mich noch mal untersuchen«, forderte er von Lorenzo.

Der sah sich im Zimmer um, halb genervt, dass er nicht wegkonnte, halb in Panik, dass der Riesentroll wütend werden könnte. Dann entdeckte Lorenzo die andere Kristallkugel, die in einem dreibeinigen eisernen Reifen auf Merellyns Schreibtisch stand. Merellyn betrachtete so manchen Patienten durch das Kristallglas und konnte dann sagen, welche Krankheit ihn befallen hatte. Diese Kristallkugel erweckte Lorenzo jetzt mit seinem Zauberstab zum Leben. Ich stöhnte. Was sollte dabei herauskommen? Alle Versuche, die er bisher mit dem Ding gemacht hatte, waren schiefgegangen.

Merellyn benutzte Kristallkugeln für alles Mögliche. Die meisten zeigten nicht »Die Zukunft!« oder »Was der Nachbar in der Speisekammer hortet …«, wie es von Wahrsagern auf dem Jahrmarkt angepriesen wird. Einige zeigten ferne Galaxien. Das sind Sternhaufen, hat Merellyn gesagt. Fragt mich jetzt bloß nicht, wie man Sterne häufen kann. Andere Kugeln zeigten die verschiedensten Dimensionen. Merellyn hatte uns erklärt, was es mit den Dimensionen auf sich hat, aber ich bring's nicht mehr zusammen. Es geht jedenfalls darum, dass Sachen lang, breit und hoch sind. Aber auch gestern, heute und morgen. Und vielleicht, wahrscheinlich, ganz sicher oder auf keinen Fall. Ach, alles sehr kompliziert.

Merellyn hatte ein Flugzeug gebaut, mit dem er sich durch die fernen Dimensionen bewegen konnte. Damit suchte er nach den Zauberern, die durch die magische Explosion vor zwölf Jahren in Raum und Zeit verloren gegangen waren. Die Kristallkugeln, von denen er ständig mindestens eine mit sich herumschleppte, zeigten ihm, was sich in den Dimensionen so tat. Aber die, auf die Lorenzo jetzt starrte, zeigte Krankheiten an. Irgendwas schien jedoch wieder mal schiefzugehen, wie immer, wenn Lorenzo zaubern musste. Er schwitzte und fluchte und wischte das, was die Kugel ihm zeigte, immer wieder mit einer Bewegung seines Zauberstabs weg.

Zwischen meinen Ausflügen nach draußen vors Fenster linste ich auf den Eintrag, den Myrabella, Merellyns Sprechstundenelfe, ins Krankenbuch geschrieben hatte. Die Handschrift der Fee war nicht einfach zu lesen. Ich stutzte, als ich sie entziffert hatte. Der Troll hieß Kruschpuk Glubschnak. Vielleicht war er verwandt mit *unserem* Glubschnak.

Ich hatte es nicht für möglich gehalten, aber Kruschpuk war noch größer und breiter als Glubschnak. Doch die Wehwehchen, die er aufgezählt hatte, waren absolut lächerlich.

»Ich wollte … ich dachte … es ist, weil …«, stotterte er jetzt. »Ich … ich sehe so schlecht! Meine Augen …«

Lorenzo hörte auf, an der Kristallkugel herumzufuhrwerken und sah hoch. Myrabella schoss mit glitzernden Flügeln an ihm vorbei und bremste kurz vor der Kartoffelnase des Trolls.

Der Troll hatte zwar energisch darum gebeten, dass die Fee draußen warten sollte, solang er unbekleidet war, und daran hatte sie sich auch gehalten. Aber jetzt war ihr anscheinend der Geduldsfaden gerissen. Sie zog einen Kamm aus ihrem Kittel und frisierte dem Patienten die buschigen schwarzen Augenbrauen nach oben, sodass sie nicht mehr über seine überraschten Schweinsäuglein hingen.

»Jetzt besser?«, fragte sie genervt. Wenn möglich, hatte das Fußballfieber die Fee noch schlimmer erwischt als den Rest der Flüsterwäldler. Sie konnte es noch weniger als wir erwarten, zum Bolzplatz zu flitzen.

Ich musste ein Lachen unterdrücken. Der Troll sah mit seiner neuen Augenbrauenfrisur furchtbar erstaunt aus.

»Ja«, gab er zu. »Viel besser. Warum bin ich nicht selber draufgekommen?«

Der sah nicht nur so aus, er war erstaunt.

Lorenzo nutzte die Gelegenheit, sprang auf und streckte dem Troll die Hand hin. Der ergriff sie zögernd. Lorenzos ganzer Arm verschwand in der panzerschrankgroßen grünen Faust.

»Also, vielen Dank für deinen Besuch«, meinte Lorenzo hastig. »Wir müssen jetzt wirklich weg. Ein Hausbesuch! Ganz schwerer Fall.«

Während der Troll sich im Vorraum anzog, kam Myrabella ungeniert mit Lorenzos Fußballschuhen angeschwebt. Leider gefolgt von Sir Holdmund von Hofesang.

»Es geziemt sich nicht, dem Hilfesuchenden zu verweigern, was er begehrt!«, rief er schon von der Tür her. »Mag er auch zu so minderem Volk gehören wie dem der Trollinge. Der wahrlich Aufrechte wird niemals lügen. Wenn jedoch eine Fahrt ansteht, um Pestilenz und Bresthaftigkeit zu mindern, so seid versichert, ich stehe zu Diensten!«

Das Buch machte einen Salto. Auf dem Einband hing ein schmieriger Typ herum in einem weiten, löchrigen Umhang und mit einem verbeulten Zylinder mit modischer Spange auf dem Kopf.

»Kleines Spielchen machen, hä?«, fragte er. »Wie is ’n die Quote, ha? Ich wette, es geht drei zu eins aus. Wo kann man setzen?«

Und Überschlag.

Kruschpuk hatte schon die Klinke in der Hand, als er sich noch einmal umdrehte.

»Äh, darf ich zusehen?«, fragte der Troll.

Lorenzo sah ihn überrascht an.

»Zuschauen? Bei einem Hausbesuch?«

Kruschpuk wies auf die Schuhe, die Lorenzo gerade schnürte.

»Nein. Beim Fußballspielen.«

So doof war der Troll auch wieder nicht.

»Von mir aus«, meinte Lorenzo.

»Ich weiß nicht, wie uns dieses Spiel bei unserer Begegnung mit dem Drachen helfen soll«, schimpfte das Ritter-Benimm-Dich-Buch. »Zu meiner Zeit ritt man mit einer Lanze auf ein bewegliches Ziel zu, das der Knappe …«

Hinter Sir Holdmund kam plötzlich Myrabella mit einer geöffneten Holztruhe angeschossen. Ehe das Buch merkte, was los war, hatte sich der Deckel der Truhe schon über ihm geschlossen.

Hauptsache, wir kamen endlich zum Spielen.

Bis zu unserer Ankunft hatte kein Fantasmanier gewusst, was Fußball ist. Lorenzo und ich hatten es ihnen gezeigt und das Spiel hatte eingeschlagen wie eine Bombe. Zuerst hatten die Schüler aus unserer Klasse angefangen zu spielen. Irgendwann kamen die Väter zum Zuschauen, angelockt von der Begeisterung ihrer Söhne und Töchter. Bald spielten auch sie. Kühe wurden von den ebenen auf die buckligeren und steileren Weiden umquartiert. Auf manchen Wiesen gab es ein regelrechtes Gedränge. Flüsterwald hatte eine Schulmannschaft, eine Dorfmannschaft, eine Abgelegene-Gehöfte-Mannschaft, eine Gnomenmannschaft, in der Hunderte von den winzigen Kerlen herumwuselten, und eine Kneipenmannschaft, die ihr Stammquartier im Halben Humpen hatte.

DIE ZENTAURIN

Walter weigerte sich den Troll zu befördern, also musste er den langen Weg über die Brücke und den Bergpfad nach unten nehmen.

Der Bolzplatz lag auf Bauer Stumpligs Südweide. Der alte Stumplig hatte längst nicht mehr so viel Vieh wie früher. Stattdessen betrieb er jetzt eine gut gehende Würstchenbude an der Westseite seiner Südweide, die erstaunlicherweise im Norden des Dorfes lag.

Die Schulmannschaft spielte gegen eine Auswahl von Wesen, die wir allesamt nicht kannten. Erst nach einer Weile entdeckte ich ein paar Leute, die ich früher am Tag in Merellyns magischer Praxis gesehen hatte. Im Dorf Flüsterwald wimmelte es nur so von angeblichen Patienten, aber kaum einer fand den Weg zu uns hinauf in Merellyns Turm. Sie machten sich auf die Reise nach Flüsterwald, um den Doktor aufzusuchen, aber in Wirklichkeit wollten sie nur Fußball spielen.

Wir wurden mit großem Hallo begrüßt. Weil es zu viele angereiste angebliche Kranke gab, spielten sie immer nur für eine Viertelstunde, dann wechselte die Patienten-Mannschaft etwa die Hälfte ihrer Spieler aus. Obwohl unsere Schulmannschaft in der Unterzahl war und durchspielte, während die Gäste immer neue Truppen ins Gefecht warfen, führten wir nach der ersten Halbzeit 3:1. Das Gegentor hatten wir uns eingefangen, als ein Zwerg, der einfach sehr, sehr klein war, kurzzeitig Torwart gespielt hatte. Ich hätte alles dafür gegeben, für ihn zwischen den Pfosten zu stehen.

Lorenzo ging es nicht besser. Pausenlos schrie er irgendwelche Anweisungen, die keiner umsetzen konnte. Unsere fantasmanischen Mitschüler kannten das Spiel ja erst seit ein paar Monaten. Lorenzo musste sich sehr zurückhalten, um nicht aufs Spielfeld zu laufen und alles selbst zu machen.

Am besten spielten eindeutig die Querwölfe. Die sind in etwa so mit den Werwölfen verwandt wie eine Hauskatze mit einem Tiger. Sie foulten aber ständig. Hätte es einen Schiedsrichter gegeben, wären die beiden Raufbolde längst vom Platz geflogen.

Die Zwerge spielten auch nicht schlecht, sie waren eisenharte Verteidiger, aber bei einem Sprint quer über den Platz hatten sie keine Chance, mitzuhalten.

Myrabella spielte hervorragend. Sie musste nur aufpassen, dass sie den Ball nicht zu fest traf. Die Fee hatte unglaubliche Kräfte. Sie hätte den Ball aufs gegenüberliegende Hochufer schießen können und das war einen halben Kilometer entfernt.

Lorenzo zeigte über das Spielfeld.

»Schau mal, das Mädchen«, sagte er leise. »Reitet die auf einem Pferd … ohne Kopf?«

Ich spähte zur anderen Seite, wo die Patienten-Mannschaft sich versammelt hatte. Da war tatsächlich ein Mädchen mit einer wilden Mähne, das alle anderen überragte, als säße sie bei jemandem auf den Schultern. Andere Leute versperrten uns

erst die Sicht, aber dann kam sie ganz nach vorn an die Seitenlinie. So ein Wesen hatte ich noch nie gesehen. Sie ritt nicht auf irgendeinem pferdeartigen Wesen, sie war dieses Wesen. Halb Pferd, halb Mensch. Sie hatte einen Pferdekörper, aber dort, wo der Hals des Pferdes aus dem Rumpf wachsen sollte, hatte sie einen menschlichen Oberkörper.

Über solche Wesen hatten wir mit Merellyn schon einmal gesprochen, aber mir fiel nicht mehr ein, warum. Der Name dieser Halbwesen klang irgendwie so ähnlich wie Zitronen.

»Zentraunen!«, rief Lorenzo. »Oder so. Jetzt fällt's mir wieder ein. Merellyn hat gesagt, das könnten die verdammten Sirenen nicht nachmachen. Sechs Gliedmaßen.«

Genau! Aber Merellyn hatte auch gesagt, das der letzte Zentraun … nein, das klang irgendwie nicht richtig. Jedenfalls hatte er einen getroffen und gemeint, er wäre ein Schwätzer. Direkt nach der furchtbaren Schlacht, in der alle Zauberer und der

König von Fantasmanien verschwunden waren, hatte er sich nur für ein Gedicht interessiert!

Ich drehte mich zu dem Troll Flumbum um, der hinter mir kopfüber am Zaun hing und vorbeigehenden Mädchen die Röcke hochwirbelte.

»He, Flumbum!«, rief ich. »Kennst du die da drüben?«

Flumbum versuchte im Hängen seinen Kopf richtig herum zu drehen und fiel prompt vom Zaun. Sein Bruder Glimbim, der ihn geschubst hatte, tauchte dahinter auf.

»Das ist eine Zentaurin«, erklärte er. »Merkwürdig, so weit im Norden eine von denen zu treffen.«

»He, Schlambam, frag sie mal, ob du auf ihr reiten darfst!«, rief er seinem anderen Bruder zu, der in der Nähe der Zentaurin stand.

Flumbum und Glimbim kugelten sich im Gras vor Lachen. Dabei schlugen sie wie üblich aufeinander ein. Die drei Waldtrollbrüder gehen auch in unsere Klasse. Waldtrolle sind wesentlich kleiner als die riesenhaften Bergtrolle. Zum Glück.

In der zweiten Viertelstunde der zweiten Halbzeit wurde die Zentaurin eingewechselt, die bis dahin still auf ihren Einsatz gewartet hatte. Nach dieser zweiten Viertelstunde stand es 5:4. Myrabella und einer der Querwölfe hatten je ein Tor geschossen. Die drei Tore für die Wartezimmer-Mannschaft hatte die Zentaurin erzielt.

Natürlich war es für jemanden, der vier schwere Hufe und zehnmal so viel Masse wie die größten Gegner (die Querwölfe) zum Einsatz bringen konnte, leicht, sich durchzusetzen. Aber es fiel auf, dass die Zentaurin extrem fair spielte und darauf achtete, keinen gegnerischen Fuß unter ihren trommelnden Hufen zu zermalmen.

In der letzten Viertelstunde setzte die Schulmannschaft auf Angriff. Der Troll Flumbum ging ins Tor. Myrabella und die zwei Querwölfe stürmten, während zwei Kobolde und ein Zwerg das Mittelfeld stellten. Die Trollbrüder Glimbim und Schlambam bildeten die spärliche Verteidigung.

Eine Minute vor dem Abpfiff stand es 8:9. Unsere drei Stürmer hatten je ein Tor geschossen.

Die fünf Tore für die Gegner hatte die Zentaurin erzielt. Das war aber auch nicht sooo schwer, weil Flumbum der mit Abstand mieseste Torwart war, den ich je gesehen habe. Außerdem lenkten die drei Brüder sich ständig gegenseitig ab. Trolle waren von allen die schlechtesten Fußballer.

Dann hielt Lorenzo es nicht mehr aus. Er nahm einen Schluck von seinem Zeitumkehrer und rannte aufs Spielfeld. Lorenzo erkämpfte sich den Ball von der Zentaurin, spielte einen Gegner nach dem anderen aus und schoss ein Tor aus einem unmöglichen Winkel, weil die Zentaurin ihm nachgestürmt war und ihn weit nach rechts abgedrängt hatte. Dann rannte er zum Torwart und riss ihm den Ball aus der Hand. Er lief auf den Mittelkreis zu und wollte den Ball zum Anstoß für die gegnerische Mannschaft auflegen. Natürlich würde er ihnen die Pille sofort wieder abknöpfen und das Siegtor schießen. Aber jetzt erholte sich die Patientenmannschaft von ihrem Schock und wies darauf hin, dass die Spielzeit vorbei war. Sie hatten Lorenzos Auftritt fassungslos beobachtet. Auf einen Schlag wurde ihnen klar, dass Lorenzo dieses Kunststück wiederholen konnte, sooft er wollte. Da war es ihnen lieber, ein glorreiches Unentschieden erreicht zu haben, als jetzt noch einmal um den Sieg zu kämpfen. Der würde nämlich Lorenzo gehören.

ABSOLUT IRRER RIESENGROSSER BLÖDMANN

Während die gesamte Wartezimmer-Mannschaft das Unentschieden feierte, als hätte sie gewonnen, trabte die Zentaurin scheu unter die Bäume am Waldrand. Ihre Mannschaftskameraden forderten sie mehrmals winkend und rufend auf, sich zu ihnen zu gesellen, aber sie lehnte jedes Mal kopfschüttelnd ab. Lorenzo starrte zu ihr hinüber.

»Mannomann!«, meinte er anerkennend. »Wenn wir die in der Mannschaft hätten, wären wir unschlagbar. Los, lass uns mal mit ihr reden.«

Also gingen wir zu der Zentaurin. Sie blickte auf, als wir näher kamen.

»Hallo!«, sagten Lorenzo und ich im Chor.

»Hallo!«, sagte die Zentaurin und sah wieder zu Boden. Ihr menschlicher Teil war ziemlich hübsch. Der Rest war auch nicht hässlich, aber eben … sehr pferdisch.

»Du spielst toll Fußball!«, erklärte Lorenzo.

»Oh, danke!«, hauchte die Zentaurin und wurde rot.

Lorenzo hielt ihr die Hand hin.

»Ich bin Lorenzo«, stellte er sich vor. »Lorenzo Mystelzweig, Zauberer und magischer Doktor.«

Ich sah ihn erstaunt an. Was war denn mit dem los? Er war erst seit einem halben Jahr Zauberlehrling! Und, um ehrlich zu sein, kein besonders guter.

Sie ergriff seine Hand ganz kurz und sagte leise: »Ich weiß.«

Dann war das Gespräch schon wieder zu Ende.

»Wie heißt du denn?«, machte er einen neuen Anlauf.

»Mein Name ist Palomina«, sagte die Zentaurin und schwieg wieder.

»Spielen alle Zentro… Zentraunen so gut wie du?«, bohrte Lorenzo weiter.

»Es heißt Zentauren. Sie interessieren sich überhaupt nicht für Fußball«, erklärte Palomina und errötete schon wieder. »Sie halten es für pure Zeitverschwendung.«

»Aber du nicht?«

Zum ersten Mal hob die scheue Zentaurin den Kopf und sah uns ins Gesicht. »Natürlich ist es Zeitverschwendung!«, gab sie zu. »Wenn ich spiele, kann ich nicht über die Vollendung des Gedichts nachdenken. Aber es macht einfach zu viel Spaß.«

»Du schreibst ein Gedicht?«, fragte ich.

»Jeder Zentaur schreibt ein Gedicht«, erklärte sie. »Ein einziges, sein ganzes Leben lang. Nur die besten werden in die Felsnadel in der Mitte unseres Versammlungsplatzes geritzt und einmal im Jahr, zum Fest des Großen Sprungs, verlesen.«

Ich staunte. Dass Leute, die zur Hälfte Pferde waren, allesamt Gedichte schrieben, hätte ich nicht erwartet.

»Das muss ja ewig dauern, all die Gedichte vorzulesen!«, sagte ich. Ich stellte mir eine Steinsäule vor, die über und über mit eng geschriebenen Versen bekritzelt war.

»Nein, gar nicht«, erwiderte Palomina. »Es stehen erst drei Gedichte auf dem Fels. Und wir schreiben nur Vierzeiler.«

Ich traute meinen Ohren nicht und Lorenzo schien es genauso zu gehen.

»Jeder Zentaur schreibt sein Leben lang an einem Vierzeiler?«, hakte er nach.

Die Zentaurin nickte.

»In der Hoffnung, dass das Gedicht gut genug ist, um in den Felsen geritzt zu werden?«

Wieder nickte Palomina.

»Aber erst drei haben es geschafft, verewigt zu werden?«

Erneutes Nicken.

»Seit wann schreibt ihr denn Gedichte?«

Palomina sah überrascht auf.

»Ich weiß nicht … schon immer.«

Lorenzo schüttelte den Kopf.

»Also, das würde ich Zeitverschwendung nennen!«, rief er, ehe er sich zurückhalten konnte.

Palomina sah verzweifelt auf.

»Ich auch!«, flüsterte sie. »Ich will mich bewegen! Ich will beim Rennen den Wind spüren! Und nicht den ganzen Tag am Strand sitzen und über den Klang einer Silbe im dritten Wort der zweiten Zeile nachdenken!«

Sie brach beschämt ab, als hätte sie ein schweres Verbrechen zugegeben.

In diesem Moment trat der Troll Kruschpuk zu uns.

»Hervorragend gespielt!«, lobte er. »Ich wünschte, meine Jungs könnten so spielen. Aber sie haben's einfach nicht drauf …«

»Deine Jungs …?«, hakte Lorenzo nach.

»Na ja, ich bin der Teamchef vom Ersten FC Wunder Waran. Wir brauchen eure Hilfe«, gab der Troll zu. »Wir brauchen euch beide, als Trainer.«

»Als Trainer?«, rief ich. »Bist du deshalb in Flüsterwald? Warum hast du oben im Turm nichts gesagt?«

»Im Turm nichts gesagt?«, echote Kruschpuk. Er schien eine Weile über diese Frage nachzudenken. »Konnte ich doch nicht. Wegen dem Auftrag ... äh, hehe ... von meiner Mannschaft. Die mich beauftragt hat. Die Mannschaft, meine ich. Hat mich beauftragt. Ich soll euch unbedingt mitbringen. Aber dann wollte ich nicht vor dem Zauberer damit anfangen. Deshalb hab ich mir die vielen Krankheiten zugelegt. Aber hey, wie ich gehört habe, habt ihr das Spiel erfunden.«

»Na, erfunden nicht gerade«, sagte Lorenzo gedehnt. »Obwohl, andererseits ... aus fantasmanischer Sicht betrachtet ...«

»Eben. Ihr kommt zu uns als Trainer ... und als Spieler ... und die junge Dame hier auch.« Er wies mit einem astdicken Finger auf die scheue Zentaurin. »Dann können sie uns nie und nimmer schlagen.«

»Trainer und Spieler«, wiederholte Lorenzo nachdenklich. »Äh, was ist ein Wunderwaran?«

»Wer kann euch nie und nimmer schlagen?«, fragte ich.

»Die Vampire«, sagte der Troll schlicht. »Wenn wir verlieren, gehört ihnen unsere Insel.«

»Welche Insel?«, fragte Lorenzo ungläubig.

»Die Isla Evangelista«, erklärte Kruschpuk. »Dort liegt der Wunde Waran, unser Hauptquartier. Es heißt der Wunde Waran, nicht Wunderwaran.«

»Und die Vampire?«, wunderte sich Lorenzo. »Wieso kriegen sie eure Insel?«

»Eine kleine Wette unter, äh ... Nachbarn«, erwiderte der Troll. »Ich war nicht ganz ... mmm, ich selbst, als ich mich darauf eingelassen habe. Wir haben viele Trolle in der Mannschaft. Die spielen echt scheiße. Wir brauchen wirklich Hilfe.«

»Du willst mich verpflichten?«, fragte plötzlich die Zentaurin. »Wofür denn?«

»Ich habe gesehen, wie du Fußball spielst«, erklärte der trollische Teamchef. »Hättest du Interesse, Profi zu werden?«

»Pro…fi?«, fragte die Zentaurin. »Was bedeutet das?«

»In erster Linie Fußball spielen«, erwiderte der Troll. »Jeden Tag. Die ganze Woche trainieren, samstags ein richtiges Spiel. Kost und Logis frei.«

»Was ist ein Kost?«, fragte Palomina verwirrt. »Und was ist Lo…schi?«

»Das … das sagt man so …«, stotterte der Troll. Er kratzte sich eine buschige Augenbraue. »Das ist, wenn … also, wie der Name schon sagt …«

»Essen und Wohnen umsonst«, half ihm Lorenzo. »Aber was ist mit Gefahrenzulage?«

»Gefa…Rennzu…Lage«, buchstabierte die Zentaurin. »Wer ist das?«

»Gefahrenzulage?«, echote Kruschpuk wieder einmal. »Was für Gefahren?«

»Vampire!«, rief Lorenzo. »Da kann man gebissen werden. Das ist kein Ferienlager.«

Kruschpuk zog ihn am Ärmel beiseite. Ich schwebte näher.

»Das Mädel weiß doch gar nicht, was das ist, eine Gefahrenzulage«, presste der Troll zwischen den schiefen Zähnen hervor. »Wir wollen sie doch nicht verwirren!«

»Das ist unfair!«, protestierte Lorenzo.

»*Du* würdest natürlich eine bekommen! Und du auch«, fuhr der Troll unbeirrt fort. »Sogar das Doppelte, als Trainer.«

»Wie viel wäre das Doppelte?«, fragte Lorenzo lauernd.

»Zweimal das Einfache«, erklärte Kruschpuk prompt. »Zwei Salzfrösche zum Frühstück, zwei gebackene Zitteraale zum Mittagessen, zwei …«

»Hör bloß auf, sonst wird mir schlecht!«, rief Lorenzo. »Außerdem redest du vom Essen, von dem du vorhin behauptet hast, dass es frei ist. Ich meinte Gehalt. Geld. Moneten. Penunze.«

»Du bist vielleicht eine harte Nuss«, stöhnte der Teamchef vom 1. FC Wunder Waran. »Also gut, zusätzlich zum doppelten Essen einen Viertelkreuzer pro Tag.«

»Ein tolles Angebot!«, rief Lorenzo. »Jetzt hör mal zu: Dein Essen will ich nicht, weder doppelt noch einfach, nicht mal geviertelt, und von einem Viertelkreuzer könnte ich mir alle vier Tage gerade mal ein Schnepfenei leisten. Du spinnst wohl!«

Lorenzo war jetzt so richtig in Fahrt. Dass sein Gegenüber viermal so groß und schätzungsweise sechsmal so breit war wie er selbst, hatte er längst vergessen. Außerdem verhandelte er über Dinge, die er gar nicht allein entscheiden konnte.

»Schon gut, schon gut!«, wehrte der Troll ab. »Wie wär's mit einem halben Kreuzer und Befreiung von den Mahlzeiten?«

»Äh, Lorenzo, kann ich dich mal kurz sprechen?«, fragte ich. Er war drauf und dran, einen Trainervertrag abzuschließen. Dabei versteckten wir uns in Merellyns Turm vor den dunklen Mächten, die auf der Suche nach Lorenzo waren. Der Zauberer würde ihm das Fell über die Ohren ziehen, wenn Lorenzo ihm erzählte, dass er als Trainer auf eine Insel gehen wolle, wo auch immer die liegt.

»Was ist ein halber Kreuzer?«, fragte Palomina, die leise näher gekommen war, mit scheuer Stimme.

»Ach, unwichtig«, sagte Kruschpuk. »Eine halbe Handvoll sind ungefähr ein Fantasmo. Deine Hand, nicht meine, hehehe!«

»Ach, ich glaube, das kenne ich«, meinte die Zentaurin. »Das ist Geld, stimmt's?«

»Ganz genau!«, rief Lorenzo. »Und der Herr Teamchef hier wollte dir eine ganze Menge davon anbieten, wenn du für ihn Fußball spielst.«

»Ach? Wozu ist Geld gut?«, wollte Palomina wissen.

»Damit kann man einkaufen«, sagte der Troll leichthin.

»Einkaufen? Was ist das denn?«

»Einkaufen ist, wenn du Geld gegen Sachen tauschst«, erklärte Lorenzo. »Zum Beispiel Schnepfeneier. Für einen Kreuzer kriegst du ein Schnepfenei.«

»Interessant«, fand Palomina. »Entschuldigt bitte, dass ich so viele Fragen stelle. Was fange ich mit den Schnepfeneiern an?«

»Die isst du auf«, sagte Kruschpuk. »Ein Schnepfenei alle vier Tage, das ist sehr nahrhaft …«

»Iiih, wie furchtbar!«, rief die Zentaurin. »Wie könnt ihr von mir verlangen, etwas von einem Tier zu verspeisen?«

»Das war nur ein Beispiel«, sagte Lorenzo schnell. Er benahm sich wirklich seltsam. »Du könntest dir für Geld auch, äh … Heu kaufen, wenn du das lieber magst.«

Aber er hatte schon wieder was Falsches gesagt.

Palomina wandte sich ab.

»Ich esse nicht gern Heu. Ich bin kein Pferd«, maulte sie leise über die Schulter.

»Entschuldige. Ich wollte dich nicht beleidigen«, versicherte Lorenzo ihr. »Um ehrlich zu sein, ich habe keine Ahnung, was Zentauren fr… äh, essen.«

»Nein, nein, es stimmt schon«, gab Palomina zu. »Wir essen eine Menge Gras und Heu. Unser Magen braucht es einfach. Aber es schmeckt furchtbar. Am liebsten esse ich Früchte.«

»Bei uns kriegst du jede Menge Früchte!«, versprach der Troll. »Wir haben eine große Auswahl: Wassermelonen, äh … Wassermelonen … und … Sumpfdotterblumen! Und Seelilien! Und Stechginster. Latschenkieferzapfen … vielleicht magst du auch Algen. Oder Schlingpflanzen. Bei uns gibt es die besten Schlingpflanzen der Welt. Und Knöterich. Gekocht schmeckt der richtig gut. Zum Beispiel zu gebratener Wasserratt… äh, magst du Knöterich?«

Die Zentaurin schüttelte den Kopf.

»Ich weiß nicht mal, was das ist«, gab sie zu. »Aber ich komme mit.«

»Du kommst mit?«, riefen Lorenzo und Kruschpuk völlig überrascht im Chor.

»Ja, ich komme mit«, erklärte Palomina. »Ihr kennt so viele Wörter, die ich noch nie gehört habe. Was für eine Bereicherung für mein Gedicht! Aber ich gebe zu, dass ich auch wegen des Ballspiels mitgehe.«

Kruschpuk hielt ihr die Hand hin und rief: »Schlag ein! Der Handel gilt!« Die Zentaurin sah seine nach oben gekehrte, hornige Handfläche erstaunt an.

Ich fragte mich, ob sie verdutzt war, weil sie nicht wusste, was die Geste bedeutete, oder darüber staunte, dass der Troll seine Hand aus sechs Meter Entfernung so nah an sie herangebracht hatte.

Aber als sie begriff und ihre zarte Hand auf die grobe Trollpranke senkte, schoss Lorenzo vor und hielt hastig seine Hand dazwischen.

»Wir kommen auch mit!«, rief er entschlossen. Wenn ich gekonnt hätte, hätte ich Lorenzo am Ärmel weggezerrt.

»Sag mal, spinnst du?«, zischte ich ihm ins Ohr. »Wir können hier nicht weg. Du weißt, dass die dunklen äh, Dings, die Mächte … na ja, die bösen Jungs im Anmarsch sind. Eine Phantomfledermaus saß letzten Sommer auf dem Dach vom Westturm und hat dir zugesehen, wie du senkrecht die Wände hochgegangen bist.«

»Aber wir können das Mädel doch nicht schutzlos den Vampiren überlassen!«, rief Lorenzo. »Sie kennt sich doch überhaupt nicht aus!«

»Na und? Wir vielleicht?«, gab ich zurück. »Ich möchte nicht auf der … auf der … diesem Isla-Dingsda sein, wenn die dunklen Magier nach Fantasmanien zurückkehren. Ich will in der Nähe von Merellyn und dem Macronomicon bleiben. Außerdem bist du Zauberlehrling, schon vergessen? Und wir gehen hier in die Schule!« Lorenzo sah mich an wie etwas Schleimiges, das gerade vom Grund eines Sees hochgestiegen ist.

»Und wo steht geschrieben, dass das für immer so bleiben muss?«, fragte er. Dann zog er mit Palomina und dem Troll davon.

»Hähä, wie heißt der?«, fragte eine vertraute Stimme hinter mir. »Kruschpuk Glubschnak! Haaaahahahahahahaaa!«

Die drei Trollbrüder hatten sich angeschlichen.

»Was ist so komisch an dem Namen?«, wollte ich wissen.

»Du kannst gar kein Trollisch, oder?«, fragte einer der gackernden Brüder.

Ich schüttelte den Kopf.

»Also, Glubschnak… das heißt so viel wie ›Riesengroßer Blödmann‹«, erklärte Schlambam zwischen Lachanfällen und Schlägen nach seinen Brüdern.

Jetzt verstand ich. So hatte Walter, der Wahnsinnige Würger, den Troll Glubschnak genannt, und der war überhaupt nicht beleidigt gewesen. Als er den Troll so ansprach, dachte ich, dass Glubschnak entweder sehr gutmütig oder einfach sehr dumm wäre. Aber es war tatsächlich sein Name!

»Und Kruschpuk…«, fuhr Schlambam fort. »Das bedeutet ›Absolut Irrer‹. Also heißt dieser Troll ›Absolut Irrer Riesengroßer Blödmann‹.«

»Für Waldtrolle ist das eine Beleidigung«, ergänzte Flumbum. »Aber für einen Bergtroll ist es eine Auszeichnung. ›Kampfname‹ nennen sie das, glaube ich.«

So war das also. Absolut-Irrer-Riesengroßer-Blödmann wollte uns nach Islavista verschleppen und uns zu Trainern einer Mannschaft machen, die gegen Vampire antreten musste. Und Lorenzo hatte mir nichts, dir nichts, einen Vertrag mit ihm ausgehandelt. Der hatte doch nicht mehr alle Sterne am Hut! Zum Glück hatte der alte Merellyn da auch noch ein Wörtchen mitzureden.

DIE ZEICHEN DER LORDS

Zunächst sagte der Zauberer auch genau das, was ich hören wollte. Aber dann kam alles ganz anders.

»Nun, äh, ja. Isla Evangelista«, murmelte er vor sich hin. Merellyn sah nicht von den Kristallkugeln auf, die in seinem Dimensionsturm rundum an der Wand montiert waren. »Sehr interessant. Die liegt in einer Gegend, die noch gefährlicher ist als die Schwarzfiebersümpfe. Nicht weit von Trollland. Trollland wiederum ist bewohnt von … Dings, wie heißen sie noch … genau, von Trollen. Groß. Grün. Dumm wie Bohnenstroh. Und auf der anderen Seite leben Vampire. Blutsauger. Untote. Es kommt natürlich überhaupt nicht infrage, dass ihr da hingeht.«

Lorenzo begann auf Merellyn einzureden. Er fand tausend Gründe, warum wir doch gehen sollten. Aber Merellyn polierte einfach nur eine Kugel nach der anderen mit einem Staubtuch. Dann drehte er sich im Kreis, während er die Kugeln mit dem Finger zählte. Doch mittendrin stoppte er und drehte sich zu uns um.

»Moment mal! Die Isla Evangelista liegt am Südwestende der Schwarzfiebersümpfe«, stellte er fest. »Wieso gibt's da eine Trollmannschaft? Ich dachte, dort leben nur Rurikos?«

Er begann sich mit dem Finger seitlich an die Nase zu klopfen.

»Die Isla …«, murmelte er. »Sagte er nicht …? Aber er ist ein Troll. Groß. Grün. Dumm wie Bohnenstroh. Der kann doch gar nicht lügen …«

In dem Moment kam von unten aus dem Behandlungszimmer ein Schrei. Eindeutig von Myrabella. Merellyn und Lorenzo stürzten gleichzeitig los und prallten am obersten Treppenabsatz zusammen. Ich zischte als blauer Rauch zwischen den beiden durch.

Myrabella stand in der Mitte der Tischplatte mit den alten Blutflecken. Der Tisch mit den wunderschön gedrechselten und mit Schnitzereien verzierten Beinen war sicher nicht dafür gemacht worden, aber auf ihm wurden alle Patienten behandelt, die nicht mehr selbst stehen konnten. Hinter der Fee erhob sich das Macronomicon von seinem Pult.

Ihr könnt euch nicht vorstellen, welche Unordnung in dem Behandlungszimmer herrschte. An einem hölzernen Gestell war ein kleines, verkrümmtes Skelett festgeschraubt, vermutlich von einem Gnom. Von der Decke baumelte an schweren Ketten ein ausgestopftes Riesenkrokodil. Überall an den Wänden hingen Schautafeln in mehreren Schichten übereinander. Ständig wurden einfach neue aufgehängt. Niemand hatte sich die Mühe gemacht, die Tafeln und Karten, die nicht mehr gebraucht wurden, abzuhängen. Man konnte zwei, drei Tage lang an den Wänden des Behandlungsraums entlangwandern, ohne dass es einem langweilig wurde. Die Tafeln zeigten so interessante Dinge wie zum Beispiel die fünf sichersten Methoden, einen Gemüsegarten von Grasgruslern zu befreien.

Über dem Kaminsims hing ein Ding, das so aussah wie das rautenförmige Stück von einem Riesentannenzapfen. Merellyn

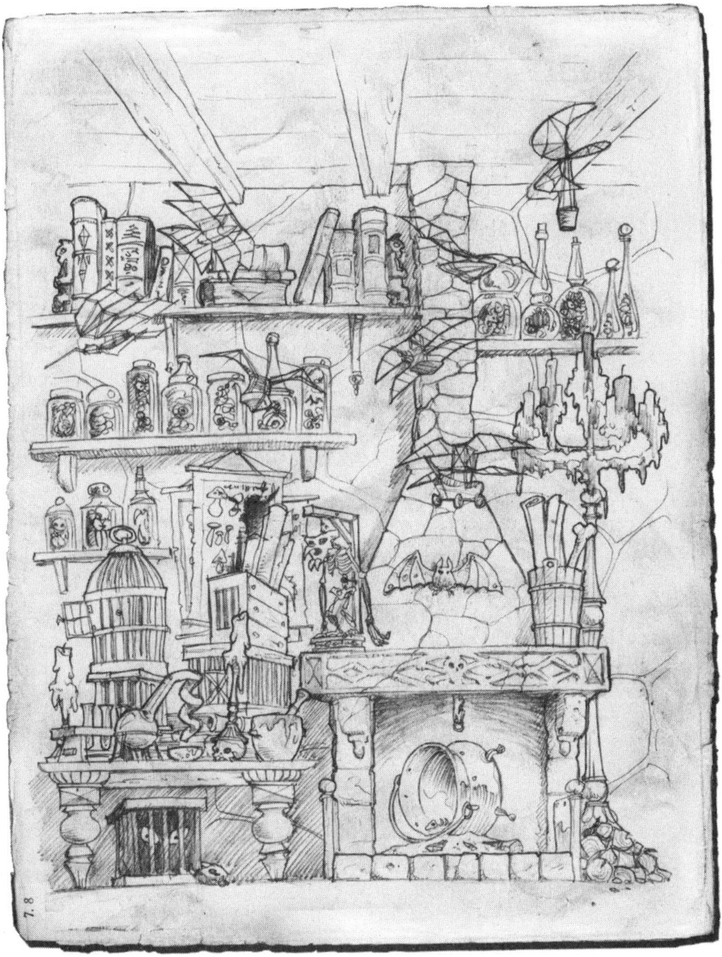
7.8

hatte uns erklärt, dass es sich um die Hornschuppe eines Königsdrachen handelte. Jemand hatte die magischen Worte eingeritzt:

KILROY WAS HERE.

In Einmachgläsern auf hohen, langen Regalen schwammen unbeschreiblich eklige Dinge in ebenso widerlichen Flüssigkeiten. Das Zeug sah aus wie Krötendärme, achtköpfige Spinnen mit Fangzähnen oder Gehirn in Aspik.

Obwohl der Raum so vollgestopft war, hatte die Elfe entdeckt, dass etwas fehlte. Sie wies mit einem ihrer blau tätowierten Finger auf eine leere Mauernische zwischen zwei Bücherborden.

»Was ist los?«, rief Merellyn, während er die Treppe herunterstürzte.

»Die Truhe mit den Zeichen ist verschwunden!«, antwortete Myrabella.

»Zeichen?«, wiederholte der alte Zauberer ratlos. »Welche Zeichen?«

»Die Zeichen der Kriegsherren«, erklärte die Elfe. »Jemand hat die Kiste gestohlen, in der wir sie aufbewahrt haben.«

»Wer sind die Kriegsherren?«, wollte ich wissen.

»Lord Zerberon und Mysterio Mystelzweig.«

Ich erinnerte mich, wie ich Baron von Fresseisen fertiggemacht hatte, in der Ehrenloge seines eigenen Stadions. Von mir berührt zu werden, war für Lebende absolut gruselig. Ihnen wurde eiskalt und sie blickten in ein endlos tiefes, offenes Grab. Ich hatte dem Baron meinen ganzen Unterarm in den Brustkorb gesteckt, da, wo sein Herz sein sollte. Wir wussten, dass wir nach unserem Auftritt im Stadion mit Schnick und Glubschnak

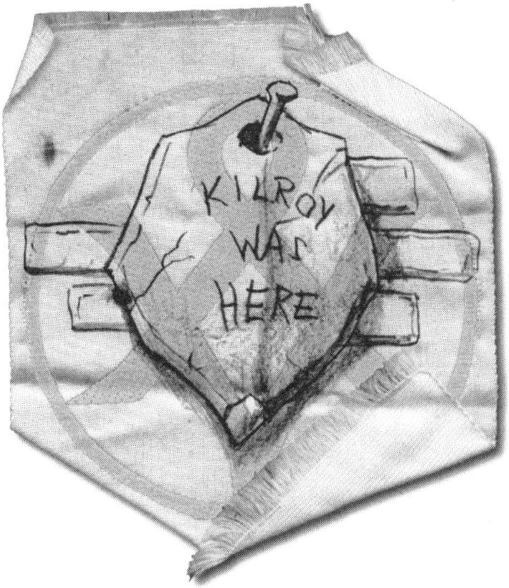

nach Fantasmanien fliehen würden. Aber die anderen Jungs aus unserem Waisenhaus mussten wir zurücklassen. Deswegen wollte ich dem Baron so viel Angst wie möglich einjagen, damit er sie in Ruhe ließ, wenn wir nicht mehr da waren. Als meine Geisterhand in seinem Brustkorb steckte, ist er komplett zusammengebrochen. Er weinte und wimmerte immer wieder: »Ich will nicht! Ich will nicht! Ich will nicht!«

Dann riss er sich einen Beutel vom Hals und warf ihn weg. Schnick nahm ihn mit, aber wir sahen erst nach, was drin war, als wir schon in Fantasmanien waren. Es war ein silberner Anhänger, der das Zeichen des Schwarzen Lords zeigte. Merellyn hatte das Gegenstück, das Zeichen Mysterio Mystelzweigs. Sie sahen sich ziemlich ähnlich und hatten in etwa die Form von Dolchen. Bei Mysterios Zeichen schwebte zwischen zwei Engelsflügeln ein vielzackiger Stern, der unten in einem Kometenschweif endete. Beim Zeichen des Schwarzen Lords waren es Vampirflügel. In der Mitte des Sterns zeigte sich eine zum Schrei verzerrte Totenmaske, und statt eines Kometenschweifs, hatte es einen Drachenschwanz.

Lorenzo hatte herausgefunden, wie man die beiden Zeichen als Schlüssel verwenden musste, um in den Kerker tief unter dem Turm zu gelangen, wo das Macronomicon in Ketten lag. Und dann hatten wir die Dinger wie Dolche benutzt, um zwei Monster zu töten, die der böse Teil des Macronomicons auf uns gehetzt hatte.

»Aber die kann niemand gestohlen haben!«, rief der alte Zauberer. »Die Truhe ist innen dreifach mit Blei ausgeschlagen. Kein Fünkchen Magie dringt durch diese Ummantelung. Wie könnte jemand wissen, dass wir die Zeichen an diesem Ort aufbewahren? Hast du sie vielleicht beim Staubwischen verlegt?«

Myrabella stieg mit glitzernden Flügeln in die Luft. Ihr Gesichtsausdruck war so empört, dass ich dachte, gleich scheuert sie dem alten Zauberer eine.

»Ich! Wische! Nicht! Staub!«, brüllte sie. »Es wäre bitter nötig, aber du selbst hast es schon vor Jahren verboten.«

»Völlig richtig, völlig richtig«, bestätigte Merellyn. »Ich habe das Staubwischen und Aufräumen verboten, weil wir Ambiente brauchen!«

»Ambi… was für 'ne Ente?«, fragte Lorenzo.

»Ambiente! Lokalkolorit. Atmosphäre«, zählte Merellyn auf. Ich kannte nicht eines dieser Wörter. Zum Glück übersetzte Myrabella wieder mal.

»Merellyn glaubt, wenn alles verstaubt und verdreckt und das Kerzenwachs heruntergetröpfelt ist, bis es da hängt wie riesige Tropfsteine, und wenn Generationen von Spinnen ihre Netze überall aufgehängt haben, sieht der Laden erst so richtig vertrauenswürdig aus. Er glaubt, Unordnung und Dreck machen einen magischen Eindruck.«

Merellyn starrte in die leere Nische.

»Mal angenommen, jemand hat, wie auch immer, herausgefunden, was in der Kiste ist …«, murmelte er. »Wie hätte er sie stehlen können? Wenn niemand in diesem Zimmer ist, sind immer alle magischen Schutzschilde hochgefahren. Also kann kein Dieb durchs Fenster kommen. Und meines Wissens war kein Patient je allein hier im Behandlungszimmer, sodass er die Truhe hätte an sich nehmen und unter der Kleidung versteckt hätte hinausschmuggeln können.«

»Ich habe keine Ahnung«, gab Myrabella zu. »Ich weiß nur, dass die Kiste heute Morgen noch da war. Und jetzt ist sie weg.«

»Also ist sie erst heute gestohlen worden!«, rief Merellyn. »Aber wann? Und wie?«

»Wann und wie sind gute Fragen, aber nicht die wichtigsten!«, meldete sich das Macronomicon zu Wort. »Wer hat sie gestohlen? Und zu welchem Zweck? Das erscheint mir bedeutsamer. Ihr versteht hoffentlich, dass die Situation höchst gefährlich ist.«

»Warum?«, fragte Lorenzo schlicht. »Was ist so wichtig an den Schlüsseln? Es ist doch niemand mehr im Kerker.«

»Oh, aber die Zeichen sind viel mehr als nur Schlüssel«, erklärte das Buch. »Ihr habt sie als Schlüssel verwendet, und das war sehr klug. Aber eigentlich waren sie etwas anderes: die Klammern, die die Aufzeichnungen von Lord Zerberon und Mysterio Mystelzweig zum magischen Buch Macronomicon zusammenfügten. Doch im Grunde bestimmt der jeweilige Besitzer, was die Zeichen sind.«

»Ich hatte das Zeichen Mysterios nie als Schlüssel verwendet«, warf Merellyn ein. »Als ich es hervorholte und sagte, dass ich den Kerker nun für immer verschließen werde, habt ihr angenommen, dass es ein Schlüssel ist. Ich hatte das Zeichen aber immer als Abwehrschild gegen die Mächte des Macronomicons benutzt. Wenn ich jedoch gewusst hätte, dass das zweite Zeichen so nah ist, hätte ich meines nicht so sorglos hervorgeholt. Aber dass du mithilfe der Zeichen der Lords diese trickreiche Kerkertür erschaffen hast, zeugt von deiner großen magischen Begabung.«

»Ich soll die Tür erschaffen haben?«, wunderte sich Lorenzo. »Aber ich brauchte eine ganze Weile, bis ich draufkam, wie sie funktionierte.«

»Das ist bedeutungslos«, meinte der Zauberer. »Wenn ich davorgestanden hätte, hätte die Tür ganz anders ausgesehen, weil in meiner Vorstellung Mysterios Zeichen immer eine Waffe und nie ein Schlüssel war.«

»Dass die Zeichen der Lords gestohlen wurden, ist in zweierlei Hinsicht gefährlich«, erklärte das Macronomicon. »Bisher waren wir diejenigen, die beide Zeichen besaßen. Wir hätten also im Falle einer Wiedervereinigung mit meinem feindlichen Bruder Mysterios Zeichen zuerst eingesetzt. Dadurch hätte ich die Führung übernommen. Wenn Lord Zerberons Zeichen als Erstes eingesetzt wird, herrscht das andere Buch.«

»Und es ist ja wohl ganz klar, dass der Dieb nicht vorhat, unserem Macronomicon die Führung anzuvertrauen«, meldete sich Merellyn wieder zu Wort. »Zum Glück hat er nicht beide Hälften des Buchs.«

»Noch nicht. Aber es würde mir sehr schwerfallen, mich dem Besitzer beider Zeichen zu widersetzen«, gab das Buch zu. »Wenn mir befohlen würde, mich mit meinem bösen Bruder wieder zu vereinigen, unter seiner Führung ... hätten die Anhänger der Finsternis eine schreckliche Waffe, die den Schutzbann des fantasmanischen Waldes brechen könnte, sodass der Schwarze Lord nach Fantasmanien zurückkehren kann.«

»Aber die Mühe müsste sich der Dieb gar nicht machen«, sagte Merellyn. »In der Truhe sind die Zeichen durch eine massive Bleiplatte voneinander getrennt. Wenn man sie herausnimmt und in der richtigen Weise aufeinanderlegt ... haben wir die beiden Kriegsherren schneller zurück in Fantasmanien, als uns lieb sein kann. Sie werden von den Zeichen herbeigerufen.«

»Aber ... du willst doch, dass Mysterio zurückkommt. Warum hast du das dann nicht getan?«, fragte Lorenzo. »Die Schlüssel ... ich meine, Zeichen benutzt, um Mysterio zu holen? Stattdessen unternimmst du diese gefährlichen Reisen mit dem Dimensionsflugzeug.«

»Weil ich mir nicht sicher bin, dass ich ihn in einem Stück hierherbringen kann«, sagte Merellyn düster. »Er ist unendlich weit entfernt. Die Krümmung von Raum und Zeit – ach, lassen wir das. Außerdem würden die Zeichen auch den Schwarzen Lord zu uns befördern. Dann hätte ich ihm geholfen die Barriere des Wilden Waldes zu überwinden.«

»Wenn der Mundovoros das Königreich betreten könnte, wäre er der einzige Vertreter der Königsfamilie in Fantasmanien, da Königin Titania in todesähnlichem Schlaf liegt und Prinzessin Titanica verschollen ist«, erklärte das Macronomicon. »Ihr könnt euch sicher vorstellen, was er tun würde. Schnurstracks zur Königsburg marschieren und sich auf den Thron setzen. Möglicherweise würde er Puck nicht mal bitten, ihn vorher frei zu machen.«

»Wir müssen unbedingt herausfinden, wer die Zeichen jetzt hat«, rief Merellyn. »Aber nur das Wann und Wie führen uns zu Wer und Warum.« Das kapierte ich nicht. Und Lorenzo ging es anscheinend genauso. Er hob einen Finger, als wären wir in der Schule.

»Äh, sagt mal … Wer hat was und wieso wo, wenn doch …«, begann er. Aber Myrabella unterbrach ihn. Im Gegensatz zu Merellyn und dem Buch kam sie wie immer direkt zur Sache.

»Der Troll war's«, sagte sie mit voller Überzeugung. »Der hat sich doch total seltsam benommen. Seine lächerlichen Krankheiten waren an den Haaren herbeigezogen.«

»Aber er sagte, er hat sie nur erfunden, weil er vor Merellyn nicht über Fußball sprechen wollte«, wandte Lorenzo ein.

»Und ich frage noch mal nach dem Wie!«, rief Merellyn. »Er war doch nie allein. Der Troll hat meines Wissens den hinteren Teil des Behandlungszimmers nicht betreten.«

»Er hatte auch nicht viel an, unter dem er was hätte schmuggeln können«, gab Lorenzo zu bedenken. »Obwohl … der Kerl war so haarig, der hätte die Truhe in seinem Rückenfell verstecken können …«

»Merellyn, nimm mal die Schutzzauber von den Bogenfenstern«, bat die Elfe. »Ich möchte sehen, wie es meinen Stiefmütterchen geht.«

Das große Fenster im Hauptraum des Behandlungszimmers hatte dicke Holzrahmen mit vielen Fensterkreuzen und einer Menge kleiner, in Blei gefasster, runder Glasscheiben. Aber die drei Bogenfenster in dem lang gestreckten Nebenraum hatten keine Scheiben. Merellyn hielt ungebetene Gäste und auch die Winterkälte mit Schutzzaubern draußen. Die entfernte er jetzt mit ein bisschen Zauberstabwedeln und ein paar gemurmelten Sprüchen. Myrabella flog hinüber, um nach ihren Blumenkästen zu sehen. Stiefmütterchen waren ein zuverlässiger Anzeiger dafür, ob dunkle Magie in der Nähe war. Sie trockneten davon aus.

»Wer war heute noch hier?«, fragte das Macronomicon.

»Lass mich mal nachdenken …«, sagte Merellyn. »Ein Einhorn mit Eiter, ein Gnom mit Gicht … zwei zwanghafte Zwerge und ein wimmernder Wicht.«

Ich sah den Zauberer an. Wie konnte er in so einer ernsten Lage lustige Reime machen? Aber er selbst hatte es anscheinend gar nicht bemerkt.

»Der Gnom fällt als Verdächtiger schon mal aus«, erklärte er. «Myrabella hat ihn nach draußen begleitet. Er wäre stark genug, die Kiste zu tragen, aber zu klein, um sie irgendwo am Körper zu verstecken. Der Wichtel könnte in der Truhe wohnen, aber sie nicht mal hochheben. Das Einhorn wartete unten im Hof. Das war überhaupt nicht im Behandlungszimmer. Die Zwerge stritten sich um einen unsichtbaren Goldschatz und weigerten sich, den jeweils anderen aus den Augen zu lassen. Die kamen herein und saßen dann auf ihren Stühlen wie festgeklebt. Der eine mit einer Axt, der andere mit einem Bergmannshammer. Beide völlig gaga. Hatten wahrscheinlich zu viel Grubengas geschluckt. Zu guter Letzt musste ich sie weghexen, weil sie einfach nicht gehen wollten.«

Myrabella kam von den Bogenfenstern herübergeflogen.

»Die Stiefmütterchen an den Fensterbrettern sind putzmunter«, stellte sie fest. »Nicht verbrannt wie letztes Jahr, als der Nachtmar versucht hat, in den Turm einzudringen. Der Blumen Kraft ist ungebrochen, hab sogar ihren Saft gerochen. Kein fliegendes oder kletterndes Wesen hat versucht, durch die Fenster hereinzukommen. Also bleibt nur der Troll.«

Spätestens jetzt hätte uns allen auffallen müssen, dass im Nebenraum etwas nicht stimmte. Aber wir waren zu sehr mit dem Problem der fehlenden Schlüssel beschäftigt. Sonst hätten wir bemerken können, dass Myrabella mittendrin einen Satz gereimt hatte. Genau in dem Moment, als sie an der leeren Mauernische vorbeigeflogen war, vor der auch Merellyn gestanden hatte, als er gereimt hatte. Aber wir merkten es eben nicht.

»Ist er noch in Flüsterwald?«, fragte das Macronomicon.

»Er wohnt unten im Halben Humpen«, berichtete Lorenzo.

Merellyn öffnete eine große eisenbeschlagene Truhe und beugte sich hinein. Als er wieder hochkam, hielt er sein gewaltiges Breitschwert in den Händen. Er schnallte sich das Riesending um und meinte:

»Wir werden dem Herrn Troll einige Fragen stellen!«

Als er zur Tür marschierte, murmelte er: »Außerdem habe ich seit Ewigkeiten kein Kräuterbier mehr getrunken. Auf zum Halben Humpen!«

ZEITFALLE

Walter beförderte uns nach unten. Als er hörte, dass wir über Kruschpuk sprachen, mischte er sich ein.

»Total bekloppt, dieser Troll!«, zischte er aus einem zahnlückigen Loch in seiner Rinde. »Verrückt bis auf die … was habt ihr hektischen Rumwusler noch mal statt Holz? Was hält euch aufrecht?«

Walter schnappte sich eine Krähe, die seit einiger Zeit kreischend um seine kahle Krone herumflog, und schob sie sich am Stück in den Mund. Es knackte ein paarmal, dann schluckte der Baum und spuckte zwei, drei Federn aus.

»Ach, jetzt fällt's mir wieder ein: Knochen!«, rief er. »Verrückt bis auf die Knochen! Nicht ein Funken klarer Verstand in dem ganzen grünen Muskelsack.«

Wir waren unten angekommen. Merellyn trat aus dem sich öffnenden Wurzelkranz auf den Felsen.

»Danke für deine fachkundige Meinung«, sagte er so würdevoll wie möglich. »Wenn wir noch einmal eine fundierte psychologische Beurteilung brauchen, werden wir dich aufsuchen.«

»Jederzeit gerne!«, rief Walter, packte eine Flussratte, die es nicht unbemerkt hinunter ans rettende Ufer geschafft hatte, und verschlang sie. »Ich kenne mich aus mit Bekloppten. Das könnt ihr mir glauben!«

Wir hatten den Anfang vom südlichen Weideweg fast erreicht, als der Baum Merellyn noch einmal zu sich rief. Wir warteten an einem geflochtenen Weidegatter, während der Zauberer zurücklief. Walter beugte sich vertraulich zu ihm hinunter und begann zu flüstern. Ich verstand nicht alles, was er sagte, aber meine scharfen Geisterohren fingen zumindest den ersten Satz auf. Walter deutete mit einem kahlen Ast auf Lorenzo und sagte: »Der da ist übrigens der Verrückteste von allen. Neulich war er zweimal …«

Und das war's. Was der Baum noch zu sagen hatte, erreichte nur Merellyns Ohr.

»Was hat er gesagt?«, wollte Lorenzo wissen, als der Zauberer von der Unterredung mit dem Baum zurückkam.

»Dass wir alle verrückt sind«, sagte Merellyn. Er deutete auf Lorenzo. »Du zweimal mehr als die anderen. Lasst uns mit diesem Troll reden.«

Er stapfte den Weg hinunter. Lorenzo zögerte. Er sah zurück zu Walter.

»Was hat er nur?«, murmelte er. »Seit Wochen ist er beleidigt …«

Eine Stunde später waren wir zurück im Behandlungszimmer.

»Ich glaube aber trotzdem, dass es der Troll war!«, platzte Myrabella heraus. »Wir hätten nicht einfach so gehen sollen. Du hättest ihn unter einen Wahrheitsbann stellen sollen. Dann hätte er uns sagen müssen, wo er die Schlüssel versteckt hat.«

Wir hatten Kruschpuk tatsächlich im Halben Humpen getroffen, der voller Reisender war. Der Troll hatte nichts dagegen gehabt, dass Merellyn und Myrabella sein Gepäck durchsuchten.

Aber sie fanden nichts. Daraufhin befahl Merellyn, dass wir alle in den Turm zurückkehren sollten. Kräuterbier hatte er keines getrunken.

»Leider ist das nicht so einfach«, erklärte der Zauberer. »So ein Bann funktioniert nur bei Leuten, die vorher einen Trank aus Lügwurz und Wortbinsen zu sich genommen haben. Ich müsste ganz Fantasmanien abernten, um genug Trank für einen Riesentroll herstellen zu können.«

Myrabella stieß zum zweiten Mal an diesem Tag einen Schrei aus. Sie war wieder zu den Bogenfenstern geflogen. Jetzt fuhr sie mit einem ihrer Blumenkästen in den Händen zu uns herum.

»Seht euch das an!«, rief sie. »Asche ward der Blumen Schar wie schon einmal im letzten Jahr. Und schuld daran war der Nachtmar.«

Diesmal merkten wir es alle.

»Wieso sprichst du in Reimen?«, fragte Lorenzo. »Und wer hat die Blumen abgefackelt?«

Merellyn schlug sich gegen die Stirn.

»Ein fliegendes Wesen ist in den Turm eingedrungen!«, rief er. »Ein Geschöpf der schwarzen Magie! Ich Trottel habe vergessen, die Schutzzauber an den Fenstern wieder herzustellen, bevor wir ins Dorf gingen!«

Ich schwebte dorthin, wo Merellyn und Myrabella gereimt hatten. Mir war aufgefallen, dass die beiden das an der gleichen Stelle im Zimmer getan hatten: vor der Mauernische, in der bis heute Morgen die Truhe gestanden hatte. Ich vermutete, dass dort irgendein Zauber wirkte. Als ich das den anderen sagen wollte, kam es so heraus: »Hier reimten Fee und Zaubermann. Jetzt merk ich, dass auch ich es kann. Verwunschen scheint mir dieser Ort, drum schweb sogleich ich davon fort.«

Der Deckel von der Kiste, in die Myrabella Sir Holdmund von Hofesang gesperrt hatte, flog auf. Das Buch kam quer durch den Raum gesegelt.

»Oh, blasser Junker!«, rief er. »Euer Rede Klang rief mich herbei. Ihr sprecht wie Ritter Perzewill, mein erster Leser! Doch hatte er Schwierigkeiten, stets den rechten Reim zu finden und Worte so zum Strauß zu binden. So sprach er kaum, weil er sich schämte, dass kleiner Wortschatz seine Rede lähmte.«

Als es zu reimen anfing, war das Buch genau über die Stelle gesegelt, wo auch alle anderen in Versen gesprochen hatten. Keinen halben Meter daneben konnte es wieder normal reden. Also, nicht normal. Wie Sir Holdmund halt.

»Was war denn das?«, wunderte sich der Wälzer. »Mich dünkt, ich hätte tausend Jahre übersprungen.«

Es segelte nachdenklich weiter.

»Was reimt sich auf … sprungen?«, murmelte das Ritterbuch. »Lungen … Zungen … Jungen. Was wollte ich sagen?«

»Hier stimmt was nicht!«, rief ich. »Vor der Mauernische hat Merellyn gereimt, irgendwas mit Gicht und Wicht, und Myrabella sogar zweimal, und ich habe auch gereimt und selbst Sir Holdmund hat anders geredet als sonst!«

»Wartet, wartet, wartet!«, meldete sich das Macronomicon aufgeregt. »Ich glaube, ich weiß, was das ist.«

Es segelte an die Stelle, wo es mir und dem anderen Buch gerade die Sprache verdreht hatte. Dort blätterte es rasend schnell seine Seiten durch. Schließlich blieb es an einer Stelle aufgeschlagen.

»Die Zeit verdreht um tausend Jahr. Wir seh'n den Turm, wie er einst war«, rief das Macronomicon. »Wir sprechen nach der Ahnen Art, verborgen ist, was hier bewahrt. Wir sehen auf der Vor-

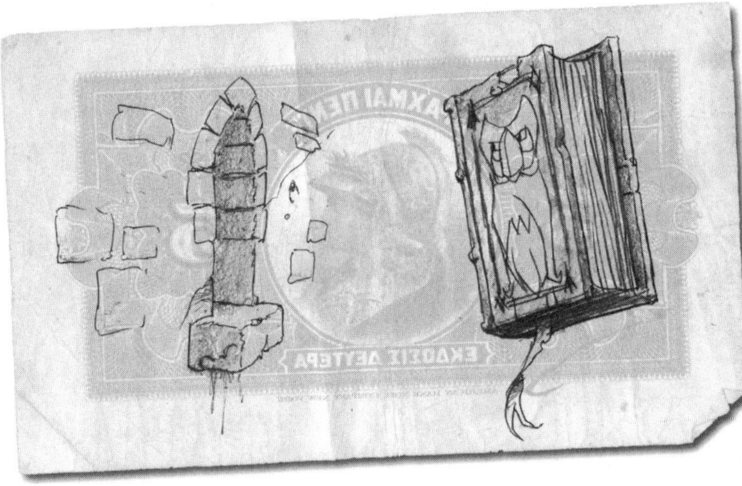

fahr'n Weisen, kein Schlüssel ging von hier auf Reisen. Ein Zauber hat die Zeit verbogen, der Schlüssel Diebstahl war gelogen.«

Das Buch riss sich von der Stelle los, an der wir offenbar gezwungen waren, in altmodischen Reimen zu reden.

»Merellyn, ist dir klar, welcher Zauber hier angewandt wurde?«, fragte es. Aber der Zauberer hörte nicht zu. Er rannte im Kreis durchs Zimmer. Anfangs hatte er sich noch mit der flachen Hand auf die Stirn geschlagen, aber inzwischen hatte er sein Schwert gezogen und knallte sich die Breitseite der Klinge gegen die Birne. Seine Hutkrempe wies schon mehrere Schnitte auf.

»Ich Idiot! Ich Idiot! Ich Idiot!«, brüllte er.

»Willst du nicht nachsehen, ob die Truhe vielleicht doch noch da ist?«, rief das Macronomicon. Merellyn hörte auf, im Kreis zu laufen. Er rannte zu der Mauernische und stocherte mit seinem Schwert darin herum. »Nichts! Nichts! Nichts!«, schrie er. »Natürlich war sie heute Nachmittag noch da! Aber! Jetzt! Eben! Nicht! Mehr!«

Bei jedem Wort hackte er funkensprühend tiefe Kerben in die Steine der Nische. Als er sich umdrehte, dachte ich, er würde gleich einen von uns köpfen. Aber dann atmete er ein paarmal tief durch und steckte endlich das Schwert zurück in die Scheide. »Reingelegt!«, schimpfte er kopfschüttelnd. »Auf die klassische Art reingelegt! Ich werde alt. Ich roste ein. Wenn ich ein Gehalt kriegen würde, wäre ich es nicht wert.«

Der Zauberer ließ sich in den Sessel hinterm Schreibtisch fallen. Sein Hut stieß gegen die hohe geschnitzte Lehne und rutschte so weit nach vorne, dass von seinem Gesicht nichts mehr zu sehen war.

»Myrabella, überprüfe bitte noch einmal, ob die Truhe mit den Schlüsseln wirklich verschwunden ist«, bat das Macronomicon. »Sie könnte trotz Merellyns Schwerthieben immer noch da sein, obwohl wir sie nicht sehen. Kannst du irgendetwas fühlen?«

Die Elfe wanderte mit ausgestreckten Armen kreuz und quer durch die leere Nische. Dann schüttelte sie den Kopf.

»Da ist absolut gar nichts!«, erklärte sie.

»Der Trick ist ein Klassiker!«, meldete sich Merellyn wieder zu Wort. »Am Nachmittag, als wir dachten, die beiden Schlüssel wären verschwunden, haben wir uns getäuscht. Sie waren noch da. Nur unsichtbar!«

Lorenzo und ich sahen uns verständnislos an.

»Hier wirkt ein Zauber, der uns die Mauernische zu einem anderen Zeitpunkt zeigt«, erklärte das Buch weiter. »Die Truhe war heute Nachmittag noch da, aber wir sahen sie nicht, weil wir ein Bild aus längst vergangenen Tagen betrachteten. Als es die Truhe noch gar nicht gab.«

»Aber wieso habt ihr alle so bescheuert gesprochen wie Sir Holdmund?«, wollte Lorenzo wissen.

»Begrenzt auf eine kleine Stelle rund um die Nische befindet sich ein Zeitloch in diesem Raum, das ungefähr tausend Jahre in die Vergangenheit führt«, erklärte das Macronomicon. »Und so ›bescheuert‹, wie du es ausdrückst, Lorenzo, sprach man damals halt.«

»Der Trick ist so simpel!«, stöhnte Merellyn. »Jeder billige Marktplatzdieb kennt ihn. Mal angenommen, du willst … sagen wir mal, einen Kürbis klauen. Dein Kumpel macht also am einen Ende des Standes Radau. Wenn alle hinschauen, lässt du am anderen Ende schnell einen oder zwei Kürbisse unter der Ladentheke verschwinden. Sie sind nicht gestohlen. Noch nicht. Aber für den Verkäufer sind sie nicht mehr sichtbar, also weg. Du schreist: ›Der war's!‹, und deutest auf deinen Kumpel, der jetzt wegrennt. Der Verkäufer nimmt hundertprozentig seine Verfolgung auf. Obwohl er eigentlich sehen müsste, dass der Verfolgte gar keinen Kürbis bei sich haben kann. Jetzt ist der Stand für eine Weile unbewacht, und du kannst so viele Kürbisse wegschleppen, wie du möchtest. Wenn sie deinen Kumpel schnappen, hat er natürlich kein Diebesgut bei sich. Trotzdem ist der Kürbisstand ausgeraubt.«

»Verstehe. Wir sind alle ins Dorf gehetzt, weil wir dachten, die Anhänger sind schon gestohlen«, fasste Myrabella zusammen. »So haben wir die Dinger unbewacht gelassen und dem Dieb jede Menge Zeit gegeben, sie in Ruhe von hier wegzubringen.«

»Für so was kommt der Troll wohl kaum infrage«, meinte das Macronomicon. »Um das Zeitloch herzustellen, hätte er einen Zauberstab gebraucht. Den könnte ihm jemand gegeben haben. Aber dann hätte er sich einen komplizierten Zauberspruch merken und einen unbeobachteten Moment haben müssen, um ihn aufzusagen …«

Merellyn unterbrach das Buch mit einem Schrei. In aller Eile fummelte er seine Kristallkugel aus dem Umhang. Sie leuchtete von innen heraus, aber das Licht erlosch, ehe der Zauberer die Kugel ganz aus den Falten seines Mantels befreit hatte. Er sah uns an.

»Jemand hat ganz kurz die Truhe geöffnet«, stellte er fest. »Wahrscheinlich, um zu kontrollieren, ob die Schlüssel wirklich darin sind. Aber das Seltsame ist … die Truhe befindet sich zwei Tagesreisen westlich … von … Was ist das denn?«

Merellyns Blick war von der erloschenen Kugel in seinen Händen zu der anderen gewandert, die in dem eisernen Dreibein auf dem Schreibtisch ruhte. Darin bewegten sich immer noch die nebligen Muster, die Lorenzo erzeugt hatte.

»Nichts«, sagte Lorenzo kleinlaut. »Du bist abgehauen … ich meine, hast dich in den Dimensionsturm … äh, verflüchtigt. Und der Troll wollte einfach nicht gehen. Da hab ich gedacht, ich könnte vielleicht, du weißt schon, eine Digagnose mit der Kugel … ist aber total schiefgegangen.«

Der Zauberer trat an den Tisch. Eine Weile starrte er kopfschüttelnd auf die Schlieren und Schleier, die sich in dem Kristall bewegten. Dann schaute er Lorenzo an und wies auf die Kugel.

»Ich bin mir da nicht so sicher …«, meinte Merellyn nachdenklich. »Das ist ein sehr ungewöhnliches Blutbild. Wenn es stimmt, wäre das der erste Troll in meiner langjährigen Praxis, der an einer gewissen, äh … Blutarmut leidet. Er hat nicht zu wenig. Aber es ist irgendwie sehr dünn. Und auch hektisch. Es scheint nicht immer in … die richtige Richtung zu fließen, könnte man sagen. Also, entweder hat er zwei Krankheiten, die sich eigentlich gegenseitig ausschließen. Oder diese Kugel ist kaputt.«

Der Zauberer nahm das Glasding aus dem Reifen. Gedankenverloren stand er auf und wanderte durch das Zimmer. Dabei schüttelte er entweder die Kugel oder hielt sie sich ans Ohr. Nach der dritten Runde durchs Behandlungszimmer blieb er vor mir und Lorenzo stehen. Seine Augen wurden schmal.

»Isla Evangelista, sagst du?«, fragte er aus heiterem Himmel. Lorenzo nickte. Merellyn legte die Kugel zurück in den eisernen Reifen. Dann klatschte er in die Hände.

»Nun gut!«, rief er. »Machen wir einen Ausflug in die Trollberge! Dort soll's wesentlich wärmer sein als hier. Bestellt diesen Kruschpuk in den Turm.«

»Ich wusste es!«, jubelte Sir Holdmund. »Der große Moment ist gekommen. Der Ritter aufrechte Schar gürtet die Lenden. In der Nacht vor der großen Fahrt jedoch sollte gefastet werden, um den Geist vorzu…«

»Was gibt's zum Abendessen?«, rief Lorenzo. »Bevor's losgeht, würde ich gern einen gegrillten Ochsen verspeisen! Und morgen bin ich den Schwätzer los!«

PLÄNE UND ORAKEL

Am Abend versammelten wir uns alle im Behandlungszimmer, wo Myrabella ein großes Feuer im Kamin angezündet hatte. Nur Glubschnak und Schnick fehlten. Keiner wusste, wo sich der Troll und der Kobold herumtrieben, seit die Straßen eisfrei waren.

Merellyn wollte von Kruschpuk wissen, wie die Wette mit den Vampiren lautete und wie es dazu gekommen war.

»Na ja, wir Jungs von der Isla haben den Ersten FC Waran gegründet«, erklärte der Troll. »Aber dann teilten wir uns auf in eine erste Mannschaft und eine …«

»Entschuldige, wenn ich dich unterbreche, aber wer sind ›wir Jungs von der Isla‹?«, fragte Merellyn. »Und wieso FC Waran?«

»Weil wir das sind. Waranjäger«, antwortete der Troll. »Unser Hauptquartier liegt auf der Insel.«

»Ich habe davon gehört, dass in letzter Zeit immer wieder Leute in die Sümpfe ziehen, um Warane zu jagen«, meinte der Zauberer. »Aber was um alles in der Welt bringt sie dazu? Das ist das gefährlichste Viehzeug, das man sich vorstellen kann.«

»Oh, aber nein!«, widersprach der Troll. »Sie sind verflucht groß und bösartig, das stimmt schon. Aber man kann sie austricksen. Manchmal. Ich finde zum Beispiel Schilfschnapper viel gefährlicher.«

»Schilfschnapper? Das ist interessant. Ich hatte mal einen grünen, der …«

»Merellyn!«, mahnte die Elfe. »Würdest du bitte zur Sache kommen?«

»Wie? Was? Ach ja, natürlich. Selbstverständlich. Ihr jagt also Warane. Aber warum?«

»Weil sie unglaublich viel Geld bringen«, erklärte Kruschpuk geradeheraus. »Waranleder ist der letzte Schrei in Arkanon.«

»Na so was«, staunte Merellyn.

»Ja, na so was«, wiederholte Myrabella. »Und weiter? Fußballmannschaft. Aufgeteilt in eine erste und eine zweite Mannschaft. So weit waren wir schon. Wie kam es zu der Wette mit den Vampiren?«

»Ja, also, irgendwann sind alle Trolle in der zweiten Mannschaft gelandet«, erzählte Kruschpuk. »Und dann wollten die anderen in der zweiten, dass es eine dritte Mannschaft geben sollte und dass die Trolle da spielen. Und dann wollte niemand mehr mit der dritten spielen. Weil wir angeblich so schlecht sind und weil wir uns geweigert haben, vor dem Spiel die Keulen wegzulegen. Und dann wollten die Waldtrolle, dass die Bergtrolle in der vierten Manschaft spielen. Aber ich bin der einzige Bergtroll auf der Insel.«

»Und trotzdem der Teamchef?«, wunderte sich Myrabella.

Kruschpuk grinste schief.

»Wie gesagt, ich bin der einzige Bergtroll …«

»Seid ihr wirklich so schlecht?«, wollte Lorenzo wissen.

»Na ja … jedenfalls hat niemand mehr gegen uns gespielt. Und wir hatten keinen Ball. Und eines Tages, auf der Jagd …

war da dieser Typ, und der hatte einen Ball, und der fragte mich, ob wir Lust hätten, gegen ihn und seine Jungs zu spielen.«

»Und das waren Vampire?«, vermutete Myrabella. »Wie konntest du dich mit Vampiren einlassen?«

»Aber das wusste ich doch nicht!«, rief Kruschpuk. »Es war am helllichten Tag. Gut, er hatte so eine Art Rüstung an. So einen Anzug aus Leder, der ihn komplett bedeckte. Und eine Kopfmaske mit Augenfenstern, in denen sich die Sonne spiegelte … aber ich wäre doch nie draufgekommen, dass er ein Vampir ist.«

»Nein. Natürlich nicht«, sagte die Fee mit gespieltem Verständnis. »In den Schwarzfiebersümpfen an der Grenze zum Vampirland kommen jeden Tag Leute in Schutzanzügen mit Fußbällen unterm Arm um die Ecke. Wie könnte man darauf kommen, dass so einer ein Vampir ist?«

»Ja, eben!«, rief der Troll todernst. »Und dann hat er mich mit der blöden Wette ausgetrickst. Und jetzt sollen wir gegen sie spielen, und wenn wir verlieren, müssen wir sie zum Essen einladen. Dabei weiß jeder, dass man einen Vampir zum Herrn über sich selbst und all sein Hab und Gut macht, wenn man ihn einlädt. Da bin ich aufgebrochen, um Hilfe zu holen.«

»Was wollen Vampire auf der Isla Evangelista?«, überlegte Merellyn. »Da ist doch nichts für sie von Interesse … aber jetzt reisen wir ja hin. Dort werden wir es schon herausfinden. Also, dann zeig uns mal die Reiseroute.«

Lorenzo hatte eine Karte von Fantasmanien aufgehängt, die er sich von Lehrer Rosenholz geliehen hatte. Die war richtig schön. Berge waren mit zackigen Linien eingezeichnet und Wälder mit kleinen Bäumchen. Flüsse waren geschwungene blaue

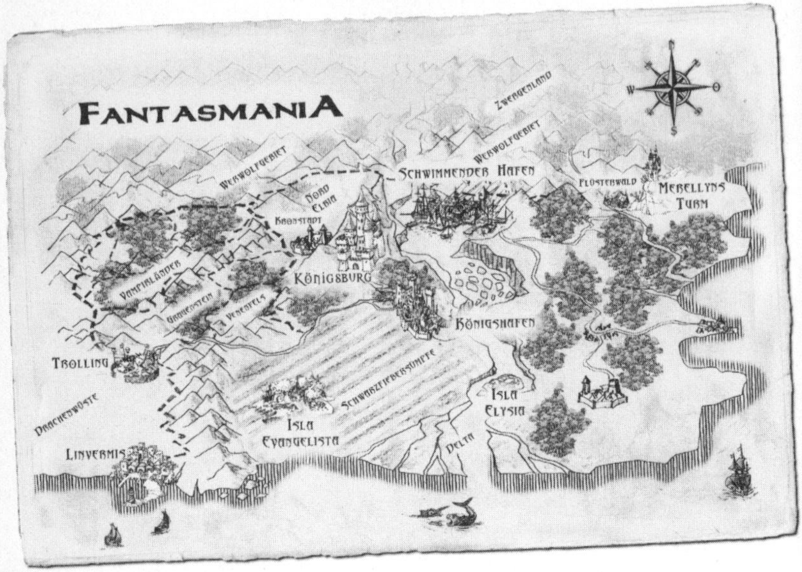

Linien, die sich alle auf die südliche Küste zuschlängelten, wo das Land wie ausgefranst aussah. Dazwischen deuteten kleine Häuschen ein paar größere Ansiedlungen an, aber nicht viele. Es ist wohl so, dass viele Bewohner Fantasmaniens lieber in der Wildnis leben als in festen Häusern.

Westlich und nordwestlich vom Königsberg gab es einen Bereich, wo Grenzlinien mehrfach ausgebessert und, wahrscheinlich nachträglich, weite Teile der Karte schwarz übermalt worden waren.

Kruschpuk hob mit den Zeigefingern seine buschigen Augenbrauen an und schob dann seinen schubkarrengroßen Kopf ganz nah an die Karte heran. »Mal sehen …«, brummte er. »Ah, ja. Wir sind hier.« Er deutete auf einen Punkt ziemlich weit rechts, also im Osten, ungefähr auf halber Höhe. »Flüsterwald an der Fracht-Fort-Furt.« Er grinste mit seinen Wildschweinhauern. »Von hier aus müssen wir ein Stück auf der alten Königsstraße nach Südwesten wandern, bis wir zur Neuen Königsstraße kommen. Die führt direkt nach Westen zum Schimmelwein.«

»Schimmelwein?«, rutschte es Lorenzo heraus.

»Der alte Elbenname ist Es'chimeliëvin«, erklärte der Troll. »Kann keiner aussprechen. Wir sagen immer nur Schimmelwein. Das ist der größte Fluss in Fantasmanien. Auf dem geht's mit einem Flussschiff weiter nach Süden.«

Seine Klaue fuhr über die Karte nach unten und hielt neben der Zeichnung einer Burg an.

»Im Königshafen geht man von Bord«, fuhr Kruschpuk fort. »Der liegt ein gutes Stück nördlich vom Delta des Schimmelweins. Das Flussdelta bildet praktisch die südlichsten Ausläufer der Schwarzfiebersümpfe. Wir müssen vorher runter vom Schiff, und dann klettern wir über das Südende vom Königsberg, immer am Rand der Sümpfe entlang.«

»Was ist denn ein Delta?«, fragte Lorenzo. Der Troll dachte kurz nach.

»Das Ende vom Fluss. Wo er ins Meer fließt«, sagte er dann. »Die Gegend kann sich nicht entscheiden, ob sie über oder unter Wasser liegen will. So ähnlich sieht es überall in den Schwarzfiebersümpfen aus. Nur dass es im Delta jede Menge Fische und Vögel gibt und damit hat sich's. Aber in den Sümpfen lebt noch ganz anderes Viehzeug. Das ist auch viel unter Wasser. Weil man es da nicht sieht. Aber wenn man näher kommt, stellt sich meistens heraus, dass es ziemlich groß und hungrig ist und auch an Land prima zurechtkommt. Wir müssen höllisch aufpassen, dass wir nicht zu weit in die Sümpfe hineingeraten.«

»Warum steigen wir nicht einfach höher den Berg hinauf?«, wollte Lorenzo wissen.

»Weil wir nicht dürfen. Verboten. Tabu. Gegen das Gesetz!«, antwortete Merellyn. »Der Regent hat angeordnet, dass sich niemand auf weniger als tausend Kloppstock der Königsburg nähern darf.«

»Hä? Was ist denn ein Kloppstock?«, entfuhr es mir.

Kruschpuk zog eine seiner beiden Keulen aus dem Halter.

»Altes Trollwort«, verkündete er. »Das ist ein Kloppstock.«

»Sehr richtig«, bestätigte das Zauberbuch. »Es ist aber auch eine alte elbische Maßeinheit. Ein Kloppstock ist ziemlich genau ein achtunddreißigstel Kilometer. Etwas mehr als sechsundzwanzig Meter.«

»Ja, das ist einen Meter weiter als der uralte Trollweltrekord im Weitspucken«, tönte der Troll. »Sind schon schlaue Kerlchen, die alten Elben. Die wissen, wie man trocken bleibt. Und am Leben.« Wir sahen verständnislos zu Merellyn.

»Die Trolle sind gefürchtete Weitspucker«, sagte Myrabella. »Seid froh, dass ihr noch keinem wütenden Exemplar begegnet seid. Das spuckt euch auf fünfundzwanzig Metern gezielt ein Auge aus dem Kopf. Dann kommt es näher und haut euch mit dem Kloppstock ...«

»Na, na, wertes Fräulein!«, säuselte Kruschpuk. »Das war in den alten Tagen. Aber jetzt sind wir so zilivi... zivilivili... zilivilisiert wie alle anderen Völker Fantasmaniens.«

»Das glaub ich aufs Wort«, schnappte die Fee. Ihre Miene aber sagte: Erzähl mir bloß keinen Scheiß!

Der Troll sah sie prüfend an.

»Durch die nördlichen Ausläufer der Sümpfe wandert man ungefähr fünf Tage«, fuhr er fort. »Dann hat man den Unteren Königsberg umrundet und trifft wieder auf Des Königs Hohe Straße. Jetzt kann man sie benutzen, ohne auf Wächter zu treffen. Dort ist sie nämlich viel weiter als tausend Kloppstock von der Burg entfernt. Aber sie führt mitten durch den Sumpf. Da muss man aufpassen. Ich habe es selber noch nie gesehen, aber da soll es etwas geben, das Schattensee heißt. Er wächst aus dem Boden oder so und überflutet die ganze Gegend. Nach einem Tag oder zwei ist er wieder verschwunden. Aber dann ist alles, was nicht schwimmen kann, abgesoffen. Hat was mit dem Mond zu tun. Ebbe und Flut und so weiter ...«

»Ich habe ihn mal gesehen, diesen Schattensee«, sagte das Macronomicon. »Er wird nicht sehr tief, aber er dehnt sich aus. Das Wasser ist schlammig. Man sieht nicht, wohin man tritt.

Und das schreckliche Viehzeug, das in den Tümpeln und Sumpflöchern lebt, hat plötzlich viel mehr Bewegungsfreiheit. Sehr gefährlich für jeden, der nicht fliegen kann.«

Kruschpuk nickte und zeigte wieder auf die Karte.

»Einen Tag weiter nach Westen, dann beginnt im Norden der Sümpfe das Vampirgebiet. Man wandert etwa fünf Tage zwischen den Sümpfen und den Vampiren. Wenn einem da nichts passiert, läuft man noch einen oder zwei Tage weiter nach Süden. Und wenn uns irgendjemand eine Keule auf die Birne haut, haben wir's geschafft. Dann sind wir in den östlichen Ausläufern der Trollberge. Wenn uns kein Waran erwischt, sind wir im Handumdrehen auf der Isla.«

»Klingt, äh … verlockend«, meinte Lorenzo, plötzlich nicht mehr so überzeugt von seiner Idee, dorthin zu reisen.

»Allerdings. Was für echte Männer«, sagte Myrabella. Dann gähnte sie. »Aber jetzt gehe ich zu Bett.«

Kruschpuk sah ihr nach, wie sie sternenstaubglitzernd aus dem Zimmer flog. Dann verabschiedete er sich ebenfalls. Wir wollten uns auch aufmachen, aber Merellyn und das Macronomicon hielten uns zurück.

»Ihr werdet lachen, aber ich glaube dem Troll die Geschichte mit der Fußballmannschaft und der blöden Wette«, sagte der Zauberer mit einem Blick zur Tür, durch die sich der Troll gerade gezwängt hatte. »Das klingt sehr … trollisch. Was ich immer noch nicht glauben kann, ist, dass er hier drin gezaubert haben soll.«

»Aber alles spricht dafür«, gab das Buch zu bedenken. »Vielleicht steht er selbst unter einem Bann.«

Merellyn nickte.

»Richtig. Alles spricht dafür. Deshalb glaube ich, es ist klug, den Troll zu begleiten. Ich denke, er wird uns wieder zu den

Zeichen führen. Aber es gibt noch zwei wichtige Gründe für die Reise zur Isla Evangelista. Ich habe jemanden, der dort lebt, um einen Gefallen gebeten. Er führt für mich … sozusagen ein wichtiges Experiment durch. Ich möchte nicht, dass er von Vampiren gefährdet wird. Selbst wenn wir die Zeichen der Lords vorher zurückbekommen sollten, werden wir den ganzen Weg zur Isla Evangelista reisen. Den anderen Grund wird euch das Macronomicon darlegen.«

»Ich habe weiter daran gearbeitet, die unverständlichen Passagen, die ich seit der Explosion in mir trage, zu übersetzen«, erzählte das Buch. »Und ich bin auf eine Passage gestoßen, die keine Zauberformeln enthält, sondern Prophezeiungen.«

»Was sind …«, begannen Lorenzo und ich im Chor. Wir schauten uns an und mussten grinsen.

»Prophezeiungen sind Weissagungen«, erklärte Merellyn. »Orakel. Vorhersehung. Jemand verkündet etwas, das in der Zukunft passieren könnte. Die meisten sind wertlos. Wie das tägliche Horoskop in der magischen Buchstabensuppe unten im Halben Humpen.«

»Aber diese sind anders«, fuhr das Macronomicon fort. »Sie betreffen bestimmte Personen, obwohl die Namen nicht genannt werden. Doch Merellyn und ich glauben zu wissen, von welchen Personen die Rede ist.«

»Da wären einmal König Oberon und sein Bruder, der Mundovoros.«

»Und wir glauben, dass von euch beiden die Rede ist«, fuhr das Buch fort. »Und von eurem Spiel.«

»Nein!«, hauchten wir ungläubig.

»Ich werde euch die entsprechenden Passagen nennen«, sagte das Macronomicon.

»So lautet die erste Prophezeiung, die Lord Zerberon, den Mundovoros, betrifft:

›Er vereint die Macht vieler Völker, um damit ein Volk für immer zu vernichten.

Er wandelt in der Macht anderer Völker, doch dafür muss er sein eigenes Volk für immer verlassen.

Nur die vereinte Macht aller Völker kann ihn vernichten.‹

Dann die …«

»Äh, Moment mal bitte«, unterbrach Lorenzo. »Daraus könnt ihr lesen, dass es sich um den Schwarzen Lord handelt?«

»Er vereint die Macht vieler Völker«, wiederholte Merellyn. »Er lässt Werwölfe, Vampire, Trolle und Drachen in seinen Reihen kämpfen. Er bedient sich der dunklen Mächte Fantasmaniens. Das ist … unelfisch. Damit hat er sein eigenes Volk für immer verlassen.«

»… um damit ein Volk für immer zu vernichten«, ergänzte das Buch. »Der Mundovoros ist fest davon überzeugt, dass Fantasmanien erst in Frieden leben kann, wenn ein Volk vernichtet ist: die Menschen.«

»Die nächste Prophezeiung bezieht sich auf Lorenzo«, fuhr das Buch fort. »Hört zu:

›Er verbrennt im Feuer und lebt doch.

Er ist verloren und kehrt doch zurück.

Er hat keine Macht, weil er alle Macht hat.

Er hat die Magie eines Spiels bezwungen, das die Welt bezwingen wird.

Er ist in zwei Welten ein Fremder, doch er kann beide Welten vereinen.‹

Jetzt kommt eine Passage aus derselben Prophezeiung, aber die bezieht sich auf Oberon.

›Der Krieg ist das Spiel, in dem der König alles verlieren wird. Das Spiel ist der Krieg, in dem er alles zurückgewinnen kann.‹ Was sagt ihr dazu?«

Lorenzo schüttelte den Kopf.

»Ich kapier überhaupt nichts mehr«, stellte er fest. »Das soll ich sein? Da ist er nicht zu Hause und dort auch nicht und dann vereint er die ganze Welt. Und beim Spielen gibt's Krieg. Oder umgekehrt?«

»Denk nach, Lorenzo!«, forderte Merellyn. »Hast du dich in Arkanon zu Hause gefühlt? Oder warst du ein Außenseiter?«

»Wie bitte? Ich hab mich sehr zu Hause gefühlt! Ich war der Mannschaftskapitän.«

»Ja, aber genau deshalb warst du ein Außenseiter!«, warf ich ein. »Das ist nicht böse gemeint. Du warst nicht wie alle anderen, weil du Fußball wie … wie aus einer anderen Welt gespielt hast.«

Jetzt fing ich auch schon an, wie das Orakel zu reden.

»Aber das macht mich doch nicht gleich zum Außenseiter!«, rief Lorenzo.

»Doch. Den anderen war es immer ein bisschen unheimlich. Vor allem natürlich den Jungs, gegen die wir gespielt haben. Aber auch die Verdammten Rotznasen haben gefühlt, dass du anders bist. Inzwischen wissen wir ja, warum.«

Lorenzo kratzte sich nachdenklich am Kinn.

»Zwei Welten …«, murmelte er. Dann sah er trotzig hoch. »Wieso soll ich das sein? Es ist nur Fußball. Das hat nichts mit Krieg zwischen den Welten zu tun.«

»Möglicherweise doch«, sagte das Macronomicon. »Merellyn und ich glauben nicht mehr, dass euer Spiel nebensächlich ist. Dafür wird es zu oft in den Prophezeiungen erwähnt.«

»Dieser Krieg wird jetzt wohl nicht mehr mit Magie oder Schwertern geführt«, erklärte Merellyn grimmig. »Es kann kein Zufall sein, dass euer Spiel Fantasmanien im Sturm erobert. Das Land bereitet sich auf eine Begegnung vor.«

»Dass der Fußball sich wie ein Lauffeuer ausbreitet, ist doch kein Wunder«, rief Lorenzo störrisch. »Es ist das beste Spiel der Welt!«

»Ich habe von Gnomenstämmen im Süden gehört, die den Ball anbeten wie einen Gott«, rief Merellyn. »Trolle suchen einen Trainer! Weil sie gegen Vampire antreten wollen. In einem Fußballspiel! Ha! Sprich nicht von Zufall! Inzwischen versuchen sogar die sprechenden Bäume zu spielen. Allerdings ist es ziemlich öd, ihnen zuzuschauen. Es dauert manchmal Stunden, bis ein Baum seine Wurzeln so in Position gebracht hat, dass er dem Ball einen Stoß geben kann. Von ordentlicher Laufarbeit kann nicht die Rede sein.« Bei der Vorstellung musste sogar Lorenzo lachen. Mitten in unser Gegacker über die Bäume hinein sagte das Buch: »Deine Prophezeiung ist nicht sehr lang, William.« Ich fuhr herum.

»Genauer gesagt, handelt es sich nur um einen einzigen Satz. Dass du erwähnt wirst, beweist ein weiteres Mal, dass der Zufall seine Hand *nicht* im Spiel hat.« Ich schluckte (sozusagen im Geiste).

»Wie lautet die Profi… die Voraussage?«, fragte ich.

»Der Bewahrer, der nicht von dieser Welt ist, beschützt den Veränderer, der zwei Welten retten kann«, las das Buch vor. »Mit Bewahrer und Veränderer könnten viele Dinge gemeint sein. Aber es bezieht sich wahrscheinlich wieder auf das Spiel. Du warst Torwart. Wenn ich es richtig verstanden habe, ist es seine Aufgabe, den Spielstand vom Anfang zu bewahren. Nämlich null Tore. Lorenzo war Stürmer. Dessen Aufgabe ist es, den Spielstand zu verändern. Möglichst beim Gegner, wie ich mal annehme.«

»Du hast Lorenzo mehrere Male beschützt, obwohl du gestorben warst«, warf Merellyn ein. »Schon in dem Hinterhof, obwohl du nicht mehr in dieser Welt warst. Als er von der Turmmauer fiel. Und in den Verliesen. Es scheint dir gar nicht bewusst zu sein, aber du bist ein sehr mächtiger Geist, wenn du es willst.«

Ich runzelte die Stirn. Sofort fiel mir ein, wie meine Hand immer wieder durch den Dolch geglitten war, den ich vom Höhlenboden aufheben wollte, weil er die einzige Waffe war, die das spinnenbeinige Monster töten konnte, das mit schnappenden Giftkiefern auf mich zugerast war. Mächtiger Geist, haha.

Aber das mit dem Bewahrer und Veränderer gefiel mir. So hatte ich das noch nicht gesehen. Und meine eigene Prophezeiung … Nur ein Satz, aber immerhin!

»Veränderung ist tatsächlich das Wort, das euer Erscheinen in Fantasmanien begleitet«, fuhr das Buch fort. »Der Fußball bringt die fantasmanischen Völker dazu, miteinander zu reden und zu spielen. Er bringt sie in Bewegung und löst die Erstarrung, die das Reich seit der Schlacht auf der Königsburg gefangen hielt. Es könnte keine bessere Vorbereitung auf die kommende Auseinandersetzung geben.«

»Deshalb sollten auch wir nun in Bewegung geraten!«, rief Merellyn. »Seit sie alle Fußball spielen, kommt sowieso kaum noch jemand in die magische Praxis. Als Erstes reisen wir zur Isla Evangelista.«

In Bewegung geraten. So was Ähnliches hatte auch Lorenzo gesagt.

FINSTERALBE UND GEISTSCHRECKEN

Am nächsten Morgen brachen wir mit einer kleinen Handelskarawane nach Westen auf. Wenn man das Zauberbuch als Person zählte, was ich für absolut richtig halte, waren wir zu siebt: der Zauberer Merellyn, das Buch Macronomicon, die Elfe Myrabella, die Zentaurin Palomina, der Troll Kruschpuk, Lorenzo und ich. Das Buch war allerdings versteckt in einer großen Mappe aus schwerem Leder. Auf einer Seite hatte sie ein Fenster aus überkreuz geflochtenen Lederbändern, damit das Macronomicon alles mitbekam. Schnick und Glubschnak würden wir im Dorf Langwinkel treffen. Der dortige Hexendoktor hatte Merellyn eine Nachricht in die Kristallkugel geschickt. Irgendwas hatten die beiden angestellt. Na ja, immerhin behaupteten sie von sich, die gefährlichste Räuberbande östlich der Fracht-Fort-Furt zu sein.

Wir verteilten uns auf die Ladeflächen der Ochsenkarren, aus denen die Karawane bestand. Die Viecher mit den tief hängenden, wild geschwungenen Hörnern, die die Wagen zogen, waren allerdings keine Ochsen. Sie sahen zehnmal blöder aus und wurden von den Fuhrleuten »Glubs« genannt. Nachdem mir die Waldtrolle erzählt haben, dass Glubschnak »Riesengroßer Blödmann« heißt, gehe ich mal davon aus, dass »Glub« der Teil ist, der »Blödmann« bedeutet.

Sogar Kruschpuk fand einen Platz auf einem leeren Wagen. Er musste nur aufpassen, dass er sich nicht zu heftig oder zu weit hinten auf die Ladefläche krachen ließ. Dann kippte nämlich der Wagen über die Hinterachse, und die beiden Glubs, die ihn zogen, wurden in die Luft geschleudert. Die zwei massigen Zugtiere konnten den Riesentroll nicht aufwiegen. Sobald es bergauf ging, musste er sowieso absteigen.

Während unsere Wagen nebeneinander herruckelten, fragte ich den riesigen Troll: »Äh, sag mal, Kruschpuk … bist du irgendwie mit Glubschnak verwandt?«

»Glubschnak?«, brummte der Troll. »Auch genannt: Der Depp mit der Keule?«

»Das hab ich noch nie gehört«, gab Lorenzo zu. »Aber der Name würde schon zu ihm passen.«

Wenn dieser Kruschpuk nicht selbst einer gewesen wäre, hätte ich ihm geantwortet, dass die Beschreibung so ziemlich auf jeden Troll passte.

»Das ist mein Cousin!«, rief Kruschpuk. »Du kennst ihn?«

»Er wohnt oben mit uns im Turm«, erzählte Lorenzo. »Aber zurzeit ist er nicht da.«

»Ist nicht da? Ja, wo ist er denn?«

»Keine Ahnung. Er ist mit Schnick unterwegs, seinem …«

»Mit Schnick unterwegs?«

Irgendwie funktionierte dieser Troll wie ein Echo. Was man auch sagte, kam mit einem Fragezeichen am Ende zurück. »Mit diesem alten Gauner? Wenn ich den erwische!«

»Wieso denn?«, wollte ich wissen. »Was hat Schnick ausgefressen?«

»Was er ausgefressen hat?« Schon wieder das Echo. »Er hat einem von unseren Jungs Bälle verkauft. War Anfang des Jahres hier, auf der Durchreise. Zwölf mal zwölf Stück für dreihundert Fantasmo. So viel hatte er nicht, also hat er dem Kobold einen Rubin gegeben. Ungefähr so groß ...«

Er bildete mit Daumen und Zeigefinger einen Ring, durch den ein kleines Fass gepasst hätte.

»Und jetzt fühlt ihr euch übers Ohr gehauen? Das verstehe ich. Ein Rubin in der Größe ...«

»Ja, hehe, wenn er nicht so klein gewesen wäre, wär ich jetzt wirklich wütend«, meinte Kruschpuk. »Jedenfalls, die Bälle sind schlecht. Die halten nichts aus. Einmal mit der Keule drauf ... und PENG! Außerdem hat keiner nicht die Spielanleitung verstanden.«

»Keiner nicht?« Mist, das Echo war ansteckend.

»Nein, absolut keiner nicht«, grollte der Troll. »Jetzt wollten wir fragen, ob wir das neue Spiel auch wie früher mit den Schädeln der Besiegten ...«

»Wie bitte? Ihr spielt Fußball mit Schädeln?«

»Keine Angst!«, versuchte uns der Troll zu beruhigen. »Es sind schon sehr alte Besiegte. Noch vom Opa niedergemetzelt. In letzter Zeit kam niemand mit einem passenden Kopf vorbei.«

Mit Schaudern dachte ich daran, dass Kruschpuk gleich zwei dornenbewehrte Keulen in Schlaufen überkreuz auf seinem Rücken trug.

Palomina, die Zentaurin, war die Einzige, die es vorzog, zu laufen. Als wir nach ein paar Stunden Fahrt eine Pause zum Mittagessen machten, fragte Lorenzo Palomina besorgt:

»Bist du nicht müde? Wir sind ziemlich schnell gefahren ...«

»Aber nein!«, antwortete Palomina. »Das war nicht schnell. Um ehrlich zu sein, ging es mir die meiste Zeit ein bisschen zu langsam. Aber es hat trotzdem Spaß gemacht. Ich liebe es, zu laufen.«

Das hörte sich so an, als hätte sie normalerweise nicht viel Gelegenheit dazu.

»Läufst du zu Hause auch?«, fragte Lorenzo.

»Niemals!«, erwiderte die Zentaurin entrüstet. »Laufen ist völlig unschicklich. Das machen nur die Kinder.«

»Das verstehe ich nicht«, gab Lorenzo zu. »Ich meine … ohne dir zu nahe treten zu wollen … aber der größte Teil von dir sieht aus wie ein Pferd. Und soweit ich weiß, laufen Pferde für ihr Leben gern.«

»Wir sind keine Pferde!«, zischte Palomina leise, aber bestimmt. Sie errötete wieder mal, erhob sich und trabte zwischen die Bäume außer Sicht.

Lorenzo sah mich verdattert und hilflos an, aber mich nervte sein ganzes Gehabe, wenn er in die Nähe dieses Pferdemädchens kam. Also suchte auch ich das Weite.

»Ich bin Zauberer und magischer Doktor«, hatte er behauptet … Was war bloß mit ihm los?

Bis etwa zur zweiten Stunde nach Mittag ging es ziemlich gut voran. Ein paarmal überholten wir Bauern, die ein Stück weit die Straße benutzten, um ihr Vieh auf die schneefreien Weiden zu treiben. Ab und zu kam uns ein einzelnes Fuhrwerk oder eine kleine Karawane entgegen. Doch dann gab es plötzlich einen Stau. Wir rollten einen Berghang hinunter und konnten schon von Weitem die Straßenkreuzung sehen, an der es nicht mehr richtig vorwärtsging. Unsere Straße, die sich vom Berg hinunterschlängelte, mündete in eine größere, auf der viel mehr

Verkehr herrschte. Keine hundert Meter nach der Einmündung führte die mehrspurige Straße über eine Brücke, die in jeder Fahrtrichtung nur eine Spur zu bieten hatte. Anscheinend gab es niemanden, der den Verkehr regelte. Über die Brücke kam immer nur der, der gerade am stärksten war … oder komplett durchdrehte und sein Gefährt einfach mit Volldampf ins Getümmel jagte. Bei der Brücke, die einen lächerlich kleinen Gebirgsbach überspannte, lag ein riesiges Gasthaus mit einem noch größeren Parkplatz. Der war randvoll mit abgestellten Fuhrwerken von Reisenden, die völlig entnervt aufgegeben hatten.

Harlo, der Karawanenführer, tauchte neben dem Wagen auf, mit dem wir unterwegs waren.

»Das ist das Gasthaus zur Brücke«, erklärte er. »Die gibt es noch nicht sehr lange. Hurfur, der sich seit letztem Sommer ›Brückenwirt‹ nennt, hat sie gebaut. Davor sind alle an der flachen Stelle da oben am Hang durch den Bach gefahren.«

Er deutete auf eine Stelle etwa zweihundert Meter oberhalb der Brücke, die bestens geeignet schien, Fuhrwerke jeder Größe durchzuschleusen. Man sah noch die Karrenspuren vom letzten Jahr, die durch die abgetauten Wiesen liefen.

»Der Schlauberger hat die Straße verlegt«, berichtete Harlo. »Vorher hielt kaum jemand bei Hurfur. Man konnte sowohl Flüsterwald im Norden als auch die Dörfer Langwinkel im Westen oder Flachtal im Osten in weniger als einer Tagesreise erreichen. Jetzt ist das unmöglich geworden, weil sich alles staut. Wir fahren noch zwei Serpentinen bergab, dann verlassen wir die Straße und überqueren den Bach an der alten Furt. Diesmal lasse ich kein Geld bei Hurfur.«

So wurde es gemacht. Wir fuhren durch die Wiesen und holperten ein Stück weit hinter der Brücke wieder auf die Straße.

Aber richtig schnell unterwegs waren wir auch danach nicht. In beiden Richtungen herrschte ein Mordsverkehr. Und ziemlich üble Stimmung. Kutschen, Karren, Reiter und Leute zu Fuß verstopften die Straße. Es gab Staus, weil immer mal wieder irgendjemand durchdrehte und versuchte neben der Straße zu überholen. Alle paar Meilen lag ein umgestürztes Fuhrwerk im Graben. Reisende und, wie ich glaube, auch Leute, die in der Gegend wohnten, kämpften um die Warenladungen, die aus den Wagen geschleudert worden waren.

Merellyn war entsetzt.

»Habt ihr das gesehen?«, rief er fassungslos. Er stand auf und lehnte sich über die Bordwand, um einem rabenschwarzen Wesen nachzustarren, das an unserer Wagenkolonne vorbeihuschte. Sein Gesicht war unter einem schwarzen Hut verborgen. Ein Umhang umwehte das Wesen wie schwarzer Nebel. »Das war

ein Finsteralb! Nur ein ganz kleiner, aber ein Finsteralb am hellichten Tag! Unterwegs auf dem königlichen Hochweg …«

Er konnte sich gar nicht mehr beruhigen. Ständig sah er irgendetwas, das sich seit zwölf Jahren nicht mehr auf Fantasmaniens Straßen hatte blicken lassen.

»Da! Da drüben, zwischen den Bäumen!«, rief Merellyn. »Auf dem Kadaver eines Glubs! Das sind Geistschrecken! Halb Rieseninsekten, halb Dämonen. Seht euch das an! Die kommen ohne Scheu bis an die Straße!«

So ging es den ganzen Nachmittag weiter. Der Zauberer und Myrabella zeigten uns abwechselnd irgendwelche Monster, von denen sie geglaubt hatten, dass sie mit der Explosion auf der Königsburg vernichtet worden waren. Langsam, aber sicher wurde Lorenzo und mir klar, dass die vielen Völker und Wesen, deren Namen wir den ganzen Winter lang gepaukt hatten, nicht bloß eine Erfindung bösartiger fantasmanischer Schulbuchschreiber waren.

Merellyn und Myrabella konnten es nicht fassen, als gegen Abend ein Zug hochgewachsener Gestalten in dunklen Kutten an uns vorbeimarschierte. Sie hatten alle weite Kapuzen über die Köpfe gezogen. Darunter sah man keine Gesichter, nur Dunkelheit. Auf den Rücken der Kutten prangte ein grellrotes Zeichen, ungefähr in der Form der Schlüssel, hinter denen wir her waren. Die Vermummten trugen lange Stäbe, an denen qualmende Blechdosen baumelten. Beim Marschieren brummten sie einen seltsamen Singsang. Alle Reisenden machten ihnen Platz. »Was verbrennen die denn in den Blechbüchsen?«, stöhnte Lorenzo. »Mir wird schlecht!«

»Priester des Menschenblutordens!«, sagte das Macronomicon leise aus seinem Versteck heraus. »Die grausamste Sekte, die je in Fantasmanien ihr Unwesen getrieben hat. Ich dachte, sie wären lange vor der Schlacht auf der Königsburg alle hingerichtet worden.«

»Sind sie auch«, bestätigte Merellyn grimmig. »Einige von mir persönlich. Das da sind Nachahmer. Aber dass sie es wagen, in dieser Aufmachung über eine Straße des Königs zu wandern, beweist, wie schlimm es um Fantasmanien steht. Der König und seine Gefolgsleute sind noch immer fern. Aber der Schwarze Lord und seine Anhänger sind nah. Sehr nah.«

DUPLIFICIO INFINITO

Lorenzo konnte das alles nicht wirklich erschrecken. Er sah sich die komischen Viecher und Leute interessiert an, aber die meiste Zeit pfiff oder summte er irgendwelche Melodien. Als ich ihn fragend anschaute, grinste er.

»Sir Holdmund bin ich los!«, meinte er. »Ich habe so getan, als würde ich eine Reisetruhe packen. Er hat's geschluckt und ist in die Kiste gesegelt. Ich habe sie verschlossen und in unserer Kammer stehen lassen.«

Die erste Nacht kampierten wir im Freien. Die Fuhrleute versorgten die Glubs, dann spielten sie in der Abenddämmerung Fußball, bis es dafür zu dunkel wurde. Die Zentaurin spielte auch mit.

Lorenzo hielt es vielleicht fünf Minuten aus. Dann nahm er einen Schluck von seinem Zeitumkehrer und raste aufs Spielfeld. Er und die Palomina lieferten sich ein packendes Duell.

Später, als sich alle einen Schlafplatz auf oder unter den Ladeflächen der Wagen suchten, schwebte ich zum Lagerfeuer. Dort redeten Harlo, der Karawanenführer, und Merellyn miteinander. Ich hörte den letzten Teil ihres Gesprächs.

»Sie werden immer frecher«, sagte Harlo gerade. »Ich wünschte, der König würde zurückkehren.«

»Das wünschte ich auch«, sagte Merellyn. »Aber es sieht im Moment nicht danach aus. Ich bin entsetzt, was da so alles auf der Straße unterwegs ist.«

»Na ja, die nächsten drei, vier Nächte werden wir wohl noch Ruhe haben.« Harlo deutete auf die schmale Sichel des Mondes. »Er fängt ja gerade erst an zuzunehmen. Da lassen sie sich nicht blicken. Ehe sie wieder aus ihren Löchern kriechen, sollten wir den Schimmelwein erreicht haben und sicher auf den Schiffen sein. Aber es wird knapp. Mit so viel Verkehr habe ich nicht gerechnet. Wir werden mindestens einen Tag länger bis zum Schwimmenden Hafen brauchen.«

Merellyn nickte nur, dann wünschten sie sich eine gute Nacht und legten sich schlafen wie die anderen.

Mit dem Schlafen hatte ich so meine Probleme. Durchsichtige Augenlider sind nämlich extrem nutzlos. Doch das war es nicht allein. Als Geist wurde ich einfach nicht müde. Ich konnte mich hinlegen und nach einiger Zeit so weit wegdämmern, dass das Bild vor meinen Augen verschwamm und ich die Geräusche, die mich umgaben, nur noch am Rande wahrnahm. Dann träumte ich manchmal sogar. Aber in diesem Zustand fing ich immer an, langsam nach oben zu schweben. In Merellyns Turm glitt ich oft durch Zimmerdecken und Dachschindeln und merkte erst nach einiger Zeit, dass ich schon über die höchsten Turmspitzen hinausgesegelt war.

Lorenzo hatte an diesem Abend ganz andere Einschlafprobleme. Als er sich eine Decke von einem der Fuhrleute leihen wollte, rief Myrabella von einem anderen Wagen herüber: »Warum nimmst du nicht die Decke aus deiner Reisetruhe? Die hattest du in eurem Zimmer vergessen. Ich hab sie für dich nach unten geschleppt.«

Lorenzo wirbelte zu der Fee herum. Sie löste gerade den letzten eisernen Riegel.

»Nicht aufmaaa…!«, schrie Lorenzo.

Aber es war zu spät. Myrabella hob den Deckel und heraus segelte Sir Holdmund.

»Edler Junker!«, rief das Buch aufgeregt. »Endlich auf großer Fahrt! Habt ihr schon irgendwelche Hinweise auf Drachen entdeckt oder Gerüchte über Jungfern in Not vernommen?«

»Neeeiiiiiin!«, heulte Lorenzo und warf sich die Decke über den Kopf, die ihm der Fuhrmann hinhielt.

Als sich alle (und schließlich sogar Sir Holdmund von Hofesang) irgendwo niedergelassen hatten, dachte ich über das nach, was Harlo gesagt hatte. Wir hatten den ganzen Tag so viele seltsame Wesen gesehen, die keine Scheu hatten, unter der Sonne auf der Straße zu wandern. Wovor hatten Harlo und Merellyn Angst? Wer oder was würde »aus ihren Löchern kriechen«? Ghoule? Werwölfe? Nachtmare? Finsteralbe? Jedenfalls irgendwas Mondsüchtiges. Am ehesten Werwölfe. Ich hatte erst ein einziges Mal welche gesehen, im letzten Sommer, als ich mit Schnick unserem Waisenhaus einen Besuch abgestattetet hatte, um dort nach Aufzeichnungen über Lorenzos Herkunft zu suchen. Ein ganzes Rudel von den Biestern hatte im Mondlicht die alte Karawanenstraße überquert und war im Wald verschwunden. Sie liefen auf allen vieren, aber sie waren viel größer als gewöhnliche Wölfe. Ich erinnere mich, wie der letzte sich dann doch noch auf zwei Beine erhob und witterte. Das hatte ausgesehen, als würde er Fetzen aus der Nachtluft reißen.

Dann fiel mir Lorenzos Mondproblem ein. Die letzten Vollmondphasen war nichts passiert, weil Myrabella dafür gesorgt hatte, dass die Fensterläden überall am Turm fest verschlossen waren und kein Mondlicht hereindrang. Trotzdem war Lorenzo jedes Mal drei, vier Nächte lang extrem unruhig und kratzte sich überall, bis er rote Striemen bekam.

Dem Kobold Schnick erging es ähnlich. Er war ja zur Hälfte Poltergeist und diese Hälfte gewann in Vollmondnächten vollkommen die Oberhand. Er musste zwanghaft durchs Treppenhaus heulen, Teller aus dem Küchenregal schmeißen und mit seiner Sprechmuschel vom Mare Centauri das Geräusch seiner Fingernägel, die über die Wände kratzten, ins Unerträgliche verstärken.

Er und Lorenzo bekamen in Vollmondnächten von Merellyn einen Zaubertrank eingeflößt, der sie ruhig schlafen ließ.

Jetzt war es kurz nach Neumond. Was würde aber passieren, wenn Lorenzo mehrere Nächte unter dem vollen Mond im Freien schlafen musste? Der kam in ungefähr eineinhalb Wochen, und da war, soweit ich das mitbekommen hatte, unsere Reise noch lange nicht zu Ende.

Am zweiten Abend erreichten wir das Dorf Langwinkel. Es sah Flüsterwald ziemlich ähnlich, hatte aber nicht so ein beeindruckendes Gasthaus wie den Halben Humpen mit seinem Kuppeldach für Bergtrolle und der magischen Vorderfront, die sich für Gäste jeder Größe öffnen ließ.

In Langwinkel gab es keinen Zauberer wie Merellyn, aber einen Beschwörer und Fluchaustreiber namens Schmiermichel oder so ähnlich. Mit seiner Hilfe hatten die Langwinkler Schnick und Glubschnak in einer magischen Falle gefangen. Aber der Hexer und Merellyn kannten sich wohl von früher. Dem Schmiermichel schien die Situation ein bisschen peinlich zu sein. Deshalb hatte er die magische Nachricht geschickt.

Als wir ankamen, stritten sich die Dorfbewohner und mehrere Gruppen von Durchreisenden gerade auf dem Dorfplatz, was man mit den beiden machen sollte. Es gab die verschiedensten Vorschläge, aber im Augenblick sah es so aus, als würde man sich für »Teeren und Federn« entscheiden. Dafür waren die meisten Langwinkler. Die Reisenden waren eher für »Mit-Honig-einschmieren-und-den-Ameisen-zum-Fraß-vorwerfen«.

Der Schmiermichel gab aber zu bedenken, dass es dabei üblich ist, den Verurteilten bis zum Hals einzugraben, ehe man die Ameisen von der Leine ließ. Es hätte wahrscheinlich Wochen gedauert, für den Riesentroll Glubschnak ein Loch zu schaufeln.

Es gab einen kleinen Starr-Wettbewerb zwischen Merellyn und den Dorfbewohnern und einen kleinen Hinweis von Kruschpuk, dass er ziemlich wütend war. Dann hatten wir die beiden freibekommen. Kruschpuks kleiner Hinweis bestand darin, beide Keulen aus den Rückenhalftern zu ziehen und damit einen mittelgroßen Ziegenstall plattzumachen.

Man einigte sich darauf, dass alles wieder gut würde, wenn der Troll und der Kobold das Geld zurückzahlten, das sie für den Verkauf minderwertiger Fußbälle bekommen hatten. Die volle Summe hatten die beiden nicht, deshalb musste Merellyn die Langwinkler noch ein kleines bisschen länger niederstarren und Kruschpuk noch einen Zaun plätten, ehe die Dorfbewohner sich mit dem zufriedengaben, was Schnick und Glubschnak dabeihatten.

Schnick heulte und winselte. Er wollte sich lieber teeren und federn lassen, als sein Geld herzugeben. Erst als Merellyn ihm klarmachte, dass sie es ihm nach dem Teeren und Federn sowieso abgenommen hätten, war er einverstanden seine Taschen zu leeren.

Wir bezogen unser Nachtlager ein ganzes Stück außerhalb von Langwinkel. Merellyn stellte den Troll und den Kobold zur Rede. Schließlich gaben sie zu, dass sie seit Wochen landauf, landab »Infinito«-Fußbälle verkauften.

Dazu müsst ihr wissen, dass »Infinito« der einfachste Zauberspruch der Welt ist. Man hält den Zauberstab zum Beispiel in einen Sack Zwiebeln oder eine Steige voll Kartoffeln und sagt nur dieses eine Wort: »Infinito!«

Danach kann man, sooft man will, Zwiebeln – oder eben Kartoffeln oder jedes andere Lebensmittel – aus dem Behälter holen. Der wird einfach nicht leer.

Allerdings schmeckt dieses Infinito-Zeug mit der Zeit immer fader. Es verliert seine Farbe und zerfällt zu ungenießbarer Matsche.

Und die beiden Schlauberger waren auf die Idee gekommen, diesen Zauberspruch auf Fußbälle anzuwenden. Als Merellyn und das Macronomicon sie ins Kreuzverhör nahmen, erzählten sie nach und nach, wie es dazu gekommen war.

»Glubschnak hat sich im Hof vor dem Turm einen Splitter eingetreten«, berichtete Schnick. »Er hinkte drei Tage lang. Dann habe ich sein Gejammer nicht mehr ausgehalten. Ich habe mich überwunden und seinen Fuß untersucht. Allein dafür hätte ich schon eine Truhe voll Schmerzensgold oder zumindest eine Tapferkeitsmedaille verdient.«

»Jetzt hör aber auf!«, protestierte Glubschnak. »Ich hab mir vorher die Füße gewaschen und sogar parfer…, pamfü…, parfümerisiert!«

»Deine Käsemauken müsstest du ein halbes Jahr lang auskochen, um die sauber zu kriegen!«, rief Schnick. »Und dann noch das billige Parfüm!«

Er wandte sich an uns.

»Stellt euch vor, ihr müsstet einen großen Laib Käse untersuchen, der nach verfaulten Veilchen riecht!«

»Jetzt kommt mal zur Sache!«, mahnte Merellyn. »Ihr wolltet erzählen, wie ihr es geschafft habt, Fußbälle herbeizuzaubern.«

»Ach so, ja. Er hinkte, weil ein großer … ein sehr großer Holzsplitter unter seinem Zehennagel steckte.«

»Aha. Und weiter?«, hakte das Macronomicon nach.

»Na ja, wie sich herausstellte, hatte Glubschnak sich ein Stück Zauberstab eingetreten. Vermutlich die Spitze. Das dünne Ende war ganz versengt von Magie.«

»Ein Stück Zauberstab?«, rief Merellyn ungläubig. »Wie konnte so etwas passieren?«

Troll und Kobold zuckten mit den Schultern. Aber mir war sofort ein Gedanke durch den Kopf geschossen, als ich das von dem Zauberstab hörte.

»Ich nehme an, das war ein Stück von dem Zauberstab, den Lorenzo letzten Sommer aus dem Fenster geworfen hat«, erklärte ich. »Als er so wütend war, weil er nicht mal das Wort Infinito aussprechen konnte.«

Merellyn runzelte die Stirn. Dann erhellte sich seine Miene.

»Ach, das!«, rief er. »Ein Stück von dem Zauberstab, dem er befohlen hat in tausend Stücke zu zerspringen … Das könnte möglich sein. Wir haben ja nur die Trümmer von dem Erker weggeräumt, der heruntergefallen war, als ihn der Blitz aus dem explodierenden Zauberstab traf. Nach den tausend Stückchen Stab haben wir nie gesucht.«

Schnick nickte. »Ja, jedenfalls haben wir ziemlich schnell gemerkt, dass er noch ordentlich mit Magie aufgeladen war«, fuhr er fort. »Glubschnak, dieser Schmutzfink, hat den Holzsplitter nämlich nicht weggeworfen, sondern als Zahnstocher benutzt.

Als dann plötzlich Veilchen zwischen seinen Zahnstummeln wuchsen, war mir klar, was wir da hatten.«

Lorenzo und ich grinsten uns zu. Der Troll hatte sich eine Zeit lang bei allen Mahlzeiten wirklich sehr seltsam benommen. Zumindest für einen Troll. Er hatte beim Essen nicht mehr das Maul aufgerissen, als ob er sich ein komplettes Fuhrwerk quer reinschieben wollte, er hatte beim Kauen nicht mehr geschmatzt wie ein Krokodil und dabei große Brocken Futter verloren, und beim Ausräumen der Lücken und Löcher in seinem Gebiss mit seiner unglaublichen dunkelgrünen Zunge hatte er sich immer die Hand vorgehalten!

»Ihr seid also draufgekommen, dass ihr ein funktionierendes Stück Zauberstab hattet«, stellte Merellyn fest. »Aber wie seid ihr auf die Schnapsidee …«

»Angebot und Nachfrage!«, verkündete Schnick.

»Was bedeutet Angebot und Nachfrage?«, fragte Merellyn.

»Seit in Fantasmanien das Fußballfieber ausgebrochen ist, braucht jedermann Bälle«, erklärte der Kobold. »Da ist es doch nur logisch, Bälle herzustellen und den Leuten zu verkaufen.«

»Ihr habt Lederbälle hergestellt?«, fragte das Buch ungläubig. »Wie denn?«

»Mit dem Zahnstocher!«, rief Glubschnak. »Äh, ich meine … mit dem kleinen Zauberstab.«

Schnick winkte ab.

»Hergestellt ist vielleicht nicht das richtige Wort …«, druckste er herum. »Eigentlich haben wir sie eher ein bisschen … kopiert.«

»Ihr habt meinen Ball kopiert?«, fragte Lorenzo entrüstet.

»Deinen Ball haben wir nur ein einziges Mal verdoppelt«, versicherte Schnick. »Mit dem Duplificio-Zauber. Das war der schwierige Teil der Produktion. Wir mussten warten, bis du den Umhängebeutel mal abgenommen hast. Zum Glück hat Myrabella den monatlichen Pflichtbadetag eingeführt, und da konnten wir die Tasche mit dem Ball verdoppeln, während du in der Wanne warst.«

»Schnick hat gesagt, wir dürfen nicht den Ball klauen«, erklärte Glubschnak.

»Wieso habt ihr's dann getan?«, fragte das Macronomicon erstaunt.

»Weil … Schnick hat auch gesagt, wir müssen die Tasche klauen«, gab der Troll zu, ohne rot – oder in seinem Fall dunkelgrün – zu werden. »Und zwar, wenn der Ball drin ist. Wegen Infinito.«

»Ja, und dann haben wir zuerst die Duplificio-Tasche verdoppelt und dann noch mal, und schließlich haben wir den Infinito-Zauber auf die Taschen mit dem Ball darin angewandt«, fuhr Schnick fort. »Auf diese Weise hatten wir endlos viele Bälle. Aber natürlich sind die Duplificios nicht so gut wie die Originale, und wenn man dann von denen noch Infinitos zieht …«

»Wie konntest du das tun?«, wollte der Zauberer wissen. »Der Infinito-Zauber ist für Notfälle gedacht, nicht für Geschäftemacherei!«

»Ja, aber das ist furchtbar altmodisch!«, wandte Schnick ein. »Angebot und Nachfrage regeln …«

»Ich will davon nichts wissen!«, herrschte Merellyn den Kobold an. »Ich will altmodisch sein!«

»Von irgendwas müssen auch Trolle und Kobolde leben«, maulte Schnick. »Alle wollten Bälle, also haben wir ihnen das gegeben, was wir kriegen konnten. Tut mir sehr leid, dass ich keine verdammte Ahnung habe, wie man so ein Lederei auf Menschenart herstellt.«

»Ich denke, die beiden haben auf die falsche Art das Richtige getan«, sagte das Macronomicon in seiner Ledermappe. Als es unsere ratlosen Gesichter sah, fuhr das Buch fort: »Natürlich ist es verwerflich, billige magische Kopien herzustellen und als echt zu verkaufen. Aber ohne Schnicks falsche Bälle hätte sich das Spiel in Fantasmanien nicht so schnell und so weit verbreiten können. Und das ist es doch, was wir wollten. Wir waren uns einig, dass dies das Spiel ist, von dem die Prophezeiungen sprechen. Das Spiel, das der König gewinnen kann, selbst wenn er den Krieg verloren hat.«

»Das ist schon richtig«, gab Merellyn zu. »Trotzdem ist es unmoralisch, Fälschungen zu verkaufen. Lasst uns zusehen, dass wir zur Isla Evangelista kommen. Dort gibt es vielleicht eine Lösung für das leidige Fußballproblem.«

SIRENEN IN ÖD

Am Abend des nächsten Tages schlugen wir mit vielen anderen Reisenden unser Lager auf einer Wiese in der Nähe eines Ortes auf, der Öd hieß. Einfach nur Öd.

Lorenzo redete mit Palomina. Das ging mir auf die Nerven, weil es immer gleich ablief. Er sülzte irgendeinen Bockmist daher, so gestelzten Angeberscheiß, und sie wurde rot und antwortete nicht oder war wegen irgendwas eingeschnappt. Oder er sagte ein Wort, das sie für ihr Gedicht brauchen konnte wie zum Beispiel »Bratkartoffeln« oder »Ladebordwand«. Dann holte sie ihr Schreibzeug aus dem Umhängebeutel und ließ sich das Wort buchstabieren. Und Lorenzo tat so, als wäre er der absolute Fachmann für Rechtschreibung.

Palomina schrieb also Wörter auf wie »Praahtkatofn« oder »Lahtebohdwant«. Das Gedicht wird's bestimmt auf die Säule der Zentauren schaffen …

Weil ich mir das nicht anhören wollte, driftete ich Richtung Öd. Auch wenn ich mir nicht vorstellen konnte, in einem Dorf mit diesem Namen irgendwas Interessantes zu entdecken. Aber ich bekam etwas zu sehen, das nicht einfach nur interessant, sondern geradezu alarmierend war.

Unser Lagerplatz war durch einen kleinen, gewundenen Bach mit vielen Weiden am Ufer von dem Dorf Öd getrennt. Plötzlich tauchte hinter einem Busch Sir Holdmund auf. Dann hörte ich Lorenzos Stimme.

»Jetzt hör mal zu, du Blödian!«, zischte er. »Du machst jetzt sofort einen Abflug, so weit und schnell, wie es dein Flugzauber zulässt. Oder ich zerhacke dich in kleine Teile und zünde jeden davon einzeln an!«

Im nächsten Moment kam tatsächlich ein Arm mit einer Holzaxt hinter dem Busch vorgeschossen und schlug nach dem Buch, das erschrocken auswich. Sir Holdmund segelte an mir vorbei Richtung Lager, aber er sah mich nicht. Der Fuzzi auf dem Einband hatte sich umgedreht und blickte nach hinten.

»So haltet doch ein, Junker!«, rief er. »Ich bin es! Euer treuer Ratgeber und Lehrer! Außerdem muss ich darauf hinweisen, dass ein Beil nicht die geziemende Waffe für einen Ritter ist.«

Lorenzo kam neben dem Busch zum Vorschein. Er drehte sich von mir weg und ging in Richtung Dorf.

Das Gesicht hatte ich zwar nicht sehen können, weil er mir die Seite zugekehrt und sich gerade einen Eimer auf die Schulter gewuchtet hatte, den er im Bach gefüllt hatte. Aber ich war mir sicher. Da stimmte alles. Die Größe. Die schlaksige, dünne Figur. Das kastanienfarbene Haar, das in einem losen Pferdeschwanz über ein viel zu weites Männerhemd fiel. Die ausgebeulte grüne Hose, die um die Knie schlabberte. Und dann tat er etwas, das ganz typisch war für Lorenzo. Auf der rechten Schulter trug er den Eimer und unter dem linken Arm ein Bündel Feuerholz. Mit der linken Schulter machte er eine wild ruckende Bewegung, um das rutschende Hemd wieder nach oben zu bringen.

Das war Lorenzo, wie er in Arkanon ausgesehen hatte. In Waisenhauskleidung. Er betrat eins der Bauernhäuser durch die Hintertür. Ich zischte hinterher.

Während ich flog, wurde ich unsichtbar. Ich betrat das Haus nicht durch die Tür, sondern glitt durch die Wand. Ich befand mich in einer Besenkammer und drückte mich gleich durch die nächste Wand. Da lag der Eimer im Gang. Drumherum jede Menge verschüttetes Wasser, das langsam in die Spalten zwischen den Dielen sickerte, und ein großer nasser Fleck an der Wand, von dem viele Rinnsale herabliefen. Die Axt steckte in einem der Bodenbretter und die Zweige waren überall verstreut. Als hätte es jemand sehr eilig gehabt, die Last loszuwerden.

Vorder- und Hintertür des Hauses standen offen. Ich musste mich nicht in dem Zimmer umsehen. Denn in der Vordertür stand der Bauer und hatte drohend seine Faust gehoben.

»Du blödes Schwein!«, brüllte er quer durchs Dorf. »Du hast mir den ganzen Gang versaut. Bei mir übernachtest du nicht, du Verrückter!«

Also raus durch die Wand neben der Vordertür. Auf der anderen Seite des Baches wuselten jede Menge Leute herum, die sich für die Nacht einrichteten. Aber hier in Öd war gar nichts los. Eine einzige Person lief von mir weg und verschwand hinter einer Scheune. Eindeutig nicht Lorenzo. Aber es hätte Ariana sein können. In der Gestalt hatten wir die Sirene kennengelernt. Baron von Fresseisens Schreiberin. Sie war so hübsch und rein und unschuldig, dass sich alle Waisenjungs sofort in sie verliebt hatten. Ich auch. Später hat mich das Mistweib umgebracht, allerdings hatte sie da eine andere Gestalt angenommen.

Ich schoss durch die Scheune, spürte ein Prickeln, als Holzbretter, Heugabeln und wieder Bretter durch mich durchzischten. Auf der anderen Seite der Scheune war keine Ariana. Eine dürre alte Frau ging an mir vorbei und verschwand hinter der Scheune. Ein alter Mann und noch so eine Alte in Schwarz hantierten an einem frei stehenden Brotofen. Sie sahen nicht zu mir. Der Mann hob einen Tonkrug und trank daraus. Dabei schwankte er leicht. Solche Typen kannte ich zur Genüge aus der Miesen Muschel.

Ich durchsuchte das ganze Dorf. Aber ich fand weder eine Spur von Lorenzo noch von Ariana. Ich gab auf und wollte gerade zu unserem Lager zurückschweben, als der Mann mit dem Tonkrug und eine der beiden alten Frauen um die Ecke kamen.

»Du solltest nicht so viel trinken!«, schimpfte die Alte leise. »Wenn Brak vom Feld kommt, wird er wütend.«

»Ich hätte ihm nie den Hof überlassen sollen!«, jammerte der Mann. Bei ihm hörte sich das so an: »Ich hädde 'm nie 'n Hof üwalassn solln.«

Er hob den Krug und starrte ihn zweifelnd an.

»Aber du hast recht, ich will nix mehr trinken«, nuschelte er. »Vorhin warst du zweimal da.«

»Blödsinn«, meinte die Frau. »Gib mir ein Tuch, ich hab mir irgendwo die Hand aufgerissen.«

Mehr brauchte ich nicht zu hören.

Die Sirene Arachnua war hier. Sie musste mich gesehen haben, ehe ich unsichtbar geworden war. Als sie gemerkt hatte, dass sie mir nicht davonrennen konnte, hatte sie sich vor mir verborgen, indem sie die Gestalt der Bäuerin angenommen hatte. Und der alte Säufer glaubte, dass er seine Frau wegen des Schnapses doppelt gesehen hätte.

Ich raste zurück zum Lagerplatz und zu Merellyn.

»Sie ist hier!«, rief ich.

Er sah mich überrascht durch seine Augenfenster an.

»Ach ja?«, meinte er. »Seit wann? Äääh, ich meine … wer ist ›Sie‹? Von wem sprichst du?«

»Arachnua«, flüsterte ich. »Die Sirene. Sie ist da drüben, im Dorf.«

Merellyn riss sein Schwert aus der Scheide.

»Glubschnak, Schnick, Lorenzo, kommt mit!«, rief er. Er stoppte Kruschpuk, der sich ebenfalls erhoben hatte. »Nein, du nicht, Kruschpuk. *Ein* Troll reicht vollkommen.«

Als Kruschpuk sich grummelnd wieder niedergelassen hatte, deutete Merellyn auf die Häuser von Öd.

»Wir durchsuchen auf der Stelle dieses Dorf. Hört, was uns William zu sagen hat.«

»Arachnua ist hier im Dorf«, erklärte ich. »Ich hab sie dreimal gesehen. Einmal in der Gestalt von Lorenzo, einmal als Ariana, und dann hat sie sich in eine alte Bäuerin verwandelt, die sie eben erst gekratzt hat. So ist sie mir entkommen.«

Wir durchsuchten das Dorf sehr gründlich. Da es keinen Dorfplatz gab, trafen wir uns am zentralen Misthaufen wieder.

Glubschnak trieb die alte Frau vor sich her.

»Da ist sie!«, brummte er und wies mit seiner Keule auf die Bäuerin.

Merellyn betrachtete sie durch eine seiner Kristallkugeln.

»Nein«, sagte er kopfschüttelnd. »Das ist das Original.«

»Aber William hat gesagt, dass …«, begann der Troll beleidigt.

»Das ist keine Sirene!«, unterbrach ihn Merellyn etwas gereizt. »Wenn eine hier war, ist sie uns entwischt.«

»Wenn sie hier war, bedeutet das vor allem, dass sie letzten Sommer den Nebelhexen entwischt ist«, sagte Lorenzo. »Die waren an der Blutenden Burg hinter ihr her.«

Merellyn machte ihm ein Zeichen, zu schweigen.

»Verzeihen sie die Belästigung, Madame«, sagte der Zauberer galant zu der alten Bäuerin. »Wir gehen jetzt am besten.«

Sie nickte grimmig. »Das glaube ich auch.«

Wir stellten an diesem Abend wilde Vermutungen darüber an, wie Arachnua den Nebelhexen in der Blutenden Burg entkommen sein konnte. Wir wussten nicht, was passiert war, nachdem wir uns von den Nebelhexen getrennt hatten. Konnte ja auch sein, dass die paar Hexen den Angriff auf die 200 oder mehr Bogenschützen des Sheriffs von Arkanon nicht überlebt hatten. Vielleicht hatten sie gar keine Gelegenheit mehr gehabt, Arachnua zu verfolgen.

»Woher wusstest du, dass der Lorenzo, den du am Bach gesehen hast, nicht der echte ist?«, fragte mich Schnick, als sich alle schon hingelegt hatten.

»Na ja, ich war gerade erst von ihm weggegangen«, erklärte ich. »Er hat mit Palomina geredet. Bestimmt hatte er nicht vor, zum Fluss zu gehen und Wasser zu holen. Außerdem hat er das Wasser ins Dorf getragen, nicht zum Lager.«

Schnick nickte bedächtig. Ich fuhr fort: »Aber das Wichtigste war, dass er die falsche Kleidung trug. Er hatte die alten Lumpen an, die er in Arkanon getragen hat. Die hat er nicht mehr angehabt, seit er Merellyns Lehrling geworden ist. Ich glaube, Myrabella hat das Zeug verbrannt.«

»Ach so«, gähnte der Kobold. Er rutschte auf seinem Lager herum, bis er es bequem hatte. Dann zog er sich die Decke bis zum spitzen Kinn. »Alles klar. Verstehe.«

Aber plötzlich setzte er sich wie von der Tarantel gestochen wieder auf. »Die Sachen hat er nie wieder angehabt?«, rief er.

»Nein, hab ich nicht«, meldete sich Lorenzo verschlafen. »Ich bin froh, dass ich das Zeug los bin. Das Hemd war so weit, dass ich immer aufpassen musste, dass mir der Halsausschnitt nicht bis zur Hüfte runterrutscht.«

»Verdammter Riesenhaufen Trollkacke!«, fluchte Schnick. »Ich bin der Verräter!«

Merellyn schreckte hoch. »Was? Wie? Wieso Verräter?«

»Vor etwa drei Wochen kam Lorenzo zu mir«, erzählte der Halbkobold. »Ich wunderte mich noch, was er nach der Schule im Halben Humpen zu suchen hatte.«

»Aber ich war nie im Halben Humpen!«, rief Lorenzo. »Außer an dem Tag, an dem wir Kruschpuk gesucht haben.«

Schnick wedelte abwehrend mit der Hand.

»Das weiß ich jetzt auch«, beruhigte er Lorenzo. »Das war sie. Ich habe mit der Sirene Arachnua gesprochen. An dem Tag hattest du deine alten Kleider aus Arkanon an.«

»Aber ich war nicht …«

»Entschuldige! Natürlich nicht du. Sie. Sie hatte die alten Kleider an«, sagte der Kobold hastig.

»Eigentlich hat sie gar nichts an«, wandte das Macronomicon ein. »Sie nimmt die Form, Größe, Stimme, alles, was ein Wesen ausmacht, mit dem Blut an. Der Rest, Kleidung, Ausrüstung, das ist alles nur Trug.«

»Wie auch immer«, meinte Schnick ungeduldig. »Jedenfalls hat Lorenzo … oder sagen wir mal, jemand, den ich für Lorenzo hielt, mir an dem Tag eine Menge Fragen gestellt. Völlig belangloses Zeug. Und ich, äh … war so beschäftigt mit unserem kleinen, hehe … Versandhandel, dass ich alles beantwortet habe. Ganz nebenbei.«

»Und ganz nebenbei war unter all den harmlosen Fragen eine versteckt, die du nicht hättest beantworten sollen«, setzte das Macronomicon den Bericht fort. »Eine Frage, die der echte Lorenzo gar nicht gestellt hätte, weil er wusste, wo die Schlüssel waren. Das hätte dir in Zeiten wie diesen auffallen müssen.«

Schnick sah ziemlich betreten drein.

»Walter hatte also in gewisser Weise recht«, sagte Merellyn. »Er meinte, Lorenzo sei verrückt, weil er zweimal kurz hintereinander bei ihm auftauchte und sich nicht erinnern konnte, dass sie sich an dem Tag schon begegnet waren. Ich hab nicht viel drauf gegeben. Ihr wisst ja, wie Walter ist. Er hat geschimpft, weil Lorenzo ihm kein Flusswasser brachte, obwohl er an dem Tag sogar zwei Mal da war.«

»Ach, das war der Grund!«, rief Lorenzo. »Ich hab mich schon gewundert, warum der Alte seit Wochen sauer auf mich ist. Ich wollte ihm ja wie immer Wasser bringen, aber er hat mich nicht gelassen. Er hat sogar gesagt, wenn ich das nächste Mal in seiner Nähe umgebracht werde, rettet er mich nicht.«

»Hat jetzt Arachnua die Zeichen der Lords?«, fragte ich dazwischen.

»Da bin ich mir nicht sicher«, sagte Merellyn. »Die Zeichen hatten zwei Tagesreisen Vorsprung. Warum sollte der Dieb warten, bis wir ihn eingeholt haben? Vielleicht sind wir ihr rein zufällig begegnet. Andererseits ist es höchst unwahrscheinlich, dass sie ihre Finger beziehungsweise Klauen nicht im Spiel hat.«

DER SCHWIMMENDE HAFEN

Am späten Nachmittag des nächsten Tages erreichten wir den Schimmelwein.

Kurz nach Mittag hatten wir eine Kreuzung erreicht, wo es ein Gasthaus gab und wo sich wieder auch alles staute.

Als wir Flüsterwald verlassen hatten, hatte es so ausgesehen, als würden wir aus dem Gebirge absteigen. Aber jetzt waren wir wieder mittendrin. Nur dass hier alles größer, steiler und schroffer war. Die Herberge an der Kreuzung sah eher wie eine Festung als wie ein Gasthaus aus.

An der Vorderseite hingen doch tatsächlich zwei eiserne Käfige an Ketten von galgenartigen Balken. In jedem Käfig lag oder hing ein verrottetes Skelett. Die Tafel am ersten Käfig sagte: »Ich konnte nicht bezahlen!«, und die am zweiten: »Ich wollte die Zeche prellen!«

Harlo, der Karawanenführer, rief uns über die Schulter zu: »Keine Angst, die sind nicht echt! Die heben nur die Zahlungsmoral der Gäste.«

Eine Art Prediger oder so war auf ein umgedrehtes Fass geklettert. Viele Fuhrleute standen herum und hörten seinem Geschrei zu. Er brüllte etwas von der Ankunft des Schwarzen Lords und dem Ende der Menschheit, und dass wir alle verdammt seien, wenn wir dem Mundovoros folgen würden. Oder vielleicht waren wir verdammt, wenn wir ihm nicht folgen würden. Es war ein wirres Gezeter.

Plötzlich deutete er auf Lorenzo, der sich auf dem Fuhrwerk aufgerichtet hatte, um den Schreier besser sehen zu können.

»Der ist einer von ihnen!«, kreischte er. »Er hat es in sich! Er hat es in siiiich! Tod und Verdammnis! Tod und Verdammnis! Ungeheuer! Du Ungeheuer!«

Die Gesichter aller Zuhörer waren auf Lorenzo gerichtet, der ganz bleich auf der Ladefläche stand. Einen Augenblick schien es so, als ob die Menge sich auf ihn stürzen wollte. Aber in dem Moment wanderte Kruschpuk vorbei.

Er kreuzte zwischen den Zuhörern und unserem Wagen. Dabei hielt er die Griffe seiner Riesenkeulen gepackt, ohne sie aus den Haltern zu ziehen. Während er dahinstampfte, starrte er die ganze Zeit die Menge an. Niemand hatte mehr Lust, sich auf Lorenzo zu stürzen. Nach der Kreuzung ging es plötzlich wieder gut voran, weil viel Verkehr an der Herberge hängen geblieben war oder auf der kreuzenden Straße weiter nach Süden zog. Als ich fragte, warum niemand die Straße nach Norden benutzte, sagte Harlo nur ein Wort: »Werwölfe!«

Wir fuhren durch dichten Wald. Dann machte die Straße einen scharfen Knick, und dahinter schien die Welt einfach aufzuhören. Als die Fuhrwerke um die Kurve ruckelten, sahen wir, dass eine Schlucht vor uns lag, für die es keine Worte gab. Die Straße, auf der wir uns befanden, war aus dem senkrechten Fels herausgemeißelt. Über uns wölbte sich die Steinwand über die ganze Breite der Straße. Neben uns gab es keine Sicherung.

Wir bewegten uns am Rand einer Schlucht entlang, durch die sich Hunderte von Metern unter uns ein Fluss wälzte. Aber da war noch etwas, oberhalb der Felswand, die das gegenüberliegende Ufer bildete. Etwas, das noch größer und bedrohlicher war als die unglaubliche Schlucht unter uns. Etwas, das ich eigentlich schon den ganzen Tag gesehen hatte, aber an das ich irgendwie nicht glauben konnte. Es lag immer noch in sehr weiter Ferne, halb verborgen im Dunst. Das war der Königsberg. Am Morgen hatte er so harmlos ausgesehen wie eine seltsam geformte Wolkenbank. Aber während wir dahinzogen, hatte er sich immer mehr aus den fernen Nebeln herausgeschält. So einen Berg konnte es nicht geben. Es war, als hätte vor uns jemand das Land gepackt und senkrecht aufgestellt. Dieser Berg hörte einfach nicht auf, in den Himmel zu wachsen.

Die Straße machte noch einmal einen Knick nach links und führte dann in einer langen, geschwungenen Rechtskurve in einen gigantischen Felsenkessel. Wir standen oberhalb der einzigen Wand, die schräg nach unten lief. Sie war auch extrem steil, aber nicht senkrecht wie die anderen Wände des Kessels. In diesen Hang hatte man im Zickzack eine Straße nach unten gemeißelt. Es dauerte fast den ganzen Nachmittag, die Fuhrwerke hinunterzubringen.

Die Luft war erfüllt vom Gekreisch der Vögel, die überall in den Felswänden nisteten. Viele verschiedene Arten kreisten in der Schlucht und stießen immer wieder hinunter auf etwas, das ich beim ersten Anblick für einen Riesenhaufen angeschwemmtes Holz hielt.

Während die Karawane nach unten stieg, wurde mir klar, dass es kein Schwemmholz, sondern eine Ansammlung von Häusern, Lagerschuppen und Lastkränen war.

Tief unter uns, wo die Wände der Schlucht ein riesiges Becken bildeten, das so groß wie ein See war, lag der seltsamste Hafen, den ich je gesehen habe. Es musste ein Hafen sein, weil mehrere Schiffe an dem Gebilde festgemacht hatten.

Schließlich rollten die Wagen auf eine flache Sandbank am Fuß der Klippen. Jetzt war zu sehen, dass der Hafen selber schwamm wie ein riesiges Schiff. Nein, wie eine Ansammlung von Hausbooten, auf die ein Trupp wahnsinnig gewordener Zimmerleute ein ganzes Dorf gebaut hatte. Ein bisschen erinnerte mich dieses Durcheinander von schwimmenden Docks, Wohngebäuden, Kränen, Balkonen, Hängebrücken und schwenkbaren

Auslegern an unsere Vorstadt An der Straße. Die sah ähnlich chaotisch aus, weil jeder baute, umbaute und wieder abriss, wie es ihm passte. Aber hier war der Irrsinn noch größer, weil das Bauwerk auf dem Wasser lag und durch viele Seile und Taue mit dem Ufer verbunden war, um es am Abtreiben zu hindern. Halteseile gab es jede Menge, und so wie sie durcheinanderliefen und sich überkreuzten und verwickelten, hatte wohl auch beim Festmachen des Schwimmenden Hafens niemand einen Plan gehabt. Viele Seile verschwanden irgendwo unter Wasser oder in Felsspalten. Andere zogen sich die Klippen hinauf, wo sie an vorstehenden Felsen und Pfählen befestigt waren.

Das größte Schiff, das im Hafen lag, hatte blütenweiße Segel, vorne und hinten eine goldverzierte Reling und ein sehr beeindruckendes Wappen auf den blau bemalten Bordwänden. Am Bug stand ein Name in goldenen, typisch fantasmanisch spinnenbeinigen Buchstaben. Meiner Meinung nach hieß das Schiff Gladiola. Es war sehr schön, aber ich hatte in Arkanon schon größere Frachtschiffe anlegen sehen.

»Das ist das Flussschiff des Königs!«, rief Merellyn erstaunt. »Wie kommt denn das hierher?«

Der Karawanenführer schüttelte den Kopf.

»Keine Ahnung. Aber bis heute Abend weiß ich Bescheid. Ich habe da meine Quellen.«

Was es hier nicht gab, war eine Brücke, über die man den Schwimmenden Hafen erreichen konnte. Aber ein Boot mit mehreren Leuten darin kam ein Stück weit herangerudert, nachdem unsere Fuhrwerke auf einen großen, festgetrampelten Platz nah am Ufer gefahren waren. Es wurde eine Zeit lang hin und her gebrüllt. Der Kerl, der im Bug des Ruderbootes stand, schrie in einer Sprache herum, die ich nicht kannte.

Zunächst schien alles friedlich abzulaufen. Sie schrien nur so fürchterlich, weil das Boot ziemlich weit draußen auf dem Wasser blieb.

Doch dann schüttelte der Mann in dem Boot immer öfter den Kopf und wedelte mit den Armen in der Luft herum. Lauter ganz eindeutige NEIN!-Gesten. Schließlich ruderte das Boot zurück. Harlo drehte sich verärgert um.

»Sie wollen, dass wir hier draußen übernachten«, grollte er. »Angeblich ist der Hafen überfüllt. Ich glaube aber, das hat etwas mit der Anwesenheit des Königsschiffs zu tun.«

Der Karawanenführer sah besorgt in den späten Nachmittagshimmel hoch.

»Dabei haben wir schon Halbmond«, stellte er fest, obwohl der Mond noch nicht aufgegangen war. »Wenn wir nicht einen Zauberer und die beiden Trolle dabeihätten, würde ich jetzt anfangen mir Sorgen zu machen.«

»Sorgen worüber?«, wollte Lorenzo wissen.

»Werwölfe«, sagte Harlo. »Allerdings ist es so früh im Jahr noch nicht sehr wahrscheinlich, dass sie beim Schwimmenden Hafen auftauchen.«

Als er unsere fragenden Gesichter sah, erklärte er: »Wenn der Schimmelwein nicht mehr so viel Schmelzwasser führt, entsteht unterhalb der Klippen am Ostufer eine viele Meilen lange Sandbank. Das ist für Werwolfrudel ein bequemer Weg nach Süden, obwohl sie auf der ganzen Strecke außer ein paar Flusskrebsen nichts zu fressen finden.«

Die Fuhrleute machten sich daran, wie jeden Abend zuvor die Fuhrwerke zu einer kreisförmigen Wagenburg zusammenzustellen. Wir konnten dabei nicht helfen, also fingen Lorenzo und ich an, am Ufer mit unseren Fußbällen zu spielen. Wir spielten Kein-Boden. Dabei geht es einfach darum, den Ball die ganze Zeit zu kicken, ohne dass er den Boden berührt. Wenn es einem doch passiert, bekommt man einen Strafpunkt, und dann fangen beide von vorne an. Ich hatte in Schnicks Poltergeist-Training einiges dazugelernt und verlor nicht mehr so oft gegen Lorenzo. Tatsächlich dauerte es inzwischen ganz schön lange, bis einer von uns die Kugel nicht mehr kontrollieren konnte.

Wir bemerkten erst, dass sich im Schwimmenden Hafen ein Riesenpublikum gesammelt hatte, um uns zuzusehen, als das Ruderboot mit dem Schreihals zurückkam. Als der rief, sahen wir hoch und entdeckten die Zuschauer auf den Stegen und Brücken und Dächern des Hafens. Es dauerte eine Weile, bis wir kapierten, dass der Schreier im Boot diesmal mit Lorenzo und mir redete. Aber wir verstanden ihn natürlich nicht.

Zum Glück bemerkte Harlo, dass das Boot zurückgekehrt war. Er kam herunter ans Ufer. Wieder wurde hin und her geschrien. Schließlich wandte sich Harlo an uns.

»Die wollen wissen, ob ihr die beiden Jungen seid, die den Fußball erfunden haben.«

»Nein, wir …«, begann ich.

»Sag ja!«, unterbrach mich Lorenzo. »Wir sind die Jungs, die den Fußball nach Fantasmanien gebracht haben.«

Wieder wurde geschrien. Am Ende sah uns der Karawanenführer verdattert an.

»Es gibt anscheinend eine fantasmanische Fußball-Liga«, erklärte er. »Der Schwimmende Hafen hat eine eigene Mannschaft für die Qualifikation angemeldet. Sie fragen, ob ihr sie trainieren könnt …«

»Können wir«, behauptete Lorenzo. »Aber nur, wenn sie an Land kommen oder wir in den Hafen dürfen.«

Harlo sah ihn nachdenklich an, dann begann er zu grinsen. »Das ist gut«, meinte er. »Das ist sehr gut.«

Wieder wurde gebrüllt. Dabei wies der Schreier im Boot auf die beiden Trolle, und da konnte man auch ohne Sprachkenntnisse feststellen, dass wieder etwas nicht stimmte. Aber irgendwann schien es eine Lösung für das Problem zu geben. Doch dann deutete der Hafenverwalter plötzlich auf Palomina.

Ich hatte keine Ahnung, was er sagte. Aber ich sah, wie die Zentaurin zusammenzuckte und ihre Miene sich plötzlich versteinerte, ehe sie mit wirbelnden Hufen bis ans entfernteste Ende der Sandbank lief. Merellyn griff in die Diskussion ein und rief einige Sätze in dieser fremden Sprache übers Wasser. Irgendwann schien man sich einig zu sein und das Boot wurde zurückgerudert. Gleich danach brach an mehreren Stellen in dem Hafengebilde Hektik aus, und plötzlich begann ein massiver hölzerner Pier, Richtung Ufer zu schwenken.

»Warum machen die das so umständlich?«, fragte ich mehr mich selbst als irgendeinen der Umstehenden.

»Aber ehrlich!«, rief Lorenzo. »Hier am Ufer wäre genug Platz gewesen, den Hafen hinzubauen. Und wenn sie's unbedingt da draußen haben wollen, hätten sie doch eine feste Brücke …«

»Die gab's früher auch.« Der Karawanenführer war hinter uns getreten. »Aber so ist es sicherer.«

»Sicherer?«, echoten wir beide.

Der Händler wies auf die Vertäuung.

»Das sind Elbenseile«, meinte er. »Kein Werwolf könnte darauf hinüberklettern. Im Wasser gibt es Fangnetze aus demselben Material. Die Biester schwimmen nämlich auch ganz hervorragend.«

»Schön und gut«, wandte Lorenzo ein. »Der Hafen ist also werwolfsicher. Aber was ist mit den anderen? Ich meine Ghoule, Nachtalben, Vampire? Die können doch alle fliegen.«

»Nicht in dieser Gegend.« Der Karawanenführer schüttelte entschieden den Kopf. »Ich meine, fliegen könnten sie überall, aber sie lassen sich hier nicht blicken. Das ist Werwolfland. Wenn hier Vampire auftauchen würden, gäbe es Krieg.«

»Ich dachte, die Vampire und die Werwölfe haben unter Lord Mundovornos … du weißt schon, Lord Mund… Der-Mund-ist-vorn-oder-was gemeinsame Sache gemacht? Und die Trolle und die Nachtmare und die Drachen und die … sämtliche Finsterlinge halt, die Fantasmanien aufzuweisen hat.«

»Das ist was anderes«, erklärte der Händler. »Niemand widersetzt sich dem Willen des Mundovoros. Er befahl ihnen, Seite an Seite zu kämpfen, also taten sie es, solange es notwendig war. Sobald sich die Gelegenheit ergab, nahmen sie aber ihre alten Fehden wieder auf.«

»Das ist vielleicht noch das Beste, was uns in dem Zusammenhang passieren konnte«, meinte Merellyn. »Solange sie damit beschäftigt sind, sich gegenseitig zu bekriegen, kümmern sie sich nicht um unsere Angelegenheiten. Ich würde mir sogar wünschen, dass mal eine Horde übermütiger Vampire entlang der Königsstraße auftaucht oder ein Rudel Werwölfe in das Hoheitsgebiet der Blutsauger vorstößt.«

Inzwischen war der bewegliche Ausleger so nah ans Ufer herangekrochen wie möglich. Er war an einer Rampe festgemacht worden, und der Karawanenführer verließ uns, weil er das Auffahren der Wagen auf den Pier überwachen musste. Die Glubs schienen nämlich Wasser nicht zu mögen und waren ziemlich unruhig.

Als die Wagen hintereinander auf dem Pier aufgereiht und die nervösen Zugtiere ausgespannt waren, wurden wir aufgefordert uns ebenfalls auf den Steg zu begeben. Aber die Trolle machten keine Anstalten, uns zu folgen, und die Zentaurin auch nicht.

Während die beiden Bergtrolle sich am Ufer mit mehreren Fässern Bier, die vom Hafen herübergerudert worden waren, häuslich einrichteten, stand Palomina abseits und war eindeutig sauer.

Lorenzo rannte zu ihr. Sie waren sogar für meine Geisterohren zu weit weg. Ich konnte nicht verstehen, was sie sagten, aber ich sah die Zentaurin mehrmals heftig den Kopf schütteln. Merellyn eilte zu den beiden über den Sand, auf dem sich gerade die letzten Staubwolken legten. Eigentlich hatte ich beschlossen, dass es mich nicht interessierte, was Lorenzo und das Pferdemädchen zu besprechen hatten. Aber jetzt war ich doch neugierig. Ich wandte einen von Schnicks Poltergeist-Tricks an. Ich verschwand und machte schnell wie ein Wimpernschlag einen Sprung quer über die Sandbank. Ich könnte auch auf ein Ziel zuschweben, ohne unsichtbar zu werden. Das würde dann aber etwas langsamer gehen, weil ich dabei die ganze Zeit in der »normalen« Welt bliebe. Zumindest das, was von mir noch übrig ist.

Beim Poltergeistern verlässt man diese Welt ein bisschen. Nicht ganz. Schwer zu erklären. Es ist wieder so ein Dimensionsding. In etwa so, als wäre man sein Leben lang jeden Tag eine bestimmte Strecke gelaufen, sagen wir mal, von unserem Waisenhaus am Waldrand zur Miesen Muschel in der Nähe des Marktes. Es geht um viele Kurven und Ecken durch die Gassen der Vorstadt, aber im Großen und Ganzen immer nach Osten. Etwa dreieinhalb Kilometer weit. Dauert ungefähr fünfzehn Minuten. Und dann, eines Tages, entdeckt man in einem Zaun ein Loch. Man zwängt sich durch und muss feststellen, dass die beiden Gebäude direkt nebeneinanderstehen. Dass man die ganze Zeit in einem weiten Kreis hin und her gelaufen ist, ohne die Abkürzung zu sehen. So hat Schnick mir diesen Effekt erklärt.

Merellyn behauptet, dass unsere Wirklichkeit sich aus ein paar wenigen von ganz vielen Dimensionen zusammensetzt und wie ein Sattel gekrümmt ist. Ich hab beides nicht ganz kapiert, aber das mit der Abkürzung zwischen zwei Punkten noch eher als das mit dem Sattel. Schnick nennt die Dimension, in der Dinge manchmal näher beieinanderliegen, »Anderland«. Merellyn sagt, es ist eine Zwischenwelt.

Ich weiß nur, dass es auch funktioniert, wenn man es nicht verstanden hat. Ich dachte gleichzeitig ans Unsichtbarwerden und an den großen Baum, unter dem Lorenzo, Palomina und Merellyn standen. Schwuppdich war ich dort und wurde wieder sichtbar.

»Ich betrete die schwimmende Stadt nicht!«, rief Palomina, ganz ungewohnt scharf und bestimmt. »Ich bin in meinem ganzen Leben noch nie so beleidigt worden.«

»Ich verstehe dich ja, Kind, aber du musst den Leuten verzeihen«, sagte Merellyn flehentlich. »Du musst zugeben, dass sich seit vielen Jahren kein Vertreter deines Volkes so weit im Norden hat blicken lassen. Ihr habt euch über Jahrhunderte immer mehr aus dem Geschehen im Königreich zurückgezogen. Sie wissen hier einfach nichts über euch.«

»Aber ich weiß jetzt, dass ich einen Fehler gemacht habe«, entgegnete die Zentaurin. »Ich habe den Beschluss unserer Ältesten, den Kontakt mit den anderen fantasmanischen Völkern zu meiden, in Zweifel gezogen. Jetzt bin ich hier und verstehe, warum sie so entschieden haben.«

»Wenn Palomina nicht an Bord geht, bleibe ich auch hier«, verkündete Lorenzo. »Irgendjemand muss sie beschützen.«

»Glaubst du nicht, dass die beiden Trolle dafür am besten geeignet sind?«, wollte Merellyn wissen.

»Nein, überhaupt nicht!«, rief Lorenzo kopfschüttelnd. »Genau vor den zweien will ich sie ja beschützen! Wieso bleiben die überhaupt hier draußen?«

»Eine Gruppe von Trollen auf der Durchreise hat vor zwei Jahren einen Teil des Hafens zerstört«, erklärte Merellyn. »Bei einer wilden Party, die sie das ›Jahresblumenfest‹ nannten. Der Hafenmeister ist sich sicher, dass Kruschpuk mit dabei war.

Glubschnak und Schnick haben im Schwimmenden Hafen sowieso seit Jahren Hausverbot.«

»Und ich glaube, dass ich mich selbst schützen kann«, warf Palomina ein. »Ich bin mehr als zweitausend Meilen auf mich allein gestellt gereist. Ich danke euch für eure Fürsorge, aber …«

»Entschuldige bitte, ich habe etwas anderes gehört«, unterbrach Merellyn sie, jetzt sichtlich am Ende seiner Geduld. »Soweit ich weiß, bist du auf einem Traumflügel gereist, der dich keine zehn Kilometer von Flüsterwald entfernt abgesetzt hat. Eine Reise mit dem Wind, hoch über den Problemen und Gefahren Fantasmaniens, ist nicht ›auf mich allein gestellt reisen‹. Wir gehen jetzt alle an Bord des Hafens, weil hier draußen niemand sicher ist, außer den Trollen.«

»Woher weißt du, dass ich auf einem Traumflügel geritten bin?«, fragte Palomina verwundert.

Ich wusste nicht mal, was das war. Lorenzo offenbar auch nicht.

»Was ist ein Tr...?«, fragte er.

»Der Geist eines Vogels, der vor Urzeiten in Fantasmanien lebte«, unterbrachen ihn der Zauberer und die Zentaurin im Chor. »Sie waren gigantisch. In Jahren, in denen etwas Bedeutendes passiert, steigen sie aus dem Meer auf und ziehen in die Nordberge.«

»Es sind nur Geister«, erklärte das Pferdemädchen etwas sanfter. »Sie ziehen immer nach Norden. Und noch nie ist ein Schwarm zurückgekommen. Aber man kann sie beschwören und das habe ich getan. Auf einem zu reiten ist nicht schwer, weil sie so riesig sind. Man kann kaum herunterfallen. Auf den Rücken zu klettern, vor allem, wenn man Hufe hat, ist die Schwierigkeit. Und dann ...«

Sie brach ab. Alle hingen erwartungsvoll an ihren Lippen. Palomina sah Merellyn an.

»Dann muss man es ertragen, Tausende von Metern hoch über der Erde dahinzujagen, auf einem durchsichtigen Vogel. Man muss an den Geist des Vogels glauben und an die Kraft des eigenen Bannspruchs. Wenn man zweifelt, löst sich der Traumflügel in nichts auf und man fällt ...«

Lorenzo und ich sahen uns an. Er zog anerkennend die Augenbrauen hoch. Ich nickte.

»Das ist absolut richtig«, gab Merellyn zu. »Aber, bei allem Respekt vor deinem Wagemut, den ich keinem Zentauren zugetraut hätte – die Kehrseite der Medaille ist, dass dich die Tausende von Metern, die dich auf deiner Reise von der Erde trennten, eben auch vor den Gefahren bewahrt haben, die auf ihr lauern.«

Palomina wollte etwas sagen, aber Merellyn kam ihr zuvor: »Wir gehen jetzt an Bord. Du kannst mitkommen und die Beleidigung unbeachtet lassen, die aus Unwissenheit geboren wurde, oder unsere gemeinsame Reise endet hier.«

Das waren deutliche Worte! Es passierte immer mal wieder, dass der sanfte und leicht wirre Zauberer, der die letzten zwölf Jahre fast ausschließlich in seinem Flugapparat zwischen den Dimensionen unterwegs gewesen war, seine andere Seite aufblitzen ließ. Denn er war auch ein Ritter des Mystelzweig-Ordens gewesen und hatte an fast allen Schlachten teilgenommen, die der Orden ausgefochten hatte.

Palomina starrte ihn erstaunt an. Dann beugte sie sich ohne ein weiteres Widerwort dem Willen des Zauberers.

»Also gut. Ich komme mit«, sagte sie. »Aber wenn mir noch einmal jemand einen Platz im Viehstall zuweist, verlasse ich das schwimmende Gebäude. Und ich garantiere nicht dafür, dass dieser Jemand nicht vorher noch einen Zentaurenhuf aus nächster Nähe kennenlernt.«

Merellyn verneigte sich schmunzelnd. »So soll es sein. Kommt jetzt, der Tag ist fast zu Ende.«

Als wir ihn betreten hatten, begann der Ausleger wieder vom Ufer wegzuwandern. Wir wurden von etwa 40 Typen in Fußball-Dressen erwartet. Weil sie kaum größer waren als ich, dachte ich zuerst, es wären die Kinder von den Leuten, die im Hafen arbeiteten. Aber beim Näherkommen war klar, dass es sich um Erwachsene handelte. Es waren ziemlich seltsame Kerle mit Köpfen, die breiter als hoch waren. Sie hatten unglaublich vorstehende Glubschaugen und schmallippige Münder, die so breit waren, dass mein Unterarm vom Ellenbogen bis zum Handgelenk quer hineingepasst hätte. Alle hatten dünnes, schütteres Haar, das fettig – oder vielleicht eher nass – aussah. Da sie schlabbrige Kniehosen trugen, konnte man sehen, dass sie alle die gleichen kleinen Kugelbäuche über langen und extrem dünnen Beinen herumschleppten. Ich hatte das Gefühl, dass wir übergroße Frösche in Fußballtrikots vor uns hatten. Ihre Stimmen hörten sich an wie Gurgeln beim Zähneputzen.

Sie drängten uns sehr freundlich auf eine Plattform, an der anscheinend noch gebaut wurde. Es war so etwas wie ein schwimmendes Fußballfeld. Sie hatten mehrere Flöße aneinandergehängt und auf die Schnelle einen Bretterboden darübergezimmert. Jetzt waren sie dabei, rundum hohe Fangnetze aufzubauen.

Wir erklärten und trainierten und trainierten und erklärten, bis die Sonne untergegangen und in der Schlucht wirklich kein Tageslicht mehr vorhanden war. Dann durften wir endlich auf unser Zimmer gehen.

STAATSGAST

Wir wurden von einem Hausdiener empfangen, der einen fünfarmigen Kerzenleuchter vor sich her trug. Er führte uns durch verschachtelte, holzgetäfelte Gänge zu einem großen Raum, in dem er alle Kerzen anzündete.

»Wenn die Herrschaften hungrig sind: Es gibt seit Sonnenuntergang Abendessen im Speisesaal«, verkündete er.

»Was sind das denn für Typen?«, wollte Lorenzo wissen, als der Hausdiener die Tür hinter sich zugemacht hatte.

»Aquariden. Auch Wasser-Olme genannt. Das sind Flusskobolde«, erklärte Merellyn. «Sehr ungewöhnlich, dass er den Kerzenhalter getragen hat.«

»Warum?«, fragte Lorenzo. »Ohne den hätten wir gar nichts mehr gesehen. Hätte nicht gedacht, dass es auf dem Fluss so schnell dunkel wird.«

»Wir befinden uns in einer tiefen Schlucht«, erklärte der alte Zauberer. »Und der Königsberg wirft einen gewaltigen Schatten. Das Verhalten des Aquariden ist merkwürdig, weil sie Feuer hassen. Offene Flammen so nah an sich heranzulassen, bedarf langer Übung für Mitglieder dieses kalten, nassen Volkes. Und jetzt lasst uns essen gehen.«

Die Suche nach dem Speisesaal war gar nicht so einfach. Ich glaube, dass wir durch jeden Gang und jedes offene Zimmer, über jeden Steg und jede Brücke mindestens zwei Mal gegangen sind. Immer, wenn wir jemand fragten, wurden wir in eine andere Richtung geschickt. Irgendwann war ich den anderen ein ganzes Stück voraus, weil ich mich nicht an jede Abbiegung und Kurve des Pfades halten musste. Ich bog um eine Ecke und erstarrte. Von dem Gang, der vor mir lag, führte ein anderer nach rechts weg, der mit einem dicken roten Samtseil abgesperrt war. Davor prangte auf einem dreibeinigen Gestell ein eiserner Schild, der das gleiche Wappen trug wie das hochherrschaftliche Schiff draußen. Einer der kugelbäuchigen Aquariden, wieder mit einem Kerzenhalter bewaffnet, hakte gerade das Samtseil aus und gab mit einer tiefen Verbeugung den Weg

frei. Die junge Frau, für die er die Absperrung geöffnet hatte, nickte kurz und machte einen Schritt in den Quergang hinein. Dann erblickte sie mich und blieb ebenfalls wie angewurzelt stehen. Vor mir stand meine Mörderin.

Sie trug die gleiche Kleidung wie letzten Sommer, ein langes hellblaues Kleid mit ganz zarten Stickereien und ein schwarzes Samtmieder, das mit feingliedrigen Silberketten verschnürt war. Wenn mich jemand fragen würde, wie eine Heilige aussieht, würde ich ihm dieses Mädchen zeigen. Sie hatte helle, makellose Haut und Haar wie Bernstein, wenn das Sonnenlicht durchscheint. Mir fiel wieder ein, was einer der Jungs im Waisenhaus über sie gesagt hatte:

»Milch und Honig! Sie sieht aus wie Milch und Honig!«

Aber das war alles nur Täuschung.

Die Stimmen der anderen erklangen hinter mir und Ariana löste sich aus ihrer Erstarrung. Sie rannte in den Gang.

Ich stürmte los, aber der Kerzenleuchter des Aquariden, den er mir vors Gesicht hielt, stoppte mich.

»Entschuldige bitte, Herr«, gurgelte er höflich und hakte das Samtseil wieder ein. »Dieser Bereich ist für Gäste gesperrt. Ich kann dich leider nicht durchlassen, Herr.«

»Will, was ist los?«, wollte Lorenzo wissen.

»Arachnua ist hier«, sagte ich. »Sie stand direkt vor mir. In der Gestalt von Ariana. Jetzt ist sie verschwunden, am anderen Ende des abgesperrten Gangs.«

»Es tut mir wirklich leid, ihr Herren«, meldete sich der Hausdiener. »Bitte verlasst diesen Bereich.«

Er deutete auf den Schild mit dem Wappen.

»Zwei königliche Gesandte führen hier Verhandlungen«, erklärte er bedeutsam. »Sie wollen absolut ungestört bleiben.«

»Lasst uns essen gehen!«, forderte Merellyn. »Königliche Gesandte wollen wir nicht stören.«

»Aber Merellyn!«, begann ich. »Das war ...«

»Ich weiß, mein Junge«, unterbrach er mich mit erhobener Hand. »Aber wenn sie doch ein Staatsgast ist ... kommt, ich glaube, es geht hier entlang zum Speisesaal.«

Als wir um die Ecke waren, zischte er: »Sagt bloß kein Wort mehr! Wir wissen von nichts! Wir sind nur auf der Durchreise. Wenn keiner mehr herschaut, was allerdings in diesem Hafen so gut wie nie geschehen wird, können wir ein paar Nachforschungen anstellen. Ah, endlich! Hier ist der Speisesaal.«

Dort wurde das Essen serviert auf eine Art, wie ich sie noch nie gesehen hatte. Also, eigentlich wurde es gar nicht von Dienern oder sonst jemand serviert, man musste es sich selbst holen. Das klingt jetzt ein bisschen popelig. Im Waisenhaus mussten wir uns nämlich auch an der Essensausgabe anstellen und dann bekam jeder einen Schöpflöffel zerkochten Kohl in den Blechnapf geklatscht. Aber hier war das ganz anders. Mehrere lange Tische entlang der Wände bogen sich unter einer unglaublichen Vielzahl von Speisen. Man nahm sich ein Tablett und lud sich darauf, was immer man wollte. Vor jeder Schüssel und Platte stand ein kleines Schildchen, auf dem mit den in Fantasmanien üblichen, spinnenbein-krakeligen Buchstaben der Name des Gerichts angegeben war. Merellyn erklärte mir, dass so etwas »Bühffeh« genannt wurde. Oder so ähnlich. Viele von den angebotenen Speisen fand ich total abschreckend. Lauter Zeug, das ich nie hätte probieren wollen.

Aber Lorenzo drehte völlig durch. Wir hatten den Speisesaal gerade betreten, als Sir Holdmund angesegelt kam. Jetzt schwebte das Buch neben Lorenzo und versuchte, ihm klarzumachen, dass ein Ritter auf großer Fahrt sooft wie möglich fasten sollte, um sich auf die Heldentaten vorzubereiten, die er noch vor sich hatte. Mit einem irren Glitzern in den Augen rannte Lorenzo hin und her, las mit schräg gelegtem Kopf flüsternd die Schildchen und stapelte das Essen dreistöckig auf sein Tablett. Dann entdeckte er wieder irgendetwas, was er noch nicht hatte, und versuchte eine vierte Schicht obendrauf zu stapeln. Als das nicht ging, fing er an, die Portionen, die er schon hatte, zu verdoppeln. Das konnte er nie und nimmer alles essen, aber er würde nicht aufhören, solange Sir Holdmund vom Fasten schwafelte.

Ich konnte nur zusehen. Ich spürte ja keinen Hunger und konnte nichts mehr essen, seit ich ein Geist geworden war. Schlimm war das nicht. Essen war nur eine vage Erinnerung. Aber ein bisschen ärgerlich war es natürlich schon als Geist, der mit Essen nichts mehr am Hut hatte, immer wieder an Orte zu geraten, wo es die feinsten Leckereien gab. Nachdem ich in den elf Jahren, die ich gelebt hatte, fast immer den letzten Dreck zu essen bekommen hatte und oft mit knurrendem Magen durch die Gegend gelaufen war.

Für Lorenzo dagegen hatte sich die Versorgungslage grundlegend verbessert, seit wir in Merellyns Turm wohnten. Er genoss es sehr und fraß sich bei jeder Gelegenheit voll. Trotzdem blieb er der schlaksige Hungerhaken, der er immer gewesen war. Also, solange ich ihn kenne.

Als Lorenzo zurück an unseren Tisch wollte, stellte sich heraus, dass er an einer Art Schranke oder Schalter vorbeimusste. Darin saß jemand, der wie ein weiblicher Aquaride aussah. Und diese Aquaride zählte die Speisen auf Lorenzos Tablett. Anschließend verlangte sie 104,80 Fantasmo von ihm. Die hatte er natürlich nicht. Wir hatten fast gar kein Geld.

Inzwischen hatte ich gelernt, dass Geld in fremden Ländern nicht nur einen anderen Namen hatte, sondern auch ganz unterschiedlich viel wert sein konnte. In unserer Heimatstadt Arkanon, in der Provinz Monstrovia, zahlte man mit Monstrar. Ein Monstrar ist viel weniger wert als ein Fantasmo. Wie viel genau, weiß ich nicht. Aber wahrscheinlich hätte Lorenzo für das viele Essen, das er sich aufs Tablett geladen hatte, etwa 350 Jahre in der Miesen Muschel in Arkanon arbeiten müssen.

»So sehet, Junker, dies ist ein Fingerzeig der Vorsehung!«, triumphierte Sir Holdmund. »Entsagt der Völlerei! Es ist Hexenwerk, das euch von eurem hehren Ziele abhalten soll. Schon mancher Ritter verfiel der Verlockung und erschlug niemals einen Drachen. Sang niemals der Minne Lied unterm Fenster seiner Dame …«

Das Buch machte einen Salto und da stand der zerlumpte, dreckige Soldat mit dem verbeulten Helm.

»Friss dich voll, wenn's was gibt«, empfahl er. »Morgen ist die nächste Schlacht! Stirb wenigstens mit vollem Magen.«

Und Überschlag. Der fette Koch mit dem seltsamen Akzent.

»Wüündervoll, zu sein in die Paradies de Kochkünst, nischte wahr?«, jubelte er. »Abäär ist auch gekochet diese Essään a la Art de Artist de Art?«

Merellyn eilte Lorenzo, der puterrot angelaufen war, zu Hilfe. Als Erstes brachte er Sir Holdmund und seine Untermieter zum Schweigen. Nicht mit Zauberei. Er packte den schwafelnden Wälzer einfach von hinten und klemmte ihn sich fest unter den Arm.

»Mmmmh mmhhhmmm Hmmhmm!«, sagte das Buch.

Als der alte Zauberer erfuhr, wie hoch die Rechnung war, warf er einen Blick auf Lorenzos Tablett.

»Brauchst du das wirklich alles, um satt zu werden?«, fragte er in einem Tonfall, der verriet, dass er mit hunderttausendprozentiger Sicherheit wusste, dass das nicht der Fall war. Lorenzo starrte auf sein randvolles Tablett.

»Nein … nicht direkt …«, stotterte er herum. »Ich … könnte vielleicht auf den Löwenzahnsalat mit in Pfirsichöl gerösteten Zwergenbrotwürfeln verzichten. Und wahrscheinlich auch auf die Bisamrattenpastete in einem Mantel aus seltsamen Kräutern garantiert nicht vom Wegesrand. Und ganz sicher auf die panierten Schnorchelmorellen in Kürbiskernsuppe, die romantisch-traurige Visionen hervorrufen – fünf Minuten je hundert Gramm. Wenn ich's mir recht überlege, bin ich auch nicht hungrig genug, um äh … Schnappfisch nach Aquariden-Art – er oder ich! zu probieren. Ich glaube nämlich, dass der total roh ist und sich nur tot stellt.«

»Wenn wir das alles weglassen, wo stehen wir dann?«, fragte Merellyn die Kassiererin.

»Achtundvierzig Fantasmo«, kam prompt die Antwort. »Und fünf Senkel. Für die Maxi-Schale Hysterische Rote Schrei-Sauce.«

Merellyn zog die Augenbrauen hoch.

»Warum heißt die so?«

»Die ist ziemlich … pikant«, erklärte die Aquaride. »Die bringt sogar Trolle zum Weinen.«

»Willst du die wirklich?«, wandte Merellyn sich an Lorenzo. Der schüttelte wild den Kopf.

»Gut. Wieder einen halben Fantasmo gespart.« Er legte seinem Lehrling eine Hand auf die Schulter. »Ich finde deinen Forscherdrang sehr lobenswert. Schade, dass er sich hauptsächlich auf exotisches Essen beschränkt … Ich mache dir einen Vorschlag. Warum bringst du nicht alles zurück und suchst dir irgendwas Einfaches aus, das du kennst? Eine einzelne Mahlzeit. Irgendwas, das schnell und restlos satt macht, ohne Nebenwirkungen wie romantische Traurigkeit oder hysterisches rotes Schreien. Damit wäre uns, glaube ich, allen geholfen.«

Als sie wieder zum Tisch kamen, holte der Zauberer verstohlen seinen Stab aus der Robe. Er setzte sich mit dem Rücken zum Saal und ließ Sir Holdmund blitzschnell unter dem Tisch verschwinden.

»Herr Zauberer!«, rief das Buch entrüstet. »Ich protestiere entschieden gegen …«

Weiter kam er nicht. Merellyns andere Hand mit dem Zauberstab war ebenfalls unter den Tisch getaucht. Es gab ein kurzes Aufleuchten, dann stank es rund um unseren Tisch ein bisschen nach Schwefel. Danach legte Merellyn das Buch neben seinen Teller. Sir Holdmund war k. o. gegangen.

»Jetzt weiß ich endlich, was das für ein Buch ist!«, sagte der Zauberer. »Diese Typen, die immer mal wieder auf dem Titel auftauchen, kamen mir schon die ganze Zeit bekannt vor.«

»Warum denn?«, wollte Lorenzo wissen. »Wer sind die?«

»Vor einigen Jahren hat es einen Unfall in der Schulbibliothek gegeben«, erzählte Merellyn. »Die Schülerin, die damals die ehrenamtliche Leitung hatte …«

»Eriolena«, sagte Lorenzo grimmig.

»Ja, ich glaube, so hieß sie«, bestätigte der Zauberer. »Jedenfalls versuchte sie, ein magisches Verzeichnis aller Bücher in der Bibliothek anzulegen. Aber ein paar Trollbürschchen spielten ihr einen Streich. Ich weiß nicht mehr genau, was es war, aber das magische Verzeichnis brannte sich in das Buch hinein, das gerade katalogisiert wurde. Was zur Folge hatte, dass Sir Holdmund von Hofesang das erste Buch in der Geschichte der Buchkunst ist, das Anzeichen von Schizophrenie entwickelt hat.«

»Da stecken noch andere Bücher drin?«, hakte ich nach. »Aber die sind alle so seltsam. So … schmierig und irgendwie verkehrt. Ich würde keins von diesen Büchern lesen.«

»Nein, keine anderen Bücher«, meinte Merellyn kopfschüttelnd. »Nur Buchtitel. Aber wie bei einem Trollscherz üblich, haben sie ein gewisses schäbiges Eigenleben entwickelt.«

Während des Essens trat der Karawanenführer an unseren Tisch. Merellyn bot ihm einen Platz an, aber er wollte sich nicht setzen. Er sah immer wieder zu dem Tisch hinüber, an dem die Kapitäne der Flussschiffe saßen. Es war sofort klar, dass irgendwas nicht stimmte. Sie warfen uns verstohlen finstere Blicke zu, aber wenn man ihnen in die Augen sah, taten sie so, als würden sie sich überhaupt nicht für unseren Tisch interessieren.

»Ich fürchte, ihr werdet keine Passage auf einem Flussschiff bekommen«, stieß der Karawanenführer hervor. »Nicht, solange ihr mit den Trollen reist.«

»Nicht?«, fragte Merellyn verwundert. »Wo liegt das Problem? Sind sie zu groß? Zu grün? Oder zu blöd?«

Einer der Kapitäne stieß seinen Stuhl zurück und kam herüber. Er lehnte sich auf die Tischplatte und rammte dem alten Zauberer einen Finger unter die Nase. Meiner Meinung nach war er stark angetrunken.

»Ich will dir sagen, wo das Problem liegt!«, verkündete er zu laut. »Sie sind genau das: zu groß, zu grün, zu blöd. Aber vor allem sind sie verdammte Werwolffreunde! Und sie machen gemeinsame Sache mit den Vampiren! Elende Unruhestifter!«

Ohne eine Antwort abzuwarten, schwankte er zurück an den Kapitänstisch.

»Tut mir leid«, meinte Harlo. »Hier trennen sich wohl unsere Wege. Unsere Passage haben wir ja schon auf der Hinfahrt klargemacht. Unser Kapitän ist heute Abend nicht hier, aber er hat mir bereits gesagt, dass er die Trolle nicht befördern wird.«

»Mach dir um uns keine Sorgen!«, sagte Merellyn. »Wir werden schon eine Lösung finden. Hab Dank für alles, was du für uns getan hast.«

Der Karawanenführer nickte uns zu und wollte zurück an die Bar gehen. Doch Merellyn hielt ihn am Ärmel fest.

»Eine Frage noch«, sagte er leichthin. »Was hat es mit der Anwesenheit des königlichen Flussschiffs auf sich? Und mit den königlichen Gesandten? Von wem wurden sie geschickt? Und mit wem führen sie Verhandlungen?«

Mir schien, dass der Händler kurz zusammenzuckte und eine Spur blasser wurde. Er hob abwehrend die Hände. »Davon weiß ich absolut gar nichts!«, zischte er. »Es geht mich auch nichts an. Wenn nicht inzwischen der König zurückgekehrt ist, werden sie wohl Gesandte von Puck, dem Prinzregenten, sein. Und der hat mir keinen Brief geschrieben, in dem drinsteht, was er seinen Gesandten für Aufträge erteilt hat. Jetzt muss ich gehen. Gute Reise!«

»Aber er hat doch gesagt, dass er alles rausfinden wird, weil er seine Quellen hat!«, erinnerte ich die anderen an die Worte des Händlers.

Merellyn nickte nachdenklich. »Ich denke, er hat auch etwas erfahren. Aber nichts Gutes. Es scheint gefährlich zu sein, zu viel über die königlichen Gesandten zu wissen. Oder auch nur wissen zu wollen.«

»Was machen wir jetzt wegen Arachnua?«, bohrte Lorenzo weiter.

»Wir machen gar nichts«, sagte der Zauberer leise. »Weil wir beobachtet werden. Der Einzige, der sich später mal ein bisschen umsehen kann, bist du, Willhelm.«

»William.«

»Völlig richtig. Du solltest heute Nacht ein wenig im abgesperrten Bereich herumgeistern.«

DÄMONENDIMENSIONEN

Sind die Trolle wirklich Freunde der Werwölfe und Vampire?«, fragte Lorenzo, als wir nach dem Essen wieder in unserem Zimmer waren. Er hatte sich mit einem Teller Bratkartoffeln mit Zwiebeln begnügt. »Ich hab noch nie einen von denen gesehen …«

»In der kurzen Zeit des Friedens, die der König und Mysterio Mystelzweig geschaffen haben, lebten die Werwölfe viel weiter im Norden, in den Gebirgen, die man Skelettberge nennt, und die Vampire im Westen des Gebirges, das man den Königsberg nennt. König Oberon und Königin Titania beschützten Fantasmanien nicht nur, sie waren praktisch das magische Königreich. Sie bezogen all ihre Macht vom höchsten Berg und aus dem kleinsten Gänseblümchen. Sie waren das Sandkorn in der Wüste von Linvermis, aber auch der Sturm aus den Nordbergen, der den Linvermis-Sand über das ganze Königreich verteilen konnte. Solange das Königspaar auf der Höhe seiner Macht war, mussten die Werwölfe und Vampire damit rechnen, dass jeder bemooste Felsen am Wegrand, jeder Zweig im Wind, ja sogar der Wind selbst, sie mit den Augen Oberons oder Titanias beobachtete. Es gab keine ernsthaften Übergriffe, solange sie befürchten mussten, dass der König oder die Königin plötzlich neben ihnen auftauchten. Aber das ist seit zwölf Jahren vorbei, und nach und nach stoßen die Ungeheuer immer weiter nach Süden vor. Dabei haben es die Werwölfe leichter. Wenn sie nach Süden ziehen, treffen sie auf fruchtbares Land voller Siedlungen. Die Vampire könnten im Süden nur die Schwarzfiebersümpfe erobern. Deswegen kämpfen sie eher untereinander um ihre Ländereien. Aber im Norden des Königsbergs gibt's jedes Jahr Streit um die Provinz Nord-Elbia. Die Hochelfen haben das Gebiet verlassen, und jetzt behaupten sowohl die Vampire als auch die Werwölfe, dass es seit Urzeiten ihr angestammtes Mutterland ist.«

»Trotzdem möchte ich eines wissen«, beharrte Lorenzo. »Hier in der Gegend wagen sich die Werwölfe nachts heraus, aber nur in den Nächten rund um den Vollmond. Ohne den Mond lassen sie sich nicht blicken. Wieso redet ihr davon, dass auch das hier ihr Gebiet ist?« Merellyn strich sich eine Weile nachdenklich den Bart glatt, ehe er antwortete.

»Es ist ihr Gebiet, weil es sie gibt«, antwortete er schließlich ziemlich rätselhaft.

»Ich verstehe eines nicht ganz«, merkte ich an. »Ich meine, der König, dieser Oberon … der war doch sehr mächtig. Höchster Berg und kleinstes Blümchen und so. Ein Hochelf. Und er war der König. Wieso hat er nicht einfach mal richtig auf den Tisch gehauen, also im magischen Sinne. Rummsdi, ein fetter Bannzauber und dann ist Ruhe im Karton? Wieso ließ er sich so viel von seinem Bruder gefallen?«

»Das ist nicht so einfach«, antwortete das Macronomicon auf meine Frage. »Zerberon und Oberon sind Zwillingsbrüder. Und Zerberon ist der Erstgeborene! Er ist siebzehn Minuten älter als

Oberon und hatte damit eigentlich den Anspruch auf den Thron. Aber die Mutter der Zwillinge, Königin Urania, bestimmte, dass Oberon der Thronfolger sei. Damit hat sie ihrem Zweitgeborenen eine schwere Bürde auferlegt und das Königreich in den Bruderkrieg getrieben. Aber es steht mir nicht zu, ihre Handlungen zu beurteilen. Als meine ersten Zeilen geschrieben wurden, war sie schon lange tot. Ich gebe das nur so wieder, wie es in mir niedergeschrieben ist.«

»Wie ist das jetzt eigentlich, wenn der Schwarze Lord zurückkehrt und der König nicht?«, fragte Lorenzo. »Ist Zerberon dann nicht automatisch König? Sonst ist ja wohl niemand mehr von der Familie übrig.«

»Das ist nicht ganz richtig«, widersprach Merellyn. »Königin Titania liegt in der Gruft der Königsburg. Aber sie könnte wiedererweckt werden.«

Als er unsere erwartungsvollen Blicke bemerkte, fuhr er hastig fort: »Nicht von mir, in dem Fall nicht«, stotterte er. »Ich habe einen Versuch unternommen, damals vor zwölf Jahren. Dabei hätte ich die Königin beinahe wirklich getötet. Der Bann ist sehr, sehr mächtig.«

»Des Weiteren kann niemand so genau sagen, ob die Königstochter tot oder noch am Leben ist«, ergänzte Macronomicon. »Wenn Prinzessin Titanica noch lebt, hat sie einen höheren Anspruch auf den Thron als ihr Onkel. Aber nur auf dem Papier. Was wirklich passieren wird, wenn Zerberon zurückkehrt und niemand da ist, der ihm Einhalt gebietet, kann man sich ja vorstellen.«

»Er wird König«, stellte ich fest.

»Und Fantasmanien zieht in den Krieg gegen die Menschheit«, ergänzte Merellyn.

»Andererseits bin ich mir ziemlich sicher, dass der Mundovoros das Königreich nicht betreten kann, solange es unter dem Schutz des magischen Waldes steht«, sagte das Macronomicon. »Ich habe einen Text in mir, der darauf hindeutet, dass der Pakt zwischen dem König und dem Wald hauptsächlich den Zugriff auf das Reich betrifft. Seltsamerweise ist das Kapitel für mich ziemlich unverständlich, obwohl es von Mysterio geschrieben wurde.«

»Ich weiß nur, dass das magische Gewitter letzten Sommer an der Grenze nach Monstrovien irgendetwas auslöste«, erklärte Merellyn. »Unmittelbar, nachdem die Jungen das Wetterleuchten entfesselt hatten, verzeichneten meine Kristallkugeln aus mehreren Sektoren Bewegung darauf zu. Wer oder was sich da in Bewegung gesetzt hat, war nicht festzustellen, aber alle Signale kamen aus Dämonensektoren. Somit können es wohl kaum unsere Leute sein. Die hätten dort keine zwölf Jahre überlebt.«

Merellyn strich sich wieder nachdenklich über den Bart.

»Andererseits ist überhaupt nicht bewiesen, dass für irgendeinen der Verschollenen wirklich zwölf Jahre vergangen sind«, ergänzte er dann. »Aber die Vermutung, dass es sich um Anhänger der Finsternis handelt, liegt nahe. Die wachsenden Rudel von Werwölfen. Die Grabwürmer, die William und Schnick entdeckt haben. Der Nachtmar, der regelmäßig bei Vollmond auf unserem Dach saß. Die Wesen auf der Straße. Eine mordende Gestaltwandlerin, die bei den königlichen Gesandten ein und aus geht … Zweifellos wird die dunkle Seite stärker, während es überhaupt kein Anzeichen dafür gibt, dass sich irgendwelche Vorteile für die Anhänger der weißen Magie einstellen.«

»In der Blutenden Burg hat Arachnua auch so was gesagt«, erklärte Lorenzo. »Die Dinge ändern sich, jemand kehrt zurück und deswegen muss alles nach ihrer Pfeife tanzen …«

»Aber es gibt doch auch Verbündete!«, wandte ich ein. »Die Sirene wurde von den Nebelhexen gejagt.«

»Aber die wiederum wurden von einer anderen Macht angegriffen, als sie die Sirene in Fresseisens Stadion bannen wollten«, gab Lorenzo zu bedenken. »Und wir wissen nicht, was aus ihnen geworden ist, nachdem sie die Bogenschützen des Sheriffs angegriffen hatten. Auf jeden Fall ist Arachnua hier in Fantasmanien.«

Das stimmte. Zum letzten Mal hatten wir die Nebelhexen auf dem alten Friedhof oberhalb der Stadt Arkanon gesehen. Wir kriegten noch mit, wie die Bogenschützen verwirrt zurückwichen, als die Hexen mit wirbelnden Schwertern und Äxten auf sie losstürmten, aber was dann passierte, erfuhren wir nie. Der Troll Glubschnak, mit Schnick und Lorenzo auf seinem Rucksack, wagte den Sprung über den »Tiefen Riss«. So heißt die Schlucht im Westen des Friedhofs, die Monstrovien und Fantasmanien trennt. Dabei wären er und seine Passagiere fast abgestürzt. Um das Schicksal der Nebelhexen konnten wir uns nicht mehr kümmern.

»Wir sollten versuchen mit den Nebelhexen Kontakt aufzunehmen«, meinte Merellyn. »Sie leben doch nicht allzu weit von der Isla Evangelista entfernt.«

»Ha, Nebelhexen! Kannst du dich an diese halb verhungerte kleine Ratte erinnern?«, rief Lorenzo abfällig. »Wie hieß sie noch mal? Nima? Oder Tica?«

»Ihr Name war Nica«, sagte ich. »Kann mir gar nicht vorstellen, dass du den vergessen hast. Immerhin hat sie dir mit ihren Aasdisteln die Schmerzen im Knie genommen.«

Ich fand, dass Lorenzo sich seltsam benahm, wenn er Mädchen kennenlernte. Während er bei Palomina nur noch Schwach-

sinn faselte und gar nicht merkte, dass ihre Rückseite nicht zur Vorderfront passte, hatten er und die junge Nebelhexe Nica von Anfang an echte Feindschaft füreinander empfunden. Ich fand beides völlig übertrieben. Es braucht jetzt keiner anzukommen und mich daran zu erinnern, dass sich sämtliche Verdammte Rotznasen gegenüber Baron von Fresseisens Schreiberin Ariana wie verliebte Gockel benommen hatten! Und es stimmt nicht, dass ich der Schlimmste von allen gewesen bin!

Und selbst wenn! Das war kein Mensch, es war eine Sirene, und es ist deren Spezialgebiet, Menschen einzuwickeln und aufs Kreuz zu legen. Verliebtsein durch magische Tricks zählt nicht. Wenn man dieses eine Mal, wo ich einer Sirene auf den Leim gegangen bin, wegrechnet, war ich noch nie verliebt, und wenn's nach mir ginge, würde es auch nie so weit kommen! Wofür sollte das denn gut sein?

Jedenfalls war Lorenzo in die Hexe Nica das Gegenteil von verliebt. Seltsam, dass sie trotzdem das Erste war, was ihm einfiel, wenn jemand von den Nebelhexen sprach. Aber »halb verhungerte Ratte« war zu hart. Es stimmte schon, sie war furchtbar dünn. Ich hatte mir schon bei unserer ersten Begegnung gedacht, dass sie nicht genug zu essen bekam. Ob sie hübsch oder hässlich war, ließ sich nicht feststellen. Die Nebelhexen beschmierten sich nämlich vom Scheitel bis zur Sohle mit einer Kriegsbemalung aus Blut und Lehm.

Und sie hatte gesagt, dass Jungs absolute Einfaltspinsel seien.

Nein, sie hatte ein anderes Wort benutzt. Eines, das weniger schlimm war, aber trotzdem …

Auf der anderen Seite hatte Nica Lorenzos Knie gerettet. Und er nannte sie »halb verhungerte kleine Ratte«!

Dabei erinnerte ich mich, dass die beiden ungefähr gleich groß gewesen waren. Und gleich stark. Das dürfte ihm am meisten gestunken haben.

SCHLANGENKRIEGER UND HOCHELFEN

In der Nacht schlich ich mich in den für die Königlichen Gesandten reservierten Bereich. Ich kam durch mehrere Räume, in denen Bewaffnete schliefen, aßen, tranken und Karten oder Würfel spielten. Es waren keine Menschen, obwohl sie uns vom Körperbau her ähnlich waren. Wesen wie sie hatte ich noch nie gesehen. Sie hatten silbrige schuppige Haut wie Echsen und dreieckige Köpfe, in denen rote Augen mit schmalen schwarzen Schlitzen als Pupillen saßen. Alle waren ganz in Schwarz gekleidet. Ihre Hemden waren so lang, dass sie bis zu den Fußknöcheln reichten. Wenn einer oder mehrere ein Zimmer verließen, wickelten sie sich vorher lange Schals so um den Kopf, dass nur noch ihre roten Schlangenaugen zu sehen waren. Sie schleppten fast so viele Waffen mit sich herum wie die Nebelhexen. Jede einzelne von denen hatte mehr Waffen am Körper getragen als die achtköpfige Stadtwache von Arkanon zusammen.

Dann fand ich einen Gang, in dem einige dieser schwarz gekleideten Echsenkrieger herumhingen. In dem Gang gab es nur eine Tür, die sie offensichtlich bewachten. Also musste das, was sich dahinter befand, wichtig sein.

Ich schwebte unsichtbar durchs Holz in den Raum. Drei Frauen saßen an einem niedrigen, runden Tisch, auf dem eine Schale mit Obst, drei Gläser und eine Karaffe mit Rotwein standen.

Zwei der Frauen trugen Kapuzenumhänge und ihre Gesichter waren dunkel verschleiert. Sie rührten nichts von dem Zeug auf dem Tischchen an. Die dritte Frau dagegen schenkte sich großzügig Wein aus der Karaffe in ihr Glas, um es dann in einem Zug auszutrinken.

»Du trinkst … viel«, sagte eine der Verschleierten.

»Das lasst mal meine Sorge sein!«, fauchte das Milch-und-Honig-Mädchen Ariana. Der holde Unschuldsengel, der mich umgebracht hatte.

»Ja, das werden wir«, sagte die zweite Verschleierte. Ich weiß nicht genau, warum, aber ich hielt sie für die Ältere der beiden. »Was wir nicht deine Sorge sein lassen können, sind die Zeichen der Lords. Dass du versagt hast und sie nicht mitbringst, durchkreuzt unsere …«

Arachnua sprang auf.

»Du nennst mich nicht eine Versag…«

Sie sprach nicht weiter, weil wie aus dem Nichts die Schneide eines Krummschwerts an ihrem Hals lag. Ich schüttelte mich. Der schwarz gekleidete Krieger, der lautlos hereingekommen war, war durch mich durchgeglitten. Für einen Moment hatte ich den Raum durch seine Augen gesehen. Alle Farben wurden plötzlich zu düsteren Blautönen. Ich wollte einen Schritt nach vorne machen und mein Schwert an die Kehle … Aber das blaue Licht und der seltsame Gedanke verschwanden sofort wieder, so schnell wie ein Blitz.

Die Hand der Verschleierten, die ich für die ältere hielt, war erhoben. Das schien den Wächter zu stoppen.

»Es ist gut, Hchk'sssim«, sagte sie. »Unser Gast hat sich schon wieder beruhigt. Du kannst gehen.«

Ich hab den Namen von dem Wächter jetzt mal so aufgeschrieben. Vielleicht war's auch gar nicht sein Name. Vielleicht hat die Gesandte nur Rotz hochgezogen und in ihren Schleier gespuckt. Aber das wollen wir mal lieber nicht glauben.

Der Krieger ließ Arianas Arm los und senkte sein Schwert. Er verließ wortlos den Raum. Die Sirene setzte sich und tat so, als wäre sie überhaupt nicht beeindruckt. Das schöne Mädchen Ariana, das aussah, als käme es direkt aus einem Nonnenkloster, stürzte ein zweites Glas Wein hinunter, wie ein Seemann, der nur zwei Stunden Landgang hat und in der kurzen Zeit unbedingt besoffen werden will. Aber sie sprach sehr leise, als sie weiterredete.

»Ich war dort. Der Zauber war eingerichtet, so wie geplant. Aber die Zeichen der Kriegsherren waren nicht an dem Platz, der uns beschrieben worden war. Deshalb habe ich beschlossen, dass der Brief an den Regenten Vorrang hat. Bringt ihn so schnell wie möglich in die Königsburg.«

»Du willst uns Befehle erteilen?«, fragte die jüngere der beiden Gesandten. »Wie kannst du es wagen …«

»Wie kann ich es wagen?«, unterbrach Arachnua sie. »Das ist eine gute Frage! Wie kann ich es wagen? Wie kann ich es wagen, am helllichten Tag durch Fantasmanien zu wandern? Wie kann ich es wagen, dieses Reich auf einem Weg zu betreten, der jeden anderen töten würde? Wie kann ich es wagen, in einen Turm einzudringen, der wie keine andere Festung mit Schutzzaubern gesichert ist? Wolltest du das fragen?«

Die beiden Verschleierten schwiegen.

»Ich bin die Einzige, die ständig die größten Wagnisse auf sich nimmt!«, fuhr die Sirene fort. »Ihr sitzt nur hier und versteckt euch hinter dem Wappen der königlichen Gesandten und euren Echsen mit Schwertern.«

Sie nahm wieder einen großen Schluck Wein.

»Ich habe sogar die Gestalt eines Lämmergeiers angenommen und gelernt zu fliegen!«, rief sie. »Aber entweder hat der kleine Mistkerl, den ich befragt habe, den Braten gerochen und mich angelogen … oder der Magier hat dem Kobold nicht getraut und die Zeichen heimlich an einen anderen Ort gebracht.«

»Es gibt noch eine dritte Möglichkeit«, sagte die ältere der Gesandten. »Du bist von deinem eigenen Helfer hereingelegt worden. Er hat den Zauber vorbereitet und dann einen anderen Dieb hineingeschickt, der dir zuvorgekommen ist.«

»Unmöglich!«, rief Arachnua. »Er wäre gar nicht in der Lage, einen solchen Plan zu entwickeln. Und außerdem … warum sollte er so etwas tun? Die Zeichen der Lords haben für ihn keinerlei Bedeutung. Ich bin sicher, sie sind noch im Turm.«

»Warum sollte der Magier dann mit den Jungen hier auftauchen?«, fragte die ältere Verschleierte. »Wir haben damit gerechnet, dass er den Zeichen der Lords nachjagen wird. Genau das ist passiert. Also hat er sie nicht mehr. Sicher hat der Zauberer auch das Buch dabei, wie wir es uns erhofften.«

»Es kann andere Gründe haben, dass er hier ist«, wandte die Sirene ein. »Die Jungen haben überall, wo sie hingekommen sind, ihr dummes Spiel gespielt. Auch hier im Hafen.«

»Es ist nur ein Spiel«, wehrte die Gesandte ab. »Wenn dein Helfer keinen Plan entwickeln konnte, dann vielleicht seine … Besitzer?«

»Besitzer?«, wiederholte Arachnua. »Niemand kann einen von denen besitzen! Was meinst du damit?«

»Diejenigen, die ihn für die Aufgabe … vorbereitet haben«, sagte die Gesandte. »Von alleine hätte er das nie und nimmer für uns erledigt. Wir sind ein sehr hohes Risiko eingegangen, um den Plan durchzusetzen. Jetzt ist das verlorene Buch in unserer Reichweite, aber wir haben die Klammern nicht, um die beiden Teile zusammenzusetzen. Ich bleibe dabei: Du hast versagt!«

»Ihr und ich … wir dienen demselben Herrn«, fuhr Arachnua fort. »Aber habt ihr nicht eine ganz besondere Verbindung zu ihm? Vielleicht wollt ihr ihm auf diese Weise mitteilen, dass ich versagt habe?«

»Die Verbindung, die wir hatten, wurde vor zwölf Jahren gekappt«, sagte die ältere der beiden veschleierten Frauen. »Er mag bald wieder in der Lage sein, Fantasmanien zu betreten, aber die Kraft, sich nach seinem Belieben in unsere Köpfe zu stehlen, hat er noch nicht wiedererlangt.«

»Und das wird er auch nicht, wenn es nach mir geht!«, rief die jüngere. »Er hat Gavaron getötet!«

»Gavaron hat sich gegen ihn gestellt!«, fauchte Ariana. Einen Moment dachte ich, sie würde sich in Arachnua verwandeln. Aber es war einfach nur Hass, der ihr schönes, unschuldiges Mädchengesicht verzerrte. Sie war wieder aufgesprungen, hatte sich aber sofort zur Seite bewegt. Der Echsenkrieger schaute auf die Spitze eines Armbrustbolzens, als er den Raum betrat. Die ältere Verschleierte schüttelte den Kopf und schickte den Wächter mit einer Handbewegung hinaus.

»Gavaron hat sich nicht gegen ihn gestellt!« Die jüngere Verschleierte war aufgesprungen. »Und selbst wenn! Er war sein Sohn!«

»Ich werde unserem Herrn berichten, wie ihr darüber denkt«, sagte Ariana drohend.

Jetzt sprang auch die dritte Frau auf. Sie riss sich den schwarzen Schleier vom Gesicht und trat vor Ariana.

»Das wirst du nicht!«, flüsterte sie.

Wenn ich es noch nötig gehabt hätte, zu atmen, hätte ich mich in dem Moment verraten. In einem Reflex zog ich scharf die Luft ein. Aber das fand zum Glück nur in meiner Einbildung statt.

Ich hatte schon gehört, dass die Hochelfen von ganz besonderer Schönheit sein sollten. Doch was ich jetzt sah, hatte ich nicht erwartet. Die Frau war wirklich atemberaubend schön. Aber ihre Augen hatten keine Pupillen. Etwas wie geschmolzenes Silber floss träge hinter ihren Augenlidern und bildete immer neue Muster. Ariana begann im Rhythmus des flüssigen Silbers zu schwanken, wie eine Schlange vor der Flöte des Schlangenbeschwörers.

Leider erwischte es mich auch. Ich schwankte hin und her, hin und her. Dabei merkte ich gar nicht, dass ich auch zwischen zwei Dimensionen schwankte. Plötzlich fuhr die zweite Gesandte herum. Ich zuckte zusammen und konnte mich selbst gerade noch davon abhalten, aus der Geisterdimension in die richtige Welt zu wechseln.

Dann setzte mein alter Torwartsinn ein, aber anders als früher. Dieser siebte Sinn hatte mich immer wissen lassen, wenn

Dinge sich gleich bewegen würden und wohin. Diesmal wusste ich mit absoluter Sicherheit, dass die jüngere Frau, die noch ihren Schleier trug, gleich hier in der Geisterwelt auftauchen würde. Ich dachte an den Gang voller Bewaffneter draußen und es zog mich rückwärts durch die Wand. Für einen Moment, ehe massive Bretter meine Sicht blockierten, sah ich die junge Frau klar und deutlich in der anderen Dimension. Ich hörte noch, wie sie sagte: »Jemand ist …«, dann schwebte ich zwischen schwarz gekleideten Kriegern, die mich zum Glück nicht sehen konnten. Ich dachte an unsere Räume und flog augenblicklich dorthin, ehe die Elbenfrau, die die Geisterwelt betreten konnte, im Gang erschien.

Ich schoss wie der Blitz in unser Zimmer und wechselte in die wirkliche Welt. Merellyn und das Macronomicon saßen bei Kerzenschein am Tisch. Lorenzo hockte zwischen den beiden. Sein Kopf war auf seine Arme gesunken, die er vor sich auf der Tischplatte verschränkt hatte. Schnick schnarchte in einem der Betten. Der hatte doch Hausverbot? Aber natürlich kann ein Poltergeist hingehen, wo er will.

Palomina schlief auf dem Boden, mit untergeschlagenen Hufen. Ihren Oberkörper hatte sie gegen eine Wand gelehnt.

Merellyn blickte auf. Als er meinen Gesichtsausdruck sah, fragte er: »Ist was schiefgegangen?«

»Eine von den Gesandten hätte mich beinahe entdeckt!«, flüsterte ich. »Ich wusste nicht, dass Hochelfen die andere Dimension betreten können.«

Der Zauberer und das Buch wechselten einen Blick. Dann zog Merellyn seinen Zauberstab aus der Robe und das Macronomicon öffnete sich. Während er leise die Zauberformel aufsagte, die das Buch ihm zeigte, wies Merellyn mit dem Stab in alle

Ecken des Zimmers. Mehrmals zeichnete er, vor sich hin murmelnd, mit dem Zauberstab das Viereck der Tür und des Fensters nach.

Dann wandte sich der alte Zauberer wieder an mich. »Keine Angst, jetzt kann niemand mehr dieses Zimmer betreten«, meinte er. »Also zumindest nicht die Dimensionen, die wir kennen. Da wir uns wohl kaum in Dimensionen aufhalten werden, die wir nicht kennen, kann es uns ziemlich piepegal sein, wer sich dort rumtreibt. Jetzt erzähl, was du gesehen und gehört hast!«

Lorenzo hob den Kopf und blinzelte mich verschlafen an.

»Wie war's?«, nuschelte er. »Was rausgefunden?«

»Arachnua saß mit den Gesandten in einem Zimmer«, berichtete ich. »Sie und die beiden Elben stritten sich. Arachnua behauptet, sie hätte die Zeichen nicht. Sie wollte sie zwar stehlen. Hat sich dafür extra in einen Vogel verwandelt. Aber die Zeichen waren angeblich nicht da. Sie sagte, ein Brief, den die Gesandten dem Regenten bringen sollten, sei wichtiger. Die beiden Elbenfrauen meinten aber, jemand anderes hätte die Zeichen geklaut, jemand, der Arachnua geholfen hat.«

»Verstehe. Dieser Helfer ist also derjenige, der die Zeichen mithilfe des Zeitzaubers verborgen hat«, meinte Merellyn. »Aber dann hat er die Gestaltwandlerin reingelegt.«

»Der Helfer könnte der Troll sein«, fuhr ich fort. »Sie haben den Namen Kruschpuk nicht erwähnt, Arachnua sagte jedoch, ihr Helfer sei zu blöd, um sich einen Plan auszudenken. Aber die Gesandten waren überzeugt, dass wir hier sind, weil wir den Schlüsseln nachjagen. Und so wollten sie es auch haben: Arachnua bringt ihnen die Zeichen, wir jagen hinterher und bringen den fehlenden Teil des Buches mit.«

Merellyn schlug sich mit der flachen Hand gegen die Stirn. »Ich Idiot!«, rief er. »Die Jahre im Dimensionsflugzeug haben mein Hirn aufgeweicht! Natürlich war klar, dass nur jemand, der den anderen Teil des Macronomicons hat, an den Zeichen interessiert ist. Ich hätte wissen müssen, dass jemand von der Königsburg dahintersteckt. Aber es sind Elben. Die höchsten magischen Wesen. Ich kann nicht glauben, dass sie ihren König verraten.«

»Arachnua sagte noch etwas. Etwas ganz Seltsames«, meldete ich mich wieder zu Wort. »Sie meinte, dass die Gesandten doch dem gleichen Herrn dienen wie sie und eine ganz spezielle Verbindung zu ihm hätten, über die sie ihm sagen könnten, dass sie es nicht geschafft hat, die Schlüssel zu stehlen.«

»Eine Verbindung?«, wiederholte Merellyn. »Aber Arachnua dient doch dem Baron von Fressbesen. Was für eine Verbindung sollten zwei Elben von der Königsburg zum Herrn über Arkanon haben?«

»Keine Ahnung«, gab ich zu. »Jedenfalls sagten sie, dass die Verbindung seit zwölf Jahren unterbrochen ist. Und sie wollen sie auch nicht mehr, weil er einen gewissen Gavaron getötet hat, der sein Sohn war.«

»Baron von Frosteisen hatte einen Sohn namens Gavaron?«, fragte Merellyn stirnrunzelnd.

»Den Namen Gavaron habe ich in Arkanon nie gehört«, sagte ich. Lorenzo schüttelte auch den Kopf.

»Baron Frasbert von Fresseisens Sohn heißt Fizzbert«, erklärte er. »Ungefähr in unserem Alter. Den hat er manchmal schon ziemlich mies behandelt, aber ich kann mir absolut nicht vorstellen, dass er seinen Sohn töten würde.«

Merellyn zog plötzlich seinen Umhang ein Stück weg und sah auf die Kristallkugel, die er immer mit sich herumschleppte. Ein schwaches Leuchten flackerte kurz auf und verschwand gleich wieder. »Die Zeichen!«, rief er. »Wieder muss jemand die Truhe geöffnet haben. Sie sind im Süden. Immer noch zwei Tagesreisen Vorsprung. Also ist der Troll unschuldig …«

Plötzlich sprang er auf. »Das Zeichen des Mundovoros!«, rief er. »Der Baron hat es fortgeworfen. Aber dass er es besessen hatte, ist der Beweis, dass Baron von Fresseisen ein Gefolgsmann des Mundovoros ist. Der gemeinsame Herr, dem die drei dienen, ist nicht der Baron, sondern der Schwarze Lord.«

Das stimmte. Arachnua diente Baron von Fresseisen. Der diente dem Schwarzen Lord. Und anscheinend waren die Hochelfen, die auf der Königsburg zurückgeblieben waren, nicht auf König Oberons Seite, sondern auf der des Mundovoros. Also dienten alle drei dem Schwarzen Lord Zerberon.

Merellyn wandte sich an das Macronomicon.

»Würdest du mal in dir nachsehen, ob …«

»Ist bereits geschehen«, meldete das Buch. »Es gibt in meinen Seiten keinen Hinweis auf einen Gavaron.«

»Niemals hat irgendjemand einen Sohn erwähnt«, sagte Merellyn. »Ich habe den Namen Gavaron noch nie gehört. Wenn der Mundovoros einen Sohn dieses Namens hatte, hat er ihn verborgen gehalten.«

»Nun, Hochelfen leben Tausende von Jahren. Der Mundovoros könnte einen Sohn gehabt haben, den er dann irgendwann tötete, lange bevor ich geschrieben wurde. Selbstverständlich würde er einen solch grausamen Mord nicht meinen Seiten anvertrauen.«

»Könnte es sein, dass er ihn vor zwölf Jahren tötete?«, fragte ich. »Weil er sich in der Schlacht auf der Königsburg gegen ihn stellte?«

»Nun, es waren natürlich viele Hochelfen anwesend«, sagte das Macronomicon nachdenklich. »Schließlich war es die Taufe der erstgeborenen Prinzessin. Ich kannte nicht alle beim Namen. Manche hatte ich vorher noch nie gesehen. Aber es war niemand dabei, der Gavaron genannt oder als der Sohn Lord Zerberons angesprochen wurde.«

»Außerdem habt ihr doch gesagt, dass dem König und der Königin nichts entging, was in Fantasmanien passierte«, wandte Lorenzo ein. »Also könnte der Schwarze Lord doch keinen Sohn geheim halten.«

»Da bin ich mir nicht sicher«, erwiderte Macronomicon. »Lord Zerberon ist mit den gleichen magischen Fähigkeiten geboren worden wie sein Bruder. Was der König darüber hinaus an Macht aus dem Land bezieht, könnte Zerberon durch sein dunkles Wissen ausgeglichen haben.«

»Die Frage ist aber, warum er einen Sohn geheim halten sollte«, warf Merellyn ein. »Ein Erbe hätte seinen Anspruch auf den Thron wieder gestärkt.«

Eine Zeit lang saßen wir schweigend und ziemlich ratlos herum. Dann fiel mir die Sache mit den Augen wieder ein.

»Da war noch was anderes«, sagte ich. »Arachnua hat damit gedroht, dem ›Herrn‹ zu sagen, was die beiden Elben über ihn denken. Da hat sich eine von ihnen den Schleier vom Gesicht gezogen und die Gestaltwandlerin yggnotisiert.«

»Wie bitte? Sie hat was gemacht?«

»Sie hippotetisiert? Diese Augenstarr-Sache, die Schlangen mit ihrer Beute machen. Damit sie nicht wegläuft.«

»Du meinst hypnotisiert.«

»Ja, genau. Und zwar machte sie das mit so silbernen Mustern in ihren Augen. Also, die waren ganz seltsam. Keine Pupillen. Sah aus wie flüssiges Silber. Arachnua war sofort hyp... notisiert. Und ich auch! Deshalb hat mich die andere beinahe entdeckt.«

»Seltsam. So was habe ich noch nie von Hochelfen gehört«, meinte Merellyn.

»Ich auch nicht«, bestätigte das Buch. »Das klingt eher nach den Echsenkriegern aus den südlichen Drachenwüsten.«

»Echsenkrieger!«, rief ich. »Die Bewaffneten, die da überall rumhingen, sahen aus wie Echsen. Aber ihre Augen waren nicht silbern. Eher ihre Haut. Die Augen waren rot.«

»Und alle ganz in Schwarz gekleidet? Mit vermummten Gesichtern?«

»Mhm.«

»Sehr seltsam. Wüstenkrieger bewachen Hochelfen«, fasste Merellyn zusammen. »Königliche Gesandte, die anscheinend etwas von den Fähigkeiten dieses Echsenvolkes übernommen haben. Ich werde nicht schlau aus all diesen Rätseln.«

»Ich auch nicht«, gab das Macronomicon zu. »Aber mir kommt gerade ein Gedanke. Sie wollen den fehlenden Teil des Macronomicons. Vielleicht sollten wir ihnen geben, was sie wollen.«

»Du ... du willst dich in ihre Hände geben?«

»Oh nein!«, sagte das Macronomicon und schwebte hinter Sir Holdmund, den es um mehr als das Doppelte überragte. Der Typ auf dem Umschlag war immer noch bewusstlos.

SIR HOLDMUNDS TRUPPEN

Ich glaube, es wird Zeit für den Einsatz eines wahren Helden.« Zum ersten Mal sah ich das Zauberbuch grinsen. »Und um den Helden zu wecken, werde ich einen meiner simpelsten Schutzzauber einsetzen.«

Das Gesicht des alten Mannes auf dem Einband wuchs aus dem Leder und schien plötzlich viel wirklicher. Es sah aus, als würde das Leder gleich platzen und der Kopf des Alten herauskommen. Überall wirbelten Funken über den Einband. Dann öffnete der alte Mann den Mund und spuckte ein viel kleineres Buch aus. Das Leder dieses Buches war alt, aber straff und glatt, ohne jede Naht. Doch in der Mitte bewegte sich ein dunkler Punkt, der langsam wuchs. Aus dem Punkt wurde eine ferne Gestalt, die näher kam.

Es war eine Frau in einem grünen Kleid mit goldenen Bordüren. Sie ging langsam und würdevoll, was sicherlich auch daran lag, dass ihr Kleid eher eine bodenlange Robe mit einer riesigen Schleppe war. Auf dem Kopf trug sie einen kegelförmigen Hut, von dessen Spitze ein Schleier hing, den sie sich mehrfach um Kinn und Kopf gewickelt hatte. Das Macronomicon selbst schien zu schlafen.

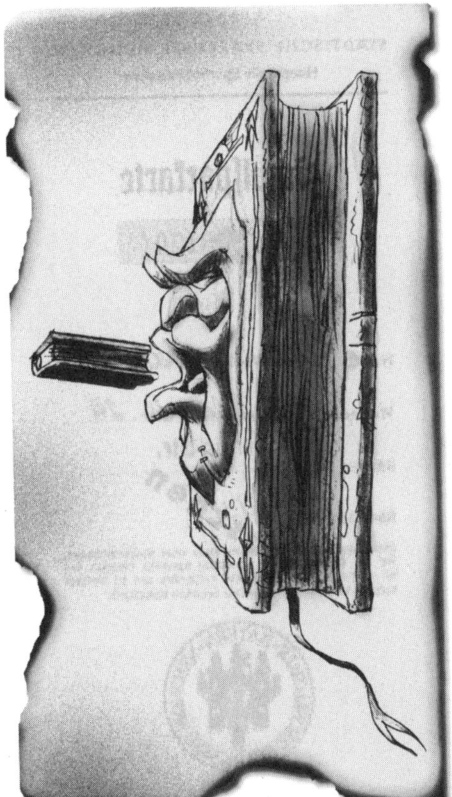

Während die Dame noch auf uns zukam, wuchsen rings um sie herum Mauersteine aus dem Leder und bildeten ein spitzes Bogenfenster. Die Frau in Grün erreichte es schließlich und lehnte sich hinaus.

»Zu Hilfe! So helft mir doch!«, schrie sie. »Gibt es denn auf dieser Welt keine wahren Helden mehr, die willens sind, einer Dame in Not zu helfen?«

Der Depp auf Sir Holdmunds Einband setzte sich auf und sah sich benommen um.

»Eine Dame in Nöten?«, rief er und hielt sich in einer lächerlichen Pose die Stirn. »Haltet aus, Gnädigste, euer Retter naht!«

Dann wandte er sich an Lorenzo.

»Junker, merket auf!«, verlangte er. »Eure Stunde ist gekommen! Eine Jungfer bedarf der Hilfe eines Edelmanns!«

»Ich glaube, dass ist eher ein Fall für dich«, wandte Lorenzo ein. »Edle Taten von Buch zu Buch, sozusagen ...«

Sir Holdmund fuhr herum und erblickte das Fräulein, das aus dem Burgfenster hing. Der Heini auf dem Einband fiel sofort auf ein Knie.

»Holde Maid!«, krähte er. »Sagt an, wer seid ihr und was ficht euch an?«

»Er meint, wo fehlt's denn?«, übersetzte Myrabella.

»Ich bin Kriemhildegundis von Flundern, äh ... Flandern«, erklärte das Burgfräulein auf dem Einband des Macronomicons. »Mein Vater und all seine Mannen sind von dannen gezogen, den Heil'gen Elch, ich meine Kelch zu finden. Doch nun haben üble Schurken gedroht, meinen teuren Großvater zu entführen! Das edle Macronomicon! Gibt es denn niemanden, der uns schützt?«

»Verzaget nicht!«, jodelte Sir Holdmund und riss ein Schwert aus der Scheide, das im Vergleich zu Merellyns Waffe aussah wie ein Brieföffner. »Ich werde euch verteidigen mit Hieb und Stich!«

»Oh, welch Edelmut!«, lobte Kriemhildegundis. »Aber ich denke, dass diesmal List und Täuschung uns bess'ren Nutzen zeitigen als edler Mut und blanker Stahl. Ich habe schon einen Plan.« Das Buch segelte in eine Ecke des Zimmers und Sir Holdmund flog hinterher. Die beiden Bücher flüsterten eine Weile miteinander. Das Macronomicon folgte ihnen würdevoll mit geschlossenen Augen. Dabei tanzten immer mehr magische Funken über seinen Einband und verglühten wieder. Bald sah es aus wie ein Schneegestöber aus lauter winzigen Sternen. Dann gab es einen grellen Blitz und vorübergehende Dunkelheit. Als das Licht allmählich zurückkam, war das Buch mit dem Burgfräulein verschwunden. Das Macronomicon hatte die Augen wieder geöffnet. Sir Holdmund hatte sein Theatermesser zurück in die Scheide gesteckt.

»Was war das denn gerade?«, fragte Merellyn.

»Wenn die Schurken kommen, werden wir ihnen geben, was sie begehren«, sagte Sir Holdmund mit der Stimme des Macronomicons. »Der edle Ritter hier hat sich bereit erklärt, in mein Gewand zu schlüpfen, um die Unholde zu täuschen.«

»Ein Katz- und Maus-Spiel, wie es mein seliger Onkel Huldbert der Vierzehnte von Hofesang nicht besser hätte inszenieren können!«, rief das Macronomicon mit Sir Holdmunds Stimme. »Sollen die Schurken nur kommen. Sie erwarten einen alten Mann, wehrlos und ihren Ränken ausgeliefert? Ein Großväterchen werden sie bekommen, doch wehrhaft und voll Kampfeslust! Ich lasse mich statt des Oheims entführen und werde des Gegners Listen und Pläne ausspähen!«

Doch plötzlich machte das Zauberbuch einen Überschlag. Auf dem Einband stand ein knochiger, völlig kahler Mann mit einer kleinen Brille und schwarzen Ärmelschonern an einem Pult. Er knallte ein Lineal mit solcher Wucht auf die Ablagefläche, dass wir alle zurückzuckten.

»Recht! Schrei! Bung! Istnichtdazuda. Dass! Ihr! Un! Gebildetenrabauken. Euch! Neue! Wörterausdenkt«, rief er in einem Rhythmus, dass einem schwindlig werden konnte. »Setzen! Das! Übenwirnochmal.«

Überschlag. Das Macronomicon war wieder da. »Das ist schlecht«, stellte das kleinere Buch, das wie Sir Holdmund aussah, fest. »Wenn das passiert, wissen sie gleich, dass sie nicht das echte Macronomicon vor sich haben.«

»Ihr habt die Gestalt getauscht«, stellte Lorenzo mit einiger Verspätung fest. »Kannst du diese Buchtitel-Typen aus ihm rausholen?«

»Das würde zu viel Zeit in Anspruch nehmen«, sagte Sir ... nein, das Macronomicon. »Sie sind seit Jahren mit ihm verschmolzen.«

»Ich meinte nicht, aus ihm entfernen«, erklärte Lorenzo. »Kannst du sie hier ... versammeln? Sodass wir mit ihnen reden können?«

Sir Holdmund und das Macronomicon flüsterten miteinander. Dann öffnete sich das größere Buch bei einigen angesengten Seiten. Darauf standen Namen und kurze Sätze kreuz und quer übereinander. Das andere Buch sagte einen Zauberspruch auf. Zeilen und einzelne Wörter flogen in die Luft, bis die angebrannten Seiten leer waren und darüber viele kleine, halb durchsichtige Bücher in der Luft schwebten. Sie beäugten sich misstrauisch und schimpften leise durcheinander.

»Hört mir zu!«, befahl Lorenzo. »Ihr wisst, dass ihr keine richtigen Bücher seid.«

Das unwillige Gemurmel schwoll an.

»Ihr habt euch in einem fremden Buch festgesetzt und tut so, als ob ihr Bücher wärt«, fuhr Lorenzo unbeirrt fort. »Habt ihr euch nie gefragt, wo euer Inhalt ist? Warum niemand in euch liest oder nach eurem Rat fragt?«

Die Stimmchen wurden noch lauter, aber einige davon klangen unsicher oder erstaunt.

»Ihr kämpft darum, auf den Titel zu kommen, aber keiner von euch schafft es, dort lang genug zu bleiben, um sich wie ein echtes Buch zu fühlen. Dann verschwindet ihr wieder auf eurer angebrannten Liste. Das ist doch kein Leben!«

Wieder schwoll das Stimmengewirr an, diesmal klang es zustimmend.

»Wie wäre es, wenn ihr euch zusammentut und Sir Holdmund helft, etwas wirklich Großes zu vollbringen?«, rief Lorenzo. »Eine Heldentat, die vielleicht sogar das Königreich Fantasmanien retten wird?«

Die kleinen Bücher johlten zustimmend durcheinander.

Der schmutzige Soldat rief: »Ich bin dabei! Auf in die Schlacht! Und morgen plündern wir die Gefall… ich meine, für den König und äh, das Dingsbums … Mutterland? Vaters Hof? Opas geliebte Scholle? Wie auch immer.«

Der dicke Koch warf den grünlichen Fisch weg und zückte ein Messer, das größer war als Sir Holdmunds Schwert.

»Oh la la! Isch könnte machän eine Schlachteplatte? Vive le Königreisch! 'ip! 'ip! 'ürra!«

Ein anderes Buch segelte nach vorne. Auf dem Einband hüpfte ein kleines gelbes Männchen in einem weißen Schlafanzug herum. Dazu trug es ein schwarzes Stirnband mit einem roten Punkt und einen schwarzen Gürtel. Es hackte in seltsam verdrehten Posen mit Händen und Füßen durch die Luft.

»Haa! Waa tschua haiii!«, rief es. »Hooo. Tsching waa ua haka haka! Gong!«

Der Wikinger mit den langen Hörnern am Helm nickte zustimmend.

»Sø isset!«, bestätigte er. »Wann de Elken når de Nørden ziehen, kannste große Køppe kløppe!«

»Normalerweise mach ich so was nicht ohne Bezahlung«, raunzte der Typ im schwarzen Umhang, der auf unsere Fußballergebnisse hatte wetten wollen. »Aber vielleicht gibt's ja was zu gewinnen … auf jeden Fall geht's jetzt los. Auf in die Schlacht!«

Ein paar Spielkarten flatterten aus seinem speckigen Ärmel, als er die Faust schwenkte.

»Es ist weniger eine Schlacht als eine geheime Mission«, erklärte Lorenzo. »Früher oder später wird jemand versuchen das Macronomicon zu stehlen. Ihr seid das Macronomicon. Sorgt dafür, dass die Diebe euch diese Rolle abnehmen. Auch du, Sir Holdmund!«

»Gewiss, gewiss!«, rief das falsche Macronomicon. »Die Lenden gegürtet, in schimmernder Rüstung, auf stolzem …«

»Genau das meine ich«, unterbrach Lorenzo. »Sprich wie das Macronomicon.«

»So sei es! Nun denn, äh … ich meine, also gut. Ich werde versuchen meiner Rede Sinn …«

Lorenzo schüttelte den Kopf.

»… versuchen so zu sprechen, dass die schurkischen Langfinger … die, äh, Diebe nicht bemerken …«

Sir Holdmund brach ab.

»Zwecklos«, meinte er. Dann wandte er sich an die kleinen Bücher. »Könnte nicht einer von euch …«

»Ich! Erkläre! Michgernbereit das …«, rief der Oberlehrer mit den Ärmelschonern, aber Lorenzo winkte ab.

»Ich übernehm das Reden, du Hirnschiss!«, rief der dreckige Soldat.

»Kommt überhaupt nicht infrage!«, rief das echte Macronomicon entrüstet.

»Tschong tschau lun!«, rief das gelbe Männchen im Schlafanzug. Es zeigte auf ein anderes Buch, das sich bisher nicht zu Wort gemeldet hatte. Darauf wandte ein älterer Mann uns seinen ziemlich dicken Hintern zu. Er war damit beschäftigt, endlose Zahlenreihen und Zeichen, von denen ich nur das »=« kannte, auf eine Tafel zu kritzeln. Es dauerte eine Weile, bis er bemerkte, dass alle ihn anstarrten.

»Wie? Was?«, murmelte er. »Hat jemand etwas gesagt? Entschuldigt, ich war damit beschäftigt, die Auswirkungen der Fliehkraft im Moment der höchsten Bogenkreisbahn eines sich elyptisch bewegenden, nichteuklydischen Pendels auf einen vorbeifliegenden Schmetterling zu berechnen, unter Berücksichtigung der Erdanziehung in Bezug auf die Wucht seines Flügelschlags, welcher Tausende Kilometer entfernt einen Sturm auslösen …«

»Perfekt!«, rief Lorenzo.

»Perfekt?«, wiederholte das Macronomicon. »So was habe ich nie von mir gegeben.«

»Macht doch nix«, meinte Lorenzo. »So ähnlich hört ihr Zauberheinis euch doch alle an. Und die Diebe kennen dich ja nicht.«

Das Buch wollte Einwände erheben, aber in dem Moment sagte Merellyn: »Interessant. Hast du bei deinen Berechnungen die Wirkung der Magnetströme im Erdinnern auf die Entwicklung geothermaler Wolkenbildung durch nano-seismische Erschütterungen mit einbezogen?«

Lorenzo sah das Macronomicon mit einem zufriedenen Hab-ich's-nicht-gesagt?-Blick an.

Das Buch verdrehte die Augen. Dann wandte es sich an die versammelten Bücher.

»Ich habe euch mit allen Schutzzaubern ausgestattet, die ich auf ein Buch von Sir Holdmunds Kaliber übertragen kann, ohne es zu zerstören«, erklärte es. »Wenn die Diebe kommen, lasst einen von den harmloseren Schutzzaubern los! Sonst werden sie niemals glauben, dass sie das echte Macronomicon haben.«

»Ein'n abfackeln!«, rief der Soldat und grüßte. »Geht klar!«

»Zurück mit euch ins Buch!«, befahl Merellyn, jetzt wieder ganz bei der Sache. »Ich werde euch zusätzlich mit einem Zauber ausstatten, der uns erlaubt, euch in der Kristallkugel zu orten.«

Die kleinen Bücher sanken zurück in die angesengten Seiten, wo sie zu Namen und Sätzen zerflossen. Meiner Meinung nach standen sie etwas geordneter als zuvor auf dem Papier.

»Schade, dass wir die Zeichen der Lords nicht mit Duplicato kopiert haben, als wir sie noch hatten«, sagte Lorenzo. »Dann hätten wir die falschen Klammern gleich mitliefern können. Ich würde zu gern sehen, was passiert, wenn man den edlen Ritter mit dem anderen Macronomicon verbindet ...«

»Du wirst vermutlich meinen Bruder treffen«, erklärte das Macronomicon dem anderen Buch. »Lass dich auf kein Gespräch über vergangene Zeiten mit ihm ein. Ein Gespräch über höhere Mathematik kann allerdings kaum schaden.«

»Das freut mich«, sagte die Stimme des Mathematikprofessors. »Ich könnte ...«

»Falls doch mal einer von den anderen dazwischenplappert ...«, unterbrach der Zauberer. »Du warst zwölf Jahre im Kerker. Da kann man schon wunderlich werden.«

»Aha. Wunderlich«, wiederholte der Professor. »Äh, muss ich das spielen?«

»Keine Sorge.« Lorenzo winkte ab. »Der Eindruck entsteht von ganz allein. Du bist ein Naturtalent.«

SCHWEBENDES EISEN

Am nächsten Morgen gab es große Aufregung und jede Menge Geschrei. Ich dachte zuerst, der Hafen würde angegriffen, von Werwölfen oder sonst irgendwelchen Finsterlingen, aber das war nicht der Fall.

Ein Schiff war angekommen und wollte anlegen. Darüber gab es den gleichen Streit, den die Fuhrleute wegen der beiden Trolle mit der Hafenverwaltung geführt hatten. Das gerade angekommene Schiff war in einem viel schlechteren Zustand als die anderen. Das Holz war so alt, dass es ganz grau war. Alles, was von dem Kahn über die Wasseroberfläche ragte, war mit Blechen, Brettern und Stücken von Segeltuch geflickt. Ich wollte lieber nicht wissen, wie es unter der Wasserlinie weiterging. Das Schiff hatte Segel, die aussahen, als wären sie von der Oma und den Tanten des Kapitäns zu Weihnachten aus allen verfügbaren Stoffresten genäht worden. Es gab aber links und rechts in der Mitte des Rumpfs auch noch eine andere Art von Antrieb. Dort drehten sich träge zwei große Schaufelräder rückwärts. Da das Schiff keinen Anker geworfen hatte, waren es wohl diese Räder, die es gegen die Strömung an Ort und Stelle hielten. Zwischen den Schaufelrädern und der Heckkabine ragten dicke

Schornsteine aus dem Rumpf. In ihrer Nähe waren die Segel dunkel verfärbt.

»Das ist die Schwarze Anna. Das könnte vielleicht eure Passage den Schimmelwein hinunter sein«, stellte eine gurgelnde Stimme hinter uns fest. Wir drehten uns um. Da stand einer dieser kugelbäuchigen, froschmäuligen Aquariden. Ich brauchte einen Moment, bis ich erkannte, dass er der Kapitän ihrer Fußballmannschaft war. Als wir ihn alle fragend anstarrten, fügte er hinzu: »So heißt der Käpt'n dieses Schiffes. Da ihr uns so viel über euer wunderbares Spiel beigebracht habt, werden wir uns bemühen, euch eine Passage auf der Jenseits zu besorgen. Sie dürfte der einzige Kahn auf dem Schimmelwein sein, der eventuell eure beiden Trolle an Bord nimmt.«

Er lauschte eine Zeit lang der Auseinandersetzung zwischen einem glatzköpfigen Kerl mit goldenen Ohrringen an der Reling des Schiffes namens Jenseits und dem Hafenmeister. Dann meinte er in vertraulichem Tonfall: »Normalerweise haben wir hier überhaupt kein Problem damit, dass die Jenseits in den Hafen einläuft. Es ist das einzige Schiff, das noch den Schimmelwein nördlich von hier befährt. Wir sind sehr interessiert an Waren, die aus dem Norden kommen. Aber da sich die königlichen Gesandten im Hafen aufhalten, ist es im Augenblick schwierig.«

Das verrottete Schiff nahm plötzlich Fahrt auf und entfernte sich in einem weiten Bogen vom Hafen.

»Die Jenseits wird sicher später am Tag anlegen«, erklärte der Aquaride. »Nachdem die Gesandten den Hafen verlassen haben. Was wohl jetzt der Fall sein dürfte.«

Er wies auf das Schiff mit goldverzierter Reling, an dessen Bug der Name Gladiola stand. Eine Art Rampe wurde an die Seite des Schiffes gelehnt, über die man es vom Pier aus betreten konnte. Inzwischen weiß ich, dass man so was Gangway nennt.

Der aquaridische Spielführer wurde von irgendjemand gerufen und trabte davon. Netter Kerl. Eigentlich waren alle Aquariden nett und freundlich. Aber Fußballer würden sie nie werden.

Die schwarz gekleideten Kämpfer mit den vermummten Gesichtern wuselten plötzlich über den hölzernen Pier. Sie bildeten eine Gasse, durch die die zwei Frauen zur Gladiola hasteten. Sie trugen weite schwarze Kapuzenumhänge, unter denen brokatverzierte Röcke aufblitzten. Wir beobachteten das Geschehen schweigend. Auch von den Kriegern sagte keiner ein Wort. Es war einer der ruhigsten Momente in dem sonst ständig mit Geschrei angefüllten Hafengelände. Deshalb ließ uns der laute Peitschenknall, der plötzlich ertönte, zusammenzucken. Köpfe fuhren herum auf der Suche nach der Ursache für das laute Geräusch. Niemand verstand im ersten Moment, was vor sich ging, obwohl die meisten in die richtige Richtung sahen.

Ich wusste sofort, was es war. Mein Torwart-Sinn sagte es mir. Neben der Gangway hievte ein Kran Ladung an Bord des goldverzierten Schiffes. Gerade waren sie dabei, eine riesige Holzkiste hinüberzuheben. Die hing mit schweren Seilen gesichert an drei verschiedenen Haken, die von dem Kran baumelten. Einer dieser Haken war dabei, nachzugeben. Das eiserne O, mit dem der Haken am Führungsseil befestigt war, hatte sich zu einem U verformt. Die Kiste hatte sich mit einem Ruck zur Seite gesenkt. Dadurch verlagerte sich noch mehr Druck auf das Metall, das bereits ein Stück weit nachgegeben hatte.

Der riesige Metallhaken schrie mir förmlich zu, dass er sich gleich losreißen würde. Und ich wusste auch, wohin er unterwegs sein würde.

»Runter! Der Haaaaken!«, schrie ich. Im selben Moment passierte es. Aus dem U wurde ein I. Der Haken verabschiedete sich von dem Seil, das ihn mit dem Kran verbunden hatte. Die enorme Spannung, die auf den Tragseilen lastete, jagte das massive Metallteil wie mit einer Schleuder abgeschossen Richtung Gangway. Das Geschoss würde unweigerlich die zweite der beiden Gesandten treffen, die noch nicht an Bord war. Sie stand wie erstarrt da. Ihr verschleiertes Gesicht war dem heranschießenden Haken zugewandt, der es gleich zu Brei zermalmen würde.

Im nächsten Moment bremste das riesige Eisenteil und hing dann mitten in der Luft wie eingefroren. Gleichzeitig hatte sich für Sekundenbruchteile das Licht verändert. Als wäre der Schatten einer Wolke über die Sonne gehuscht. Aber es war nicht dunkler geworden. Das Licht hatte sich eher für einen Moment verbogen.

Der Ladehaken schwebte sanft zu Boden.

Alle starrten auf Lorenzo, der das mit ausgestreckten Armen dirigierte. Jetzt war es nicht mehr ruhig, sondern still. Lorenzo hob plötzlich die Arme, als sei er verhaftet worden. Der Haken fiel mit einem dumpfen Schlag auf die Bretter des Piers. Die Frau, der Lorenzo das Leben gerettet hatte, riss sich den Schleier vom Gesicht. Sie machte eine Bewegung in unsere Richtung, aber die andere Gesandte packte sie am Arm und rief etwas in einer fremden Sprache. Sie zerrte die jüngere Frau an Bord der Gladiola. Doch ehe die beiden hinter der Reling verschwanden, deutete die Gerettete mehrmals auf Lorenzo. Unter Fußballern war die Geste klar. Wenn man nach einem genialen Pass ein Tor geschossen hatte, zeigte man auf den Passgeber, und zwar so lange, bis auch der Letzte kapiert hatte, dass man sagen wollte: Ohne dich hätte ich das nicht geschafft.

Allerdings war es auch üblich, über den Platz zu rennen, und den Mitspieler, der einem die Vorlage serviert hatte, zu umarmen. Zu uns kam niemand gerannt, um sich zu bedanken.

Die Wächtertypen starrten nur finster herüber, während sie an Bord stampften. Sobald der letzte von ihnen über die Reling gesprungen war, wurde die Gangway entfernt und gleichzeitig wurden die Taue losgemacht. Das goldverzierte Schiff glitt in die Strömung und setzte Segel.

So viel zum Dank und der Höflichkeit von Bewohnern der Königsburg.

Wir gingen zurück auf unser Zimmer. Merellyn und Sir Holdmund … ich meine, das Macronomicon schienen sehr besorgt. Sie warfen sich auf dem Weg durch die Korridore ständig Blicke zu und bedeuteten sich gleichzeitig, zu schweigen. Als endlich die Tür hinter uns ins Schloss fiel, wandte Merellyn sich zu Lorenzo um.

»Meine Güte, Junge! Du bist Mysterios Enkel, daran besteht kein Zweifel.« Er begann im Zimmer auf und ab zu wandern und sich dabei mit dem Zeigefinger an den Nasenrücken zu klopfen.

»Was für ein Schauspiel!«, rief er. »Was für eine unglaubliche magische Leistung! Ohne jede Zauberformel! Unglaublich!«

Er rannte kopfschüttelnd hin und her. Dann blieb er stehen und deutete mit ausgestrecktem Arm auf Lorenzo, der sich aufs Bett gesetzt hatte.

»Eines ist absolut sicher!«, rief er. »Wenn du nur das Geringste über Physik wüsstest … über die Kräfte der Dynamik, über Bewegungsenergie … ha, wenn du nur das Geringste von Magie verstehen würdest … du hättest das Kunststück gerade eben nicht zustande gebracht. Das einzige Glück der jungen Hochelfe war, dass du nicht wusstest, dass es unmöglich ist, den Haken aufzuhalten. Wäre dir das bewusst gewesen, wäre sie jetzt tot.«

»Was? Wie bitte?«, fragte Lorenzo. »Aber … das ist doch Quatsch! Ich wollte es und es ist passiert. Damit ist bewiesen, dass es geht.«

»Das ist bewiesen, stimmt«, bestätigte das Buch. »Aber Merellyn hat trotzdem recht, auch wenn das schrecklich schwer zu verstehen ist.« Ich hatte immer noch Schwierigkeiten damit, Sir Holdmund zu sehen, aber die Stimme des Macronomicons zu hören.

»Könntet ihr vielleicht ein andermal darüber diskutieren?«, rief plötzlich Myrabella dazwischen. Ihre Stimme klang gedämpft und sie war nirgends zu sehen.

»Myrabella? Wo bist du?«, fragte Merellyn.

»In Lorenzos Reisetruhe«, erklärte die Fee. »Der Verschluss ist eingerastet. Lasst mich raus!«

Der alte Zauberer öffnete den Deckel.

»Was machst du da drin?«, wollte er wissen. »Und wieso befreist du dich nicht selbst? Du bist stark genug, den Deckel mit einem Fußtritt durchs Zimmer zu schleudern …«

»Ja, aber dann wäre eine gute Truhe kaputt«, erklärte die Fee, als sie mit glitzernden Flügeln aus der Kiste schwebte. »Ich habe mich da drin versteckt, während das Macro … also, Sir Holdmund gestohlen wurde. Dann ist der Deckel zugefallen.«

»Ich bin gestohlen worden?«, rief das Macronomicon. »Die lassen sich nicht viel Zeit. Wer war es?«

»Eine Aquariden-Putzfrau kam herein«, berichtete die Fee. »Aber ich denke, es war diese Gestaltwandlerin, die eine von den echten Aquariden gekratzt hat. Ich hatte gerade noch Zeit, mich in der Truhe zu verstecken. Sir Holdmund hätte sich beinahe selber gegrillt.«

»Wieso?«

»Er sagte so was wie: Weh mir, ich armer alter Großvater werde entführt!«, erwiderte Myrabella. »Dann rief eine andere Stimme: Der soll doch gar nicht selber reden! An die Schutzzauber haben sie überhaupt nicht gedacht. Die Putzfrau hat das Buch in einen Gitterkäfig gesteckt. Viel zu spät hat eine andere Stimme geschrien: ›Warte, du Schlampe, dir werd ich's zeigen!‹ Und dann ging doch noch ein Zauber los. Aber da steckte das Buch schon im Käfig. Es blitzte und schepperte ein bisschen, dann leitete das antimagische Gitter den Zauber zurück ins Buch. Es roch ganz angekokelt.«

»Das Buch bewegt sich nach Süden. Es befindet sich eindeutig an Bord der Gladiola«, berichtete Merellyn mit einem Blick in seine Kristallkugel. »Und die Jenseits läuft gerade ein. Ich werde gleich mit der Schwarzen Anna sprechen. Wir sollten so bald wie möglich aufbrechen.«

Als der Zauberer das Zimmer verlassen hatte, rief Lorenzo plötzlich: »He, seht mal, da liegt ja ein Geldstück!« Er bückte sich und kam mit einer kleinen Bronzemünze in der Hand wieder hoch. »Das gibt's nicht! Ein Fünf-Senkel-Stück! Wisst ihr was? Dann probier ich jetzt doch noch die Hysterische Rote Schrei-Sauce. Will, kommst du mit?«

Ehe jemand etwas sagen konnte, war er aus dem Zimmer gerannt. Als ich durch die Wand schwebte, bog er schon um die nächste Ecke. Ich flog neben ihn und fragte: »Was war das denn gerade für ein Theaterstück? Da lag keine Münze. Die hattest du doch schon in der Hand, oder?« Lorenzo nickte.

»Stimmt. Ich will auch keine Schrei-Sauce essen«, sagte er grinsend. »Ich will Arachnua finden. Sie ist nicht mit den Gesandten an Bord gegangen.«

»Aber was machen wir dann mit ihr?«, wollte ich wissen. »Am Ende schießt sie dir auch noch ein Loch in den Kopf.«

»Hast du vergessen, dass ich der neue Magier in Fantasmanien bin?«, fragte er im Gehen.

»Nein, aber …«

Lorenzo blieb stehen und drehte sich zu mir um.

»Was, aber?«, fragte er. »Sie hat dich umgebracht. Und sie hat mir das Knie zerschossen. Willst du dich nicht … rächen?«

»Entschuldige bitte, aber es hat niemand auf dein Knie geschossen«, erinnerte ich ihn. »Das war Glubschnak. Mit der Keule und aus Versehen.«

»Spinnst du?«, fauchte Lorenzo. »Das Mistbiest hat dich ermordet und du verteidigst sie auch noch? Jetzt haben wir sie direkt vor unserer Nase und du willst überhaupt nichts unternehmen?«

»Das ist nicht der Punkt«, wehrte ich ab. »Ich glaube nur, dass wir gar nichts tun *können*.«

»Das werden wir ja sehen«, sagte Lorenzo. »Schau her!«

Er deutete auf eine abgebrannte Fackel in einem eisernen Halter. Nichts passierte. Er deutete mit beiden Händen hin. Kein Ergebnis.

»Jetzt flieg schon aus dem Halter, du bescheuertes Holzteil!«, fluchte er.

So ähnlich hatte Lorenzo im letzten Sommer seinen Zauberstab zum Explodieren gebracht. Er war sauer geworden, weil er einen ganz einfachen Zauber immer und immer wieder probiert hatte und es nicht ein einziges Mal geklappt hatte. Schließlich hatte er den Zauberstab aus dem Fenster geworfen und ihm hinterhergebrüllt: »Zerspring doch in tausend Stücke, du Scheißding!«

Und genau das hatte der Stab getan. Aber die Fackel wollte Lorenzo absolut nicht gehorchen. Schließlich gab er den Versuch auf, das angekokelte Stück Holz zu irgendwelchen Kunststückchen zu überreden.

»So, das war's!«, sagte ich so befehlsmäßig wie möglich. »Du marschierst nicht in ihr Zimmer, mit einer Magie als einzigem Schutz, die losgeht, wann's ihr passt, aber nicht, wenn du sie brauchst. Ich könnte sie suchen. Mir kann sie nämlich nichts mehr tun. Aber ich kann ihr auch nichts tun, und das will ich dem Drecksweib auf keinen Fall zeigen.«

Aber Lorenzo war natürlich wie immer nicht zu halten. Er marschierte einfach weiter.

»In dem Moment, in dem ich Arachnua sehe, werde ich sehr wütend sein«, erklärte er. »Das wird helfen. Meine Magie wird da sein.«

DIE SCHWARZE ANNA

Wir traten ins Freie. Direkt vor uns spannte sich eine Brücke. Und über die eilte Merellyn, den Blick fest auf seine Kristallkugel gerichtet.

Hinter ihm lief die Jenseits in den Hafen ein und legte genau da an, wo das goldverzierte Flussschiff des Königs Platz gemacht hatte.

»Da ist Merellyn!«, rief ich. »Komm, wir schauen, wo er hingeht.«

Ich heftete mich an die Fersen des Zauberers, ohne weiter auf irgendwelche Einwände Lorenzos zu hören. Er fluchte, aber ich wusste, dass er mir folgte. Es war nicht leicht, der Beschützer von jemand zu sein, der ständig mit dem Kopf durch die Wand gehen wollte. Auch wenn man selber ein Geist ist, dem Kopf-durch-die-Wand-stecken total leichtfällt.

Diesmal wurde die Gangway vom Schiff aus auf den Pier geschoben. Die war viel schmaler und aus den gleichen schwarzen Brettern wie das Schiff. Bretter, die aussahen, als würden sie beim ersten festeren Tritt zu Staub zerfallen.

Als der Käpt'n von Bord ging, erstarrten Lorenzo und ich. Wie konnte das möglich sein? Arachnua, meine Mörderin, kam die Gangway heruntergestampft. Aber wie war sie an Bord dieses Schiffes gelangt, wenn ich sie doch gestern Nacht in den Gemächern der Gesandten gesehen hatte?

In der Blutenden Burg, als sie uns zeigte, dass sie verschiedene Gestalten annehmen konnte, war das Erste, in was sie sich verwandelte, dieses wilde Weib mit strähnigen schwarzen Haaren und schwarzer nietenbesetzter Lederkleidung gewesen.

»Arachnua!«, riefen Lorenzo und ich gleichzeitig.

Merellyn wirbelte herum und sah erst jetzt, dass wir ihm gefolgt waren.

»Aber nein!«, widersprach er. Er zeigte uns seine Kristallkugel. Darin betrat gerade eine kleine Ausgabe des Lederweibs einen furchtbar verbogenen Steg. Merellyn polierte die Kugel mit dem Saum seines Ärmels. Danach war der Steg verschwunden. Nur noch der dunkle Umriss von der Frau schwebte in grauem Nebel.

»Seht ihr?«, meinte der Zauberer. »Immer noch dieselbe Form. Nichts deutet darauf hin, dass sie sich in etwas Anderes verwandeln könnte.«

Er schwenkte die Kristallkugel langsam Richtung Ufer. Andere dunkle Umrisse wuselten durch den Nebel. Dann hielt die Kugel bei einer Gestalt, die ruhig stand und sich trotzdem langsam entfernte. Das heißt, von Ruhe konnte überhaupt keine Rede sein. Wer auch immer da zu sehen war, hielt die Beine still, aber darüber herrschte das absolute Chaos. Die Person wechselte dermaßen schnell die Gestalt, dass einem schwindlig wurde.

Merellyn nahm die Kugel weg. Wir sahen Ariana am Ende des Auslegers, der sich langsam aufs Ufer zubewegte.

»Da habt ihr eure Gestaltwandlerin«, sagte Merellyn und hielt Lorenzo am Ärmel fest. »Wo willst du hin?«

»Hinterher!«, rief Lorenzo und versuchte sich loszureißen. »Der Steg ist gleich am Ufer. Sie entkommt!«

Aber er konnte sich nicht aus Merellyns Griff winden.

»Lass sie gehen!«, befahl der Zauberer. »Lass sie sich in Sicherheit wiegen. Wir wollen doch nicht dem ganzen Hafen verraten, wer sie ist. Und noch weniger, wer wir sind.«

Lorenzo befreite seinen Ärmel mit einem wilden Ruck. Er sprang über die Brüstung und rannte über den Pier. Der bewegliche Steg mit Ariana am anderen Ende hatte das Ufer beinahe erreicht. Ich sah, wie Lorenzo die Arme hob. Wieder veränderte sich das Licht. Aber dieses Mal wurde es einfach nur dunkel. Wie damals bei der Fußballwette rasten plötzlich dunkle Wolkenberge von allen Seiten heran. Ariana und viele andere sahen nach oben. Mist, es war genauso, wie Lorenzo vorausgesagt hatte. Jetzt war er wütend und seine Magie war mit aller Macht zurückgekehrt.

Neben mir flüsterte Merellyn: »Inhorrescio!«

Er deutete mit dem Zauberstab auf seinen Lehrling. Lorenzo erstarrte mitten im Lauf und fiel auf die Schnauze. Dabei hielt er immer noch die Hände vor sich, sodass der Sturz nicht ganz so schlimm ausfiel. Die Wolken schienen zu zögern. Sie bewegten sich unentschlossen im Kreis. Dann begannen sie, langsam nach Westen zu ziehen. Das bisschen Sonnenlicht, das diesen tiefen Canyon erreichen konnte, kam zurück. Viele Leute schüttelten die Köpfe und gingen wieder an ihre Arbeit.

Der Steg berührte das Ufer und Ariana sprang hinüber. Sie rannte an den beiden schnarchenden Trollen vorbei den Berg hinauf und verschwand hinter einer Böschung.

Ich war hin- und hergerissen zwischen dem Drang, ihr nachzujagen oder Lorenzo zu Hilfe zu kommen, der immer noch völlig erstarrt auf der Seite lag, die Arme von sich gestreckt. Aber eigentlich war klar, warum ich weder das eine noch das andere tat. Ich konnte zu Lorenzo fliegen, aber ich konnte ihm nicht helfen. Ich konnte die Gestaltwandlerin stellen, aber ich konnte sie jetzt noch weniger aufhalten als vor einem Jahr. Und wie gesagt, das wollte ich ihr auf keinen Fall zeigen.

Merellyn eilte an Lorenzos Seite. Er berührte ihn mit dem Zauberstab an der Schulter und sagte: »Inhorrescificium cantiofinito! Magicum conficium.«

Lorenzo rollte herum. Einen Moment dachte ich, er würde den alten Zauberer schlagen, aber dann sah er ihn nur vorwurfsvoll an.

»Warum hast du das getan?«, schrie er Merellyn an. »Jetzt läuft diese Mörderin immer noch frei herum!«

»Ich habe es getan, weil du drauf und dran warst, etwas Schreckliches zu tun«, antwortete der Zauberer.

»Sie hat auch was Schreckliches verdient!«, schnappte Lorenzo.

»Schrecklich vor allem für dich, mein Junge!«, sagte Merellyn. »Was du vorhattest, kann nur mit schwarzer Magie bewerkstelligt werden. Du scheinst die Macht zu haben, sie herbeizurufen, aber du bist nicht darauf vorbereitet, sie zu bändigen. Nicht einmal darauf, sie zu ertragen.«

Lorenzo wollte etwas erwidern, aber dann schien er einzusehen, dass der Zauberer recht hatte. Er senkte den Kopf.

»Außerdem dürfen wir uns zum jetzigen Zeitpunkt auf keinen Fall zu erkennen geben!«, mahnte Merellyn. »Wir stehen am Ufer eines Ozeans voller Rätsel. Bevor wir nicht wissen, wer genau unser Gegner ist und was er vorhat, dürfen wir ihm nicht verraten, wer wir sind, was wir wissen und was wir vorhaben. Wir dürfen nicht blindlings in den Kampf rennen, ohne die Stärke des Gegners zu kennen. Von unserer Stärke haben wir mit deiner Rettungsaktion vorhin genug preisgegeben.«

Lorenzo gab auf, aber er sah nicht völlig überzeugt aus.

Merellyn winkte uns in den Schatten unter der Plattform, wo Lorenzo sich losgerissen hatte. Der Zauberer zog eine zweite Kristallkugel aus dem Umhang und ließ uns einen Blick hineinwerfen. Vor uns lag eine Straße, die sich im Zickzack einen steilen Berg hinaufwand. Das war eindeutig die Straße, auf der wir hierher gekommen waren. Es war, als würden wir sie entlanglaufen. Plötzlich änderte sich der Winkel, aus dem wir auf diese Straße schauten.

»Ihr seht, was Arachnua sieht«, erklärte uns der alte Zauberer. »Als sich gerade das Bild verändert hat, muss sie sich verwandelt haben. Wahrscheinlich in die schwarze Echse, von der ihr gesprochen habt. Denn sie ist eindeutig größer geworden. Die Kugel wird uns zeigen, wohin sie geht und wen sie trifft.«

»Wie hast du das gemacht?«, wollte Lorenzo wissen.

»Nach Williams Bericht war mir klar, dass die Gestaltwandlerin von einer der Gesandten durch Hypnose kontrolliert wird«, begann Merellyn. »Die Hochelfe kann sehen und hören, was die Gestaltwandlerin sieht und hört. Arachnua sendet praktisch ständig einen Strom von Bildern und Geräuschen. Den zapfe ich mithilfe der Kristallkugel an. Die Gesandte kann darüber hinaus bei Bedarf Befehle und Verhaltensregeln senden. Das können wir nicht, aber es wird interessant sein, zu erfahren, wen Arachnua trifft und was sie mit diesen Leuten zu besprechen hat. Du siehst, ich habe sie nicht entkommen lassen, auch wenn es auf den ersten Blick so scheint.«

Wir ließen also Arachnua laufen und wandten uns dem Geschehen am Pier zu.

Auf den zweiten Blick sah ich, dass es einen Unterschied zwischen der Schwarzen Anna und Arachnua gab. Über das Gesicht des weiblichen Kapitäns verlief eine schreckliche Narbe, vom Haaransatz über den Nasenrücken bis zur Oberlippe. Sie endete dort, wo ein qualmender, abgekauter Zigarrenstummel zwischen ihren gelben Zähnen klemmte.

Genau wie Arachnua trug sie eine Waffe auf dem Rücken. Wo bei der Gestaltwandlerin der Kolben einer Armbrust über die rechte Schulter ragte – der Armbrust, die mich getötet hatte – war es bei Anna der Griff eines Säbels.

Der Hafenverwalter, der ihr noch vor einer Stunde die Einfahrt verweigert hatte, begrüßte die Schwarze Anna mit Handschlag. Die beiden verschwanden sofort in einem Gebäude, den Glatzkopf mit den goldenen Ohrringen und zwei kugelbäuchige Aquariden im Schlepptau. Einer davon war der Kapitän der Hafenmannschaft.

Keine Stunde später waren wir mitten auf dem Fluss. Wir hatten die Hafengesellschaft davor bewahrt, erklären zu müssen, wie eine königliche Gesandte im Schwimmenden Hafen zu Tode kommen konnte. Also hatte sich nicht nur der Fußballer, sondern auch der Hafenmeister dafür eingesetzt, dass wir mit den Trollen an Bord gehen konnten.

Diese Ruine von einem Schiff erinnerte mich irgendwie an unseren alten Fußball im Waisenhaus. Der war auch überall aufgeplatzt, geflickt und nur mühsam von vielen Lagen Schnur und Bindfaden zusammengehalten. Hier auf der Jenseits waren die Flicken halt aus Holz und Blech, und statt Bindfaden waren es dicke Taue, die gebrochene oder zerborstene Dinge notdürftig am richtigen Platz hielten.

Seit die beiden Glubschnaks an Bord gegangen waren, lag der Kahn verdächtig tief im Wasser. Aber das Schiff war trotzdem schnell. Obwohl wir mit der Strömung fuhren, hatte die Jenseits alle Segel gesetzt, und zusätzlich trieben uns ihre Schaufelräder stöhnend und ächzend voran. Leider stellte sich heraus, dass Trolle ganz schnell seekrank werden. Wir wären beinahe gekentert, als sich die beiden Cousins nebeneinander über die gleiche Reling beugten, um ihr Frühstück loszuwerden. Das Schiff neigte sich so sehr, dass das Schaufelrad auf der gegenüberliegenden Seite gar nicht mehr im Wasser war.

Unser Käpt'n befahl, dass die Trolle gefälligst links und rechts aus dem Schiff kotzen sollten und nicht beide auf einer Seite. Ich kann euch nur sagen, dass jeder, der schon mal einen Troll beim Reihern gesehen hat, nie wieder dabei sein möchte. Ich meine, das gilt natürlich grundsätzlich für jede Art von Kotzerei, aber bei hausgroßen Trollen ist es schon ein ganz besonderes Erlebnis. Man rechnet unwillkürlich damit, dass ein komplettes gekochtes Pferd mit einem Zentner Nudeln dabei ist, wenn ein Troll den Mageninhalt der letzten vier Tage herauswürgt. Als die beiden Glubschnaks fertig waren, hockten sie sich wie riesengroße Statuen links und rechts aufs Hauptdeck und sahen einfach nur unglücklich aus.

Nach einer weiteren Stunde rief der Ausguck im höchsten Mast etwas herunter. Die Schwarze Anna brüllte in einen Blechtrichter, der auf einem langen Rohr aus dem Deck ragte. Gleich danach hörten die Schornsteine auf, dunklen Rauch zu spucken, und kurz darauf standen die Schaufelräder still. Etwa die Hälfte der Segel wurde heruntergenommen und wir steuerten langsam näher ans östliche Ufer.

»Warum werden wir langsamer?«, wollte Lorenzo wissen.

»Wir haben sie eingeholt.« Merellyn deutete quer über den Schimmelwein. »Da drüben, der weiße Fleck am Horizont, das ist das Großsegel der Gladiola. Bei Tageslicht sollten wir versuchen außer Sicht zu bleiben. In der Nacht können wir uns dann an ihnen vorbeischleichen. Alte Kriegslist. Sie rechnen sicher damit, dass sie verfolgt werden. Aber nicht damit, dass der Verfolger sie überholt.«

Wir schlichen den ganzen Tag am östlichen Ufer des Schimmelweins entlang. Der kleine weiße Fleck, der das Großsegel des anderen Schiffes war, blieb immer gerade noch so in Sichtweite.

Lorenzo und ich hingen an der Reling herum.

»Ich weiß wirklich nicht, ob das klug ist«, meinte er und warf Holzsplitter ins Wasser, die er aus dem morschen Geländer pulte. »Wenn wir sie sehen, sehen sie uns doch früher oder später auch.«

»Hör auf, mein Schiff zu zerlegen!«, grollte eine Stimme hinter uns. Wir fuhren herum. Da stand die Schwarze Anna mit einem Zigarrenstummel im vernarbten Gesicht. »Ich kann euch beruhigen. Die sehen uns sicher nicht.«

Wie immer fand Lorenzo als Erster seine Stimme wieder.

»Wieso sehen wir sie, aber sie uns nicht?«

Die Schwarze Anna grinste. Mit dem abgekauten Ende ihrer Zigarre wies sie hinter und über sich.

»Sind an diesen Masten weiße Segel, die eine halbe Meile weit über den Fluss leuchten? Von Deck aus könnt ihr's nicht erkennen, aber … Moment mal!«

Sie wandte sich an mich. »Sag mal, Geisterjunge, stehst du auf meinen Planken oder schwebst du?«

»Das Zweite«, gab ich zu.

»Dann kannst du es dir doch anschauen.« Sie wies auf den Fluss. »Flieg mal raus übers Wasser und sieh dir die Jenseits gegen die Küstenlinie an. Du wirst dich wundern.«

Ich löste mich in Rauch auf und machte einen von meinen unsichtbaren Sprüngen. Als ich mich umdrehte und mir das Schiff ansehen wollte, stutzte ich. Es dauerte ein paar Sekunden, bis ich es gefunden hatte. Am Ufer gab es viele zerklüftete Felsen, auf denen seltsam verbogene Nadelbäume wuchsen. Zwischen den Felsen waren Kiesbänke. Der Rumpf der Jenseits war vor diesem Hintergrund kaum auszumachen.

Und jetzt wurde mir klar, dass die Segel nicht zufällig aus so vielen farbigen Stofffetzen bestanden. Das Zusammenspiel der Farben machte die Segel vor dem Gemisch aus Felsen und Nadelbäumen fast unsichtbar.

Ich hatte es in erster Linie deswegen entdeckt, weil Leute darauf herumliefen und -kletterten. Aber die waren aus der Entfernung, in der das Schiff der Gesandten vor uns hersegelte, mit Sicherheit nicht auszumachen.

Mit einem Schlag wurde mir klar, dass wir auf einem Piratenschiff fuhren. Kein unschuldiger Händler würde sein Schiff auf solche Art tarnen. Der Kahn war schnell und passte sich seinem Hintergrund an. Wie gemacht dafür, jemand zu überfallen.

Ich raste zurück an meinen Platz neben Lorenzo.

»Ich verstehe, was du meinst«, sagte ich vorsichtig zu der Schwarzen Anna. »Das Schiff ist unsichtbar.«

»Ganz recht, mein Junge«, meinte sie gut gelaunt. »Und jetzt denkt ihr bestimmt, dass es ein Piratenschiff ist. Das war es auch mal und wird es wieder, wenn es sein muss, aber heutzutage ist die Jenseits die meiste Zeit nur ein ganz normales Handelsschiff, wie all die anderen auch.«

Sie biss das Ende einer neuen Zigarre ab, entzündete sie mit dem heruntergerauchten Stummel und warf den dann in den Fluss.

»Mit einem Unterschied. Wir treiben Handel in Gegenden, in die sich kein anderes Flussschiff mehr traut. Es könnte nicht schöner sein. Niemand wagt sich mehr den Schimmelwein hinauf, wo er die schmale Grenze zwischen den verfeindeten Vampiren und Werwölfen bildet. Die Zwerge und die anderen Völker noch weiter im Norden bleiben auf ihren Waren sitzen und verscherbeln sie billig an uns. Aber im Süden, wo fast nichts mehr ankommt, zahlen sie Mondpreise für Waren aus dem Norden. Ich bräuchte fünf Schiffe wie meine Jenseits. Aber die würden natürlich zu viel Aufmerksamkeit erregen.«

»Was gibt's denn im Norden noch für Völker?«, wollte ich wissen. »Außer Zwergen, meine ich.«

»Wikinger. Barbaren. Steinzeitliche Jägerhorden. Und die Schneemenschen.«

»Schneemenschen?«, echote Lorenzo. »Was sind das denn für welche?«

»Hab noch nie einen gesehen«, gab die Schwarze Anna zu. »Na ja, doch, zumindest einen Teil davon. In einem Handelsposten weit droben am Oberlauf des Schimmelweins verkaufen sie Felle von Tieren, die von den Schneemenschen erlegt wurden. Das Fell eines weißen Schneeleoparden ist in südlichen Städten wie Linvermis oder Kash Pegas ein Vermögen wert. Kunsthandwerk von den Jägerhorden geht auch gut. Primitive Wollnashörner und Rentiere, geschnitzt aus kleinen Stücken Mammutzahn, sind zurzeit der Renner.«

»Ja, aber was war mit dem Teil vom Schneemenschen?«, bohrte Lorenzo nach.

»Ach so, ja. Die Händler waren heilfroh, als ich ihnen das Ding abgenommen habe.« Die Schwarze Anna paffte einen Rauchring, der vom Wind zerrissen wurde. »Ich hätte so was auch nicht gern im Haus, wenn ich jederzeit mit Besuch von den Schneemenschen rechnen müsste.«

»Ja, aber was war es denn?«, hakte ich nach.

»Der Kopf. Geräuchert oder sonst wie haltbar gemacht. Sah aus wie ein Affe mit blaugrauer ledriger Haut. Aber die Farbe kam wohl vom Räuchern. Der Kopf hatte langes, seidiges Haar, das fast weiß war. Der Mund war mit einer Lederschnur zugenäht. Keine Ahnung, ob man das gemacht hat, während der Kopf noch auf den Schultern saß, oder erst später.«

Die Schwarze Anna zuckte mit den Schultern.

»Ich hatte das Gefühl, dass ich den Leuten einen Gefallen tue, wenn ich den Kopf mitnehme. Später habe ich ihn in den Fluss geworfen. Weiter unten im Süden hätte ich so etwas Grusliges und Seltenes bestimmt für ein Vermögen verkaufen können. Aber ich fand, dass ich niemand kennenlernen wollte, der eine solche Grausamkeit gerne sein Eigen genannt hätte.«

Als sie das sagte, wurde mir die Schwarze Anna direkt sympathisch. Obwohl sie so sehr wie die Frau aussah, die mich umgebracht hatte.

»Darf ich dich mal was fragen?«, sagte ich. Sie nickte. »Bist du mal … äh, von einer Sirene gekratzt worden?«, platzte ich heraus. »Sie könnte wie ein junges Mädchen ausgesehen haben.«

»Gekratzt?«, wiederholte die Schwarze Anna. »Nein, kann mich nicht erinnern.« Dann wies sie auf die riesige Narbe in ihrem Gesicht.

»Außer du nennst das einen Kratzer«, meinte sie grinsend. »Aber das war kein junges Mädchen. Das hat eine schwarzgeschuppte Echse mit leuchtend roten Stacheln angerichtet. Das Mistvieh war mehr als zwei Meter groß, Krallen so scharf und lang wie ein Entermesser. Der würdet ihr nicht begegnen woll…«

»Zu spät« unterbrach Lorenzo. Er wies auf mich. »Das ist bei der Begegnung herausgekommen. Das Biest hat William getötet. Und dabei hat es genauso ausgesehen wie du.«

»Tut mir leid für dich, Junge, das …« Sie brach ab und wandte sich mit gerunzelter Stirn an Lorenzo. »Du meinst, es läuft jemand herum, der so aussieht wie ich und Leute umbringt? Das ist schlecht fürs Geschäft!«

»Halb so wild«, meinte Lorenzo lässig. »Die gute Nachricht, zumindest für dich: Sie kann auch so aussehen wie ich. Der Sheriff von Arkanon glaubt, dass ich William getötet habe.«

»Ich bring das Vieh um!«, rief die Schwarze Anna und marschierte davon. »Wenn ich nur wüsste, wo es steckt!«

Lorenzo und ich sahen uns betreten an, denn ein Blick in Merellyns Kristallkugel hätte genügt. Aber das durften wir natürlich nicht verraten.

DIE JENSEITS-LATERNE

Die Sonne sank langsam. An Bord wurde alles für unser Überholmanöver vorbereitet. Ich sah die Schwarze Anna auf einem höheren Teil des Decks mit Merellyn reden. Diesen Teil nennt man »Brücke«. Seltsam, so was auf einem Schiff zu haben, wo doch bestimmt kein Wasser drunter durchfließen sollte. Jedenfalls war da oben der Platz des Käpt'ns, von dem er alle seine Leute sehen und anbrüllen konnte. Über den Blechtrichter auf dem Rohr gab's noch die Möglichkeit, mit den Leuten unter Deck zu schimpfen, die dafür zuständig waren, dass sich die Schaufelräder an den Seiten schnell, langsam, gar nicht oder rückwärts drehten. Außerdem war da auch das große Steuerrad, sodass der Kapitän den Steuermann in bequemer Reichweite für einen Anschiss hatte.

Ich schwebte langsam näher an die Brücke heran. Da sich an Bord sowieso alle sehr leise verhielten, konnte ich bald gut verstehen, was gesprochen wurde.

»Ich hoffe, dass der Kapitän der Gladiola die Nacht vor Anker verbringt und erst morgen weiterfährt«, sagte die Schwarze Anna gerade. »Dann können wir sie mit langsamer Fahrt überholen.«

»Und wenn sie weiterfahren?«, fragte Merellyn.

»Dann haben wir ein Problem«, antwortete die Flusspiratin. »Wir sind schon an den ersten Sandbänken vorbei. Das werden auf den nächsten vierzig Meilen noch viel mehr. Der Schimmelwein teilt sich in ein Geflecht von vielen kleinen mehr oder weniger seichten Flüsschen.«

Die Schwarze Anna spähte in die Abenddämmerung und schüttelte grimmig den Kopf.

»Manche von diesen Sandbänken sind richtige Inseln mit Bäumen und Büschen darauf«, erklärte sie. »Vor denen hab ich keine Angst. Einige unbewachsene Sandbänke ragen weit genug über die Oberfläche, dass wir sie sehen können. Aber die meisten lauern unter Wasser. Wenn die Gladiola weiterfährt, wird das ein richtiges Katz-und-Maus-Spiel. Es gibt nur drei oder vier sichere Fahrrinnen. Ich kann kaum höhere Fahrt aufnehmen. Wenn wir sie aus den Augen verlieren, könnte es uns passieren, dass wir im Dunkeln plötzlich mit ihnen zusammenstoßen, weil der Kapitän der Gladiola und ich uns für dieselbe Fahrrinne entschieden haben.«

Auf einmal verschwand das letzte rotglühende Licht der untergehenden Sonne, als hätte jemand in einem Keller die einzige Kerze ausgeblasen.

Wir sahen nach Westen. Dort türmte sich eine dunkle Wolkenwand auf. Erste Ausläufer zogen schon über den Fluss. Es sah aus, als würde das Gewitter schwarze Finger nach uns ausstrecken. Hier und da zuckten Blitze durch die Wolken Richtung Horizont. Noch waren sie zu weit entfernt, als dass man den Donner hätte hören können.

»Das kann ja heiter werden!«, stöhnte die Schwarze Anna. »In einer Viertelstunde werden wir nicht nur die Gladiola aus den Augen verloren haben, sondern auch beide Ufer. Von den Sandbänken ganz zu schweigen. Das einzig Vernünftige wäre, die Flussmitte anzusteuern und Anker zu werfen. Willst du es wirklich heute Nacht wagen?«

Merellyn nickte ohne Zögern. Jetzt sah er wieder so aus wie letzten Sommer im Kerker tief unter dem Fluss. Als er im Kettenhemd mit seinem verdammt großen Schwert auf uns zukam, kein Zauberer mehr, sondern ein Ritter des Mystelzweig-Ordens. Er wirkte gefährlich, obwohl er es nicht darauf anlegte, wie zum Beispiel Arachnua oder die Schwarze Anna. Im Gegensatz zu diesen beiden war sich Merellyn gar nicht bewusst, dass er dann aussah wie jemand, der einen für das erste falsche Wort in Stücke hauen würde und eine halbe Stunde später auf die Idee käme, zu fragen, wie man es denn eigentlich gemeint hätte.

Die meiste Zeit war er dieser zerstreute, manchmal dauerschwafelnde Zauberer, der auf seinen Flügen durch die Dimensionen zum Skelett abgemagert war, weil er monatelang vergaß zu essen. Aber wenn er sich verwandelte, wenn der Kerl mit dem Schwert durchbrach, der hundert Schlachtfelder gesehen hatte … dann wusste man, wer er wirklich war. Oder zumindest, wer er gern geblieben wäre. Wenn nicht alle anderen Zauberer verschwunden wären.

Wir hatten ihn dazu gebracht, mit dem Macronomicon zu sprechen und es schließlich freizulassen. Ich kannte kaum Leute … nein, ich kannte niemanden, der es einem verziehen hätte, wenn man ihn mit der Nase so direkt auf einen Fehler stieß, den er gemacht hatte. Aber mit Merellyn hatten wir das getan. Und dann war so ziemlich das Nächste, was ihm einfiel, das Buch dafür zu benutzen, Lorenzo und mir das Fußballspielen wieder möglich zu machen.

Es war ein ungünstiger Moment, aber genau da auf dem Fluss, mit dem heranziehenden Gewitter und einer wilden Fahrt durch ein unsichtbares Gewirr von Sandbänken vor uns, wurde mir bewusst, dass Merellyn der erste Erwachsene war, den ich wirklich lieb hatte. Das lag auch an seiner Art, uns wie Erwachsene zu behandeln.

Von einem zum anderen Augenblick war das Gewitter über uns. Der Himmel verwandelte sich in eine blauschwarze brodelnde Masse, erhellt nur von Blitzen, die wie sich windende, wütende Schlangen durch die Wolkenberge zuckten.

Im nächsten Moment setzte ein Trommelregen ein, der nicht wie sonst mit einem leisen Kribbeln durch mich hindurchfiel. Es fühlte sich an, als ob ich von schweren Wasserkugeln durchsiebt würde. Lorenzo und ich flüchteten unter eine Plane aus Segeltuch, die eigentlich aufgespannt worden war, um einige offene Wasserfässer vor der Sonne zu schützen.

Über uns rief die Schwarze Anna irgendetwas und die Schaufelräder setzten sich in Bewegung. Das Schiff nahm Fahrt auf und glitt vom Ufer weg Richtung Flussmitte. Sobald wir die steilen Felswände aus den Augen verloren, gab es überhaupt nichts mehr, an dem wir uns orientieren konnten. Es war, als würden wir mit der Jenseits in eine brodelnde Hölle reiten.

Im Licht der Blitze sahen wir, dass der Fluss in diesem Abschnitt tatsächlich mit Inseln übersät war. Aber obwohl die Blitze fast ohne Pause aufeinanderfolgten, zeigte uns doch jeder einzelne von ihnen ein anderes Bild von der Insellandschaft. Als würde irgendein völlig durchgeknallter Schachspieler pausenlos die Kerzen löschen, um im Dunkeln die Figuren umzustellen.

Aber eine Sache sahen wir ungefähr fünf Mal hintereinander. Lorenzo war der Erste, der schrie und mit ausgestrecktem Arm darauf zeigte. Die Gladiola hielt selbst bei diesem Wetter nicht für die Nacht an. Sie war längst nicht mehr so weit entfernt wie während des Tages. Das Schiff lief keine Viertelmeile von uns entfernt in das Gewirr aus Sandbänken und Wasserstraßen ein. Nach dem fünften Blitz war es wieder aus unserem Blickfeld verschwunden.

Der Bug der Jenseits schrammte über die erste Sandbank. Lorenzo musste raus in den prasselnden Regen und mithelfen das Schiff mit langen Stangen wegzustoßen.

Keine Minute später stand Schnick neben mir und hielt mir seine leere Hand hin. Als ich ihn verständnislos ansah, meinte er: »Mach dich mal unsichtbar. Aber nirgendwo hinspringen!«

Ich tat es. Es gibt da einen Unterschied zwischen unsichtbar von einem Ort zum anderen springen und unsichtbar am selben Fleck bleiben. Das eine ist wie Luft holen, eine kurze Strecke tauchen und wieder nach Luft schnappen. Das andere ist wie untertauchen, unten bleiben und durch ein Schilfrohr atmen. Das ist viel schwieriger, weil man weiß, dass man unter Wasser ist. Da kann man sich nur schwer überwinden, Luft zu holen.

Sobald ich unsichtbar war, also die Zwischenwelt betrat, hörte der Regen auf. Nein, er hörte nicht auf, er wurde zu etwas anderem. Das trommelnde Geräusch war noch da, aber das Wasser fehlte.

Und meine Zaubergabe kam mit solcher Macht zurück, dass mir schwindlig wurde. Kein Regentropfen fiel durch die Dimension, in der ich mich jetzt befand. Aber trotzdem sandten sie mir ihre Bewegungswellen. Und das waren verdammt viele.

Zum Glück gingen sie alle immer in die gleiche Richtung. Sonst wäre ich verrückt geworden. Ich bemühte mich, es zu vergessen, so wie man in der wirklichen Welt nicht an jeden einzelnen Tropfen denkt, der einen durchnässt.

Etwas anderes war auch viel interessanter. In dieser Dimension waren das Schiff und die Matrosen, die schreiend mit ihren Stangen hin und her rannten, nur undeutliche Schemen. Aber jetzt war das, was Schnick mir hinhielt, ganz deutlich sichtbar:

Er hatte die am hellsten strahlende Laterne in der Hand, die ich je gesehen habe. Sie war eindeutig mit Magie behandelt. Auf fünf Seiten war das Gehäuse mit Zerrspiegeln verkleidet, sodass das Licht nur noch auf einer Seite hinaus in die Nacht entweichen konnte. Auf der Rückseite der Laterne gab es einen Regler, den man in einer Führung hoch- und runterschieben konnte. Dadurch wurde der Lichtstrahl entweder ganz dünn und reichte weit hinaus in die Dunkelheit wie ein langes Schwert aus Licht. Oder es breitete sich vor der Lampe in einem milchigen weichen Kreis aus.

Dabei befand sich gar keine Kerze in der Laterne. Aber das kannte ich schon. Das war ein ganz einfacher Zauber, ähnlich wie der Infinito-Spruch. Danach konnte man die Kerze entfernen, aber das Licht blieb in der Laterne.

Schnick hielt mir das Ding hin.

»Auf geht's, Lehrling!«, rief der Kobold fröhlich. »Merellyn will der Schwarzen Anna in seiner Kristallkugel zeigen, wo die verdammten Sandbänke sind. Aber dazu braucht er ein bisschen Zauberlicht. Deshalb hat er mir die magische Lampe hier gegeben. Du musst dafür sorgen, dass sie die Gegend vor dem Bug der Jenseits ausleuchtet. Ich kann als Poltergeist zwar dorthin springen, mich aber nicht halten. In der Dunkelheit, wo ich keine neuen Sprungziele erkennen kann, haut's mich ins Wasser. Das musst du machen.«

»Ähm, entschuldige …«, wandte ich ein. »Du weißt doch, dass ich das nicht kann.«

Schnick sah mich so erstaunt an, als könnte er sich gar nicht an die vielen Übungen im letzten Dreivierteljahr erinnern. Die Übungen, mich etwas greifen zu lassen. Die neun Monate lang total erfolglos geblieben waren. Dann schlug sich der Halbkobold an die Stirn. »Ach, das kannst du ja gar nicht wissen!«, rief er und wies auf die Laterne. »Dieses Ding hier ist etwas ganz Wertvolles! Die Schwarze Anna fährt es seit Jahren im Bauch ihres Schiffes spazieren, zusammen mit ein paar anderen sehr interessanten Sachen … diese Lampe ist gestohlen. Aus einem Diesseits-Grab.«

»Was ist das denn?«, wollte ich wissen.

»Es muss auf den Jenseits-Inseln ein Volk von Geistern geben, das für uns unsichtbar ist«, erklärte Schnick, ohne mir irgendwas zu sagen, was ich verstehen konnte. »Von diesem Volk tauchen nur die Toten in unserer Welt auf. Soweit ich gehört habe, werden sie in einem weitverzweigten Höhlensystem beigesetzt, das die Inseln unterirdisch verbindet. Keine Ahnung. Jedenfalls geht das Gerücht um, dass die Jenseits-Geister ihren Toten manchmal sehr wertvolle Grabbeigaben mitgeben.«

Schnick starrte verträumt auf die Lampe.

»Respekt, kann ich da nur sagen«, meinte er kopfschüttelnd. »Nicht viele Kapitäne steuern die grusligen Jenseits-Inseln an. Die Schwarze Anna hat einiges von dort mitgebracht. Jetzt wissen wir auch, wo der Name dieses Kahns herkommt. Wie auch immer. Mach dir keine Sorgen und nimm die Laterne.«

Geister, die im Jenseits lebten und ihre Toten im Diesseits begruben … Ich war von der seltsamen Geschichte so abgelenkt, dass ich mir gar keine Sorgen machen konnte. Ich griff einfach zu und spürte plötzlich Metall in meiner Hand. Die Laterne aus dem Diesseits-Grab war aus Blech und nicht besonders schwer. Trotzdem war es sehr ungewohnt, etwas in der Hand zu halten. Ich konnte das Metall sogar riechen!

Also flog ich in der Zwischenwelt vor dem Schiff her und versuchte Sandbänke zu finden. Nach einer Weile klappte es ziemlich gut. Die Jenseits hörte auf, über plötzlich aufragende Sandhaufen zu kratzen und hielt sich elegant von allem fern, was ihr die Planken hätte aufreißen können.

Aber es war schweine-anstrengend. Irgendwo ganz hinten prasselten immer noch die Bewegungslinien Tausender schwerer Regentropfen durch mein Gehirn. Die vielen Blitze, die in der richtigen Welt für Beleuchtung sorgten, kamen in der Zwischenwelt, in der ich mich bewegte, genau andersherum an. Das milchige Licht, das diese Dimension erhellte, flackerte bei jedem Blitz und verwandelte sich kurz in grünlich-violette Dunkelheit.

Genau wie die Regentropfen fehlte das Wasser des Flusses, aber ich fühlte seine ständige Bewegung. An der Oberfläche aufgewühlte, windgepeitschte Strudel, die nicht genau wussten, wohin sie wollten, und sich bald auflösten, aber darunter ein endloses, träges Sich-unaufhaltsam-Dahinwälzen.

Es war ziemlich seltsam anzusehen. Hinter mir segelte ein geisterhaftes Schiff im Zickzack über eine algenbewachsene Landschaft aus Sandhügeln. Die Bewegungsmuster von Fischen, die träge dahinschwebten, zuckten davon, wenn die zwei Mühlräder links und rechts am Rumpf die milchig-neblige Luft aufwühlten. Alle Farben waren in ihr Gegenteil verdreht.

Manchmal brachte Schnick mir eine Nachricht von der Brücke. Wenn sich zum Beispiel die Fahrrinne gabelte und ich nicht wusste, welche die richtige war. Zuerst tauchte er mehrmals neben mir auf, bis er einen ganzen Satz raus hatte. Denn es reichte immer nur für ein paar Wörter, dann musste er zurück zum Bug der Anna springen.

Beim ersten Mal klang das ungefähr so:

»DieSchwarzeAnna.«

»Meintwir.«

»SolltenunsLinks.«

»Halten.«

Beim zweiten Besuch war er dann schon schlauer. Er tauchte nur einmal auf und sagte: »Rechts.«

So fanden wir unseren Weg durch die stürmische Nacht.

MONSTER AN BORD

Irgendwann merkte ich, dass ich es viel ruhiger haben konnte. Wenn ich nämlich so tief schwebte, dass ich in der wirklichen Welt unter Wasser gewesen wäre, hörte das Prasseln des Regens in meinem Unterbewusstsein auf. Die wilden Wirbel an der Oberfläche des Flusses wurden zu einem fernen Gemurmel. Und das Vorwärtsdrängen der Wassermassen half mir beim Schweben. Eine Zeit lang war es direkt entspannend, sich wie ein Fisch zu fühlen.

Aber plötzlich brach die Hölle los. Zuerst waren es nur ein paar einzelne Fische, doch dann schoss ein ganzer Schwarm vor, über und unter mir vorbei. In der Zwischenwelt waren sie für mich eher Bündel aus zuckenden und zappelnden Bewegungslinien. Kaum waren die vorbei, traf mich der massivste Schlag von Bewegungsempfindung, den ich je gespürt habe. Etwas sehr Großes schob sich mit der Wucht eines Dampfhammers heran.

Ich fuhr herum. Es war die Gladiola. Das größere Schiff kam aus einer kreuzenden Fahrrinne auf uns zu gestampft.

Ich machte einen Sprung aufs Vorderdeck und von dort zur Brücke, wo ich wieder in die richtige Welt eintauchte. Ich schrie in den Lärm aus Donnergrollen, Wasserrauschen und dem Gebrüll der Schwarzen Anna hinein. »Die Gladiola kommt von rechts! Die wollen uns rammen!«

»Maschinen volle Kraft zurück!«, brüllte die Schwarze Anna in ihren Blechtrichter. »Ruder hart steuerbord!«

Sie zweifelte nicht eine Sekunde an dem, was ich gesagt hatte, obwohl in der Dunkelheit keine Spur des anderen Schiffes zu sehen war. Ein Ruck ging durch den Schiffskörper, und die Leute auf der Brücke stolperten ein paar Schritte vorwärts, als die beiden Schaufelräder sich urplötzlich in die andere Richtung drehten. Die Jenseits stampfte ein paar Sekunden auf der Stelle, dann nahm sie rückwärts Fahrt auf.

Doch es war zu spät. Im Licht eines Blitzes wuchsen urplötzlich die scharfkantigen Umrisse der Gladiola neben uns empor. Ihr eisenbeschlagener Bug fuhr in unseren hinein wie eine Axt. Holz krachte und splitterte. Eine Blechplatte segelte davon in die Nacht. Die Gladiola würde die Jenseits zu Zahnstochern verarbeiten.

Aber unser Käpt'n hatte genau das Richtige getan. Der Bug des anderen Schiffes hatte zwar einen Teil der Reling auf unserem Vordeck abrasiert und ein Loch in die Bordwand ganz vorn rechts gefressen. Entschuldigung. Ich bin kein Seemann. Keine Ahnung, ob das Steuerbord oder Backbord ist.

Jedenfalls hatte die Jenseits mit ihrer Rückwärtsbewegung, die durch den Zusammenprall noch beschleunigt und verstärkt wurde, Schlimmeres verhindern können. Wir drehten uns um die vorbeischießende Gladiola herum wie ein Torero um den wilden Stier.

Die Jenseits schwankte wild durch die Fluten und spuckte Planken in die Dunkelheit wie ein angeschlagener Boxer seine

Zähne, aber der Rammstoß verfehlte im Großen und Ganzen seine Wirkung.

Wir drehten uns einmal um uns selbst. Mittendrin brüllte die Schwarze Anna: »Volle Kraft voraus!«, obwohl unsere Nase flussaufwärts und noch nicht mal aufs jenseitige Ufer wies. Aber der Befehl kam wieder genau zur richtigen Zeit. Die Schaufelräder brauchten eine Weile, um in Fahrt zu kommen, während wir uns in die Fließrichtung des Schimmelweins drehten. Die Jenseits schoss am Heck des Königsschiffes vorbei.

Es war die Gladiola, die sich mit ganzer Wucht in die Sandbank links von unserer Fahrrinne schob. Das Krachen und Splittern, als ihr Bug aufriss, war durch den Donner und das Prasseln des Regens zu hören.

Ich dachte schon, wir hätten es geschafft. Doch im nächsten Moment wusste ich, dass jemand oder etwas vom vorbeirauschenden Heck der Gladiola auf unser Deck gesprungen war. Ich sah nur einen Schemen, aber mit meiner magischen Gabe spürte ich, dass es zwei Eindringlinge waren.

Ich beugte mich weit über das Geländer der Kommandobrücke … also, eigentlich beugte ich mich einfach durchs Geländer und starrte auf das Hauptdeck. Aber der nächste Blitz zeigte mir nur zwei riesengroße trollische Elendshaufen.

Sonst war niemand auf dem Deck zu sehen, weil sich alle entweder bei uns auf der Brücke, im Schiffsbauch oder mit den langen Stangen vorne im Bug befanden.

Ich sprang wieder nach Anderland. Im ersten Moment wurde die Welt für mich noch chaotischer. Auf diesem Schiff war außer den leer gekotzten Trollen ungefähr alles in Bewegung.

Ein greller Blitz schoss krachend über den Himmel. Während er in der normalen Welt für flackerndes Licht sorgte, wurde es in dieser Dimension dunkel. Die beiden Eindringlinge aber zeichneten sich in der kurzen Finsternis klar und deutlich ab. Einer steckte unter der Treppe zum Vordeck, der andere war drauf und dran, am Geländer hochzuklettern. Lang gestreckte, sehnige Gestalten mit Stachelkämmen an Kopf und Hals … Sirenen!

Und da vorne war Lorenzo!

Ich sprang in die Wirklichkeit zurück und schrie: »Merellyn! Merellyn! Wir haben Sirenen an Bord!«

Im nächsten Moment war er mit gezogenem Schwert an meiner Seite.

»Wo?«

»Da vorn. Eine klettert gerade aufs Vordeck.«

»Komm mit!«, rief er.

Mit einer Energie, die man gar nicht in dem klapperdürren alten Mann vermutet hätte, sprang er über das Geländer. Er landete auf der Schulter eines Trolls und lief einfach den schlaff herunterhängenden Arm hinab. Aus der Hand des Trolls sprang er aufs Deck. Ich schoss an ihm vorbei und schrie: »Links! An der linken Treppe!«

Weitere Blitze zuckten über den Himmel.

»Wo sind sie?«, rief Merellyn. »Ich kann niemanden sehen!«

Konnte ich auch nicht. Die Treppe war leer und am Bug drängelten sich nur die Matrosen mit den Stangen. Seltsam. Hatte ich mir das nur eingebildet?

Ich machte mich unsichtbar. Und damit die Angreifer im Licht der Blitze sichtbar. Eine zwei Meter große Echse hockte auf dem Dach des kleinen Hauses vorn am Bug, wo die Küche drin war. Die andere kletterte gerade hinauf.

Die vordere Echse sprang herunter und drückte sich flach an die Wand.

Ich deutete auf einen Platz hinter der Gruppe von Matrosen, dann aufs Dach der Kochhütte.

»Da ist eine«, flüsterte ich. »Und da noch eine. Die haben's auf Lorenzo abgesehen.«

»William, komm zurück in diese Welt!«, verlangte Merellyn. »Ich kann dich nicht sehen. Und die Sirenen auch nicht.«

Ich wurde sichtbar. Aber jetzt waren natürlich die Sirenen verschwunden.

»In der anderen Dimension sind sie ganz deutlich zu erkennen«, sagte ich. »Und zwar dann, wenn's blitzt. Die Welt wird dunkel und die Viecher zeichnen sich plötzlich ganz hell ab.«

Merellyn sah mich überrascht an.

»Das sind keine Sirenen«, stellte er fest. »Die können die Zwischenwelt, die du und der Kobold benutzen, gar nicht betreten. Sirenen können sich nicht unsichtbar machen.«

»Dann hab ich mich halt getäuscht«, meinte ich. »Ich seh sie ja auch in der anderen Dimension nur, wenn's blitzt. Aber etwas ist da und es schleicht auf Lorenzo zu.«

»Halt mal!«, sagte der Zauberer und drückte mir den lederumwickelten Griff seines Schwertes in die Hand.

Er wühlte in seinem Umhang und zog eine kleine Kristallkugel heraus. Dann nahm er mir das Schwert wieder ab. Erst als alles vorbei war, fiel mir auf, dass ich ohne Probleme einen verdammt schweren Gegenstand festgehalten hatte.

»Hast du noch die Jenseits-Laterne?«, fragte Merellyn. »Gut. Spring in die andere Welt und leuchte den Angreifer damit an. Mal sehen, ob wir den nicht genauso wie die verdammten Sandbänke in den Griff kriegen.«

Beim Sprung in die Zwischenwelt sah ich im Licht des nächsten Blitzes, dass das Biest drauf und dran war, nach Lorenzo zu greifen. Ich sah die Gruppe der Matrosen nur als Schemen, aber der kleinste und dünnste von ihnen musste Lorenzo sein.

Ich raste aufs Vorschiff und schob dabei den Regler der Laterne bis zum Anschlag auf die Seite, wo der Strahl zu einem Lichtschwert gebündelt wurde. Mit dem leuchtete ich der Echse ins Gesicht. Sie fuhr mit einem Fauchen zurück und erstarrte. Merellyns Klinge lag an ihrer Kehle. Ich schob den Regler zurück und das zweite Wesen tauchte im Lichtkegel auf. Seltsam, dass es keine Sirenen sein sollten. Sein Umriss sah genauso aus wie der von Arachnua, als sie sich von dem hässlichen Lederweib in eine Echse verwandelt hatte, mit scharfen Krallen und langen Stacheln an Kopf und Hals.

Die Matrosen hinter mir schrien durcheinander. Die Schwarze Anna stürmte mit gezogenem Säbel die Treppe zum Vorschiff herauf, gefolgt vom Rest ihrer Männer. Merellyn reichte die Kristallkugel über seinen ausgestreckten Schwertarm hinweg an sie weiter. Die Schwarze Anna starrte kurz darauf und wies dann mit ihrem Säbel auf das Wesen, das auf der Küche hockte. Die Spitzen von Enterhaken und Speeren richteten sich auf das Biest.

Merellyn fischte seinen Zauberstab mit der linken Hand aus dem Umhang. Er murmelte einen Zauberspruch. Die beiden Echsen wurden sichtbar, aber nur so schemenhaft wie die Bewohner der wirklichen Welt in der Geister-Dimension. Wie konnten das keine Sirenen sein?

»Ihr könnt freiwillig ganz in unsere Welt kommen oder euch von mir mit dem Apparentus-Zauber holen lassen«, kündigte Merellyn an. »Der ist, wie ihr vielleicht wisst, von Haus aus sehr schmerzhaft, aber ich könnte ihn auch noch mit einem Umweg durch einige höchst interessante, aber äußerst lebensgefährliche Dimensionen garnieren …«

Eine der Echsen gab ein angewidertes Geräusch von sich. Dann veränderten sich beide. Genau wie Arachnua. Die Gestalten schienen zu schmelzen. Das sah aus, als hielte man den Stiel einer schwarzen Kerze über eine Flamme, bis die dunkle Ummantelung weg war und etwas Neues, Helleres und Freundlicheres zum Vorschein kam.

Alle stießen verblüfft die Luft aus. Vor uns standen die beiden königlichen Gesandten, zwei leibhaftige Hochelfen. Die beiden Frauen waren von überirdischer Schönheit. In verkleinertem Maßstab konnte man die auch bei Myrabella bewundern. Wenn man sich die Tätowierungen und die spitz zulaufenden Ohren wegdachte. Die hatten die Hochelfen auch, aber nicht in der Größe wie Merellyns Sprechstundenelfe.

Die Augen der beiden Frauen sahen völlig normal aus. Kein flüssiges Silber.

Lorenzo beugte sich zu mir und flüsterte: »Genau wie Ariana. Die Mädels sind der Hammer!«

So ein Blödian! Wir hatten zwei Wesen an Bord, die in Anderland so aussahen wie das Biest, das mich auf dem Gewissen hatte. Sie hatten mit einem verdammt großen Schiff versucht, uns zu versenken – und ihm fiel nur auf, dass sie irre gut aussahen.

»Ich verlange eine Erklärung«, sagte Merellyn. Seine Klinge berührte immer noch die Kehle der jüngeren Gesandten. Das war die Hochelfe, der Lorenzo das Leben gerettet hatte. Und sie hatte sich in einer anderen Dimension an ihn herangeschlichen und versucht … na ja, schwer zu sagen, was. Sie hatte eine Klaue nach ihm ausgestreckt, mit Krallen daran, die fast so lang und scharf waren wie der Säbel der Schwarzen Anna. Aber wie ein Angriff hatte es nicht ausgesehen.

»Wir haben nichts zu erklären«, verkündete die ältere Elbe. »Wir werden nichts erklären. Wir genießen diplomatische Immunität. Ihr werdet uns gehen lassen. Jetzt sofort.«

Merellyn wandte sich an die Schwarze Anna.

»Bring sie unter Deck!«, befahl er. Dabei wies er mit dem Kinn auf die Gesandte, die eben gesprochen hatte. »Niemand geht irgendwohin, bevor ich nicht erfahren habe, was hier vorgeht.«

Ein weiterer Blitz zuckte über den Himmel. Ich sah Merellyns Gesicht. Er meinte, was er sagte. Aber die Schwarze Anna hatte ihren eigenen Willen. Und sie war nicht darauf aus, sich mit Leuten aus der Königsburg anzulegen.

»Warte mal«, meinte sie. »Ich weiß nicht, was ihr gegeneinander habt. Ich bin nur eine einfache Händlerin, die Waren den Fluss rauf und runter transportiert. Ich führe keinen Krieg mit der Königsburg oder mit irgendwelchen Zauberern. Und ich will auch keinen anfangen.«

Sie ließ ihren Säbel sinken und im selben Moment fielen klappernd auch die Spitzen der Haken und Entermesser ihrer Mannschaft auf die Decksplanken.

In dem Augenblick erkannte ich, dass die Situation viel heikler war, als es bis jetzt den Anschein gehabt hatte. Es konnte auch sein, dass sich die Waffen im nächsten Moment gegen uns richteten. Merellyn schien sich nicht darum zu kümmern. Sein Schwert berührte immer noch die Kehle der jüngeren Gesandten. Er zeigte auf Lorenzo.

»Dieser Junge hat dir heute Morgen das Leben gerettet«, sagte er ruhig. »Und du willst ihn töten?«

»Nein, das stimmt nicht!«, rief die Elbenfrau. »Wir wollten ihn …«

»Das genügt!«, unterbrach die Ältere scharf. »Keine Erklärungen. Wir gehen jetzt.«

Sie sprang wie eine Katze vom Dach und landete so knapp neben Merellyn, dass der zurückwich und sein Schwert von der Kehle der jüngeren Elbe nahm. Er und die Gesandte starrten sich an.

»Der Junge war nie in Gefahr«, raunte die Frau so leise, dass wahrscheinlich nur Merellyn und ich es unter dem Tosen des Sturms hörten. Sie wirbelte herum und stürmte die Treppe zum Hauptdeck hinunter. Die Jüngere sah Lorenzo an und hauchte ein Wort: »Danke!«

Dann verschwand auch sie in der Nacht.

NASSE BRIEFE

Ich sprang in die andere Dimension und suchte das ganze Schiff mit der Jenseits-Laterne ab. Die echsenartigen Umrisse waren nirgends zu entdecken.

Doch plötzlich sah ich im Augenwinkel einen Schemen auftauchen, an einer Stelle, über die gerade noch der Strahl meiner Laterne gewandert war. Da war etwas, aber es hatte nicht die richtige Form. Was ich sah, war klein, überall spitz und in der Mitte viereckig.

»Mach die verdammte Lampe aus«, zischte Schnicks Stimme. »Von dem Jenseits-Licht qualmen mir die Augäpfel!«

Ich tat, was er verlangte. Wir tauchten gleichzeitig in der richtigen Welt auf. Der Halbkobold hielt eine reich verzierte Holztruhe in den Armen.

»Schnick!«, rief ich. »Wo hast du gesteckt? Und was ist das für eine Kiste?«

Der Kobold grinste sein spitzigstes Grinsen.

»Ich war kurz auf der Gladiola«, gestand er. »Die Gelegenheit zum Sprung, als der Pott an uns vorbeirauschte, war einfach zu verlockend.«

»Wieso hast du das getan?«, wollte ich wissen.

»He, ich bin der Chef einer Räuberbande, schon vergessen?«, rief er. »Der gefährlichsten Räuberbande östlich der Fracht-Fort-Furt! Ich wollte einfach mal sehen, was königliche Gesandte so dabeihaben. An Wertsachen. Und Unterwäsche.«

»Unterwäsche?«

»Na jaaa, so spitzenbesetzte Dinger, du weißt schon, wie sie die Dame von Welt …« Er ließ die Hände sinken, die er vor seiner Brust gewölbt hatte, als müsste er zwei Kürbisse halten. »Na, vielleicht weißt du's auch nicht. Egal. Gut war, dass ihr angehalten habt. Sonst hätte ich euch in dem Sauwetter nie mehr gefunden. Bin dreimal im Wasser gelandet, ehe ich mir die Birne an der Ruderpinne der Jenseits angestoßen habe.«

»Wir haben nicht freiwillig angehalten«, sagte Lorenzos Stimme hinter mir. »Wir sind inzwischen auch auf Grund gelaufen. Was ist das für eine Kiste?«

»Weiß ich nicht genau«, antwortete Schnick. »Die hab ich von der Gladiola. Aus der Kabine der Gesandten. Lasst uns nachschauen, was drin ist, aber vielleicht an irgendeinem trockenen Plätzchen, wenn's geht.«

»Der einzige Ort, wo jetzt garantiert keiner hinkommt, ist die Küche«, meinte Lorenzo. »Das kleine Häuschen auf dem Vorderdeck.«

Alle Seeleute waren damit beschäftigt, den Kahn wieder frei zu kriegen. Von Merellyn und der Schwarzen Anna war nichts zu sehen. Wir schlichen uns in die Küche und zogen die Tür zu.

»Was war eigentlich los?«, fragte mich Lorenzo. »Wo sind die zwei Frauen hergekommen? Und was wollten sie überhaupt? Würde mir mal irgendwer irgendwas erklären?«

»Sie sind an Bord gesprungen, als wir am Heck der Gladiola vorbeigerauscht sind«, sagte ich. »Es war echt schwer, sie zu entdecken, weil sie in dieser und in der Geisterwelt unsichtbar bleiben können. Merellyn sagt, so was können Sirenen nicht, aber die Umrisse, die ich gesehen habe, waren die gleichen wie bei Arachnua.«

»Sirenen?«, wiederholte Lorenzo ungläubig. »Aber ich dachte … also, die Biester haben's wirklich drauf, gut auszusehen!«

»Verdammt hübsche Käfer, was?«, meinte Schnick. »Aber sie haben ein schreckliches Geheimnis. Noch etwas, das Sirenen nicht können.«

»Was denn?«

»Sie fliegen«, verkündete Schnick. »Als ich von ihrem Schiff runter wollte, sind sie dort angekommen. Wenn ich nicht nach Anderland gesprungen wäre, hätte ich sie gar nicht gesehen. Sie waren gerade gelandet und zogen die Flügel ein … oder nein … ihre Füße berührten das Deck, und in dem Moment schmolzen die Flügel … äh, in sie hinein.« Er sah uns an.

»Und das waren keine kleinen Spatzenflügel!«, fügte er hinzu. »Das waren richtig große, ledrige Drachenschwingen!«

Seine spitzigen Augenbrauen zogen sich zu einem neuen Spitz über seiner spitzen Nase zusammen und er grinste ein spitziges Grinsen.

»In der Kabine war auch das Macro…dingsbums, Sir Holdmund. Hat wieder einen Haufen Trollkacke dahergeschwafelt … Sie werden nicht lange brauchen, um herauszufinden, dass sie nicht das Macronomicon geklaut haben. Aber das nützt ihnen nichts. Sie können von Glück sagen, wenn ihr hübsches Schiffchen nicht komplett auseinanderbricht und untergeht.«

»Aber was wollten sie von mir?«, fragte Lorenzo. »Nur heimlich Danke sagen? Oder mir die Kehle aufschlitzen, weil ich ein Zauberer sein könnte?«

»Ich weiß es nicht!«, rief ich. »Nicht mal Merellyn hat was aus ihnen rausgekriegt. Ich habe nur gehört, dass die Ältere zu ihm sagte: ›Der Junge war nie in Gefahr!‹, ehe sie verschwand. Und … äh, ich meine, sie waren ja in dem verdammten Unwetter nie richtig zu sehen … aber es hat, ehrlich gesagt, nicht wie ein Angriff ausgesehen. Eher, als wollte sie dir auf die Schulter klopfen …«

»Und dann sagte sie doch noch Danke …«, murmelte Lorenzo. »Aber wenn es keine Elben und auch keine Sirenen sind … was sind sie dann?«

»Vampire?«, schlug ich vor, aber Schnick schüttelte den Kopf.

»Die sehen ähnlich aus, wenn sie fliegen. Aber sie wechseln dazu nicht nach Anderland.«

»Dämonen?«, fragte Lorenzo.

»Tun sich schwer in unserer Welt zu erscheinen.« Schnick zuckte mit den Schultern. »Hab auch noch nie davon gehört, dass Dämonen so hübsch sein können. Allerdings hab ich noch nicht viele gesehen.«

»Was gibt's noch für Biester in der Art?«, wollte ich wissen. »Oder, anders gefragt, was kann fliegen, in die Geisterwelt wechseln, aber auch dort fast unsichtbar bleiben und bei Bedarf hübsch aussehen?«

Schnick sah mich eine Zeit lang mit völlig leerem Gesichtsausdruck an. Ich wusste nicht, ob er über die Frage nachdachte oder ins Koma gefallen war.

»So was gibt's nicht!«, verkündete er dann plötzlich. »Mir fällt absolut kein Wesen ein, das so ist. Diese Gesandten haben von allem etwas. Fliegen wie Vampire. Verstecken sich in der Zwischenwelt wie Dämonen. Ändern ihr Aussehen wie Sirenen. Und sind so schön, wie es nur Elben sein können. Das gibt's nicht!«

»Aber was ist in der Kiste?«, fragte Lorenzo. »Jetzt mach mal auf. Vielleicht finden wir irgendeinen Hinweis.«

»Wartet! So einfach ist das nicht«, rief Schnick. »Wahrscheinlich ist das Ding mit einem Schutzzauber versehen.«

Er zog etwas aus seiner Weste, das auf den ersten Blick aussah wie ein Rattenskelett am Spieß. Der Schädel eines kleinen Tiers mit vampirmäßigen Eckzähnen verzierte einen Stock, der mit weißem Fell und Lederriemen umwickelt war. Ein paar Federn und zwei Schnüre mit Glasperlen hingen auch noch dran.

Schnick schüttelte den seltsamen Stab gegen die Holzkiste und rief: »Weiche, übler Zauber! Vergeh, magischer Schutz! Äh … Zauberus wegus, aber plötzlichus!«

»Was ist das für ein Ding?«, wollte Lorenzo wissen. »Was machst du da eigentlich?«

»Ähm, hab ich im Laderaum gefunden«, behauptete Schnick. »Als ich die Jenseits-Laterne holte. Das ist ein Ritualstab, wie er von den Schamanen der steinzeitlichen Jägerhorden im hohen Norden benutzt wird. Zur Abwehr von bösen Geistern, die alle Rentiere vertreiben. Hat mir die Schwarze Anna erklärt.«

»Und dann hast du ihn geklaut?«, rief ich.

»Nur geliehen!«, behauptete der Kobold. »Liegt doch alles bloß im Laderaum herum und verstaubt. Jetzt machen wir die Kiste auf. Ich hab alle Schutzzauber weggehext.«

Ich konnte nicht so recht glauben, dass das so einfach funktioniert haben sollte. »Zauberus wegus, aber plötzlichus« schien mir keine echte Zauberformel zu sein.

Aber ehe ich das sagen konnte, hatte Lorenzo den Deckel der Truhe hochgerissen.

Wir stießen fast mit den Köpfen zusammen, als wir alle gleichzeitig in die kleine Truhe schauen wollten. Aber eben nur fast, weil ich in der Mitte war und mein Kopf kein Hindernis darstellte.

In der Kiste befand sich in erster Linie Wasser. Und in diesem Wasser schwammen ein paar Fetzen Papier und ein fasriger Brei, der einmal Papier gewesen war. Wieder schoss Lorenzos Hand vor, ehe ich etwas sagen konnte. Er versuchte, den obersten Papierfetzen herauszufischen. Es sah ein bisschen so aus, als schnappte der Papierwasserbrei nach seiner Hand. Eine grünliche Blase explodierte sanft unter Wasser und sandte Tropfen und Papierfasern in alle Richtungen. Die wenigen Fetzen, die es nach drei Bädern im Schimmelwein noch gegeben hatte, lösten sich auf. Diese Blase war vermutlich der Rest eines

Schutzzaubers, der zwar losgegangen war, aber genauso an Wasserschaden litt wie die Schriftstücke.

Wir sahen uns an.

»Also, ich bin mir nicht sicher …«, begann Lorenzo. »Aber auf dem obersten Lappen …«

»Ich hab's auch gesehen.«

»Ich auch.«

»Das war das Vereinswappen der Monster Soccers«, fuhr Lorenzo fort. »War das der Brief, den sie so schnell wie möglich zum Regenten bringen sollten?«

»Dann wäre der gemeinsame Herr, dem sie laut Arachnua dienen, ja doch Baron von Fresseisen und nicht der Schwarze Lord«, überlegte ich. »Aber was haben königliche Gesandte aus Fantasmanien mit dem popeligen Fußballteam von Arkanon zu tun?«

»Oder anders gefragt: Sind es wirklich königliche Gesandte?«, warf Schnick ein. »Oder sind sie eine Art von Gestaltwandlern, die wir bisher nicht kannten? Vielleicht arbeiten sie genau wie Arachnua für Baron Fresseisen. Vielleicht haben sie die echten Gesandten des Regenten nur gekratzt, wegen dem Tropfen Blut, und dann … oder vielleicht haben sie ihnen sogar etwas Schlimmeres angetan!«

»Aber wenn das ähnliche Biester sind wie Arachnua und sie auch für Baron Fresseisen arbeiten …«, dachte ich laut. »An was arbeiten sie dann? Wozu braucht der alte Eisenfresser Monster, die sich als königliche Gesandte ausgeben? Weil, Elben sind's ja wohl wirklich nicht, oder?«

»Wir müssen das mit Merellyn und dem Macronomicon besprechen!«, sagte Schnick bestimmt. »Wenn irgendjemand weiß, was für Wesen das sein könnten, dann das Buch.«

DER SCHUTZZAUBERMANN

Nein«, sagte das Macronomicon. »Ich habe nicht die leiseste Ahnung.«

Der Sturm hatte sich beruhigt. Der Kiel der Jenseits war wieder frei und pflügte durch das Wasser des Schimmelweins, der seine vielen Nebenflüsschen erneut zu einem einzigen großen Strom vereinte.

Wir hatten dem Buch und Merellyn die Kiste gezeigt und ausführlich berichtet, was wir im Gewitter gesehen hatten.

Während das Macronomicon in den Tiefen seiner Verzeichnisse und Kapitel nach irgendeinem Hinweis auf diese Art von Wesen forschte, versuchte Merellyn die jämmerlichen Papierreste in der Holztruhe mit einem Retrozauber wieder zu Schriftstücken zusammenzusetzen. Aber das ging gründlich schief.

Als er die letzten Worte der magischen Formel gesprochen hatte, kam Bewegung in den langsam trocknenden Papierbrei. Er wuchs aus der Kiste heraus in die Höhe und verformte sich. Am Ende stand ein klumpiges Männchen ohne klar erkennbares Gesicht in dem hölzernen Behälter.

Es war etwa so groß wie Myrabella. In der Breikugel, die der Kopf sein sollte, gab es zwei kleine Vertiefungen. Die konnten so was wie die Augen sein. Als das Papierbrei-Männchen zu sprechen begann, öffnete sich ein größeres Loch unter den zwei Dellen.

»Guten Tag!«, sagte es. »Ich bin Ihr Schutzzauber für alles, was sich in diesem Behälter befindet. Leider haben Sie versucht, den Inhalt der Truhe unter Eingabe des falschen Passzaubers einzusehen. Der Passzauber lautet nicht ›Will Rentier haben!‹. Deswegen kann Ihrer Anfrage nicht entsprochen werden. Bitte versuchen Sie es erneut, indem Sie den richtigen Benutzernamen und den dazugehörigen Passzauber eingeben.«

Wir starrten fassungslos auf das formlose Papiermatsch-Männchen, das vorwurfsvoll von einem zum anderen blickte.

»Außerdem muss ich Sie darauf hinweisen, dass der von mir verwaltete Dokumentenspeicher in den letzten vierundzwanzig Stunden mehrfach unsachgemäßer Behandlung ausgesetzt

war«, fuhr es fort. »Die darin enthaltenen Dokumente könnten möglicherweise beschädigt sein. Für die Wiederherstellung eventuell verloren gegangener Unterlagen, Akten und Schriftstücke folgen Sie bitte Schritt fünf bis achtunddreißig in der beiliegenden Betriebsanleitung.«

»Betriebsanleitung?«, rief Merellyn hastig. »Wo ist die?«

Das Kerlchen sah wieder eine Zeit lang vorwurfsvoll aus, ehe es auf sein rechtes Knie, eine Stelle am Bauch und auf seine linke Schulter deutete.

»Hier, hier und hier«, sagte es. »Um weiteren Schaden von den von mir verwalteten Dokumenten abzuwenden, schließt sich dieser Behälter in den nächsten fünf Sekunden automatisch. Jeder weitere Zugriff kann nur durch Eingabe des richtigen Benutzernamens und des dazugehörigen Passzaubers erfolgen.«

Sobald es zu Ende gesprochen hatte, zerfloss es zu formlosem Papierbrei, und der Deckel der Truhe schnappte zu.

Wir sahen uns an. Jedes Gesicht, in das ich blickte, spiegelte komplette Ratlosigkeit wider, und ich bin mir sicher, aus meinem konnte man nichts anderes lesen.

Es war nur eines klar: Die Kiste, die Schnick gestohlen hatte, war zu. Und sie würde sich nicht wieder öffnen. Wir würden nicht an die Schriftstücke herankommen, die uns hätten helfen können, die Rätsel zu lösen, die wie eine Hecke immer dichter um uns herumwuchsen. Und selbst wenn, war es nur feuchter Matsch, der sich zu einem Männchen verformen konnte, das unverständlichen Quatsch von sich gab, ehe es wieder zerfloss.

Es blieb die Tatsache, dass Schnick, Lorenzo und ich das Wappen der Monster Soccers auf dem Kopf eines Schreibens gesehen hatten, von dem jetzt nichts mehr übrig war.

»Baron von Fresseisen hat einen Brief an den Prinzregenten Puck geschrieben«, stellte Merellyn noch einmal fest. »Nicht als Herr der Stadt Arkanon. Oder als Geschäftsmann. Er hat ihm geschrieben als Besitzer einer Fußballmannschaft. Was hat das zu bedeuten?«

»Na ja, er handelt ja auch mit Fußballausrüstungen«, sagte Lorenzo. »Bälle, Stollenschuhe, Trikots, Fahnen, was weiß ich. Sicher hat er mitbekommen, dass in Fantasmanien das Fußballfieber ausgebrochen ist. Und jetzt will er Geschäfte machen.«

»Da ist er aber auf der Königsburg an der völlig falschen Adresse«, wandte das Macronomicon ein. »Wenn er Geschäfte machen will, sollte er sich lieber an die Schmuggler wenden. An so einen wie Schnick. Jemand Modernes, sozusagen.«

»Ha, ich würde das Geschäft schon gerne durchziehen!«, rief der Kobold. »Aber ich glaube kaum, dass der Baron mitmachen würde, nachdem wir ihm den Betrug mit dem Freundschafts… Spiel…« Er brach ab und zog eine seiner Augenbrauen in einem unglaublich spitzen Winkel hoch. Dabei sah er uns der Reihe nach an.

»Ihr glaubt doch nicht, dass er wieder so eine Nummer abziehen will wie letztes Jahr?«, fragte Schnick.

»Haben sie auf der Burg eine Mannschaft?«, fragte ich.

Merellyn schüttelte den Kopf.

»Nicht, dass ich wüsste.«

»Selbst wenn, kann er es niemals so hindrehen wie bei uns«, sagte Lorenzo. »Er hat Gerüchte gestreut und uns in der Vorstadt zu haushohen Favoriten gemacht. Das kann er in Fantasmanien nicht.«

»Außerdem ist es eine Sache, sich mit ein paar Waisenhausjungs anzulegen«, gab das Macronomicon zu bedenken. »Aber der Prinzregent steht für Fantasmanien. Das ist ein ganzes Königreich.«

»Ich würde auch sagen, das ist für den Dicken ein paar Nummern zu groß«, stimmte Lorenzo zu.

»Für den dicken Baron vielleicht«, wandte Merellyn ein. »Für Lord Zerberon nicht.«

»Du glaubst, der Lord schlägt Puck ein Fußballspiel vor?«, fragte Lorenzo den Zauberer. »So nach dem Motto ›Wenn wir gewinnen, machst du den Thron frei. Wenn ihr gewinnt, denken wir uns was anderes aus!‹?«

Merellyn dachte lange nach, ehe er antwortete: »Nein. So einfach ist die Sache nicht. Aber es ist etwas in der Richtung. Wie das Macronomicon richtig sagte: Es geht um ein ganzes Königreich. Und diese Gestaltwandlerin hat zumindest schon mal einen Weg gefunden, es zu betreten und Briefe an den Regenten zu überbringen.«

»Ich erinnere mich an einen Gesprächsfetzen zwischen Arachnua und dem Baron, den ich zufällig hörte«, berichtete Schnick. »Sie sagte in etwa: ›Den Weg kann ich nicht nehmen. Du weißt, dass ich nicht lebend durch den Wald komme. Ich nehme den anderen Eingang.‹ Und der Baron sagte: ›Aber das dauert eine Ewigkeit! Irgendwann stirbst du dort unten.‹«

Einen Moment lang sagte niemand etwas. Dann wiederholte Merellyn: »Den anderen Eingang? Den anderen? Wenn sie vom Wald gesprochen hat, dann meinte sie den Wilden Wald, der Fantasmanien abriegelt. Es gibt einen anderen Eingang?«

In dem Moment riss die Schwarze Anna die Tür zu unserer Kajüte auf, ohne zu klopfen. Sie hatte Schnick schneller am Kragen, als er verschwinden konnte. Hinter ihr drängten Seeleute mit Enterhaken und Messern herein.

Schnick wurde zwar sofort unsichtbar, aber er konnte sich offensichtlich nicht aus dem Griff der Piratin befreien. Ein Dolch blitzte in ihrer anderen Hand auf. Sie hob die Klinge in die Luft neben ihrer Linken.

»Werd sofort sichtbar, du mieser kleiner Gauner!«, zischte sie. »Oder ich säble so lange durch die Luft, bis in jeder Dimension Blut spritzt, in der du Mistkerl dich verstecken kannst!«

Schnick tauchte wieder auf. Die Schwarze Anna hielt ihn am Kragen seines Hemdes fest. Die Spitze ihres Dolchs pulte im rechten Ohr des Kobolds.

Er hielt ihr den nordischen Ritualstab hin. Sie ließ den Dolch verschwinden und schnappte sich den Stab mit dem Nagetierschädel.

Dann stieß sie Schnick von sich, der ein paar Schritte vorwärtstaumelte und dann verschwand.

Die Schwarze Anna nickte uns zu.

»Das war's, Herrschaften!«, verkündete sie. »Ihr geht von Bord. Jetzt gleich. Macht euch nicht die Mühe, eure Sachen zu packen. Ihr geht über Bord und schwimmt!«

Die Matrosen richteten ihre Haken und Messer auf uns. Der ganze Haufen sah richtig stachelig aus.

»Wir haben für diese Passage bezahlt, werte Dame!«, gab Merellyn zu bedenken. »Und dafür, dass die Gladiola dein Schiff angegriffen hat, obwohl mein Lehrling einer der Gesandten das Leben gerettet hat, können wir nichts.«

»Mag sein«, gab die Piratin zu. »Ihr habt bezahlt, aber bei Weitem nicht genug, um mich in einen Krieg mit den Elben von der Königsburg zu jagen. Und auch nicht genug, dass unsichtbare kleine Mistkerle mir meine Trophäen aus den Laderäumen klauen dürften.«

Schnick tauchte an der am weitesten von der Schwarzen Anna entfernten Stelle in der engen Kabine wieder auf.

»Ich wollte den Stab nicht klauen!«, rief er. »Nur leihen. Ich brauchte einen Zauberstab, um die Kiste aufzukriegen, die ich … äh, mir von den königlichen Gesandten geliehen …«

»Halt bloß dein Maul!«, herrschte ihn die Schwarze Anna an. »Man nennt es nicht ›leihen‹, wenn man sich die Sachen anderer Leute unter den Nagel reißt, ohne den Besitzer zu fragen!«

Die Anführerin der Piraten wandte sich an Merellyn.

»Ihr habt bezahlt, das ist richtig«, gab sie zu. »Deshalb werde ich euch nicht fesseln lassen, bevor ich euch in den Fluss werfe.«

Plötzlich hatte Merellyn seinen Zauberstab in der Hand. Er machte eine kreisförmige Bewegung in Richtung der Matrosen. Dazu rief er: »Ferrum dislocantur!«, und riss den Zauberstab hoch.

All die Spieße, Säbel und Messer flogen nach oben und bohrten sich mit einem lauten, vielfachen »Rrumms!« in die Holzdecke. Auch der Säbel, den die Schwarze Anna auf dem Rücken trug, und der Dolch in ihrem Gürtel waren dabei. Nur ein Matrose hielt immer noch seinen Enterhaken vor sich.

Die Kapitänin starrte den Zauberer aus zusammengekniffenen Augen an.

Merellyn steckte den Stab zurück in seinen Umhang.

»Wir gehen von Bord, wie du befiehlst«, sagte er ruhig. »Denn das ist dein Schiff. Aber du sollst wissen, dass man uns dazu kaum mit Waffengewalt zwingen kann. Es ist nicht mehr weit zum Hafen der Könige. Dort gehen wir von Bord.«

Er wandte sich an den Matrosen, der als einziger nicht an seiner in der Holzdecke feststeckenden Waffe zog und zerrte, weil das Ding nicht mit den anderen hochgeflogen war.

»Und du, mein Junge, solltest dir einen anderen Spieß besorgen«, empfahl der alte Zauberer. »Was du da hast, ist aus ganz billigem Blech.«

Es gab keine weitere Auseinandersetzung. Nachdem die Matrosen den kleinen Wald aus scharfen Klingen und Holzstangen entfernt hatten, der direkt vor unserer Kajütentür verkehrt herum aus der Decke wuchs, verschwanden sie. Kurze Zeit später scheuchte uns Merellyn an Deck.

»Wir erreichen den Hafen der Könige!«, rief er. »Die Einfahrt müsst ihr euch ansehen. Keine Angst, die Matrosen werden uns nichts tun.«

Als wir ins Freie traten, deutete der Zauberer ans Westufer. Die Hügel waren einer Steilküste gewichen. Die Jenseits steuerte auf die schroffe Felswand zu. Dann kam der Eingang zu einer Bucht in Sicht, die von Weitem fast wie einer der Fjorde an der Nordmeerküste Monstroviens aussah. Wie der Tiefe Riss. Aber davor gab es viele Felsen im Fluss. Es fing mit Buckeln an, die kaum über die Wasseroberfläche ragten. Zur Steilwand hin wuchsen sie immer mehr in die Höhe. Als wir näher kamen, sah ich, dass all diese Steine behauen waren. Die niedrigsten sahen aus wie irgendwelche hingekauerten Gestalten, die unter Wasser lauerten. Dann wurden die gemeißelten Figuren größer und genauer. Schließlich erkannte ich Kobolde, Trolle und Wölfe. Außerdem jede Menge geflügelte Wesen, die ich noch nie gesehen hatte. Dann kamen Riesentrolle und Drachen, und direkt am Eingang zu dem Fjord die größte Statue, die direkt aus der Steilwand herauswuchs. Es war ein riesiger Elf mit einer aus dem Fels gehauenen Krone. Eine ähnliche Figur gab es auf der anderen Seite der Hafenzufahrt. Flussabwärts setzte sich

die Masse der aus dem Stein gehauenen Figuren fort. Wir fuhren durch einen Wald aus Statuen.

Als wir langsam den steinernen Königself umrundeten, sah ich, dass diese Bucht doch anders war als der Tiefe Riss. Der verengte sich immer mehr, bis die Felswände zusammenwuchsen. Diese Bucht hier öffnete sich, sobald man die riesigen Statuen am Eingang passiert hatte. Es gab einen breiten Strand, der gesäumt war von lichtem Wald. Dahinter wuchs ein steiler Hügel empor, an dem terrassenartig mehrere Lagen von Gebäuden hingen. Aber das waren alles lange verlassene Ruinen. Unterhalb davon gab es einen steinernen Pier, der halb versunken war. Der größere Teil lag unter Wasser.

Über die gesamte Breite des Strandes und zwischen den Bäumen verteilt standen unförmige Planwagen, wie ich sie noch nie vorher gesehen hatte. Zwischen den Wagen brannten große Lagerfeuer. Ein ganzes Stück vom Strand entfernt warf die Jenseits Anker. Niemand machte Anstalten, ein Beiboot zu Wasser zu lassen, das uns ans Ufer bringen konnte.

Die Matrosen drängten sich an den Ausgängen und Luken von den Unterdecks. Die Schwarze Anna stützte sich auf die Reling ihres Kommandodecks und starrte finster zu uns herunter, eine Zigarre zwischen den Zähnen.

Merellyn starrte eine Zeit lang zurück. Dann straffte er sich plötzlich.

»Lorenzo und Palomina, kommt hierher zu mir«, befahl er. »Das Macronomicon, Myrabella, Schnick und William wissen, wie sie zum Ufer kommen. Schnick, sorg bitte dafür, dass die beiden Trolle das Schiff verlassen und an Land waten.«

Schnick tauchte neben Glubschnaks Ohr auf und gab dem Troll einen heftigen Tritt an die Schläfe.

»Aufwachen!«, rief der Kobold. »Kotzi-Kotzi ist vorbei-hei! Wir gehen an Land.«

Glubschnak schreckte hoch. »An Land?«, grummelte er. »Das ist gut. Das ist da, wo's nicht schaukelt, oder?«

»Ganz genau«, bestätigte Schnick. »Ins Wasser mit euch! Das tut euch Stinkstiefeln gut!«

Es war kaum zu glauben, aber die beiden Trolle ließen sich mit dankbarem Gesichtsausdruck links und rechts über die Reling in den Fluss fallen. Die Jenseits hob sich ein gewaltiges Stück. Ich vermute, wenn sie beide auf der gleichen Seite ins Wasser gesprungen wären, hätten sie damit das Schiff zum Kentern gebracht. Sie tauchten prustend wieder auf und begannen, Richtung Ufer zu marschieren. Das Wasser reichte ihnen bis zur Brust. Gleich danach war Schnick mit einem PING! verschwunden. Merellyn riss seinen Zauberstab heraus, deutete in einer Kreisbewegung auf sich, Palomina und Lorenzo und rief: »Itineriamus Rivam!«

Es gab einen kleinen Blitz und drei Rauchwölkchen, dann waren der Zauberer, sein Lehrling und die Zentaurin verschwunden.

Das Macronomicon segelte würdevoll davon Richtung Ufer. Myrabella startete mit glitzernden Flügeln. Ich flog hoch zur Schwarzen Anna und holte die Laterne aus der Schlinge, die ich in mein viel zu großes Erwachsenenhemd geknüpft hatte, um sie darin aufzubewahren.

Ich stellte die Lampe vor der Schwarzen Anna auf die Reling.

»Hier ist die Jenseits-Laterne«, sagte ich. »Die hast du geklaut, nicht ich!« Dann verwandelte ich mich in blauen Rauch und schoss übers Wasser.

DIE DSINGHANI

Wir hatten einen ziemlich großen Auftritt. Ich meine, stellt euch das mal vor! Ein Schiff aus schwarzem, fast verfaultem Holz, mit Segeln, so bunt wie der Herbstwald, läuft in die Bucht ein. Von dem Schiff kommen Trolle angewatet, ein Buch segelt über das Wasser, ein Kobold taucht aus dem Nichts auf, drei seltsame Figuren steigen aus einer kleinen Gewitterwolke, eine Fee schießt wie eine glitzernde Libelle übers Wasser und blauer Rauch verwandelt sich in einen ziemlich blassen, fast durchsichtigen Jungen. Aber richtig beeindruckt waren die kleinen Leute an den Feuerstellen zwischen den Planwagen nicht. Sie standen herum, sahen von einer Erscheinung zur nächsten, kratzten sich an allen möglichen Stellen und kauten an Fleischspießchen, rohen Zwiebeln und Brotrinden herum. Wir hatten sie wohl gerade beim Frühstück gestört.

»Das ist ein Stamm von Zwergnomaden«, erklärte das Macronomicon. »Sie nennen sich selbst Dsinghani. Fahrendes Volk. Vielleicht bekommen wir eine Mitfahrgelegenheit.«

Die erwachsenen Dsinghani waren etwa einen Kopf größer als ich. Und ich glaube, ich sagte bereits, dass ich nicht sehr groß für mein Alter war. Sie hatten allesamt langes schwarzes, fettig aussehendes Haar. Das quoll unter wild geschwungenen Filzhüten heraus auf schmuddelige Schaffellwesten. Sie trugen Pluderhosen und bis zu den Knien hinauf geschnürte Lederstiefel. Viele von den Erwachsenen hatten irgendwelche seltsam aussehenden Musikinstrumente an Lederriemen auf dem Rücken. Erst auf den zweiten Blick fiel auf, dass es ganz viele Kinder gab und gar nicht so viele Erwachsene. Als Faustregel konnte man sagen, dass die Kinder bis zu ungefähr dem Alter, in dem Lorenzo und ich gerade waren, extrem schmutzig und wild aussahen, und im nächsten Jahrgang darüber etwas sauberer waren und so taten, als seien sie Erwachsene. Die älteren Jungen schmierten irgendwelchen Glibber in ihr schwarzes Haar, der es ihnen möglich machte, die Haare extrem am Kopf anliegend nach hinten zu kämmen. Die Mädchen trugen Lippenstift und riesige Ohrringe. Alles in allem hatte man den Eindruck, auf einem Kindergeburtstag zu sein, auf dem irgendjemand vorgeschlagen hatte, dass sich alle als Erwachsene verkleiden sollten.

Ein Grüppchen ältere Dsinghani trat vor. Zuerst sahen sie alle unsicher von Merellyn zum Macronomicon und wieder zurück. Dann entschied sich der vorderste der fünf, den spindeldürren Zauberer mit dem langen grauen Bart anzusprechen.

Ich verstand die Sprache überhaupt nicht, absolut nicht das Allergeringste, keine einzige Silbe, die mich an irgendetwas Bekanntes erinnerte. Ich war mir nur sicher, dass es in seiner Rede keine As, Es, Os und Us gab. Was da rauskam, war immer Ä, Ö oder Ü und ausnahmsweise ein paar I und Y. Es klang ungefähr so:

»Räpüläntärü ökrätürät ö rändälösörütüliygriy.« Dann verbeugte er sich. »Ükärävötiy nämälöczschkiy ögrärävätiy nämäczsch?«

Merellyn schien diese Sprache auch nicht zu beherrschen, denn er hob bedauernd beide Hände und wandte sich zum Macronomicon um.

»Ich glaube, ich habe irgendwo ein Wörterbuch für Dsinghani in mir«, sagte das Buch nachdenklich. »Aber es würde eine Ewigkeit dauern, jedes einzelne Wort zu übersetzen. Ich kenne da jemanden, der uns helfen könnte. Ich muss ihn nur suchen und überreden. Wartet bitte einen Moment.«

Ich brauchte eine Weile, bis ich kapierte, dass das Macronomicon nicht irgendwo im Lager nach jemand suchte, sondern in seinen Seiten.

Immer mehr von den Jungs mit den schmierigen Haaren versammelten sich in der Nähe von Lorenzo und mir. Das heißt, sie rotteten sich nicht plötzlich zusammen. Sie strolchten nur so durch die Gegend, und irgendwie fand jeder einen Grund, in der Gruppe hängen zu bleiben, die herausfordernd, aber betont lässig zu uns herüberstarrte.

Wir benahmen uns natürlich auf der Stelle genauso. Unser Problem war nur, dass die anderen am Anfang etwa fünf waren. Wir waren nur zwei, einer davon ein Geist. Dann waren es bei den anderen neun oder zehn. Bei uns waren's zwei, einer davon ein Geist. Auf der Gegenseite hingen bald 15 oder mehr Jungs herum. Wir waren … ich glaube, ich erwähnte es bereits … zwei, und davon war einer ein Geist. Ich sah Lorenzos Gesicht. Das verräterische Glitzern in seinen Augen. So was gefiel ihm. Dann war die Gruppe der Dsinghani-Jungs auf über 20 angewachsen, und unsere auf, wer hätte das gedacht, zwei, davon einer ein Geist. Lorenzo nickte mir zu. Wir holten unsere Bälle aus den Taschen und legten los mit Kein-Boden.

Aus den Augenwinkeln sah ich, dass schon nach kurzer Zeit keiner von den gegelten Jungs mehr versuchte irgendwie lässig und überlegen rüberzukommen. Sie starrten mit offenen Mündern. Nach einer Weile kamen auch die Mädchen dazu. Dann wurde unser Spiel irgendwie seltsam. Irgendwas stimmte nicht. Oder, eigentlich stimmte plötzlich alles, es ging absolut nichts mehr schief. Selbst wenn ein Ball versprang und eigentlich nicht mehr zu kriegen war, fand er seinen Weg zurück auf meinen Fuß oder mein Knie. Ich war zwar viel besser geworden, seit ich ein Geist war, aber es war trotzdem nicht normal, dass einfach *alles* klappte. Anscheinend half Lorenzo mit Magie nach. Ich wagte einen kurzen Blick zu ihm. Nein, er konnte es nicht sein. Er konzentrierte sich nur auf seinen eigenen Ball.

Dann hörte ich die Musik. Viele Instrumente spielten sehr leise eine Melodie. Es war kein Lied. Nichts wiederholte sich. Es war wunderschöne Musik, aber während man ihr zuhörte, veränderte sie sich ständig.

Sie wurde ein bisschen lauter, und jetzt konnte ich sagen, dass sie aus der Gruppe von Dsinghani-Jungs und -Mädchen kam. Ich kickte den Geisterball besonders hoch, um Zeit für einen Blick zu ihnen hinüber zu haben. Tatsächlich, sie spielten alle auf irgendwelchen Instrumenten, die ich noch nie gesehen hatte. Für einen Moment vergaß ich meinen Ball und schaute genauer hin. Plötzlich änderte sich die Melodie. Die höheren Töne plätscherten immer noch dahin wie ein Bergbach, aber die tieferen Noten wiederholten sich die ganze Zeit. Die Dsinghani fingen an zu lachen und sich in ihrer seltsamen Sprache zu unterhalten. Manche unterbrachen ihr Spiel und deuteten auf einen Punkt über meinem Kopf. Ich sah hoch. Da schwebte mein Ball genau über mir. Er drehte sich um seine eigene Achse, aber er fiel nicht herunter. Dann brachen die tiefen Töne, die sich ständig wiederholt hatten, plötzlich ab. Der Ball setzte seinen Weg fort und knallte mir genau auf die Nase. Ein echter Ball wäre durch mich durchgefallen. Der Geisterball tat ganz schön weh.

Die Melodie hörte ganz auf, nur ein einzelnes Instrument spielte weiter. Lorenzos Ball machte eine Kurve und verfehlte seinen Fuß. Jetzt verstummte auch dieses letzte Instrument und die Dsinghani lachten. Ich sah in ihre Gesichter und verstand, dass sie jetzt nicht mehr lässig und überlegen sein wollten. Wir hatten ihnen gezeigt, was wir draufhatten. Deshalb hatten sie den Spieß umgedreht und uns gezeigt, was sie konnten. Aber sie hatten es auf eine sehr freundliche Weise getan, indem sie uns geholfen hatten, die Bälle unter Kontrolle zu behalten.

Sie kamen näher. Alle redeten auf uns ein, aber wir verstanden kein Wort. Ein Mädchen mit gelocktem Haar und einem schwarzen Tuch um die Stirn, in das goldene Fäden eingewoben waren, wurde nach vorn geschubst. Sie lachte und wehrte sich, aber die anderen redeten schnell auf sie ein. Sie drehte sich zu uns um und zeigte auf Lorenzos Ball, auf den er seinen Fuß gestellt hatte. Dann deutete sie zuerst auf ihn und dann auf mich.

»Du … du … zeigän?«, fragte sie unsicher. Dann wies sie auf die Jungen und Mädchen hinter sich. »Zeigän … wir? Äh, uuns?«

Lorenzo, dieser Bekloppte, schlug ihr auf die Schulter.

»Aber sicher, meine Schöne!«, rief er. »Kommt hier rüber, wo wir mehr Platz haben.«

Sie rannten hinter ihm her zu einem flachen Stück Strand unterhalb der Ruinen. Es war spärlich mit Gras bewachsen und es stand keiner von den Dsinghani-Wagen im Weg. Lorenzo nahm einen Schluck Zeitumkehrer und fing an zu spielen.

Ich zögerte. Meinen Geisterball konnten sie nicht anfassen. Ich verstand ihre Sprache nicht. Wenn ich einen von ihnen berührte, würde er … oder sie! … noch schlimmer! … Kälte fühlen und ein Grab sehen. Ich konnte nicht mitgehen.

Die Bande rannte davon zu dem freien Stück Wiese, aber ein Mädchen blieb stehen und sah mich an. Sie trug ein blaues Kopftuch, das ihre schwarze Mähne bändigen sollte. Aber das klappte nur ganz oben auf dem Kopf. Dieses Haar war nicht einfach nur gelockt. Es bog und wand sich in so verrückten Spiralen, dass es gar nicht mehr nach unten hing. Es war eine wilde schwarze Masse, die unterhalb des blauen Tuches waagerecht vom Kopf wegstand und links und rechts weit über ihre Schultern hinausreichte.

Sie machte mir ein Zeichen, mitzukommen. Ich hob abwehrend die Hand und schüttelte ganz leicht den Kopf. Sie sah von mir zu den anderen und dann wieder zu mir. Nach ein paar Sekunden zuckte sie lächelnd mit den Schultern und rannte davon.

Das Macronomicon schwebte geöffnet zwischen Merellyn und den Dsinghani-Ältesten. Ich driftete langsam näher und erschrak. Eine kleine Gestalt mit dunkelgrauer Haut und blutroten Augen erhob sich plötzlich bis zur Gürtellinie aus dem Buch. Das Wesen war etwa so stark behaart wie ein Wildschwein am Bauch. Ich meine damit, es gab überall borstige Haare, aber die graue Haut schimmerte durch.

Davon abgesehen hatte es die gleichen Fledermausohren wie Glubschnak. Das musste einer der 27 Dämonen sein, die

Merellyn nichts ahnend im Macronomicon eingesperrt hatte, als er es vor zwölf Jahren gefangen setzte. Das Buch hatte es in den Jahren im Kerker geschafft, sie alle zu zähmen.

Plötzlich lehnte sich die seltsame Erscheinung aus dem Buch. Ein Arm fuhr heraus und zeigte mit einer hornigen Klaue auf den Stammesältesten, der sich vor Merellyn aufgebaut hatte.

»Äplätürän üüschkäväz näm ädräpüriy üköschlörüväz?«, fragte das Wesen aus dem Buch. Oder so was Ähnliches.

Dann ähten und öhten sich die Führer der Dsinghani und der Kerl im Buch eine Zeit lang an. Schließlich nickte der Dämon. Er sah sich um und entdeckte Merellyn.

»Sie gekommän von Schiff wir allä kännän gut«, sagte der graue Dämon mit schrecklichem Akzent. »Sie übärfallän Dsinghani-Sippä?«

»Nein, nein, übär… überhaupt nicht!«, rief Merellyn. »Wir waren nur Passagiere auf diesem Schiff und suchen jetzt eine neue Mitfahrgelegenheit.«

Der Kerl sprach kurz in der Ä-Ö-Ü-Sprache mit dem Dsinghani-Ältesten, ehe er sich wieder an den alten Zauberer wandte.

»Häüptling Färäncziy freut sich sähr, Sie als Gästä bägrüssän zu dürfän«, verkündete der Dämon. »Weitärreisen die Dsinghani morgän früh werdän. Heutä, Sie eingeladän sind zu großäm Dsinghani–Fäst. Abär muss ich darauf hinweisän, dass dürfän gefeiärt werdän keinä Fästä im Hof. Hausordnung das värbietät.«

Plötzlich schwankte der graue Dämon, verdrehte die Augen und fiel in das Buch hinein. Das Macronomicon klappte zu und zeigte uns wieder seinen Einband.

»Wer war das denn?«, wollte Merellyn wissen.

»Was ist eine Hausordnung?«, fragte Palomina.

»Hat jemand gefragt, ob die Dsinghani morgen in unsere Richtung fahren?«, meldete sich Kruschpuk. »Oder wie viel Kohle sie fürs Mitnehmen verlangen?«

Der Troll überraschte mich immer wieder. Er bewegte sich in jeder Beziehung schneller als sein Vetter Glubschnak. Sowohl körperlich als auch geistig. Die Frage war jetzt nur, welcher von den beiden der normale Durchschnittstroll war.

»Das war der Dämon Glitschwiç«, beantwortete das Buch zuerst Merellyns Frage. »Er ist einer der harmloseren Dämonen in mir, aber er kann richtig viel Ärger machen. Er hält sich für einen Hausmeister und mich für das Haus, über das er sozusagen ›herrscht‹. Wer je in einem großen Mietshaus mit einem Hausmeister gelebt hat, weiß, dass die Kerle immer nur dann auftauchen, wenn man sie am allerwenigsten braucht. Dann nerven sie mit Verboten und Vorschriften, die sie manchmal erst vor Ort erfinden und auch gleich wieder ändern. Jetzt zu deiner Frage«, wandte sich das Buch an Palomina. »Soweit ich weiß, leben die Zentaurenstämme …«

»Herden«, verbesserte Palomina. »Wir leben in Herden …« Wieder einmal wurde sie rot.

»Herden. Na gut«, wiederholte das Macronomicon. »Na, jedenfalls leben sie nach strengen Regeln und Gesetzen.«

»Das stimmt«, bestätigte die Zentaurin.

»Nun stell dir vor, diese Gesetze würden auf ganz banale Dinge angewendet«, verlangte das Buch.

»Was sind banale Dinge?«, wollte das Pferdemädchen wissen.

»Dass man sich an der Matte am Hauseingang die Schuhe abstreift. Dass nach achtzehn Uhr das Hoftor verschlossen sein muss. Dass man nur einmal im Vierteljahr laute Musik spielen darf«, zählte das Zauberbuch auf. »Und ein Hausmeister hält so etwas für die wichtigsten Regeln der Welt. Das ist die Hausordnung. Für den Hausmeister das eherne Gesetz!«

»Und für alle anderen: ein Haufen Schwachsinn!«, meinte Lorenzo abfällig.

Palomina sah verwirrt und ein bisschen verzweifelt aus.

»Aber das … solche Dinge … regeln die ehernen Gesetze unserer Herden«, stotterte sie. »Wer wen in welcher Reihenfolge zu grüßen hat. Ob bei einem Bankett die Haferbündel von links oder von rechts gereicht werden … oder wie viele Schwünge man mit dem Rechen im Kiesbett eines Steingartens machen darf, damit es nicht zu unruhig …« Sie blickte Lorenzo unglücklich an. »Ein Haufen Schwachsinn eben.«

Sie war bei ihrer Aufzählung immer leiser geworden und sah am Ende richtig angewidert aus. Plötzlich warf sie sich herum und galoppierte mit donnernden Hufen davon in den Wald.

»Eine ungewöhnliche junge Dame!«, bemerkte das Macronomicon. »Ich habe noch nie von einem Zentauren gehört, der den … ja, Schwachsinn aus Regeln und Traditionen, den sich die Zentauren über Jahrtausende aufgebaut haben, infrage gestellt hätte.«

Lorenzo rannte los.

»Ich werd sie suchen!«, rief er. »Nie sag ich das Richtige ...«

Das Buch drehte sich zu Kruschpuk um. »Und jetzt zu dir, Herr Bergtroll«, meinte es. »Mir scheint, ich bin von außergewöhnlichen Personen förmlich umzingelt. Ich schlage vor, du führst morgen die Verhandlungen über den Reisepreis. Hätte nie gedacht, dass ich so etwas mal zu einem Bergtroll sagen würde.«

»Ja, meine Mama meinte schon immer, ich sei aus der Art geschlagen«, gab Kruschpuk zu. »Ich war erst hundertacht, da konnte ich schon drei Buchstaben aus dem Alphabet!«

»Und heute?«, fragte Schnick lauernd.

»Alle achtzehn!«, verkündete der Troll stolz. »Mein Papa meinte, ich hätte direkt das Zeug dazu, auf die Sonderschule zu gehen. Hat der mich windelweich geprügelt!«

Alle lachten, aber ich hatte das Gefühl, dass irgendetwas nicht stimmte.

Es dauerte eine ganze Weile, bis ich draufkam. Das war am späten Nachmittag, als Glubschnak aus einem erschöpften Schlaf hochschreckte und rief: »Ein Schwert ist ein Schwert ist ein Schwert! Und keine Keule! Keine Keule! Man darf ein Schwert nicht wie eine Keule über die Schulter gelegt tragen! Weil sonst, wenn der Herr Hauptmann ›Rechts um!‹ befiehlt, fehlt dem Hintermann ganz schnell mal der Kopf auf den Schultern!«

Tja, das war Glubschnak. Er hatte ständig Albträume von seiner Nachtwächterprüfung auf der Königsburg. Schnick hatte uns erzählt, dass er durchgefallen war. Aber das brachte mich jetzt darauf, wie sich die beiden Trollvettern unterschieden.

Glubschnak sagte oft lustige Sachen. Aber unfreiwillig. Man musste lachen, weil er so blöd war. Kruschpuk war intelligent genug, das Lachen seiner Zuhörer zu steuern.

Ich kannte inzwischen fünf Trolle näher. Die beiden Bergtrolle Glubschnak und Kruschpuk Glubschnak, also Riesengroßer Blödmann und Absolut Irrer Riesengroßer Blödmann. Und dann noch die drei Waldtrollbrüder Schlambam, Flumbum und Glimbim. Wenn ich im Geiste die fünf nebeneinander stellte, war Kruschpuk eindeutig derjenige, der nicht ins Bild passte.

SCHWERE STIEFEL UND EIN KUSS

Ich wusste damals nicht, ob diese Erkenntnis wichtig war oder nicht. Ich vergaß sie auch sofort wieder. Es passierte nämlich etwas sehr Seltsames und Aufregendes an diesem Nachmittag vor dem großen Fest.

Ich hatte mich am Rand des Lagers herumgetrieben, in der Hoffnung, dass ich eine Spur von Lorenzo entdeckte, der immer noch hinter Palomina her war. Dabei war ich tiefer und tiefer in den Wald hineingeraten. Er war hier genauso wild, aber nicht so undurchdringlich wie an der Grenze zu Monstrovien.

Plötzlich hörte ich leise Musik, die langsam näher kam. Einzelne Instrumente wechselten sich ab, aber sie spielten alle das gleiche Lied. Anfangs, als sie noch weit entfernt und leise war, klang die Melodie düster, aber dann wurde sie immer fröhlicher und wilder. Ich wusste nicht, wer da spielte, aber die Musiker beherrschten ihre Instrumente, wie ich es noch niemals erlebt hatte. Ich drehte mich immer schneller um mich selbst, auf der Suche nach der Quelle der Musik. Sie kam jetzt von überall her, als würden mich die Spieler einkreisen.

Und auf einmal wurde es sehr seltsam. Meine Füße berührten den laubbedeckten Boden und ich schwankte, denn ich hatte wieder ein Gewicht! Der Wind zerrte an meinem ausgeleierten Hemd und ich musste mir die Haare aus den Augen streichen, wohin er sie geweht hatte. Und diese Haare waren schwarz und ein bisschen strähnig und überhaupt nicht durchsichtig, obwohl hellstes Tageslicht herrschte.

Dann huschte ein Dsinghani-Mädchen zwischen den Bäumen hervor. Keines von den schmutzigen, zerlumpten Kleinen, sondern eine von denen, die beschlossen hatten mit dicken Ohrringen und zu viel schwarzer Wimperntusche so zu tun, als seien sie erwachsen. Sie spielte die Melodie, die inzwischen raste wie eine Herde durchgehender Wildpferde, auf einem Instrument, das im ersten Moment aussah wie eine Reisetruhe für ein Schoßhündchen. Es war aus dunklem Holz mit metallenen Beschlägen und hatte überall Öffnungen, über die Saiten gespannt waren.

Das Mädchen warf mir eine Kusshand zu und verschwand wieder zwischen den Bäumen. Ein anderes mit einem roten goldfransenverzierten Kopftuch kam angerannt. Sie spielte auf einem Instrument, das aussah wie ein kleiner Maibaum in einem hölzernen Bierkrug. Von der Spitze des Maibaums spannten sich Saiten zum oberen Rand des Krugs. Das Mädchen fiedelte mit einem Bogen auf den Saiten, während sie den Krug rasend schnell hin und her drehte.

Sie sauste nah an mir vorbei und flüsterte etwas, das wie »Äpülätöriy gläwülöträliy!« klang.

Ich sah an mir herunter und dabei drehte ich mich immer noch im Kreis. Nur hatte ich das am Anfang in der Luft getan, mit einer Willensanstrengung, die für mich inzwischen selbstverständlicher war als das, was ich jetzt tat. Mein Gehirn musste meinen Beinen befehlen im Kreis zu tänzeln …

Ein anderes Mädchen löste sich aus den Schatten und rannte an mir vorbei. Im Vorbeilaufen strich es mir mit der Hand über die Wange und ich spürte es! Mit der anderen spielte es weiter auf einem Instrument, das aussah, als hätte jemand mit Gewalt eine Trompete in einen Dudelsack gestopft.

Das nächste blieb vor mir stehen, klatschte in die Hände und zeigte dann auf mich. Es war das Mädchen mit dem schwarzgoldenen Stirnband, das ein bisschen unsere Sprache konnte.

»Chübschä Jungä!«, rief sie. »Hässlich Kleid!« Und weg war sie. Ich spürte den Wind, meine grobe, zu große, ständig rutschende Kleidung und wurde fast verrückt vor Freude über die vielen Empfindungen, die mich zu Lebzeiten nur genervt hatten. Wenn jetzt noch irgendwas passierte, würde ich in Ohnmacht fallen.

Und dann … passierte nicht irgendwas, sondern etwas, das mir noch nie passiert war und von dem ich geglaubt hatte, dass ich es auch nie erleben würde: Ich bekam einen Kuss!

Ich drehte mich immer noch und plötzlich stand das Mädchen mit dem blauen Kopftuch vor mir, das Mädchen, dessen Locken sich wie schwarze Schlangen umeinanderwanden. Und ich spürte ihre Lippen auf meinen und beinahe hätte ich mich weitergedreht, aber irgendwie schaffte ich es, anzuhalten, und der Kuss dauerte länger und er war echt, und dann brachen nach und nach die Instrumente ab und die anderen Mädchen riefen etwas, und obwohl ich mich nicht bewegte, verging das Gefühl von Lippen auf meinen Lippen langsam, und ich glaube, wir öffneten beide gleichzeitig die Augen und sahen uns an und wir waren beide sehr erstaunt. Dann war die Musik aus, ich war wieder ein Geist und das Mädchen wurde rot und lief mit den anderen davon. Ich drehte mich nicht mehr, aber in meinem

Kopf ging es weiter rund. Und etwas, das ich gar nicht mehr hatte, brannte bis in mein Herz, das schlug, obwohl es nicht mehr da war: meine Lippen, die ihre Lippen berührt hatten. Und da wusste ich, dass die dummen Gefühle, die ich letztes Jahr für die falsche Ariana empfunden hatte, nur blöder Kinderquatsch gewesen waren. Nicht echt. Absichtlich herbeigetrickst von einem Wesen, das von so etwas lebte.

Aber jetzt … Es gelang mir bis zum Abend nicht, irgendetwas von dem, was ich da im Wald erlebt hatte, zu verstehen … oder wenigstens zu vergessen. Wenn in diesen letzten Abendstunden die vereinigten Vampir-, Werwolf- und Trolltruppen unter Führung des Schwarzen Lords persönlich das Dsinghani-Lager angegriffen hätten – ich hätte wahrscheinlich nicht das Geringste davon mitbekommen.

Ich war für ein paar Minuten lebendig gewesen … aber meine Gedanken kreisten nicht darum. Wenn ich ehrlich bin, muss ich zugeben, dass ich für den Rest des Nachmittags gar keine Gedanken hatte … zumindest kann ich mich an keinen einzigen erinnern. Ich hatte nur ein Gefühl: ihre Lippen auf meinen.

Wenn mir das vorher jemand gesagt hätte, hätte er von mir einen Ball an die Birne geknallt bekommen. Aber jetzt schien es so, als wäre genau dieses Gefühl das Einzige, was ich mir je in meinem Leben (oder eben danach) gewünscht hatte. Es gab nur eine einzige Sache, die mir noch stärker im Gedächtnis geblieben war: der Moment, als der Kuss zu Ende ging und wir beide die Augen öffneten. Ich wusste, dass sie genauso erstaunt über das war, was wir eben getan und gefühlt hatten, und dass es ihr genauso gut gefallen hatte wie mir.

Der Kuss hatte mich so überwältigt, dass es eine Ewigkeit dauerte, bis mir klar wurde, was die Dsinghani mit ihrer Musik bewirken konnten: Das wilde Lied der Mädchen hatte mich für kurze Zeit ins Leben zurückgeholt.

Ich hüpfte unter Bäumen dahin, die über Nacht von kahlen schwarzen Wintergespenstern zu grünen kraftstrotzenden Frühlingsbringern geworden waren. Ich sprang und schlug gegen einen tief hängenden Ast, der blätterrauschend nachschwang. Ich kickte mit dem Fuß in einen graubraunen Blätterhaufen, der letzten Herbst unter einer Wurzel hängen geblieben war. Die verdorrten Blätter wirbelten hoch und wurden vom Wind zerbröselt.

Ich konnte es. Ich war eindeutig wieder ein Geist, aber wenn ich wollte, konnte ich es. Ich klatschte in die Hände und eine Horde Spatzen flüchtete aus einer Baumkrone. Ich trampelte durch einen Bach und die hochspritzenden Wassertropfen blieben an meinem Gesicht hängen. Nicht einer fiel durch mich durch, wie sonst immer. Ich leckte über meine Lippen und schmeckte das Wasser auf meiner Zunge. In dem Moment hätte es sich gelohnt, noch mal bei dem ›Büffee‹ im Schwimmenden Hafen vorbeizuschauen. Aber an so etwas dachte ich damals natürlich nicht, am schönsten Tag meines Lebens … nach dem Leben.

Dann sah ich Lorenzo. Er hockte zusammengesunken auf einem Ast. Dem einzigen Ast eines toten Baums, der offensichtlich vom Blitz getroffen worden war. Es war vielleicht noch der halbe Stamm übrig. Sein oberes Ende war zersplittert und angekohlt. Knapp darunter ragte der Ast über eine Lichtung, die wahrscheinlich entstanden war, als der Wald nach dem Blitzeinschlag gebrannt hatte.

Lorenzo sah nicht glücklich aus. Er sah wie das Gegenteil von dem aus, was ich gerade fühlte. Ich segelte hin und setzte mich neben ihn. Lorenzo fuhr hoch, als der dicke Ast unter meinem neu erwachten Gewicht ein Stück nachgab. Er sah einmal an mir rauf und runter.

»William?«, fragte er, als ob er eine Augenbinde trüge und mich nur ertasten könnte. »Was ist denn mit dir los?«

»Gar nichts«, antwortete ich, aber ich musste mich anstrengen, das Lächeln aus meinem Gesicht zu quetschen. »Die Frage ist doch eher: Was ist mit dir los? Du siehst nicht gerade glücklich aus.«

Lorenzo starrte eine Weile auf den Boden hinunter, ehe er mich ansah, und sagte: »Ich habe mich mit Palomina gestritten.«

»Na, das wundert mich nicht«, sagte ich, ohne nachzudenken. »Die junge Dame ist so empfindlich, mit der kann man doch nur streiten.«

Lorenzo fuhr herum. Er starrte mir eine Zeit lang in die Augen. Ich starrte zurück. Ich wusste, dass ich das absolut Falsche gesagt hatte. Ich wusste aber auch, dass es die Wahrheit war.

Lorenzo sagte nur ein Wort.

»Arschloch!«

Dann sprang er vom Ast und rannte davon.

»Selber Arschloch!«, rief ich ihm hinterher. »Vielleicht könntest du dich mal dafür interessieren, dass ich …«

Ich konnte nicht zu Ende sprechen, weil ich plötzlich durch das Holz sank, auf dem ich eben noch gesessen hatte.

»… auf einem Ast sitzen kann, ohne durchzurutschen …«, fuhr ich leise fort. Ich starrte nach oben auf den Ast, der jetzt ein paar Meter über mir in den Himmel ragte. Dann schrie ich quer über die leere Lichtung: »Doppelarschloch! Jetzt ist meine gute Laune auch weg!«

DSINGHANI-MUSIK

Das Fest am Abend war auch ein Reinfall. Palomina tauchte überhaupt nicht auf. Lorenzo und ich bewegten uns über den Festplatz wie das Paar in einem Wetterhäuschen. Ihr wisst schon, diese Häuschen mit zwei Türen, aus denen je nach Wetterlage immer nur eine der beiden kleinen Holzfiguren herausschaut. Keine Ahnung, mit welcher Magie diese Häuschen funktionieren. Das Männchen und die kleine Holzfrau tun jedenfalls immer das Gegenteil von dem, was der andere macht. So ging es mir an diesem Abend mit Lorenzo. Wir hielten uns die ganze Zeit so weit wie möglich voneinander entfernt.

Aber viel schlimmer fand ich, dass das Mädchen, das ich geküsst hatte, nicht da war. Es ließ sich überhaupt keines von den Dsinghani-Mädchen blicken. Auch von den geleckten Jungs war keiner da. Das war seltsam. Sie waren bestimmt nicht früh zu Bett geschickt worden oder so was. Die schmutzigen jüngeren Kinder spielten nämlich überall zwischen den Wagen und den Lagerfeuern. Die schickte niemand ins Bett.

Als alle gegessen hatten, begannen die Dsinghani auf ihren seltsamen Instrumenten zu spielen. Aber nicht zusammen, wie die Mädchen am Nachmittag. Wenn man über den Festplatz ging (oder in meinem Fall: schwebte), tauchte man immer wieder in andere Musikstücke ein. Die wurden auch nie zu Ende gespielt. Manchmal brach ein Musiker ab, weil er eine Saite neu einstellen wollte oder an irgendeiner Schraube drehte, um eine Taste an seinem Instrument anders klingen zu lassen. Manchmal hörte einer auf zu spielen, lauschte den Klängen, die er eben erzeugt hatte, ein wenig nach … und spielte dann das Gleiche mit einer anderen Endung oder einem veränderten Rhythmus. Sie schienen sich alle auf etwas vorzubereiten.

Ich kam an einer Gruppe von Dsinghani vorbei, die alle gebannt Schnick lauschten und ab und zu prüfend an Glubschnak hochschauten, der auf seine Keule gestützt mit starrem Blick hinter dem Kobold stand.

Schnick hatte einen Fußball in der Hand, der ziemlich schäbig und manchmal sogar ein bisschen durchsichtig aussah. Eindeutig ein billiger Duplicato Infinito.

»Also, wo waren wir?«, fragte Schnick geschäftig. »Zwanzig Öküräcziy für ein Dutzend Bälle, oder was? Das geht nicht. Mich selber kosten die schon das Doppelte. Aber ich will das Geschäft machen. Ihr Dsinghani-Jungs kommt weit herum. Das ist gute Werbung für uns. Also geb ich euch das Dutzend für achtunddreißig Öki…kratzis. Ist das was?«

Ich strolchte weiter über den Festplatz. Langsam begannen die einzelnen Musikfetzen zusammenzuwachsen. Die Musiker hörten auf, sich selbstvergessen um die richtigen Klänge auf ihren Instrumenten zu kümmern, und nahmen die Melodien ihrer Nachbarn auf. Nach und nach verwoben sich die Töne zu einem einzigen Lied, das im ganzen Lager zu hören war.

Das Lied der Dsinghani wuchs und wuchs. Die störenden falschen Töne und Melodien verklangen, während das eine, bestimmende Lied immer lauter wurde und sich durch das ganze Lager ausbreitete.

Und dann war es so weit. Kein einziger Musiker in dem ganzen großen Dsinghani-Lager spielte mehr irgendetwas anderes als diese eine Melodie. Alle Instrumente fanden ihre perfekte Rolle in dem riesigen Orchester.

Plötzlich bewegten sich alle auf dem Festplatz im gleichen Takt. Und die Jungen und Mädchen, die den ganzen Abend nicht aufgetaucht waren, stürmten zwischen den Wagen hervor. Sie rannten auf den zentralen Fleck des Strandes, von dem ich jetzt erst verstand, dass er absichtlich als Tanzfläche freigelassen worden war.

Dort nahmen sie ihre Plätze ein. Als jeder auf seiner Position war, änderte sich die Melodie, wurde schneller und wilder und die Gruppe der Jungen begann zu tanzen. Die Mädchen verschränkten ihre Arme und sahen hochmütig an allen Tanzschritten vorbei, die von den Jungs gezeigt wurden. Aber wie allen anderen im Lager gelang es ihnen nicht ganz, dem Rhythmus zu widerstehen. Sie versuchten ihre verächtlichen Posen beizubehalten, doch eine nach der anderen begann ganz leicht im Takt zu wippen, so wie alle Musiker und Zuschauer auch.

Irgendwann gaben die Jungen auf und erstarrten in ihren Tanzstellungen. Die Mädchen nahmen den Tanz auf und bewegten sich um die Jungs herum, machten praktisch das Gleiche, und da wurde die Botschaft des Tanzes klar.

Sie lautete: Ich zeig dir, was ich zu bieten habe, und wenn das nicht das Richtige ist, dann verpiss dich, aber wenn es dir gefällt, dann zeig mir das!

Und die ganze Zeit wuchs die Musik. Lauter. Härter. Schneller. Wilder! Es gab nichts und niemanden mehr, der sich dem entziehen konnte. Sogar die Bäume drehten uns ihre Gesichter zu und fingen an im Takt zu wippen.

Plötzlich begann neben mir ein vergessener Bierkrug, den jemand auf der Ladefläche eines Wagens abgestellt hatte, zu zittern. Nach kurzer Zeit war dieses Zittern vollkommen im Einklang mit dem Rhythmus der Musik. Der Krug öffnete zwei winzige schwarze Augen, erhob sich auf hölzernen Beinen und klatschte in Hände, die er eben noch nicht gehabt hatte.

Und so ging es vielen Gegenständen im Dsinghani-Lager. Überall sprangen kleine Weinfässer von ihren Böcken und begannen mitzutanzen. Gleich danach tanzten auch die hölzernen Böcke. Alles, was Beine hatte, stampfte im gleichen Rhythmus durch das Lager. Und Beine gab es inzwischen viel mehr als zu Beginn des Liedes. Teller, Krüge, Eimer. Wagendeichseln, Körbe, Truhen. Alle Gegenstände waren zum Leben erwacht und tanzten mit. Die beiden Trolle hatten sich die Arme auf die Schultern gelegt und stampften herum, dass die Erde bebte. Schnick tanzte wie aufgezogen und dabei verschwand er immer wieder im Rhythmus der Musik. Merellyns langer grauer Bart schwang im Takt hin und her, während der alte Zauberer versuchte die Füße stillzuhalten. Hinter ihm drehte sich Myrabella in einem sprühenden Funkenregen. Sogar das Macronomicon wippte vor und zurück.

Und wieder berührten meine Füße den Boden. Ich konnte den Duft der Grillspieße und Braten, den Rauch der Feuer riechen. Ich sprang im gleichen Takt wie alle anderen, und als alle einen Schritt zur Seite machten und gegen die nächstbeste Fläche schlugen, sodass das ganze Lager widerhallte, tat ich das Gleiche und spürte deutlich das Holz der Wagenwand, gegen die ich geschlagen hatte.

Plötzlich war Lorenzo neben mir. Wir starrten uns an, aber ruhig bleiben konnten wir nicht. Der Rhythmus zwang uns einfach dazu, weiterzutanzen. Lorenzo packte mich und riss mich an seine Brust.

»William!«, brüllte er in mein Ohr, während wir wie verrückt im Takt hopsten. »Du bist wieder da!«

Ich umarmte ihn auch vorsichtig. Er wusste gleich, warum ich so zögerlich war. Als ich ihn das erste Mal berührt hatte, nachdem ich zum Geist geworden war, hatte er in ein unendlich tiefes Grab geblickt und eine Eiseskälte gespürt.

»Kein Grab! Kein Grab!«, brüllte er und trommelte mir mit den Fäusten auf den Rücken. »Fleisch und Blut! Du bist wieder da!«

Er hob mich hoch und wirbelte mit mir herum. Aber in dem Moment endete die Melodie, brach abrupt ab, alle Instrumente perfekt mit demselben Akkord am Ende, und Lorenzo machte einen Satz rückwärts. Wenn er gekonnt hätte, hätte er mich von sich gestoßen, aber seine Arme glitten wie immer durch meinen Körper hindurch.

Ringsum fielen Gegenstände zu Boden, die eben noch herumgehüpft waren. Musiker warfen ihre Instrumente weg und wuchteten Fässer, die gluckernd ausliefen, zurück auf die Böcke.

»Verflucht noch mal!«, rief Lorenzo. »Was ist passiert?«

»Es ist die Musik«, erklärte ich. »Die Dsinghani können mit ihrer Musik Gegenstände zum Leben erwecken. Und anscheinend auch Geister. Aber es hält nicht.«

»Mir egal!«, schnappte Lorenzo. »Es war da. Du warst da. Ich werde nicht hinnehmen, dass du tot bist! Niemals! Schau her!«

Er streckte seine Hand aus und packte mich am Kragen. Er packte mich und er schüttelte mich!

Dann ließ er mich wieder los und hielt mir seinen Zeigefinger vor die Nase.

»Das ist das, was ich mit dir machen kann, wenn ich es nur fest genug will!«, rief er. »Du hast deinen Körper gespürt, als du in das böse Macronomicon hineingezogen wurdest. Du hast Gegenstände bewegt, als wir in den Kerkern unter Merellyns Turm angegriffen wurden. Und diese Musik … sie macht dich lebendig. Und sie macht, dass ich mir absolut sicher bin, dass ich zaubern kann und so etwas wie eben gerade, dich zu packen und zu schütteln, zustande bringe. Du kannst nicht tot sein!«

Ich wollte etwas darauf erwidern, aber in diesem Moment brach auf der Tanzfläche ein heftiger Streit aus. Lorenzo und ich fuhren herum. Es schien, dass so ziemlich alle Erwachsenen und die Gruppe der Mädchen, die eben noch getanzt hatten, über irgendetwas völlig verschiedener Meinung waren.

Und dann erkannte ich mit Schrecken, dass *sie* der Mittelpunkt des Streits war. Das Mädchen, das ich … oder sie mich … geküsst hatte. Auf sie schrien viele Erwachsene ein. Aber da war noch ein zweites Mädchen. Ich glaube, es war die, die unsere Sprache ein bisschen beherrschte und im Wald gerufen hatte, dass ich ganz hübsch wäre, aber mies angezogen.

Die anderen Mädchen umringten die beiden und schrien mit. Aus irgendeinem Grund standen die Jungs mit den geleckten Haaren ganz betreten herum und beteiligten sich nicht an dem allgemeinen Ä-Ö-Ü-Gebrüll.

Plötzlich begannen die Mädchen ihre Instrumente zu spielen, die sie während des Tanzes an Lederriemen auf dem Rücken getragen hatten. Das schien das Schlimmste zu sein, was sie in dem Moment machen konnten. Männer brüllten und versuchten ihnen die Musikinstrumente zu entreißen, Frauen schrien gellend und schlugen die Hände über dem Kopf zusammen, und manche schlugen auch den Kopf eines der Mädchen, aber die hörten nicht auf zu spielen.

Dann nahm auch einer der Jungs sein Instrument und fiel in die Melodie ein. Einige von seinen Kumpels sahen entsetzt aus, aber andere machten es ihm nach. Und dann merkte ich, dass die Musik wieder ihre Wirkung auf mich ausübte. Lorenzo sah mich verwundert an. Meine Stiefel wurden schwer und zogen mich auf den Boden. Es gab ein Geräusch, als ich landete. Viele Köpfe fuhren zu mir herum, obwohl ich gar nicht glauben konnte, dass sie es bei dem Geschrei und der Musik gehört hatten. Da merkte ich, dass die Musik diesmal nur auf mich wirkte. Niemand sonst wippte zwanghaft im Takt und kein Gegenstand tanzte herum.

Plötzlich riss sich das Mädchen los, rannte über den Strand auf mich zu, und ehe ich oder irgendjemand anderes etwas tun konnte, bekam ich den zweiten Kuss meines … verflixt, ich kann ja jetzt gar nicht ›Lebens‹ schreiben. Ist ja auch egal, es war auf jeden Fall ein Kuss, und weil ihre Freundinnen sich nicht davon abhalten ließen, weiter ihre Instrumente zu spielen, blieb ich in der Welt der Lebenden, und der Kuss dauerte länger als der erste nachmittags im Wald. Und er war auch anders. Einerseits noch besser, weil wir uns plötzlich umarmten. Und andererseits viel schlimmer und voll peinlich, weil uns alle zusahen. Das wollte ich nicht. Das konnte ich nicht ausstehen. Und deshalb ließ ich sie los und beendete den Kuss. Diesmal sah sie auch erstaunt aus, aber enttäuscht erstaunt, und dann rannte sie davon in die Dunkelheit außerhalb der Feuer. Die Musik brach ab und innerhalb kürzester Zeit war ich wieder ein Geist.

Jetzt wurden sowohl die schmutzigen Kinder als auch die gegelten Jungs und geschminkten Mädchen zu Bett geschickt. Dann schickten die Ältesten sogar die Erwachsenen weg und begannen am größten Feuer nahe dem Tanzplatz ihren Kriegsrat abzuhalten. Die übrigen Dsinghani sammelten sich in Grüppchen an anderen Feuerstellen und mir fiel auf, dass sich dabei Männer und Frauen komplett voneinander trennten. Eben hatten sie uns noch alle angestarrt, aber jetzt interessierte sich keiner mehr für uns.

VERLIEBT, VERLOBT, VERHEXT

Lorenzo sah mich grinsend an. Ich grinste verlegen zurück. »Ich weiß nicht, was los ist«, sagte ich fast entschuldigend. »Heute Nachmittag hat sie mich schon mal geküsst!«

»Hey, Frauenheld!«, sagte er anerkennend und schlug mir mit der Faust gegen den Oberarm. Als ich erstaunt auf meinen Arm starrte, weil ich seinen Schlag gespürt hatte, meinte er entschuldigend: »Das ist diese Musik. Sie macht alles viel klarer. Viel … möglicher.«

Ich wusste, was er meinte. Ich fühlte mich genauso. Die Musik der Dsinghani war unglaublich. Aber etwas anderes war noch viel unglaublicher.

Ich war ein Geist, aber ich hatte gerade den zweiten Kuss meines Lebens bekommen. Warum soll ich nicht ›Leben‹ schreiben? In solchen Momenten ging es ja wirklich weiter … Also schlug ich zurück und traf Lorenzos Oberarm. Er sah mindestens so erstaunt aus wie ich eben.

»Das ist nicht die Musik«, erklärte ich. »Das ist …«

Ich deutete mit dem Daumen über meine Schulter in die Dunkelheit.

»Das ist SIE!«, gab ich zu. Und dann sagte ich etwas, von dem ich nicht geglaubt hätte, dass es mir jemals über die Lippen kommen würde. »Ich glaube, ich bin verliebt.«

Lorenzo hätte jetzt alles Mögliche sagen können. Zum Beispiel: »Was für ein Haufen Trollkacke! Wie willst du nach zwei Küssen wissen, dass es Liebe ist?«

oder: »Kinderscheiß. Verknallt sein wegen einem Kuss … oder zwei … das ist doch noch keine Liebe.«

oder: »Schwachsinn. Verliebt! Du weißt ja noch nicht mal ihren Namen.«

Aber er sagte nichts in der Richtung. Er nickte nur.

»Komisch, oder?«, meinte er dann. »Letztes Jahr, bevor diese Ariana aufgetaucht ist, hätte ich niemals geglaubt, dass ich mich je verlieben würde. Wer so was behauptet hätte, dem hätte ich sofort einen Ball an die Birne geschossen!«

Genau. Ganz was Ähnliches hatte ich mir auch gedacht.

»Und jetzt bist du in Palomina verliebt?«, fragte ich vorsichtig.

Er nickte und hob gleichzeitig abwehrend die Hand.

»Sag es nicht!«, forderte er. »Ich weiß selber, dass sie einen verdammt breiten Hintern hat. Den Spruch musste ich mir schon von Schnick und Kruschpuk anhören …«

»Ich wollte doch überhaupt nichts sagen!«, wehrte ich mich. »Außerdem ist ihr Hintern gar nicht dick. Im Vergleich. Das Problem ist nur: im Vergleich zu anderen Pferden. Lorenzo, das wird nicht klappen. Sie ist nur zur Hälfte ein Mensch.«

»Ich weiß. Aber der menschliche Teil von ihr ist sehr hübsch und sie ist so nett schüchtern. Und ihr nichtmenschlicher Teil spielt verdammt gut Fußball.«

»Willst du dich nur in Mädchen verlieben, die Fußball spielen können?«

»Neiiin! Doch. Oder vielleicht … Ach was!« Er sah mich grinsend an. »Will, du Mistkerl! Ich bin verliebt in Palomina und sie, glaube ich, auch in mich. Aber es ist schon aus, bevor es überhaupt angefangen hat. Und du, du bist ein Geist … und schon zweimal geküsst worden!«

»Ja, aber nach dem, was sie heute Abend getan hat und was jetzt hier los ist, glaube ich nicht, dass ich sie noch mal wiedersehen werde.«

«Das ich glaubä auch nicht«, sagte eine Stimme hinter uns, die wir heute schon einmal gehört hatten.

Als wir uns umdrehten, stand der graue Hausmeister mit den roten Augen zwischen Merellyn und dem Macronomicon. Beide sahen sehr besorgt aus.

»Ich habe Glitschwiç aus meinen Seiten in diese Welt geholt, weil ich verstehen wollte, was hier heute Abend vorgegangen ist«, erklärte das Buch. »Glitschwiç, würdest du den Jungs bitte berichten, was du herausgefunden hast?«

»Mit Burschän in diesä Altär ich normalärweisä nicht redä!«, verkündete der Dämon. »Värschmierän sie Wändä mit blödä Namänszeichen. Schießän sie Fenstärscheibän mit ihrä Fußbällä!«

»Könntest du in diesem Fall eine Ausnahme machen?«, fragte das Macronomicon überfreundlich. »Es liegt mir als Hausherrn wirklich am Herzen.«

Glitschwiç sah uns zweifelnd an.

»Also gut. Bäricht fir die jungän Herrrän«, sagte er schließlich herablassend. «Heutä Abänd wir allä gesehän habän Hochzeit Dsinghani-Art. Na, nicht noch Hochzeit, abär was kommt davor … Verlobigung, ich glaubä äs heißt. Und jungä Damä, was hat gäkisst Geistärjungä … ich värmutä, sie damit bägangän hat schräcklich grossä Missätat.«

»Schräcklich grossä … WAS?«, fragte Lorenzo dazwischen.

»Ähm, Missätat. Värbrächän. Tabubruch. Folgt Bästrafung.«

»Aber wieso Hochzeit?«, wollte ich wissen. »Wer hat wen gehäi… geheiratet?«

»Allä, was getanzt habän. Das jungä Volk. War sich Verlobigungstanz. Sie damit endgültig sich värsprochän sind. Bäginnt Ehä am Mittsommärfäst. Adä, du schönä Kindärzeit, wie man sagt.«

»Was?«, rief ich. »Ich kapier überhaupt nichts!«

Ich war mir nicht sicher, ob ich den Kerl wegen seinem grauenhaften Akzent nicht verstand oder weil er etwas erzählte, das ich nicht glauben konnte. Hatte er allen Ernstes gesagt, dass die Jungs und Mädels, die heute Abend getanzt hatten, dadurch verheiratet waren? Oder zumindest verlobt? Er hatte das Wort endgültig gebraucht. Endgültig verlobt war nichts anderes als längst verheiratet.

»So ist es Brauch bei den Dsinghani«, erklärte das Macronomicon. »Die Eltern machen aus, wen ihre Kinder heiraten. Wenn der Ältestenrat einverstanden ist, sind die Hochzeiten beschlossene Sache. Die Kinder werden nicht gefragt.«

»Und das Mädel, das William geküsst hat, war damit nicht einverstanden, richtig?«, meinte Lorenzo.

»So ist es«, bestätigte Merellyn. »Bedauerlicherweise hat sie sich ausgerechnet William ausgesucht, um das öffentlich unter Beweis zu stellen. Dazu mussten sie ihn mit ihrer Musik … nun ja, äh, pseudo-lebendig machen. Tut mir leid, William. Diese Dsinghani-Kinder sind etwas … äh, frühreif. Es war sicher sehr unangenehm für dich …«

Lorenzo, der Merellyn den Rücken zukehrte, verzog in einer übertriebenen Grimasse das Gesicht und tat so, als ob er sich den Finger in den Hals steckte. Ich musste mir ein Lachen verkneifen. Weil ich aber Merellyn wirklich gern mochte, beschloss ich keinen blöden Spruch abzulassen, sondern ernsthaft mit ihm zu reden.

»Das war es überhaupt nicht«, erwiderte ich. »Es war toll … der Kuss, und dass ich wieder am Leben war. Was heißt p…soido?« Merellyn fuhr sich mit beiden Händen über die Augen.

»Aber William, mein lieber Junge!«, rief er und ich spürte einen kleinen Stich der Angst, weil er so verzweifelt klang. »Das warst du eben nicht! Du warst nicht lebendig! Im Gegenteil, du warst in großer Gefahr!«

»Aber warum denn?«, rief Lorenzo.

Merellyn legte ihm die knochige Hand auf die Schulter.

»Die Dsinghani leben davon, mit ihrer Musik Gegenstände zum Leben zu erwecken«, erklärte er. »Sie ziehen übers Land und bieten ihre Dienste bei Bauern und Hausfrauen an. Aber nicht viele wollen lebendige Haushaltsgegenstände oder landwirtschaftliche Werkzeuge, die die Arbeit von allein machen. Wer schlau ist, lässt so was nur bei dem Zeug machen, das er ohnehin bald wegwerfen will.«

»Wieso?«, fragte ich.

»Weil die Magie die Struktur der Dinge aushöhlt …«, antwortete Merellyn, rätselhaft wie immer. Aber diesmal schien er es selbst zu merken. »Oje, wie erkläre ich das? Es ist wie mit dem Infinito-Zauber. Theoretisch … ach, vergesst das Wort … man meint, man könnte ewig Äpfel aus dem Korb essen, aber nach drei Monaten kann man die faden, breiigen Dinger nicht mehr sehen, und nach sechs Monaten zieht man nur noch faulige, von Würmern zerfressene Hutzelfrüchte aus dem Korb, die einem in der Hand zu Gries zerfallen. Habt ihr selbst erlebt.«

Als wir nickten, fuhr er fort: »Magie benötigt Energie. Sie zieht ihre Kraft aus der Umgebung, und vor allem aus dem, was mit ihr behandelt wurde, egal ob Gegenstand oder Lebewesen. Angenommen, ein Bauer mag nicht mehr pflügen und er lässt sich den Pflug von den Dsinghani lebendig machen, damit der die Arbeit alleine erledigt … Das geht vielleicht drei Monate gut und dann ist der Pflug Schrott. Das Holz ist ausgetrocknet. Die Schrauben sind locker und die Nieten fallen heraus. Die Pflugschar ist so dünn und abgewetzt, dass man glaubt, durchsehen zu können … alles rostet und verfault. Magie macht das Unmögliche möglich. Aber sie frisst Energie. Lebensenergie.«

Lorenzo und ich sahen uns an.

»Die Dsinghani wissen, dass ihre Musik starke Magie freisetzt, die sehr gefährlich werden kann«, fuhr das Macronomicon fort. »Deshalb sind sie normalerweise sehr vorsichtig damit. Was die Mädchen heute Abend getan haben, war ein großer Tabubruch!«

Merellyn wandte sich an mich.

»Schau, William, sie haben es sicher für ein romantisches Spiel gehalten, dich aus deiner Welt in unsere zu holen. Ich kann verstehen, dass du … dass ihr beide … wenn ich ganz hinten in meinem Oberstübchen herumkrame, kann ich mich vielleicht sogar daran erinnern … Oh ja, der erste Kuss. Jetzt weiß ich wieder. Sie hieß Ellie … oder Nellie? Natürlich war es schön. Was wollte ich sagen?«

Dann sah er mich und zuckte zusammen.

»Sicher war es schön, sich lebendig zu fühlen und den ersten Kuss seines Lebens zu bekommen«, fuhr der Zauberer fort. »Wenn ich irgendeine Möglichkeit sehen würde, dich wieder lebendig zu machen … richtig lebendig! … ich würde es versuchen! Aber die Dsinghani-Musik ist nicht die Lösung. Wir könnten dich mit dieser magischen Musik etwa für drei Monate lebendig machen. Oder sagen wir zwei. Im letzten Monat dürfte das Gefühl, lebendig zu sein, stark nachlassen und der Zauber eine schreckliche Qual werden. Danach … würde es dich einfach nicht mehr geben, William!«

Als er mein Gesicht sah, hob er beruhigend die Hände.

»Keine Angst, es ist nichts passiert!«, rief er. »Es hat nur so kurz gedauert …«

»Na ja, habä ich gehört, dass bästimmtä Tönä nötig sind, zu machän dauärhaft die Zaubär«, mischte sich Glitschwiç ein. »Und diesä nicht gäspielt habän die jungän Damän.«

Er sah hinüber zu dem Feuer, an dem die Ältesten sich berieten.

»Abär glaubä ich, ein Urteil gefällt wordän ist vom Ältestänrat! Ich werdä einmal …«

In dem Moment trampelte Kruschpuk heran. Er zeigte auf den Hausmeister.

»Genau dich brauche ich!«, trompetete der Troll. »Ich weiß nicht, aber ich glaube, die haben überhaupt nicht vor, in unsere Richtung zu fahren. Die wollen den Fluss überqueren! Komm mal mit, du musst das für mich herausfinden!«

Der Dämon Glitschwiç sah uns an und schüttelte den Kopf.

»Trollä! Unhöflich wie immär«, stöhnte er. »Ich sowieso vorhattä das. Abär du schon mal gehört hast das Wort ›Bittä‹?«

Sie wanderten hinüber zu dem Feuer, wo sich jetzt langsam alle Dsinghani versammelten.

»Ja, ich schon gehört habe das Wort«, brummelte Kruschpuk. Den Rest verstand ich nicht mehr richtig, weil die Menge der

Zwergnomaden immer lauter wurde. Aber ich glaube, es war: »Wenn jemand sagte: ›BITTE schlag mir nicht diese Keule auf den Kopf!‹, habe ich meistens darauf gehört. Und die andere Keule genommen.«

Eine Zeit lang wurde durcheinandergeschrien und es gab ein solches Gedrängel, dass ich glaubte, gleich würden die Dsinghani mit den Fäusten aufeinander losgehen.

Glitschwiç und der Troll standen etwas außerhalb und beobachteten das Durcheinander. Ich sah, wie der Hausmeisterdämon an den Zotteln von Kruschpuks Fellweste zog und der sich zu ihm hinunterbeugte. Der Hausmeister flüsterte dem Troll ins Ohr. Nach einer Weile nickte Kruschpuk grinsend.

Er zog seine beiden Keulen aus den Schlaufen an seinem Rücken und hob sie hoch in die Luft. Dann ließ er sie links und rechts von der streitenden Masse der Dsinghani zu Boden donnern. Die Erde bebte in einer wellenförmigen Bewegung. Sogar die schweren Wagen ringsum machten einen Hopser.

Plötzlich war es totenstill. Staubwolken setzten sich langsam. Die ganze Nomadensippe hatte einen gewaltigen Satz von Kruschpuk weg gemacht. Jetzt starrten sie ihn und die Enden seiner Keulen, die richtige Gruben in den Erdboden gehauen hatten, fassungslos an.

»Öpörütäczy äkrüvänär Ükrüpülü kämürätöliy!«, sagte der Dämon Glitschwiç in die Stille hinein. Die Dsinghani schauten ihn eine Weile stumm an und wandten sich dann um zu ihren Ältesten.

Ihr Anführer brauchte eine Weile, bis er eine Antwort gab. Dann ging es eine Zeit lang zwischen dem Häuptling und dem Dämon hin und her. Ich schreibe jetzt nicht jedes Ä-Ö-Ü-Wort auf. Ihr könnt euch sicher vorstellen, wie es geklungen hat.

Mitten in dem Gespräch wurde plötzlich die Stimme des ältesten Dsinghani lauter. Er deutete mit seinem Stock auf einen jungen Mann, von dem sofort alle anderen ein Stück abrückten. Der hielt den Kopf gesenkt, aber er blitzte sie zornig unter schwarzen Haarsträhnen heraus an.

Dann wurde noch eine Weile weiter herumpalavert. Ab und zu wandte sich der Dämon zu Kruschpuk um und übersetzte. Irgendwie funktionierte mein gutes Geistergehör bei diesem Glitschwiç nicht. Ich hörte und verstand nur, was der Troll sagte. So erinnere ich mich an ein seltsames, recht einseitiges Gespräch: »Ihre ganze Familie? Für immer verbannt?«

»Ach so. Richtige kleine Rebellen, was? Und was machen die zwei jetzt?«

»Na, das trifft sich doch gut. Ich hätte da einen Vorschlag zu machen.«

»Ja, und zwar, also, die ehrenwerte Dsinghani-Sippe setzt ihre Reise fort. Über den Schimmelwein hinüber.«

»Genau, und die Familie wird verbannt. Das heißt, sie fahren nicht mit über den Schimmelwein. Aber für immer verbannt, das ist zu streng.«

»Ja, also, ich schlage vor, ihr gebt ihnen noch eine Chance, wieder in die Sippe aufgenommen zu werden. Eine Prüfung.«

»Na ja, so machen wir das bei uns auf der Isla Evangelista. Ständig ist jemand unterwegs, um eine schwere Prüfung zu bestehen, damit ihm die Familie wieder verzeiht. Ich zum Beispiel … ach, lassen wir das.«

»Ja, also die Prüfung könnte doch darin bestehen, dass die beiden unsere Reisegruppe sicher durch die Schwarzfiebersümpfe bringen. Ganz am Rand der Sümpfe entlang, versteht sich.«

Glitschwiç übersetzte, aber die Dsinghani schienen nicht sehr überzeugt von diesem Vorschlag. Kruschpuk sah ihre Reaktionen und fügte hinzu: »Wir bezahlen natürlich für die Reise. Und das Geld bekommt die Sippe.«

Als der Dämon diesmal übersetzte, bekam er begeisterte Zustimmung.

»Das wäre also geklärt«, sagte Kruschpuk. »Natürlich müssen wir noch über den Preis verhandeln. Ein einziger Wagen ist viel unbequemer, als wenn wir uns auf viele verteilt hätten.«

Das dämpfte die Stimmung der Nomaden wieder.

Im Morgengrauen erklärten uns der Troll und der Dämon, worüber die Dsinghani gestritten hatten, was sie mit ihnen ausgehandelt hatten und wie es weitergehen würde.

Das Mädchen, das mich geküsst hatte, hieß Esmeranda.

Eigentlich hätte die gesamte Familie des Mädchens wegen der Schwere des Vergehens aus der Sippe verstoßen werden müssen. Sie hatte ja nicht nur ein Tabu gebrochen, nämlich die Musik nicht auf Geister anzuwenden, sondern gleich mehrere, weil sie sich weigerte den Jungen zu heiraten, den die Ältesten für sie ausgesucht hatten.

Aber die Strafe erschien vielen aus zwei Gründen zu schwer. Normalerweise waren Dsinghani-Familien riesengroß. Die konnten sich auch ohne den Clan durchschlagen. Aber Esmeranda hatte nur noch einen älteren Bruder namens Arpad. Sie zu zweit in dieser Gegend auszusetzen, wäre ihr Todesurteil gewesen.

Außerdem hatten alle anderen Mädchen und auch die meisten der Jungen mitgemacht. Da sie alle irgendwie miteinander verwandt waren, wäre es am Ende darauf hinausgelaufen, dass sich die ganze Sippe selbst verbannt hätte. Das zweite Mädchen, das ein bisschen unsere Sprache konnte, war zum Beispiel die Urenkelin des ältesten Ältesten. Sie betraf das genauso, denn der Junge, der Esmeranda heiraten sollte, war in sie verliebt und sie in ihn. Heiraten durften sie aber nicht, weil seine Familie viel tiefer stand als die seiner Auserwählten. Sie hatten beide mitmusiziert. Also wären ihre Familien die nächsten gewesen, die hätten verbannt werden müssen. Und der alte Häuptling hätte sich selbst mitverbannen müssen.

Kruschpuk, dieser Schlauberger, hatte die Sache gelöst, indem er den Dsinghani praktisch einen Wagen mit Fahrer und Beifahrer abgekauft hatte. Damit hatten wir ein Fahrzeug und die Dsinghani-Geschwister Schutz in einer gefährlichen Gegend. Die Strafe war nicht mehr so schlimm, weil sie ja vorübergehend war. Wenn sie unsere Reisegruppe sicher zur Isla Evangelista brachten, konnten sie vom Clan wieder aufgenommen werden. In dieser Gruppe reiste der letzte Zauberer Fantasmaniens, das mächtigste Zauberbuch der Welt, zwei Riesentrolle und, nicht zu vergessen, eine bärenstarke kleine Elfe.

Mein Herz machte einen Sprung, als mir klar wurde, dass meine Reise mit dem Mädchen weitergehen würde. Aber dann fiel mir ein, dass wir uns trotzdem nie mehr küssen würden. Und meine Stimmung rutschte genau da hin, wo die von Lorenzo schon seit gestern Nachmittag war. In ein tiefes, verregnetes Tal.

Palastruinen

Die Dsinghani packten ihr ganzes Lager einschließlich der schmutzigen Kinder auf die Wagen. Die sah ich mir jetzt zum ersten Mal genauer an. Irgendwie sahen sie aus, als hätte jemand versucht einen Planwagen auf zwei Kanus zu transportieren und dann hatte es einen Unfall mit einem Schaufelraddampfer gegeben.

Die Kabinen saßen sehr hoch zwischen zwei unglaublich großen Rädern. Diese Räder hatten Schaufeln wie bei einer Wassermühle. Und außen dran, links und rechts von den Rädern, hingen zwei Ausleger, die wie sehr flache Kanus aussahen. Ein drittes, viel kleineres Rad saß vorne an einer sehr langen Gabel aus Birkenstämmen, die in einer Art Lenkstange vor dem Kutschbock endeten.

Unter der Kabine, die von einer Plane überspannt wurde, hing ein Kasten, der nur entfernt an ein Schiff erinnerte. Er hatte einen Bug, war aber nicht gerade flusslinienmäßig. Quatsch, völlig falsches Wort. Was ist größer als ein Fluss? Ein Strom. Es heißt stromlinienmäßig. Verflucht, nein. Jetzt hab ich's! Stromlinienförmig. Sie waren nicht stromlinienförmig. Und es gab nirgends ein Geschirr oder eine Deichsel für Zugtiere. Ich hatte bis

jetzt nicht darüber nachgedacht, aber es gab im ganzen Lager überhaupt keine Zugtiere. Wie wurden diese Wagen angetrieben?

Merellyn übergab dem Ältesten einen kleinen Beutel mit Münzen. Die Familien kletterten an Bord ihrer seltsamen Gefährte. Viele winkten Arpad zu, der verloren neben seinem Wagen stand.

Plötzlich tönte ein seltsames, sehr tiefes Brummen aus den Kästen unter den Kabinen. Es kletterte zuerst langsam und dann immer schneller die Tonleiter hinauf, wurde zum Jaulen einer sehr, sehr großen Katze, kletterte weiter, wurde zum schrillen Wimmern eines Vogels, dem diese Katze gerade den

Hals umdrehte, und war plötzlich verschwunden. Ein Wagen nach dem anderen setzte sich ruckelnd in Bewegung.

Wir staunten, als die Kolonne ohne Zögern aufs Wasser zufuhr. Der erste Wagen rollte hinein – und schwamm nach wenigen Metern auf den Auslegerkanus. Die Schaufeln an den Rädern trieben ihn tatsächlich an. So glitt der Zug aus Planwagen lautlos aus der Bucht hinaus in den breiten Strom.

Als sie außer Sicht waren und der Strand verwaist bis auf die noch glühenden Feuerstellen und ein paar kleinere Ausrüstungsgegenstände hier und da, fiel uns auf, dass zwei Leute fehlten. Palomina und Esmeranda.

«Wann habt ihr sie zuletzt gesehen?«, wollte Merellyn wissen.

»Esmeranda habe ich nicht mehr gesehen, seit sie weggerannt ist«, sagte ich. »Du weißt schon, nachdem sie mich so ... p...soido..., aber der Kuss war nicht p...soido, das kann ich dir sagen!«

»Palomina ist auch weggerannt«, berichtete Lorenzo. »Verdammt, das war schon gestern Nachmittag, nachdem wir uns gestritten hatten!«

»Gestern Nachmittag?«, rief Myrabella entsetzt. »Warum hast du nichts gesagt? Oder sie gesucht?«

»Na ja, zuerst war ich sauer auf sie«, verteidigte sich Lorenzo. »Und dann ging's die ganze Nacht rund. Da merkt man einfach nicht, wer da ist und wer fehlt.«

»Na so was!«, rief Myrabella und hielt ihm den winzigen tätowierten Zeigefinger unter die Nase. »Wenn man frisch verliebt ist, merkt man das schon!«

Lorenzo fuhr zurück.

»Ich bin nicht verliebt!«, rief er. »Vielleicht bin ich für so was noch zu jung!«

»Jetzt hört auf damit!«, befahl der Zauberer. Er starrte in die Kristallkugel in seinen Händen und drehte sich langsam im Kreis. Das machte er drei oder vier Mal, dann blieb er zu dem Hügel mit den verfallenen Häusern gewandt stehen.

»Ich hab sie nicht richtig im Sucher«, meinte er mit zusammengekniffenen Augenbrauen. »Wenn sie überhaupt in der Nähe sind, dann irgendwo in der Sommerresidenz.«

»Was ist eine Sommer…resistenz?«, fragte Lorenzo prompt.

»Der Ort, an dem der König früher den Sommer verbracht hat«, erklärte das Macronomicon. »Ganz oben, das Gebäude mit den drei Türmen ist der alte Sommerpalast. Darunter liegen die Häuser für Gäste, Bedienstete und die Ställe. Die große Halle am Ende der Bucht mit dem eingestürzten Dach war eine Bootswerft.«

»Teilt euch in kleine Gruppen auf!«, befahl Merellyn. »Wir durchsuchen die Ruinen.«

Lorenzo und ich schlichen hinter Merellyn her, der mit gezogenem Schwert über die Trümmerhaufen zwischen den Gebäuden stieg. Die Anlage war viel weitläufiger, als es von außen aussah. Bald hatten wir die anderen aus den Augen verloren. Mich beschlich eine gruselige Stimmung. Ich fühlte mich in den stillen, verfallenen Räumen beobachtet und sah mich ständig um. Lorenzo schien es genauso zu gehen. Er folgte dem Zauberer wie ein Kreisel, bis der sagte: »Pass lieber auf, wo du hintrittst. Du könntest dir eine Sehne zerren oder den Fuß verstauchen, wenn du nicht auf die Balken und Mauerbrocken vor dir achtest.«

Das war für Lorenzo als Fußballer natürlich ein Argument. Also überließ er mir die Rückendeckung und hielt seine Augen auf den Boden gerichtet.

78

Aber mir ging's andersrum genauso. Ich konnte natürlich rückwärtsschweben, aber ich hatte das Gefühl, dass wir jeden Moment auf ein paar vergammelte Leichen stoßen konnten, und durch die wollte ich nicht durchschweben. Also war ich jetzt derjenige, der sich drehte wie ein Kreisel.

Plötzlich schoss das Macronomicon um eine Ecke, gefolgt von dem Dsinghani Arpad.

»Habt ihr Kruschpuk gesehen?«, rief das Buch schon von Weitem. »Er ist wie vom Erdboden verschluckt. Ich weiß gar nicht, wie ich einen Troll dieser Größe aus den Augen verlieren konnte.«

»Bleibt beisammen!«, befahl Merellyn. »Ich habe ein seltsames Gefühl in diesen Ruinen. Mein Kristall ist vollkommen blind.«

Wir stießen auf Schnick und Glubschnak. Der Zauberer fand es besser, dass wir uns nicht mehr trennten. Wir schlichen weiter den Hügel hinauf. Dabei sahen sich außer Merellyn, der stur nach vorn schaute, und Lorenzo, der immer noch auf den Weg achtete, alle ständig um.

Aber weit mussten wir nicht mehr laufen. Als wir die untersten Gebäude des Palasts erreichten, kamen uns Palomina und Kruschpuk entgegen. Der Troll trug Esmeranda. Das Dsinghani-Mädchen war bewusstlos. Getrocknetes Blut verklebte ihr schwarzes Haar an der rechten Schläfe.

Die Zentaurin taumelte, aber Glubschnaks große Pranke war da, ehe sie zu Boden fallen konnte. Er hob sie hoch und hielt sie in seinen Armen wie ein Schoßhündchen.

»Danke«, flüsterte die Zentaurin. »Du riechst fürchterlich!«

Dann wurde sie ohnmächtig und ihr Gesicht fiel in den Pelz von Glubschnaks Fellweste. So würde sie bestimmt nicht wieder aufwachen.

Die Trolle trugen die beiden Mädchen zurück zum Strand. Arpad wusch seiner Schwester das Blut ab. Palomina erholte sich schon wieder. Sie schüttelte sich beim Anblick des Trolls und stieg bis zum Hals in den Fluss, wo sie sich gründlich schrubbte.

»Was ist passiert?«, fragte Merellyn, als sie endlich wieder herauskam.

Palomina sah ihn verträumt an.

»Ehrlich gesagt, ich weiß es nicht genau«, meinte sie. »Ich bin gerannt und plötzlich war ich in einem verwilderten Park auf der anderen Seite des Hügels. Ich bin den Hang hinaufgestiegen und sah ein Haus, auf dessen Vorderfront ein Zentaur gemalt war. Oder es sah jedenfalls so aus. Vielleicht war es auch nur ein Reiter. Von dem Bild war viel abgeblättert. Ich war neugierig und betrat das Gebäude. Niemand war da, aber Türen und Treppen führten immer weiter hinein und hinauf. Schließlich wurde ich müde und habe mich ein bisschen hingesetzt. Dabei muss ich wohl eingeschlafen sein. Und ich bin eben erst wieder aufgewacht. Der Troll hat mich geweckt. Da stand die Sonne schon hoch am Himmel. Das ist mir noch nie passiert. Und ich bin immer noch schrecklich müde.«

»Und Esmeranda?«, fragte ich. »Das Dsinghani-Mädchen?«

»Ich habe sie gefunden, als ich in den Palast hineinging«, antwortete Kruschpuk. »Sie muss gestolpert sein und sich den Kopf an einem Mauerbrocken angeschlagen haben.«

»Aber wieso hast du dich von uns getrennt?«, fragte das Zauberbuch den Troll.

»Aber ich habe mich nicht getrennt!«, rief der Troll. »Ihr wart plötzlich verschwunden. Da bin ich einfach weiter den Berg hinaufgestiegen.«

Merellyn kniete neben Arpad und flößte Esmeranda etwas aus einer seiner Kürbisflaschen ein. Nach kurzer Zeit hustete sie und schlug die Augen auf. Sie redete schnell mit ihrem Bruder. Die Ä-Ös flogen hin und her.

»Sie kann auch nicht erinnern«, berichtete Arpad. Sein Akzent war bei Weitem nicht so schlimm wie der von Glitschwiç, aber er ließ jede Menge Wörter weg. »Sie nicht weiß, gestoßen eine Stein. Vielleicht schlafen. Aber Blut?«

Esmeranda stand auf und lief zwischen den Feuerstellen herum. Sie kickte Asche auf den Strand und schrie etwas über das Wasser hinaus. Ich glaube, es war ein Fluch, den sie ihrem Clan hinterherschickte. Arpad rief seiner Schwester etwas zu und deutete auf den Wagen. Sie nickte und kletterte an einer Leiter hoch in die Kabine.

»Fahren wir«, sagte er zu uns und grinste schief. »Ihr alle sicher nach Isla, meine Aufgabe.«

Merellyn und Lorenzo kletterten hoch. Schnick und ich saßen im Wagen, ehe sie die Leiter erklommen hatten. Myrabella und das Macronomicon segelten herein. Arpad kam als Letzter und ging nach vorne auf den Kutschbock. Palomina und die Trolle würden laufen. Kruschpuk als Führer, die Nachhut bildete Glubschnak.

Wieder ertönte das Brummgeräusch und die Pfannen und Feldflaschen, die an den Streben des Planwagens hingen, zitterten. Der Ton kletterte die Tonleiter hinauf, bis er verschwunden war. Arpad schob einen großen Hebel nach vorne und das Gefährt setzte sich mit einem Ruck in Bewegung.

Esmeranda kam aus einer Klappe im Boden der Kabine geklettert. Sie stieg nach vorn auf den Kutschbock und setzte sich neben ihren Bruder. Mich sah sie überhaupt nicht an. Meine Stimmung rutschte wieder ins Regental.

Aber die Fahrt war natürlich aufregend. Mit so etwas waren wir noch nie unterwegs gewesen. Der Wagen kletterte holpernd über die niedrigste Stelle des Hügelkamms, auf dem sich die verfallenen Gebäude erhoben, und folgte dann einem Weg, der südwestlich in den Wald führte. Eine Straße wie die, auf der man von Flüsterwald bis zum Schwimmenden Hafen reisen konnte, war das bestimmt nicht. Es war nur eine gewundene Spur zwischen den Bäumen, auf der weniger Brennnesseln wuchsen als anderswo. Im Vorbeirauschen säbelten wir noch einiges von dem Grünzeug ab. Und diese Piste nannten die Fantasmanier Des Königs Hohe Straße?

Lorenzo beugte sich nach vorn in den aufkommenden Fahrtwind. »Wie wird der Wagen eigentlich angetrieben?«, fragte er Arpad. »Ich sehe keine Zugtiere.«

Der Dsinghani wies mit dem Kopf nach hinten, auf die Klappe, aus der seine Schwester geklettert war.

»Musik«, sagte er nur.

»Musik? Aber ich höre gar nichts«, beharrte Lorenzo.

»Ton ganz hoch«, erklärte Arpad. »Hund hört. Wolf auch.«

»Aber wie …«, begann Lorenzo eine neue Frage. Der Dsinghani wusste schon, worauf er hinauswollte, und sagte gleich: »Ich zeigen. Heute Abend.«

Kruschpuk vor uns fiel in Trab. Unser Wagen folgte ihm erstaunlich schnell. Zusätzlich zu seinem Lenker hatte Arpad noch zwei Hebel, die er in Kurven immer abwechselnd vor- oder zurückstieß. Wenn er sie auf Anschlag legte, drehte sein Gefährt fast auf der Stelle. Ich sah nach hinten. Palomina musste ab und zu vom Trab in Galopp fallen. Glubschnak stampfte schnaufend hinterher. Als wir kurz vor Sonnenuntergang anhielten, waren er und Palomina ein ganzes Stück zurückgefallen, aber man konnte sie noch hören. Lorenzo sagte, dass man den Troll jetzt, ohne Fahrtwind, auch riechen könne.

Anfangs hatte sich Palomina immer knapp hinter dem Wagen gehalten. Als Lorenzo sie bei einer kurzen Rast am Mittag gefragt hatte, ob es nicht zu schnell ginge, hatte sie kurz überlegt, ob sie schmollen sollte, aber dann doch geantwortet.

»Nein, überhaupt nicht!«, rief sie lachend. »Mein Körper ist zum Laufen gemacht. Es ist herrlich, es endlich tun zu dürfen.«

Aber am Abend stolperte sie unter einen Baum und war eingeschlafen, ehe wir ein Feuer entzündet hatten. Esmeranda ließ sich gar nicht blicken. Als Lorenzo auf mein leises Drängen hin nach ihr fragte, sagte Arpad nur: »Schlafen.«

Der Dsinghani sah zu Palomina hinüber und zu den beiden dunklen, stillen Hügeln, zu denen die Trolle zusammengesunken waren. »Morgen, langsam fahren«, sagte er. »Troll müde. Aber Zäntöriy-Frau: kaputt.«

Dann kletterte er mit uns in den Bauch seines Wagens. Darin befand sich ein fürchterliches Durcheinander aus Holzbalken, Zahnrädern und Lederriemen.

In der Mitte gab es eine Trommel, ungefähr so groß wie ein mittleres Weinfass. Sie war rundherum mit Draht umwickelt. Als ich näher kam, sah ich, dass es kein Draht, sondern die Saite eines Musikinstruments war, die am einen Ende der Trommel ganz dünn begann und zum anderen Ende hin dicker und dicker wurde. Durch die Trommel lief der dickste Balken in der Kammer. An dem hingen die meisten Lederriemen und Zahnräder. Über dem Saitenfass spannte sich ein riesiger Geigenbogen, der groß genug für Glubschnaks Pranken gewesen wäre.

Arpad wies auf die Trommel und nannte sie: »Kätöriybäiy.« Dann sah er anscheinend ein, dass das doch ein bisschen wenig

Erklärung war. »Kätöriybäiy drehen«, fuhr er fort. »Bogen macht Ton. Musik macht Magie. Magie macht Wagen fahren. Rest nur Mekanik.«

Als wir am Feuer beieinandersaßen, fragte Lorenzo plötzlich: »Sag mal, Schnick, wieso habt ihr beiden eigentlich für Baron Fresseisen gearbeitet?«

»Um den Schaden, den er wegen der Salamanderhäute hatte, wiedergutzumachen«, murmelte Schnick, ohne richtig hingehört zu haben.

»Salamanderhäute?«, riefen alle, die am Feuer saßen.

»Hab ich Salamanderhäute gesagt?« Schnick machte eine wegwerfende Handbewegung. »Ach, das ist eine lange Geschichte. Die will keiner hören.«

»Das stimmt wahrscheinlich«, sagte Merellyn nachdenklich. »Aber gerade, wenn du so was sagst, hat man plötzlich das Gefühl, man will es doch hören. Nein, man will nicht. Man muss es wissen. Schieß los!«

Der Halbkobold verdrehte die Augen.

»Erinnert ihr euch, wie letzten Sommer diese Lederjacken in Mode kamen? Diese schwarzen Jacken, die speziell bei Fackellicht schillerten wie Insektenflügel?«

Einen Moment wusste ich nicht, was der Kobold meinte, aber dann fiel es mir wieder ein. Tatsächlich. Unter den Muskelburschen, die für den Baron Schulden eintrieben und im Stadion für ihre Art von Ordnung sorgten, war es letzten Sommer das Größte, mit so einer Jacke herumzulaufen.

»Tja, und diese Jacken waren verdammt noch mal nicht billig!«, fuhr Schnick fort. »Im Gegenteil, die kosteten ein Vermögen, denn sie waren aus Waranleder. Nicht von den gewöhnlichen

Drei-Meter-Viechern, die du in jedem Hinterhof an der Südküste bei den Mülltonnen findest. Nein, diese Jacken waren aus dem Leder von Schwarzfieberwaranen!«

»Kruschpuk sagte, dass es einen Haufen Waranjäger gibt«, entfuhr es Merellyn. »Früher jagten nur die Nebelhexen diese extrem gefährlichen Tiere!«

Schnick schüttelte den Kopf.

»Nicht mehr. Seit es einen Markt für Schwarzfieberwaranleder gibt, wagen sich alle möglichen Irren in die Sümpfe. Aus Geldgier, Verzweiflung, blankem Irrsinn. Was weiß ich. Allzu viele sind's nicht, die zurückkommen. Und von denen, die es schaffen, bringen die meisten nichts mit als ihr blankes Leben. Und oft nicht mehr alle Arme und Beine, mit denen sie losgezogen sind. Deshalb sind Jacken aus diesem Leder so sündhaft teuer.«

»Verstehe«, sagte das Macronomicon. »Und ihr habt eine gestohlen.«

»Oh nein!«, rief Schnick entrüstet. Dann hakte er die Daumen in den Ärmellöchern seiner Weste unter und grinste stolz. »Wir haben Baron von Fresseisen hundert komplette, fast unversehrte Waranhäute zu einem Spottpreis verkauft.«

»Waaaaas?«, rief Myrabella. »Ihr habt Warane gejagt? Du und Glubschnak? Das gibt's nicht!«

»Nein, wir haben keine Warane gejagt«, gab Schnick zu. »Wir haben eine Geschäftsidee entwickelt.«

Merellyn legte den Kopf schräg und verschränkte die Arme. »Die würde ich gerne hören«, meinte er.

»Ja, also Warane sind doch Echsen«, begann Schnick. Als der Zauberer nickte, fuhr er fort: »Die Schwarzfieberwarane sind groß und richtig gefährlich. Ich meine, kein Wunder, schließlich sind sie eine primitive Drachenunterart. Aber sie sind auch verwandt mit Salamandern, Eidechsen und sogar Blindschleichen. Und das war unsere Geschäftsidee.«

Merellyn rieb sich erschöpft die Augen mit Daumen und Zeigefinger. Dann sah er den Kobold an. »Lass mich raten«, verlangte er. »Der Zauberspruch war einer aus der Maximator-Gruppe. Maximassivus oder Maxicrescendato. Stimmt's?«

«Stimmt«, gab Schnick grinsend zu. »Wir haben Fresseisen hundert aufgeblasene Feuersalamanderhäute verkauft. Da ist er sauer geworden. Aber ich meine, bitte schön, man muss doch mal über Angebot und Nachfrage …«

Merellyn stoppte den Kobold mit einer Handbewegung. »Hör auf mit deinem neumodischen Zeug!«, befahl der alte Zauberer. »Ich bin gewiss kein Freund von diesem Baron, aber das … das ist einfach Betrug!«

Schnick sah ihn verständnislos an.

»Wieso denn?«, wollte er wissen. »Das Leder sah ähnlich aus. Natürlich hielten die Jacken aus Maximatorleder nicht ganz so lang. Eigentlich gar nicht. Aber wenn ein junger Bursche eine Waranlederjacke braucht, um die Mädels zu beeindrucken, aber das Geld dafür nicht hat, legt er sich eine von unseren zu. Damit sieht er richtig gut aus. Er darf sich nur nicht zu heftig bewegen.«

MÖRDERMÜCKEN

Wir fuhren weitere zwei Tage nach Westen, aber nicht mehr in dem Tempo wie am ersten Tag. Trotzdem hatte Palomina, die sich so gefreut hatte, endlich laufen zu können, jeden Tag mehr Schwierigkeiten, hinterherzukommen.

Am zweiten Tag veränderte sich die Landschaft. Es gab immer weniger von den blühenden, lebendigen Bäumen. Aber nicht nur die toten, auch viele von den lebenden Bäumen trugen keine Blätter, sondern waren mit hängendem Moos und Flechten bedeckt. Ihre kalten, hinterhältigen Augen starrten uns aus fast schwarzer feucht glänzender Rinde entgegen. Es schien, dass die normalen Bäume sich in kleinen Grüppchen zusammendrängten und versuchten möglichst viel Abstand zu den schwarzen zu halten.

Arpad musste jetzt sehr langsam fahren, weil der Pfad immer enger wurde und sich manchmal fast in den sumpfigen Wiesen verlor. Palomina und die Trolle stapften vorsichtig hinter uns her. Die Wagenräder hinterließen streckenweise tiefe Eindrücke, die sich schon mit brackigem Wasser gefüllt hatten, ehe sie außer Sicht gerieten.

Als der Abend dämmerte, begannen alle nach den Stechmücken zu schlagen, die den Wagen in immer dichteren Schwärmen umkreisten. Die Mücken, die etwa die Größe von Wespen hatten, schienen außer den Trollen die einzigen Lebewesen zu sein, die sich in so einer Gegend wohlfühlen konnten. Lorenzo meinte, dass er spätestens nach fünf Stichen an Blutarmut sterben würde.

Kruschpuk kramte in seinem Beutel. Nach einer Weile zog er den Stöpsel aus einer großen Kürbisflasche und rieb sich Gesicht, Nacken, Arme und Hände mit dem dünnflüssigen braunen Inhalt der Flasche ein. »Schmiert euch damit ein!«, schlug der Troll vor. »Das hält die Mücken ab.«

»Nie im Leben!«, rief Lorenzo. »Das Zeug stinkt wie eine Mischung aus totem Hund und Männerumkleide!«

Niemand folgte Kruschpuks Rat, bis es eine der Mücken tatsächlich schaffte, ihren Stachel in Lorenzos Handgelenk zu senken. Er erschlug sie, aber sie hatte ihm eine so große Wunde beigebracht, dass das Blut nicht aufhörte in seinen Ärmel zu laufen. Das rief mehr Mücken auf den Plan, die sich um die heiß begehrte Mahlzeit sammelten. Lorenzo fing wie verrückt zu kratzen an. Aber plötzlich hörte er auf.

»Ich spüre mein eigenes Kratzen nicht mehr!«, rief er erschrocken. Sein ganzer Arm fiel schlapp nach unten. Er versuchte ihn zu heben, aber er schien gelähmt!

Lorenzo lehnte sich hinten aus der Kabine, deutete auf die Flasche und rief: »Her damit!«

Er riss Kruschpuk die Flasche aus der Hand und spritzte sich den Inhalt über Haut, Haare und Kleidung. Die Mücken entfernten sich genauso von Lorenzo wie die Mitreisenden. Sie drängten sich am Ende der Kabine zusammen.

Das Gebräu musste wirklich höllisch stinken. Aber sobald wieder eine Mücke zugeschlagen hatte, änderte der Gestochene schnell seine Meinung und verlangte die Flasche. Bald waren alle außer dem Macronomicon mit der Brühe vollgepampt. Das Buch war für Mücken natürlich uninteressant. Hätte es ein verblödetes Exemplar ohne Geruchssinn doch versucht, hätte es sich an dem jahrtausendealten Schweinsledereinband höchstens die Nase verstaucht.

Palomina streckte ihren mädchenhaften Oberkörper durch die hintere Öffnung der Plane. Sie hielt sich die Nase zu.

»Kömmpe ich vor gem Wagen naufen?«, fragte sie. »Himper euch stimpt es fürchkerlich!«

»Natürlich!«, rief Lorenzo. »Wir haben uns eingerieben, wegen der Mücken. Dich stechen sie wohl nicht?«

Die Zentaurin war ganz ruhig.

»Oh doch!«, sagte sie sanft. »Pausenlos.«

»Wie kannst du da so ruhig bleiben?«

»Es ist nicht unsere Art, wegen eines Mückenstichs ...«, begann Palomina. »Ach was. Jetzt ist es sowieso schon egal. Gib mir das Zeug zum Einreiben. Es juckt fürchterlich!«

Als sie sich mit dem Trollsud vollgeschmiert hatte, gab sie die Flasche zurück und meinte: »Jetzt kann ich auch weiter hinter euch laufen. Den Gestank werde ich ja doch nicht mehr los.«

Nur Arpad saß unbeeindruckt auf seinem Kutschbock.

»Was ist mit dir, Arpad?«, fragte Lorenzo. »Sind dir die Mücken nicht lästig?«

Arpad wandte sich geistesabwesend um. Er hatte so sehr auf den Weg geachtet, dass er den Kampf seiner Passagiere mit den Blutsaugern gar nicht mitbekommen hatte.

»Was ist? Mücken?«

Er sah sich um und schien die schwirrenden Biester erst jetzt zu entdecken.

»Ich nicht glaube, mich stechen«, meinte Arpad kopfschüttelnd. »Wenn doch, Moskito leidtut.«

»Dir aber auch!«, warnte Lorenzo. »Das sind richtige Höllenbiester. Von einem einzigen Stich wurde mein ganzer Arm taub! Wieso bist du eigentlich so sicher, dass sie dich nicht stechen werden?«

»Ich zeigen«, erwiderte Arpad.

Er schob seinen rechten Ärmel weit zurück und streckte seinen bloßen Arm hoch in die Luft. Sofort waren mehrere Geschwader im Anflug. Aber der Angriff geriet irgendwie ins Stocken. Einige Zentimeter vor Arpads Arm stoppten die Plagegeister jedes Mal ihren Anflug und drehten ab …

Aber dann kam der verblödete Moskito ohne Geruchssinn. Er ließ sich auf dem nackten Arm nieder und stach zu. Im nächsten Moment lief er rot an, riss den Saugrüssel aus der Haut und startete rückwärts. Ich hätte es nicht für möglich gehalten, aber ich konnte hören, wie die Mücke einen sirrenden Rülpser ließ. Aber es blieb nicht bei dem Rülpser, der für Moskitoverhältnisse eher

ein Vulkanausbruch war. Er endete in einem winzigen Flammenstrahl, auf dem die Mücke außer Sicht ritt.

»Das war's«, meinte Arpad gelassen. »Wenn noch lebt, sie andere warnen.«

»Was war das denn?«, fragte Lorenzo verdattert. »So was hab ich ja noch nie gesehen! Bist du durch einen Dshingani-Zauber geschützt?«

Arpad grinste.

»Ja, Zauber. Dsinghani-Essen. Unser Blut ist Paprika, Piroszka, Chili und Piri-Piri.«

Plötzlich hielt er an. Er hielt sich den rechten Arm, der schlaff vom Lenker gefallen war.

»Du recht!«, gab er kleinlaut zu. »Höllenbiester!«

Als wir am Abend des zweiten Tages unser Lager aufschlugen, kam Glubschnak mit einiger Verspätung an. Er trug Palomina wieder in den Armen, obwohl sie sich heftig wehrte.

»Lass mich sofort runter!«, verlangte sie. »Ich kann selber laufen.«

»Hör auf, mich zu schlagen, Fräulein!«, brummte der Troll. »Ich kenne mich mit Pferdeknochen aus. Du brichst dir noch einen, wenn du in der Dämmerung stolperst, so müde wie du bist, Fräulein.«

»Ich war nur kurz, äh ... die Bäume gießen, hehe«, erklärte uns Glubschnak. »Als ich zurückkam, lehnte die Pferdedame an einem Baum und hat geschlafen.«

Palomina schmollte etwa zwei Minuten am äußersten Rand des Lagerplatzes, dann war sie eingeschlafen.

Esmeranda kam zum Abendessen ans Feuer. Die Hälfte des Tages hatte sie zusammengerollt unter einer Flickendecke in ihrem Bett verbracht. Ich glaube, das nannte man in solchen Wohnwagen auch Koje, genau wie auf Schiffen.

Das Dsinghani-Mädchen sah bleich und müde aus. Ihr verschwitztes Haar klebte an ihrer Stirn und den Schläfen. Sie lächelte mir kurz zu. Anscheinend hatte sie vergessen, dass sie beleidigt war. Vielleicht war Esmeranda dabei, eine Grippe zu bekommen. Sie aß drei Löffel von dem Eintopf, den Arpad am ersten Abend gekocht und jetzt aufgewärmt hatte. Dann ging sie wieder ins Bett. Bestimmt hatte sie sich eine Grippe eingefangen.

ARACHNUAS TOR

»Seht euch das an!«, forderte Merellyn von der anderen Seite des Feuers. Er hielt eine seiner Kristallkugeln in den Händen. »Ein Ungeheuer! Getier aus der Finsternis. Nur ein Dämon kann … ist das ein Fisch?«

Wir versammelten uns rund um den alten Zauberer, der die Kristallkugel hochhielt. Zuerst sah man gar nichts. Die Kugel war einfach nur schwarz. Aber dann ging plötzlich ein Licht an. Es war bloß eine bleiche, leicht rötlich schimmernde Kugel. Sie schuf einen kleinen trüben Lichtkreis. Die allgemeine Finsternis, die Merellyns Kugel erfüllte, konnte sie nicht durchdringen.

Dann schwamm tatsächlich ein seltsamer Fisch ins trübe Licht. Er war geformt wie eine Speerspitze. Meiner Meinung nach bewegte er sich rückwärts. Er hatte ein großes, grün leuchtendes Auge und war ungefähr so durchsichtig wie ich bei Sonnenaufgang. In seinem Inneren bewegte sich irgendwas in schnellen Wellen. Die Kugel zeigte uns also etwas, das unter Wasser passierte. Aber ich wusste ehrlich gesagt nicht, worüber Merellyn sich so aufregte. So einen Fisch hatte sicher noch keiner von uns gesehen. Aber deswegen gleich von Ungeheuern zu sprechen …

Im nächsten Moment war klar, was er gemeint hatte. Ein Monster mit einem unglaublich breiten Maul sprang aus der Dunkelheit in den Lichtkegel und schnappte sich den Fisch. Fast gleichzeitig erlosch der Lichtschein. Das Monster hatte annähernd die Form eines Dreiecks gehabt. Ich hatte viele mit Zacken bewehrte Hornplatten gesehen. Und Stielaugen, so groß wie Merellyns Kristallkugeln. Aber das Seltsamste war, dass dieses trübe Licht, das den durchsichtigen Fisch angelockt hatte, an dem Ungetüm angewachsen war. Es hing an einem dünnen gebogenen Stiel, der aus der Mitte der Monsterstirn wuchs, direkt vor dem unglaublich breiten und tiefen Maul der Bestie.

»Ist … kommt das aus einer anderen Dimension?«, fragte ich.

Merellyn drehte sich ganz langsam zu mir um.

»Nein«, sagte er kopfschüttelnd. »Wir sehen, was die Gestaltwandlerin sieht.«

»Arachnua ist unter Wasser?«, rief Lorenzo erschrocken. »Hat sie sich in dieses Biest verwandelt?«

»Nein. Wir sehen durch ihre Augen, aber nicht sie«, meinte der Zauberer. »Ich würde sogar sagen, sie ist auf dem tiefsten Grund des Meeres. So tief, dass kein Licht mehr hinunterdringt in diesen Höllenschlund. Sie sieht Tiere, die dort unten leben und niemals an die Oberfläche kommen. Ich wusste nicht, dass Sirenen so etwas können.«

»Tun sie auch nicht«, meldete sich das Macronomicon. »Sirenen sind keine Wasserwesen. Sie muss sich in etwas verwandelt haben, das in diesen Tiefen überleben kann.«

»Aber was sucht sie da unten?«, fragte ich. »Doch bestimmt nicht solche Ekelviecher wie das Zackenmaul mit der Leuchtkugel auf der Stirn.«

»Seht her!«, rief Merellyn. »Etwas verändert sich.«

In sehr trübem Licht sahen wir, wie sich zerklüftete Felswände an den Augen der Sirene vorbeischoben. Hände kamen paddelnd ins Bild. Sie erinnerten mich an die Aquariden. Lange Finger, die in dicken Knubbeln endeten. Dazwischen waren Schwimmhäute.

»Sie hat doch jemand vom Schwimmenden Hafen gekratzt!«, rief Lorenzo. »Einen von diesen Wasserkobolden.«

»Das stimmt«, bestätigte das Zauberbuch. »Aber weshalb muss sie sich auf den Grund des Meeres begeben?«

»Da ist etwas …«, flüsterte Merellyn. »Das Loch da … seht ihr es? Am Ende dieser Unterwasserschlucht. Das ist zu regelmäßig. Keine natürliche Öffnung im Fels. Von denkenden Wesen gebaut.«

Das Bild in der Kristallkugel bewegte sich auf die runde, finstere Öffnung zu. Arachnua musste eine Lichtquelle bei sich haben, die unter Wasser funktionierte. Sie schwamm in den Tunnel. Das Licht reichte nicht weit hinein, aber man konnte sehen, dass die Wände der Röhre behauen und teilweise gemauert waren. Ringsum wuchs Seegras aus den Mauerritzen. Es schwankte im Sog von Arachnuas kräftigen Schwimmzügen wie das bleiche Haar von Wasserleichen. Der Tunnel machte einen Knick und führte dann steil nach oben. Arachnua stieg auf. Anfangs flohen ein paar kleine Fische vor ihr höher in den Tunnel. Aber irgendwann überlegten sie es sich anders und schossen schnell wie Pfeile an ihr vorbei nach unten.

»Diese Tiere brauchen die Tiefe«, erklärte Merellyn. »Sie scheuen das Licht der Oberfläche. Die Gestaltwandlerin wird bald auftauchen.«

Aber es ging danach noch eine Ewigkeit an den Tunnelwänden und dem wehenden Seegrashaar entlang. Niemand außer dem Macronomicon und mir hielt das aus. Lorenzo verschwand ziemlich schnell. Merellyn nickte ein. Ich schwebte mal hierhin, mal dorthin und warf nur ab und zu einen Blick in die Kristallkugel. Aber es war immer das Gleiche zu sehen. Tunnelwände und wehende Algen. Auch wenn die Pflanzen im Laufe dieses endlosen Aufstiegs wechselten.

Meiner Meinung nach vergingen Stunden, ehe die Kristallkugel endlich etwas anderes zeigte. Na ja, sehr viel anders war's auch wieder nicht. Arachnua steckte immer noch in einer steinernen Röhre. Aber sie war über Wasser. Was an den Wänden wuchs, hing schlaff nach unten und trieb nicht mit dem Wasser auf und ab. Das Licht war noch weit entfernt, aber es war Tageslicht und es kam von oben. Die Klauen, die immer wieder ins Bild kamen, waren die von Arachnua. Die von der schwarzen Echse mit den unterarmlangen Krallen. Sie paddelten nicht mehr, sondern klammerten sich ans Gestein. Es wurde immer heller in dem Tunnel, den die Gestaltwandlerin hinaufkletterte.

Inzwischen war auch das Macronomicon in eine Art Dämmerschlaf geglitten. Wohin Schnick und Lorenzo verschwunden waren, wusste ich nicht. Palomina, Merellyn, Myrabella und die Trolle schliefen fest. So war ich der Einzige, der sah, wo Arachnuas Reise endete. Ein verrotteter hölzerner Eimer glitt vorbei. Ihre Klauen schlossen sich um das Seil, an dem er hing. Daran zog sie sich höher. Sie war in einem Brunnen!

Dann endlich sah ich durch ihre Augen über den Brunnenrand. Vor ihr erhob sich ein Steinturm. Durch einen Türrahmen, in dem die Tür fehlte, sah ich in einen Burghof, den ich kannte. Er war übersät mit verkohlten Holzaufbauten und angesengten, von großer Hitze aus den Mauern gesprengten Steinen. Dort hatte ich letzten Sommer gelernt, wie man sich als Geist fortbewegen sollte. Es war der Hof der Blutenden Burg, hoch über unserer Heimatstadt Arkanon.

Plötzlich kippte das Bild und der Steinboden im Brunnenturm raste auf mich zu. Ich zuckte unwillkürlich zurück, obwohl es nicht mein Gesicht war, das auf die Fliesen knallen würde. Ehe das passierte, wurde die Kristallkugel dunkel. Arachnua war ohnmächtig zusammengebrochen.

DIE FALSCHE GRENZE

»Aber das ist ja wundervoll! Perfekt!«, jubelte Merellyn. »Der andere Eingang nach Fantasmanien liegt in der Blutenden Burg!«

Während wir darauf warteten, dass sich die Morgennebel auflösten, hatte ich den anderen berichtet, was die Kristallkugel in der Nacht gezeigt hatte.

»Was ist daran wundervoll?«, wollte Lorenzo wissen. »Die Nebelhexen haben gesagt, sie machen das Tor dicht. Aber Arachnua benutzt es immer noch.«

»Ja, aber sie ist die Einzige«, stellte der Zauberer fest. »Der Eingang führt meilenweit hinunter in die Tiefsee. Wer außer einem Gestaltwandler könnte dort hinuntertauchen? Das bedeutet, es ist keine Passage, die der Schwarze Lord benutzen kann. Die Nebelhexen mussten dieses Tor gar nicht verschließen!«

Nach und nach wurde die Gegend zum Albtraum. Die feuchten Wiesen zogen sich zu vereinzelten Flecken aus nassem, verfilztem Gestrüpp zusammen. Die braunen, vollgesogenen Grashalme hingen in langen, schlappen Büscheln zu Boden. Wo immer der Boden etwas fester wurde und keine Blasen ausspie, sah es verdächtig nach Treibsand aus. Es gab keinen einzigen gesunden Baum mehr. Aber auch die schwarzen, moosbehangenen Bäume standen auf langen Luftwurzeln, als wollten sie möglichst weit weg vom trüben Wasser der Sümpfe sein.

Obwohl wir ganz langsam fuhren, musste Glubschnak die Zentaurin schon ab dem frühen Nachmittag tragen. Sie wehrte sich auch nicht dagegen und schimpfte nicht mal mehr über seinen Gestank.

Esmeranda kam den ganzen Tag nicht aus dem Bett. Die beiden hatten hundertprozentig die Grippe.

Abends am Lagerfeuer beugten wir uns alle wieder über die Kristallkugel. Merellyn hatte sie den ganzen Tag nicht aus den Augen gelassen, aber er empfing keinen Hinweis auf den Standort der beiden Zeichen.

»... doch keine Ahnung, was ich auf mich nehme, um zwischen den Welten zu reisen!«, kreischte Arachnuas schreckliche Stimme. Zu sehen waren sehr alte menschliche Hände, die Wein aus einer Karaffe in ein Glas gossen. »Wenn ich den tiefen Weg genommen habe, muss ich mich hinterher ausruhen. Beschwer dich bloß nicht, wie lange das dauert.«

Das Weinglas kam am unteren Rand des Bilds in der Kristallkugel näher. Das Zimmer dahinter sah aus wie eine Räucherkammer. Alle Wände und die wenigen Möbelstücke waren schwarz, als hätte es in dem Zimmer mal gebrannt. Ganz hinten führte eine windschiefe Treppe nach oben in noch schwärzere Finsternis. Ansonsten gab es nur einen Tisch und einen ausgefransten Sessel, der aussah, als könnte er einen mit ansteckenden Krankheiten töten, wenn man nur daran dachte, sich hineinzusetzen.

»Die säuft ganz schön«, bemerkte ich. »Im Schwimmenden Hafen hat sie auch ein Glas nach dem anderen in sich reingeschüttet.«

Jetzt drehte sie sich um. Jemand kam ins Blickfeld, der mir irgendwie bekannt vorkam.

»Ich weiß, welchen Weg du nimmst!«, rief der Mann. »Ich habe dir wieder und wieder gesagt, er ist zu gefährlich. Verdammt, muss es diese alte Bäuerin sein? Wo ist Ariana geblieben?«

»Hör auf, dich zu beschweren! Es ist fast keine Magie mehr in der Ariana-Gestalt. Du kannst den hier haben ...«

Der Mann, der mir so bekannt vorkam, verzog angewidert das Gesicht. »Nimm den verdammten Jungen weg!«, schrie er. »Diese kleinen Mistkerle haben mir letztes Jahr genug Schwierigkeiten gemacht!«

»Das ist Frasbert!«, rief Lorenzo verwundert. »Frasbert von Fresseisen! Verdammt, hat der Kerl abgenommen.«

Jetzt erkannte ich ihn auch. Er hatte wirklich eine Menge Fett verloren. Der Kopf des Barons war immer noch kugelrund. Aber früher war seine Birne breiter als hoch gewesen und das Fett an seinen Backen hatte seine Glubscher zu kleinen, hinterhältigen Schweinsäuglein zusammengequetscht.

»Die kleinen Mistkerle ...«, sagte Arachnua mit Lorenzos Stimme. »Ja, ja. Ich habe sie wiedergesehen.«

»Verdammt noch mal!«, schrie Lorenzo. »Sie hat sich in mich verwandelt! Ich hätte sie wirklich im Hafen erledigen ...«

»Du hast sie wiedergesehen?«, rief der Baron in der Kristallkugel entgeistert. »In Fantasmanien?«

»Allerdings. Der kleine Schwarzhaarige war hinter mir her«, berichtete die Sirene. »Das war gar nicht lustig. Ich wüsste zu gern, ob ein Geist seinem Mörder etwas antun kann? Das einzige Buch, das einem darüber Auskunft geben könnte, ist das Macronomicon, aber das ist auf…«

»Vergiss es!«, rief der abgespeckte Fresseisen. »Hast du den Brief mit der Einladung übergeben?«

»Hab ich, hab ich, hab ich!« Jetzt sah man wieder nur die Weinflasche und das Glas. »Vielen Dank, dass du dich so sehr für meine Probleme interessierst! Der Regent müsste den Brief jetzt schon in den Händen halten.«

»Das tut er nicht!«, zischte eine heisere Stimme. Ich weiß nicht, welches Paar Hände bei ihrem Klang mehr zuckte: die von Merellyn, die die Kristallkugel hielten, oder Arachnuas Hände in der Kugel, mit dem Glas. Wein wurde verschüttet, als sie es hastig abstellte. An unserem Lagerfeuer beugten sich alle neugierig vor, als wir in der Kugel sahen, dass Arachnua sich zu dem neuen Sprecher umdrehte.

Aber wir bekamen ihn nicht zu Gesicht. Mitten in der Drehung der Gestaltwandlerin kam uns plötzlich der Fußboden entgegen. Man sah nur flüchtig einen Schatten.

»Die Sirene hat sich zu Boden geworfen!«, stellte Merellyn fest. »Wir haben ihn nicht gesehen, aber ich bin sicher: Vor ihr steht der Mundovoros. Vor wem sonst würde sich das wilde Weib in den Staub werfen?«

»Der Brief hat den Prinzregenten nicht erreicht«, behauptete die heisere Stimme. »Ein sehr verwirrter Schutzzauber meldete, dass das Schreiben in den Wassern des Schimmelweins zerstört wurde.«

»Es tut mir leid, Herr!«, schleimte Arachnua.

»Ich habe dich nicht beschuldigt einen Fehler begangen zu haben«, erklärte die Stimme.

»Danke, Herr!«

»Aber ich tue es jetzt!«, donnerte die Stimme. »Warum hast du die Truhe aus ihrer Hülle genommen? Sie war mit einem Zauber gegen jedweden Wasserschaden geschützt.«

»Ich … ich weiß nicht, Herr. Es erschien mir richtig. Der Leinensack war unansehnlich. Die Truhe dagegen war wundervoll geschnitzt. Da dachte ich …«

»Unwichtig. Den wahren Fehler haben andere begangen, die sich zu wenig um ihren Auftrag und zu viel um Familienangelegenheiten gekümmert haben.«

»Was sollen wir tun, Herr?«, quäkte Baron von Fresseisen.

»Du wirst sofort den Brief noch einmal schreiben. Auf dem speziellen Papier. Und dir, Arachnua, kann ich einen weiteren Tauchgang nicht ersparen. Diesmal bleibst du bei dem Brief, bis er den Regenten erreicht hat. Sorge dafür, dass er das Antwortschreiben unterzeichnet oder besiegelt. Am besten beides.«

»Ja, Herr.«

»Ja, Herr.«

»Geht jetzt!«

Arachnua richtete sich endlich auf, aber da war niemand. Oder … fast niemand. Es gab einen Bereich, der wie ein Loch in der Wirklichkeit aussah. Aus dem Spalt waberte schwarzer Dunst. Arachnua warf nur einen ganz kurzen Blick darauf, ehe sie sich abwandte. Tief drinnen in diesem schwarzen Rauch leuchteten zwei rot glühende Augen.

Wenn das der Schwarze Lord war, sah er zum Fürchten aus, aber er war nicht in unserer Welt.

Arachnua und der nur noch halb so fette Baron von Fresseisen verkeilten sich fast in der Tür, so eilig hatten sie es, hinauszukommen. Sie traten in eine enge Gasse und wandten sich nach rechts, bergab.

Lorenzo und ich wussten sofort, wo sie waren. »Die sind im Knochenloch!«, rief Lorenzo.

»Ganz oben am Mystelberg, wo die Stadtmauer quer durch die letzten zwei Häuser schneidet«, bestätigte ich.

Das Knochenloch war das älteste und übelste Viertel von Arkanon. Die uralten Häuser sahen alle aus, als hätten sie einen Brand überstanden. Das Knochenloch begann direkt unterhalb der Blutenden Burg und zog sich ein Stück weit an der Stadtmauer entlang. In der Kugel sah man, wie Baron von Fresseisen vor Arachnua den Berg hinunterstapfte. Sie erreichten die Stelle, wo die Stadtmauer einen scharfen Knick nach Westen machte, ehe sie wieder bergab nach Süden verlief. Dort gab es eine schwere Eichentür in der Mauer, aber die war nie geöffnet. Nach dem Knick führte eine Treppe an der Stadtmauer entlang nach unten in die Gegend hinter dem Fußballstadion. Vom obersten Treppenabsatz hatte man einen hervorragenden Blick

über die gesamte Vorstadt An der Straße. Wenn man gute Augen hatte, konnte man sogar die Spiele im Stadion beobachten. Vorausgesetzt, sie fanden nur an der südlichen Seitenlinie statt.

Arachnua ließ den Blick über die Vorstadt schweifen, während sie darauf wartete, dass der Baron die Eichentür aufsperrte. Dann folgte sie ihm durch den Torbogen in die Oberstadt, aber das Bild flackerte und zeigte plötzlich wieder die Vorstadt mit dem Stadion.

»Aber … Moment mal …«, stotterte Merellyn. »Die Mauer, an der die beiden entlangliefen, ist unser alter Schutzwall. Aber … aber … da, wo der Heulende Heinrich stecken sollte, ist eine Tür. Und da unten, westlich vom Wall liegt eine riesige Siedlung. Aber ich dachte, die Stadt befindet sich auf der anderen Seite der Mauer. In Monstrovien.«

»Tut sie auch«, bestätigte Lorenzo.

»Aber das da … die Siedlung ist auf dieser Seite der Mauer«, stellte der Zauberer fest. »Wo ist der Wilde Wald?«

»Wenn Arachnua hinschauen würde, könntest du ihn sehen«, erklärte ich. »Ungefähr vier Kilometer westlich. Das da unten ist die Vorstadt. Da haben wir gelebt.«

»Vier Kilometer westlich!«, schrie Merellyn. »Das kann nicht sein! Das darf nicht so sein!«

»Warum denn nicht?«, fragte Lorenzo verdattert. »Was stimmt denn nicht? So war's schon immer.«

»Nicht immer«, widersprach Merellyn. »Der Waldrand müsste vom Tiefen Riss aus direkt unterhalb des Friedhofs und dann hart an der Grenze zum Knochenloch genau bis zum Heulenden Heinrich reichen und dann am Schutzwall entlang bergab. So verläuft die fantasmanische Grenze.«

»Wer ist denn der Heulende Heinrich?«, wollte Lorenzo wissen.

»Ein Stein. Ein Felsen. Eineinein … Findling. Ein Grenzstein«, stammelte Merellyn. »Sieht aus wie ein Männerkopf, der …«

»Du meinst den Alten Schreikopf!«, rief Lorenzo. »So ein großer Brocken, in den ein schreiendes Gesicht gemeißelt ist.«

»Ihr kennt ihn?«, fragte Merellyn. »Der Schutzwall … der jetzt eure Stadtmauer ist, wurde um den Stein herumgebaut. Deshalb der Knick im Verlauf der Mauer. Aber dort ist jetzt ein Tor …«

Ich schüttelte den Kopf. »Der Alte Schreikopf liegt im Tiefen Riss«, erklärte ich. »Nicht weit unten. Vielleicht zehn Meter tief, ganz am Anfang der Schlucht. Der Wilde Wald zieht sich vom Tiefen Riss nach Süden bis zum Stinkestrand. Ziemlich geradlinig. Solche Kurven, wie du sie beschreibst, macht er nicht.«

»Jemand hat die Grenzsteine verrückt«, sagte das Macronomicon tonlos. »Das ist eine Katastrophe.«

»Warum denn?«, wollte Lorenzo wissen. »Der Wald läuft halt ein bisschen anders, aber er ist immer noch undurchdringlich.«

»Darum geht's nicht«, erklärte das Buch. »Lord Zerberon – oder zumindest sein Astralleib – erscheint im Knochenloch, das übrigens schon genauso hieß, als Mysterio mit dem Bau der Burg begann, und das schon damals so aussah, als hätte es dort gebrannt. Das Knochenloch liegt in Monstrovien. Aber das Viertel unterhalb, die Siedlung An der Straße, liegt auf fantasmanischem Boden.«

»Und zwischen diesem fantasmanischen Boden und dem Knochenloch gibt es keine ernst zu nehmende Barriere, die den Mundovoros aufhalten könnte«, ergänzte Merellyn. »Weil der Wald dem Verlauf der Grenzsteine folgt. Sobald der Schwarze Lord Fantasmanien betritt, wird er schnell zu seiner alten Stärke zurückfinden.«

»Ich weiß nicht, ob der Wald ihn aufhalten kann, wenn der Lord sich innerhalb der fantasmanischen Grenzen befindet«, fuhr das Macronomicon fort. »Zum jetzigen Zeitpunkt scheint es noch Hindernisse zu geben, weil er nur eine Tür aus einer anderen Dimension ins Knochenloch geöffnet hatte. Er verfolgt irgendwelche Pläne mit diesem geheimnisvollen Brief, statt schnurstracks zum Wald zu marschieren und Einlass zu fordern. Er ist schließlich ein Mitglied der königlichen …«

Da klirrte und schepperte es plötzlich aus dem Planwagen.

»Ihr seid alle verloren!«, heulte eine Stimme, die mir bekannt vorkam. »Die Sümpfe werden euch verschlucken!«

Wieder krachte es und Schritte trampelten über eine Treppe, die es in dem Wagen gar nicht gab. Alle Köpfe fuhren zu der Stelle herum, an der Schnick gesessen hatte. Dort war er nicht. Über dem Planwagen hing ein mehr als drei viertel voller Mond am Himmel. Jedem war klar, dass Schnick einen Polteranfall hatte.

Wir eilten hinter Merellyn her zu der Leiter, die in die Kabine hinaufführte. Oben erklang ein Geräusch, als würde eine Porzellanschüssel auf Steinfliesen fallen, die es in dem Planwagen auch nicht gab.

Merellyn schwang sich über die hintere Bordwand.

»Ganz ruhig, Schnick«, hörten wir ihn sagen. »Komm, reiß dich zusammen und trink das.«

Es folgten Geräusche wie von einem Kampf. Ein kleiner Blitz zuckte durch die Kabine und Schnick schrie: »Auaaa!«

»Jetzt sei so gut und trink endlich!«, tönte Merellyns Stimme. »Und dann wird geschlafen.«

Kurze Zeit später kam der Zauberer die Leiter herunter. An ihrem Fuß blieb er stehen und sah hoch zum Mond, der schon ziemlich hell strahlte.

»Jedes Mal dasselbe«, stöhnte er. »Arpad, wir müssen morgen noch langsamer fahren. Wir müssen alle ausgeruht sein, wenn wir die Vollmondnächte überstehen wollen.«

»Morgen langsam«, wiederholte der Dsinghani nickend.

Wir kehrten ans Feuer zurück. Ich konnte die Trolle als dunkle Masse zwischen den Bäumen sehen. Beide waren inzwischen umgekippt. Sie waren deshalb so gut zu erkennen, weil sie die einzigen Hügel waren, die im Takt ihres Schnarchens atmeten. Palomina war ebenfalls zur Seite gerutscht und sah am Rand des Feuerscheins aus wie ein Reitunfall. Da lagen ein kopfloses Pferd mit verdrehten Beinen und eine ohnmächtige Reiterin.

Ich blickte mich weiter in der Runde um. Lorenzo war nicht da und ich fragte mich, wann die anderen es bemerken würden. Er war auch schon gestern und vorgestern Abend verschwunden, sobald sich irgendeine Gelegenheit ergab. Beim ersten Mal hatte ich gedacht: »Blödsinn. Der ist gleich wieder da. Das hier ist eine kleine Lichtung mitten in einem riesigen Wald. Das Licht des Feuers reicht gerade mal bis zu den nächsten Bäumen. Wenn er vorhat, an die übernächste Baumreihe zu pinkeln, ist er natürlich außer Sicht.«

Aber er kam erst am nächsten Morgen zurück. Letzte Nacht das gleiche Spiel.

Bisher hatte ich nichts gesagt, weder zu ihm noch zu den anderen. Ich wusste wirklich nicht, was ich tun sollte. Er war mein Freund, aber die Veränderungen, die mit ihm vorgingen, wenn der Mond voll wurde, machten mir Angst.

Das Seltsamste war, dass wir in diesen Tagen alle schliefen wie die Englein. Und das in dieser gefährlichen Gegend! Ich sage »wir«, weil auch ich jede Nacht wegdämmerte und nichts mehr mitbekam.

VAMPIRBISSE

Als es hell wurde, tauchte ich langsam wieder hoch aus meinem ungewöhnlichen Geisterhalbschlaf und da lag Lorenzo friedlich neben mir und schnarchte leise. Alles war ganz normal. Bis er sich zu mir umdrehte. An seinen beiden Mundwinkeln klebte getrocknetes Blut.

Ich lag noch ungefähr eine halbe Stunde neben ihm, bis die anderen wach wurden. Die ganze Zeit fragte ich mich, woher das Blut kommen konnte und was ich jetzt machen sollte.

Im Endeffekt tat ich aber gar nichts. Plötzlich kam Unruhe in die Masse der Körper, die auf dem Kabinenboden lagen. Schließlich fuhr auch Lorenzo hoch und das Erste, was er noch im Halbschlaf tat, war, sich den Mund mit seinem Ärmel abzuwischen. Aber ganz ging die Blutkruste nicht ab.

Seine Augendeckel flatterten und er stöhnte: »Ich bin müde, als wäre ich die ganze Nacht gelaufen. Bitte, lasst mich noch schlafen.«

Ich sah mich um, ob irgendjemand gesehen hatte, was er tat. Einen Moment war ich erleichtert, weil niemand auch nur in unsere Richtung sah. Doch dann entdeckte ich Myrabella, die mit glitzernden Flügeln in der Hecköffnung der Plane schwebte und Lorenzo anstarrte. Plötzlich wendete sie wie eine Libelle und schoss hinaus in den Morgendunst.

Ich folgte Lorenzo, als er nach unten kletterte und ans nächste Wasserloch ging, um sich zu waschen. Da hatte er es einerseits nicht weit. Wir waren von Tümpeln und Wasserlöchern umzingelt. Andererseits musste er höllisch aufpassen, dass er weder in einen Tümpel fiel noch in Treibsand geriet. Später würde die Sonne den Nebel vertreiben, aber jetzt am Morgen sah man keine drei Schritte weit. Der Dsinghani-Wagen war gleich vom Nebel verschluckt. Lorenzo fand das Wasserloch, indem er versehentlich mitten hineinlatschte. Müde schaute er an sich herunter. Die Brühe reichte ihm bis zu den Knien.

»Ach, was soll's!«, brummte er. Sein Hemd flog zwischen die Schilfbüschel. Lorenzo bespritzte Gesicht und Oberkörper mit Wasser. Dann schöpfte er eine Handvoll davon und schnüffelte daran.

»Riecht irgendwie komisch. So nach Schwefel«, murmelte er. »Mann, bin ich noch müde.«

»Das wundert mich nicht«, sagte ich. »Wo warst du die ganze Nacht? Und gestern Nacht? Und die Nacht davor?«

»Was?«, rief Lorenzo. »Was meinst du damit, wo war ich …? Ich war im Wagen, wo sonst?«

»Nein, warst du nicht«, erwiderte ich. »Du warst jetzt in drei aufeinanderfolgenden Nächten unterwegs. Spurlos verschwunden. Und du kannst dich nicht daran erinnern?«

»Überhaupt nicht.« Er schüttelte nachdenklich den Kopf. »Aber ich fühl mich gerädert, als hätte ich die ganze Nacht durch Fußball gespielt.«

»Lorenzo, du musst dich erinnern«, verlangte ich. »Heute Morgen hattest du getrocknetes Blut an den Mundwinkeln.«

»Blut? Wieso Blut?«, japste er. »Ist ja ekelhaft!« Er bückte sich und wusch sich noch mal gründlich. Dann sah er mich an. »Will, was passiert mit mir?«, flüsterte er.

»Es ist der Mond«, erklärte ich. »Schnick ist gestern Nacht wieder mal durchgedreht. Merellyn musste ihm den Trank einflößen. Du weißt schon. Solltest du heute Abend besser auch nehmen.«

Ein Schrei gellte durch die Mangrovenlandschaft. Lorenzo fuhr herum.

Ich glaubte, es war Arpad, der geschrien hatte.

Ich flog durch den Nebel in die Richtung, in der ich den Wagen vermutete.

Im nächsten Moment passierte etwas total Seltsames. Der Wagen war näher, als ich gedacht hatte. An seinem Heck stand Glubschnak und schaute unter die Plane. Für mich tauchte er aus dem Nebel auf wie eine haarige Felswand. Wäre ich aus Fleisch und Blut gewesen, wäre ich einfach gegen ihn gerannt.

Aber ich war ein Geist. So fuhr ich durch ihn durch. Weil ich aber genau das nicht wollte, versuchte ich gleichzeitig meinen Flug zu bremsen. Und so passierte das Seltsame. Ich blieb in Glubschnak stecken.

Und plötzlich *war* ich Glubschnak. Ich sah aus seinen Augen ins Wageninnere und fand die Menschen darin ziemlich klein und wuselig.

Ich fühlte gewaltige Muskelberge. Ich wusste, dass ich etwas in den Armen hielt, aber im Augenblick hatte ich vergessen, was es war. Merellyn hatte etwas zu mir gesagt, das schwer zu verstehen war und erst mal verarbeitet werden musste. Aber in meinem Trollgehirn bildete sich immer stärker die Meinung, dass es mir helfen würde, zu verstehen, was der Zauberer wollte, wenn ich nachschaute, was ich in den Armen hielt. Also sah ich nach unten. Das Ding in meinen Armen war die Zentaurin und sie war bewusstlos.

Ich sah den Pferdekörper und erinnerte mich an vergangene Mahlzeiten. Ich sah den menschlichen Oberkörper und schauderte. Das Erste, was mir zu Menschen einfiel, war, dass sie gefährlich und hinterhältig waren. Nein, nicht alle, der namens Merellyn war in Ordnung und er hatte etwas gesagt, und wenn ich jetzt alles miteinander in Verbindung bringen würde, konnte ich erledigen, was er wollte. Richtig. In meinen Armen. Die Zentaurin. Bewusstlos. Hochheben und in den Wagen legen. Das war's, was die kleinen Wusler von mir wollten.

Als ich Palomina in den Wagen hob, erinnerte ich mich an einen Jungen, der schwer am Knie verletzt war. Dabei hatte ich ganz am Rande das Gefühl, dass das vielleicht meine Schuld sein könnte. Den Jungen hatte ich auch hochgehoben. In der Menschenstadt. Und da war noch ein anderer Junge gewesen. Der war ein Geist geworden. Ganz durchsichtig. Und vielleicht war das auch meine Schuld gewesen. Wie hieß der Junge, der durchsichtig geworden war?

Richtig: William.

Als der Troll endlich meinen Namen dachte, war es, als würde ich erwachen. Ich war nicht Glubschnak. Ich war William. Ich hatte hier drin nichts verloren. Es brauchte alle meine geistigen Kräfte, um mich aus dem Trollkörper zu befreien. Als ich endlich wieder ich selbst war, wankte Glubschnak und fiel auf den Hosenboden. Zum Glück hatte ich … nein, er … Palomina vorher in den Wagen hineingehoben.

Auch ich brauchte einen Moment, bis ich mich wieder zurechtfand. Jemand hatte geschrien. Wahrscheinlich Arpad. Aber warum? Ich zischte ins Wageninnere.

Da lag Palomina zusammengesunken auf den Holzdielen. Myrabella schoss mit glitzernden Flügeln hin und her. Dadurch wirkte sie mehr denn je wie eine Libelle. Merellyn schob gerade die üppige Mähne der Zentaurin beiseite, um ihren Hals freizulegen. Er beschrieb mit dem Zauberstab einen engen Kreis um ihre Halsschlagader und murmelte: »Magnifacio!«

Plötzlich erschien der Bereich, den er mit dem Stab eingegrenzt hatte, größer, wie durch eine Lupe betrachtet. Die blasse Haut der Zentaurin wies zwei kleine Löcher auf, die seltsamerweise nicht bluteten. Um die Löcher herum war die Haut leicht geschwollen und blassrosa entzündet. Merellyn wischte das vergrößerte Bild mit seinem Zauberstab beiseite und sah hoch.

»Wie ich es mir gedacht habe«, stellte er erschüttert fest. »Vampirbiss. Genau wie bei Esmeranda.«

In dem Moment kletterte Lorenzo über die Bordwand. Alle starrten ihn an.

»Was ist?«, wollte er wissen. »Was schaut ihr so?«

»Das weißt du ganz genau!«, platzte Myrabella wütend heraus. »Du … du … Vampir!«

Lorenzo starrte fassungslos auf die reglose Palomina.

»Ich? Ein Vampir?«, stotterte er und deutete auf die Zentaurin. »Ist sie … Aber ich … das … kann nicht sein … ich …«

»Heute Morgen hatte er Blut an den Mundwinkeln!«, kreischte die Fee. Dann zeigte sie auf mich. »Und du? Du deckst ihn! Du hast das auch gesehen und nichts gesagt!«

Darauf fiel mir keine Antwort ein. Es stimmte ja. Ich hatte das Blut gesehen und nichts gesagt.

»Langsam, Myrabella!«, forderte Merellyn. Er war kreidebleich. »Was du da behauptest, ist nicht bewiesen. Hat jemand wirklich gesehen, dass Lorenzo … dass er …« Merellyn sah mich an. »William, wenn du irgendetwas weißt ...« Auch diesen Satz beendete er nicht. »Du schläfst doch nicht. Hast du gesehen, dass er ...«

»Nein, habe ich nicht.« Meine Stimme war nur noch ein Flüstern. »Aber es stimmt. Heute Morgen hatte Lorenzo getrocknetes Blut an den Lippen.«

Sollte ich sagen, dass er in den letzten drei Nächten verschwunden war?

Palomina hatte alle drei Nächte im Freien verbracht. Wenn Lorenzo wirklich zum Vampir geworden war ... Er konnte sich zurück zum Lager geschlichen haben, als alle schliefen und das Feuer heruntergebrannt war. Dann hätte er der Zentaurin das Blut ... ich wollte den Gedanken gar nicht zu Ende denken. Und Esmeranda? Wann sollte er die ... ausgesaugt haben?

Da fiel mir etwas ein.

»Hört mal, das war nicht Lorenzo!«, rief ich. »Die zwei Mädchen sind doch schon am Morgen nach dem Fest so belämmert aus den Ruinen gekommen. Es muss in dieser Nacht passiert sein. Wir haben es nur übersehen, weil Palomina bloß müde schien und Esmeranda sowieso voller Blut war von der Kopfwunde.«

Merellyn klopfte sich nachdenklich an die Nase. Dann wackelte er mit dem Kopf hin und her.

»Durchaus möglich«, gab er zu. »Sogar sehr wahrscheinlich. Aber ich kenne mich mit Vampirbissen aus. Wenn es nur einmal passiert wäre und erst vor kurzer Zeit, müssten die Bisswunden blutverkrustet sein. Aber diese Wunden hier sind offen und trotzdem tritt kein Blut aus. Die beiden werden seit mehreren Nächten überfallen. Sie waren noch einigermaßen gesund, am Morgen nach dem Fest. Palomina mehr als das Dsinghani-Mädchen. Ihr größerer Körper hat eine größere Menge Blut in sich. Aber jetzt sind sie beide fast blutleer. Wenn wir keine Hilfe bekommen, werden sie sterben.«

»Wir müssen sie sowieso alle umbringen!«, rief Myrabella. »Alle drei. Einen Pfahl ins Herz und danach den Kopf abschlagen! In zwei Tagen ist Vollmond, dann sitzen wir mit drei verdammten Vampiren in diesen verdammten Sümpfen fest!«

Sie deutete auf die Zentaurin und fragte: »Habt ihr eine Ahnung, wie viel Blut ein Vampir dieser Größe braucht?«

»Jetzt spiel nicht verrückt!«, verlangte Merellyn. »Wir werden niemanden umbringen. Wir werden sie alle retten!«

»Wie willst du das anstellen?«, fragte die Fee. »Es gibt in tausend Meilen Umkreis keine Zivilisation. Die nächste größere Ansiedlung ist Trolling, hinter den Faulen Zähnen. Dorthin dauert es ewig, aber Zivilisation würde ich eine Stadt voller Trolle sowieso nicht nennen. Im Norden liegen die Vampirburgen. Wir können ja mal an einem Burgtor anklopfen und fragen, ob sie uns wegen eines kleinen Vampirproblems helfen könnten.«

»Die Rettung liegt auf der Isla Evangelista«, erwiderte der alte Zauberer entschlossen. »Die können wir in zwei, spätestens drei Tagen erreichen, wenn wir nicht weiter am Rand der Sümpfe entlang schleichen, sondern mittendurch fahren. Bis dahin werden wir die beiden mit Magie und Kräuterkunde am Leben erhalten.«

»Aber die Fahrt quer durch die Sümpfe ist gefährlich«, wandte das Macronomicon ein. »Moorlöcher, bedrohliche Tümpelbewohner, ganz zu schweigen von den Waranen. Und dann das Phänomen Schattensee, von dem wir nicht wissen, ob es vor oder nach dem Vollmond auftritt. Alle, die nicht fliegen oder wenigstens schweben können, sind in Todesgefahr.«

»Siehst du eine andere Möglichkeit, die beiden zu retten?«, wollte Merellyn wissen.

»Nein«, sagte das Buch schlicht.

»Dann ist es beschlossene Sache«, stellte der Zauberer fest. »Wir nehmen den Weg durch die Sümpfe.«

UNTER VERDACHT

Aber es ging nicht so schnell, wie Merellyn es sich erhofft hatte. Zuerst mussten wir bestimmte Kräuter suchen, die der Zauberer uns genau beschrieb. Die waren in dieser Drecksgegend nur schwer aufzutreiben. Dann mussten wir warten, bis Merellyn daraus einen Sud gekocht hatte, den er den beiden Gebissenen einflößte.

Als wir dann endlich unterwegs waren, konnte Arpad die Kräfte, die in seinem Wagen steckten, nicht ausnutzen, weil wir uns mühsam unseren Pfad zwischen Moortümpeln und Treibsandlöchern suchen mussten.

Die Trolle kamen auch nicht so schnell voran wie sonst. Einmal musste Kruschpuk seinen Cousin Glubschnak sogar aus einem Sumpfloch retten, das tatsächlich groß genug war, einen ganzen Bergtroll zu verschlingen. Die Rettungsaktion lief auf die übliche Trollart ab. Sie ballerten ihre Keulen gegeneinander, sodass die Dornen im Kopf der jeweils anderen Keule stecken blieben. An dieser langen Doppelkeule zog der eine Troll den anderen aus dem Sumpf.

Dann kam die Dämmerung. Merellyn wäre am liebsten weitergefahren, aber das war in diesem Gelände unmöglich.

Als Arpad meldete, dass er nicht mal mehr sein Vorderrad sehen könnte, hielten wir für die Nacht an. Die Trolle machten Feuer, aber niemand kletterte nach draußen, um irgendwas zu essen zu machen. Merellyn gab Schnick einen Schluck von dem speziellen Mondberuhiger. Lorenzo flößte er wesentlich mehr davon ein, aber Myrabella und auch Arpad bestanden darauf, dass Lorenzo gefesselt werden musste. Merellyn wollte zuerst nicht, weil wir alle Wache halten konnten. Die Trolle hatten sich vor und hinter dem Wagen hingelegt, sodass sie merken würden, wenn jemand hinein- oder hinauskletterte.

Aber irgendetwas stimmte nicht. Die Trolle schnarchten, bevor es richtig dunkel war. Auch im Wageninneren nickte einer nach dem anderen weg. Als Allererster Merellyn, der neben dem Bett von Esmeranda gesessen hatte. Plötzlich lag sein Kopf neben ihrem auf dem Kissen. Sie sah bleich aus und fiebrig, aber ihr Brustkorb hob und senkte sich ruhig und gleichmäßig. Genauso bei Palomina, die den ganzen Tag nicht aufgewacht war. Als ich mich wieder umsah, lag Myrabella auf der anderen Seite des Kopfkissens neben Esmeranda.

»Arpad, Schnick!«, sagte das Macronomicon. »Es hilft nichts. Wir werden alle schläfrig. Fesselt Lorenzo!«

Arpad holte wortlos einen Strick unter dem Kutschbock hervor. Aber Schnick zögerte. »Ist schon gut«, meinte Lorenzo. »Tut, was das Buch sagt. Ich weiß wirklich nicht, was ich in den vergangenen Nächten getan habe. Fesselt mich. Vielleicht sind die Mädchen dann in Sicherheit.«

Sie fesselten Lorenzo an eine der Stützstreben für die Plane. Während sie das taten, schlief er ein! Schnick nahm noch mal einen Schluck von dem Trank und legte sich auch hin. Arpad war schon eingeschlafen. Als ich das Macronomicon ansah, hatte es ebenfalls die Augen geschlossen. Ich wusste nicht, dass Bücher müde werden können. Dann packte es auch mich!

Als ob es für mich noch eine Schwerkraft gäbe, fiel mein Kopf nach vorn, und für den Bruchteil einer Sekunde nickte ich ein. Ich schreckte wieder hoch. Irgendwas stimmte hier ganz und gar nicht. Ich musste wach bleiben und herausfinden, was jede Nacht passierte. Aber es gelang mir nicht. Ich driftete weg, gründlicher als je zuvor, seit ich ein Geist geworden war.

Und dann war ich mitten in einem Traum. Ich befand mich auf einem Schlachtfeld. Überall um mich herum wurde gekämpft. Aber ich sah die Schlacht von der Geisterzwischenwelt aus. Im Hintergrund loderten rote Feuer. Davor hauten und stachen die Schemen von riesigen Trollen, Fußsoldaten und Rittern zu Pferde aufeinander ein. Durch das Gewimmel von Kämpfenden hetzten Werwölfe. Darüber rasten Vampire im Tiefflug. Ich musste einen bestimmten Ort erreichen. Einen Hügel mitten in der Schlacht. Er war wie das Auge des Orkans. Dort herrschte Stille. Das Gemetzel fand in einem irrsinnigen Wirbel um den Hügel herum statt. Aber es war dieser Ort, von dem die ganze Vernichtung ausging. Denn dort stand der Feldherr. Ein gewaltiger Krieger, der noch nicht in die Schlacht eingegriffen hatte. Sein langes Haar und der Umhang wehten im heißen Wind der Feuer. Er stand ganz ruhig, mit gebeugtem Kopf, auf ein gewaltiges Schwert gestützt. Als lausche er den Schreien der Verwundeten und Sterbenden. Zuerst dachte ich, er stünde unter einer Art Baldachin. Aber dann sah ich, dass es Flügel waren. Große ledrige Vampirflügel.

Ich flog näher heran. Gleich würde ich zum ersten Mal Lord Zerberons Gesicht sehen. Den Mundovoros, der die gesamte Menschheit vernichten wollte.

Er hob den Kopf und ich wechselte in die richtige Welt, um ihn nicht nur als Schemen wahrzunehmen.

Und dann blickte ich in das Gesicht – von Lorenzo!

Und der sagte: »William, du musst aufwachen! Das Nomadenmädchen stirbt als Erste.«

Ich war so geschockt, dass ich in meinem Traumflug durch den Elbenfürsten durchraste. Zugleich wechselte ich wieder in die Geisterdimension.

Und irgendwie tat ich das anscheinend auch außerhalb meines Traums. Und sobald ich dort war, spürte ich nicht die geringste Müdigkeit mehr.

Ich war wach und sah mich im Wohnwagen um. Alles war in verkehrte Farben getaucht und nur als flimmernde Schemen zu erkennen. Aber ich wusste sofort, was los war.

Lorenzo, Palomina und Esmeranda waren verschwunden.

Ich sprang zurück in die wirkliche Welt. Die Schnur, mit der sie Lorenzo gefesselt hatten, hing zerbissen an der Stützstrebe. Esmeranda lag nicht mehr in ihrer Koje und Palomina nicht mehr auf dem Kabinenboden. Das Dsinghani-Mädchen konnte Lorenzo nach draußen getragen haben, aber wie hätte er die Zentaurin bewegen können?

Ich schoss aus dem Wohnwagen. Keine Spur von den dreien. Der Sumpf war in kaltes Mondlicht getaucht. Ich sah hoch zum Mond. Und entdeckte Lorenzo. Nur, dass ich ihn im ersten Moment für etwas anderes hielt. Ich zuckte zusammen, weil ich dachte, dass ein Wolf ganz oben auf der Plane des Wagens hockte. Keine Spur von den beiden Mädchen. Auf den zweiten Blick war es kein Wolf, sondern Lorenzo, der den Oberkörper vor und zurück wiegte, als ob er sich ständig vor dem Mond verbeugen würde. Er sah einfach aus wie ein sehr haariger, sehr spitzohriger, sehr gelbäugiger Insasse der Klapsmühle. Die Bettelnde Bruderschaft, der Mönchsorden, der auch unser Waisenhaus betrieb, hatte die alte Mühle von Konrad Klaps übernommen und betreute dort die komplett Übergeschnappten, so gut es ging.

Plötzlich stand Lorenzo auf und breitete beide Arme aus, als wolle er den fast vollen Mond umarmen. Dann kippte er, zuerst langsam und dann immer schneller, nach vorne, von mir weg. Er verschwand hinter dem Planwagen. Das war wie letztes Jahr, als er zuerst waagerecht auf der Turmwand gestanden hatte und dann plötzlich kippte. Ich hatte ihn in letzter Sekunde durch das offene Fenster in unser Zimmer gestoßen. Das war das erste Mal gewesen, dass ich als Geist irgendetwas bewegen konnte. Auch diesmal reagierte ich sofort. Ich schoss durch das Holz der Wagenräder auf die andere Seite, um Lorenzo aufzufangen. In solchen Momenten blieb mir keine Zeit, darüber nachzudenken, ob ich das konnte oder nicht. Deshalb klappte es meistens.

Auf der anderen Seite des Wagens starrte ich mit ausgebreiteten Armen nach oben, aber da war kein Lorenzo. Hinter mir knackte ein Zweig. Ich fuhr herum und sah gerade noch einen Schemen, der mit wehender Mähne über spitzen Ohren in der Dunkelheit zwischen den Bäumen verschwand.

Ich wurde zu blauem Rauch und schoss in die Richtung, in die Lorenzo gerannt war.

Beinahe hätte ich ihn verfehlt. Er war unglaublich schnell. Lorenzo sprang gegen einen Baum und benutzte den Aufprall, um einen Haken zu schlagen. Ich suchte mir ein neues Ziel und zog in einer Kurve auf der anderen Seite des Baumes herum in Lorenzos neue Richtung. Aber der schlug schon wieder einen

Haken und ich driftete ein Stück weit ab, ehe ich seine neue Laufrichtung einschlagen konnte.

Das Spiel ging eine Weile hin und her. Ich hatte richtig Mühe, ihm hinterherzukommen und ihn nicht aus den Augen zu verlieren. Dann machte er plötzlich zwei Haken und kam auf mich zugerast. Ich war nicht in der Lage, zu bremsen.

Einen Moment lang konnte ich ihn deutlich erkennen, weil er durch mich durchraste. Seine langen, kastanienfarbenen Haare, die er normalerweise in einem Pferdeschwanz auf dem Rücken trug, standen wie ein gesträubtes Fell von seinem Kopf ab. Seine Ohren waren fast so spitz wie die von Myrabella. In seinem aufgerissenen Mund schienen mehr als ein Dutzend neue Zähne gewachsen zu sein. Und seine Augen leuchteten gelb! Mein bester Freund sah aus wie eine irre Mischung aus Mensch, Werwolf und Vampir.

Ich brauchte keine ganze Sekunde, um zu bremsen und mich in die Richtung zu drehen, die er genommen hatte, aber er war weg. Verschwunden. Ich wollte gerade zum Wagen zurückkehren, als ich die Stimme hörte. Eine fremde Stimme. Sie war so weit entfernt, dass ich sie zu Lebzeiten gar nicht gehört hätte.

»Halt sie fest, verdammt noch mal!«, befahl sie. »Heute Nacht geb ich ihr den Rest. Ich kann nicht mehr warten.«

Ich flog, so schnell ich konnte, in die Richtung, aus der die Stimme gekommen war.

»Das solltest du nicht tun«, sagte eine andere, weinerliche Stimme, die mir bekannt vorkam. »Wenn wir sie verlieren, wird ihr Bruder sich vielleicht weigern die anderen zur Isla Evangelista zu bringen.«

»Daran ist unser Herr sowieso nicht interessiert«, sagte eine zweite fremde Stimme. »Du musst dafür sorgen, dass sie nach

Norden vom Weg abkommen. Dann kann ich unsere Truppen an sie heranführen.«

»Ja, aber wenn ihr das Nomadenmädchen jetzt tötet ...«

Die weinerliche Stimme gehörte dem Troll Kruschpuk!

»Hör auf zu jammern!«, unterbrach ihn die erste von den unbekannten Stimmen. »Sie haben doch noch die andere, dieses halbe Pferd.«

Ich hatte den Waldrand erreicht. Auf einer mondbeschienenen Lichtung hockte Kruschpuk und hielt etwas in seinen Pranken. Vor ihm standen zwei geflügelte Gestalten. Ich hatte noch nie einen echten Vampir gesehen, aber das mussten welche sein. Sie waren bei Weitem nicht so beeindruckend wie der Schwarze Lord in meinem Traum. Ihre Kleidung war abgewetzt und hier und da nachlässig geflickt. Mit ihren langen, strähnigen Haaren und ihrer bläulich-blassen Haut sahen sie irgendwie krank und fiebrig aus und sie starrten vor Schmutz. Aber es waren Vampire.

»Sag mal, Blödmann ...« Der zweite Vampir kicherte. »Was für ein Name! Haben sie dich nie verdächtigt?«

»Ist das jetzt wichtig?«, fragte der erste Blutsauger ungeduldig. »Ich habe Du...hurst!«

»Das sagt überhaupt nichts«, meinte der zweite. »Den hast du immer. Ich will es wissen, weil wir den Troll benutzen müssen, um sie wieder zur Straße zu lotsen. Sie haben sich für den Weg durch die Sümpfe entschieden, weil du dich nicht zurückhalten konntest und das Mädchen in der Palastruine angefallen hast!«

»Ich? Ich konnte mich nicht zurückhalten?«, wetterte der andere Vampir. »Du hast die Große gebissen, sobald sie ihren hübschen Hals durch den Türrahmen gestreckt hat.«

»Aber bei der wäre es doch gar nicht aufgefallen. Sie hat den Körper eines Pferdes und viel mehr Blut, da …«

»Quatsch! Das hattest du noch gar nicht gesehen, als du losgelegt hast!«

»Das ist jetzt auch alles egal. Wir müssen sie nach Norden zu unserem Hinterhalt kriegen, sonst sind wir fällig für's Sonnenbad. Wir müssen wissen, ob sie dem Troll noch trauen. Also, was ist passiert?«

»Sie haben mich schon verdächtigt«, antwortete Kruschpuk. »Aber ich hatte der kleinen Fledermaus befohlen, gleich nach Westen zu fliegen, statt mir die Zeichen ins Wirtshaus von Flüsterwald zu bringen. Deshalb konnte ich sie mein Gepäck durchsuchen lassen.«

»Aber wie hast du's geschafft, dass sie mit dir aufgebrochen sind?«

»Ich hab ihnen die Wahrheit gesagt. Von der Wette, mit der ihr mich reingelegt habt. Aber nicht, dass ihr mich hinterher noch viel mehr reingelegt habt.«

»Das war sehr schlau!«, rief der erste Vampir. »Verdammt schlau!«

»Da siehst du mal, was Vampirgift aus einem komplett verblödeten Riesenbaby wie diesem Troll machen kann!«, rief der zweite. »Einen intriganten, hinterhältigen Agenten des mächtigen Vampirreichs, das sich bald über ganz Fantasmanien …«

»Sülz keinen Scheiß!«, unterbrach ihn der erste. »Hinterhältig und schlau ist er geworden, aber Schreiben kann er immer noch nicht. Er schickt uns den Baby-Nachtmar mit der Nachricht: Komm Hafn. Das kann genauso gut ›Wir kommen zum Königshafen‹ wie ›Kommt zum Schwimmenden Hafen‹ heißen. Wenn mein Taganzug kein Leck gehabt hätte, wären wir vielleicht dorthin aufgebrochen, und sie wären uns auf dem Fluss entwischt ... Außerdem hab ich jetzt genug von dem Gewäsch. Ich will trinken!«

Inzwischen erkannte ich mehr. Halb von Kruschpuk verdeckt lag Palomina, immer noch bewusstlos, gegen einen Felsen gelehnt. Und das, was der Bergtroll in seinen Händen hielt, war Esmeranda! Der Vampir würde ihr gleich das letzte Blut aus den Adern saugen!

Was sollte ich tun? Lorenzo, der selber wie eine Mischung zwischen Vampir und Werwolf aussah, hatte mich hierher geführt, aber er war verschwunden.

Wenn ich jetzt versuchte zum Wagen zurückzufinden, jemand von den wie betäubt Schlafenden aufzuwecken und hierher zu bringen, war Esmeranda tot.

Kruschpuk hielt das Mädchen in seiner Linken und bog mit der Rechten ihren Kopf so zur Seite, dass ihr weißer Hals freilag. Der Vampir beugte sich vor.

DER BESESSENE TROLL

Ich wurde vollkommen unsichtbar und schoss vorwärts. Mitten hinein in den Troll. Es dauerte keine Sekunde, dann war ich Kruschpuk. In seinem Geist war es verwirrender als in dem von Glubschnak. Zuallererst war da ein ähnliches Empfinden starker Muskelberge. Aber auf der anderen Seite ein fiebriges Zittern, das Glubschnak niemals empfunden hätte. Dann hatte ich das Gefühl, dass da ein zweites, fremdes Bewusstsein war, das von Anfang an mit mir um die Kontrolle über diesen mächtigen Körper kämpfte. Und irgendwo ganz weit hinten jemand wie Glubschnak, der überhaupt nicht verstand, was mit ihm vorging, und nicht in der Lage war, in diesen Kampf einzugreifen. Durch das Überraschungsmoment war ich derjenige, der als Erster die Kontrolle hatte. Ich legte meinen linken Zeigefinger schützend über Esmerandas Hals und spürte die kleinen Vampirzähne wie Nadelstiche an meinem Fingerknöchel.

»He, du Blödian!«, fauchte der blutgierige Vampir. »Nimm gefälligst deine Flossen da weg!«

»Du hast mich gebissen!«, knurrte ich.

»Ja, und ich weiß nicht, was dir daran nicht passt«, schnappte der Vampir. »War ja nicht das erste Mal.«

»Das war auch für uns kein Vergnügen«, warf der zweite Vampir ein. »Trollblut ist zum Kotzen.«

Ich hätte nicht gedacht, dass Vampire Trollen überhaupt etwas anhaben konnten.

Aber ich hatte eine deutliche Erinnerung daran, wie mich 60 oder mehr Vampire überfallen hatten, zwei Nächte, nachdem ich aufgebrochen war, um die beiden Jungs zu suchen, die das Fußballspielen erfunden hatten. Wie ich kämpfte und um mich schlug. Wie sie es trotzdem immer wieder schafften, ihre Zähne in meine Adern zu senken.

Andere Erinnerungen leuchteten wie Blitze auf. Ich war tatsächlich losgeschickt worden, um die beiden Jungs auf die Isla Evangelista zu bringen. Wie hießen sie noch? Lorenzo und … richtig, William. William! Hatte ich eben etwa gedacht, ich bin Kruschpuk? Kruschpuk mit den Vampiren im Königshafen. Das war vor drei Wochen. Wir treffen drei Frauen. Zwei sind verschleiert, die andere … ich weiß nicht. Sie sieht aus wie die anderen kleinen Hin-und-her-Flitzer, aber sie ist kein Mensch. Ein Troll sieht so was. Ich fahre mit einem Schiff. Mir wird nicht schlecht, aber ich habe …

»… höllischen Durst. Nimm endlich den Finger weg, du grüner Riesentrottel.«

Kruschpuk selber war nur ein verwirrter, minderbemittelter Untermieter in seinem eigenen Hirn. Aber das andere, was durch seine Adern kreiste, wollte den Vampiren unbedingt gehorchen. Das war ein Schock. Dadurch verlor ich ein bisschen die Kontrolle. Kruschpuk nahm den schützenden Finger von Esmerandas Hals.

»Schon besser«, meinte der Vampir. »Und jetzt heb sie hoch. Ich bin durstig.«

Ich war fast nicht in der Lage, den Drang niederzukämpfen, diesem Blutsaugerarschloch zu gehorchen. Es ging nicht, wenn ich Kruschpuk war, so wie ich am Morgen Glubschnak gewesen war. Es war zum Verrücktwerden. Ich kontrollierte einen Körper, der ein einziger mächtiger Muskelberg war, und hatte doch keine Kontrolle. Erinnerungsfetzen, einzelne Bilder stürmten immer noch wie Blitze auf mich ein. Ich musste versuchen ich selbst zu sein. Nicht Kruschpuk, sondern … der andere. Aber das war so schwer! Ich konnte mich kaum an den Namen erinnern. Wie hieß der Geisterjunge? Und warum dachte ich ausgerechnet jetzt an ihn? Richtig, er hieß William. William!

Ich übernahm die Kontrolle und schubste den Vampir weg von Esmeranda. Er taumelte zurück und ich hob ihren leblosen Körper hoch in die Luft.

»Rühr sie nicht an!«, knurrte ich.

»Sag mal, was ist eigentlich mit dir los?«, wollte der andere Vampir wissen. »Du hast zu gehorchen, sonst gar nichts, Kruschpuk!«

Blöd, dass er den Namen sagte. Dadurch trat der Troll in den Vordergrund und folgte wieder dem Drang in seinem Blut, das zu tun, was die Vampire wollten. Er senkte die Pranke, in der Esmeranda lag.

»Leg sie einfach auf den Boden, ja?«, meinte der erste Vampir, der vor lauter Blutgier schon ganz fahrig wurde. »Ich muss jetzt unbedingt trinken! Der Vollmond brennt mir auf den Hinterkopf.«

Ich tat, was er befahl. Gleichzeitig kramte ich verzweifelt in meinem Gedächtnis nach einem Namen. Ich verstand gar nicht, warum ich schon wieder an den Geisterjungen dachte. Was war so wichtig an seinem Namen? Wie war der noch?

Richtig, William. Ich packte den Vampir und warf ihn in den Tümpel in der Mitte der Lichtung.

Aber der Mistkerl tauchte nur kurz unter und schoss wieder aus dem Wasser heraus, wie von einem Katapult abgefeuert. Er schien nicht mal richtig nass geworden zu sein.

»Slobomir, es scheint, unser grüner Freund braucht eine neue Lektion in Gehorsam gegenüber seinen Herren«, sagte der Vampir. »Sein Blut schmeckt zwar ekelhaft, aber ich glaube, wir müssen ihm noch einiges davon nehmen, damit er wieder ein bisschen Respekt lernt.«

»Hast recht, Dragoslav«, bestätigte der andere Vampir. »In den Mädchen ist sowieso nicht mehr genug Blut, um satt zu werden. Trinken wir halt Kruschpuks grüne Suppe. Bück dich, Arschloch, damit wir an deinen ungewaschenen Hals rankommen!«

Es war furchtbar. Ich hatte einen Körper, der an sich schon eine Waffe war. Aber diese Waffe wollte nur diesen beiden Blutsaugern gehorchen. Der zweite Vampir hatte den Namen Kruschpuk erwähnt, deshalb hatte ich den anderen Namen wieder vergessen. Ich war Kruschpuk und ich bückte mich, wie es die Herren befohlen hatten. Die Vampire stellten sich links und rechts von mir auf und bleckten die Zähne, um mich in den Hals zu beißen.

In dem Moment schoss etwas Wolfsartiges über den Felsen, an dem Palomina lehnte, und rammte die beiden Vampire, sodass sie über den moosigen Boden bis an den Rand des Tümpels rollten. Das unglaublich schnelle Wolfsdings beschrieb einen Bogen, raste zurück und schrie mir »WILLIAM!« ins Gesicht, ehe es wieder hinter dem Felsen verschwand, von wo es gekommen war.

Richtig, ich war William, ich kontrollierte den Körper eines Bergtrolls und es wurde Zeit, zu kämpfen, ehe einer der beiden Blutsauger wieder den anderen Namen sagen konnte.

Ich legte Esmeranda vorsichtig neben Palomina. Ganz kurz dachte ich an die beiden Keulen auf meinem Rücken; aber den Gedanken verwarf ich gleich wieder. Das war was für den anderen, an dessen Namen ich nicht denken durfte.

Also schlug ich die beiden Vampire einfach mit dem Handrücken, als sie wie von der Feder geschnellt aufsprangen. Beide fielen in den Tümpel und waren wieder draußen, ehe das Wasser hochspritzte. Verdammt, die waren hart im Nehmen. Und unglaublich schnell. Sie sprangen in die Luft und stiegen mit mächtigen Flügelschlägen höher, bis sie für meine Trollaugen nur noch zwei schwarze Fledermäuse vor einem riesigen, fast vollen Mond waren.

Dieser Mond ließ den Vampir in meinem Blut vor Durst kreischen. Die beiden Fledermäuse gingen in den Sturzflug über. Eine beschrieb einen Bogen nach rechts, die andere nach links.

Es wurde doch Zeit für die Keulen. Ich riss sie aus ihren Haltern. Die Vampire schossen von zwei Seiten auf mich zu. Ohne zu wissen, warum, überkreuzte ich die Arme. Das war nicht ich, das tat der echte Troll. Ich ließ ihn machen. Er wusste, was man mit den Keulen anstellen konnte. Genau im richtigen Moment zog er durch. Eine Keule schwang oben, eine unten herum. Und der Kerl war auch schnell! Beide Vampire konnten den gewaltigen Schlägen ausweichen, aber gleich danach stießen sie hart zusammen. Ich hörte Knochen knacken. Einer der beiden Angreifer trudelte ans gegenüberliegende Ufer des Tümpels. Der andere stieg noch einmal auf.

Ohne nachzudenken, rannte ich los. Die Erde zitterte unter meinen schweren Tritten. Es war gar nicht der Troll, der die Entscheidungen in diesem Kampf traf. Und im Augenblick auch nicht ich, William. Es war dieses Vampirzeug in seinen Adern. Das wollte kämpfen. Und es jagte den Troll um den Teich herum, um den verletzten Vampir zu töten, solange dazu Gelegenheit war.

Dessen Augen weiteten sich vor Schreck. Er wandte sich zur Flucht, aber dann zögerte er. Ich verstand, warum. Fliegen konnte er nicht mehr. Wahrscheinlich hätte er dem Troll auch rennend entkommen können. Diese Vampire waren blitzschnell und unglaublich stark. Aber er hätte bei Nacht durch einen unbekannten Sumpf laufen müssen. Auch das konnte tödlich enden.

Dann tat er etwas, das mich total überraschte. Er drehte sich um und hob den Arm, die Handfläche mir entgegengestreckt. Und er sagte nur ein Wort. »Kruschpuk!«

Der stürmende Troll bremste aus vollem Lauf ab. Er schlitterte über den schmierigen Boden und entwurzelte das nasse Gras büschelweise. Aber er kam zum Stehen, keine fünf Schritte von dem Vampir entfernt. Der starrte dem Troll prüfend in die Augen. Dann schüttelte er sich kurz. Wieder hörte ich Knochen knacken und der Flügel, der eben noch schlaff und verdreht an seiner Seite hing, straffte sich. Die Augen des Blutsaugers leuchteten rot auf und dann grinste er.

Diese Mistkerle konnten sich selbst heilen!

»Willkommen in unserem kleinen Spiel«, sagte er leichthin. »Ich weiß nicht, wer du bist, aber du versuchst offensichtlich von unserem lieben Troll Besitz zu ergreifen. Ich bin Dragoslav von Venenfels. Möchtest du dich nicht auch vorstellen?«

Beinahe hätte ich es getan und dem überheblichen Scheißkerl verraten, dass in dem Troll nur der Geist eines elfjährigen Jungen steckte, der überhaupt keine Ahnung hatte, wie man von anderen Leuten Besitz ergreifen konnte.

Der andere Vampir landete neben Dragoslav.

»Ich bin Slobomir von Venenfels«, stellte er sich vor. »Ich fände es wirklich unhöflich, wenn du uns deinen Namen nicht sagen wolltest. Oder steckt da nur Kruschpuk drin?«

Sie waren draufgekommen. Jedes Mal wenn ich versuchte die Kontrolle zu übernehmen, sagten sie den Namen des Trolls und ich war wieder weg vom Fenster. Aber das andere, dieser dritte Vampir, der mit dem Troll und mir in diesem Bewusstsein steckte, der wollte angreifen. Es war total seltsam. Jedes Mal, wenn ich um die Kontrolle kämpfte, war dieses Ding auf meiner Seite, und ich spürte die Keulen in meinen gewaltigen Pranken und ich wusste, dass zwei Vampire eigentlich nicht genug waren, um einen Bergtroll niederzukämpfen. Schon gar nicht mit dem Vampirgift in den Adern, das ihn schneller und schlauer als jeden anderen Troll machte. Aber dann sagte einer der beiden den Namen des Trolls und das Vampirzeug kippte total um und sorgte dafür, dass dieser riesige Körper nur den Befehlen von Dragoslav und Slobomir gehorchte.

Die beiden Blutsauger machten ein Spiel daraus.

»Was glaubst du, Slobomir?«, sagte der eine. »Reden wir gerade mit KRUSCHPUK und machen uns lächerlich, weil gar niemand in ihm drinsteckt? Oder glaubst du, dass KRUSCHPUK besessen ist?«

»Ich weiß nicht, Dragoslav«, antwortete der andere. »Wenn ich so darüber nachdenke … mit wem KRUSCHPUK in letzter Zeit so zusammen war … gibt es eigentlich nur einen, der in KRUSCHPUK eingefahren sein könnte.«

»Du meinst doch nicht etwa den Geisterjungen?«, tat der andere so, als ob er das nicht glauben könnte. »Du meinst, der steckt in KRUSCHPUK? Aber das kann er KRUSCHPUK doch nicht antun!«

»KRUSCHPUK, steckt der Geisterjunge in dir drin?«, fragte Slobomir mit gespieltem Interesse.

Sie schafften es immer wieder, mich zurückzudrängen, aber in ihrer Überheblichkeit waren sie auch extrem blöd. Indem sie ständig den Geisterjungen erwähnten, brachten sie mich wieder nach vorne. Nicht so stark, als wenn sie endlich meinen Namen gesagt hätten, aber genug, um mich nicht völlig untergehen zu lassen. An den Namen erinnerte ich mich zurzeit leider selbst nicht. Wir hatten ein Unentschieden. Solange sie redeten und immer wieder den Namen des Trolls sagten, konnte ich nichts tun. Aber sie konnten auch nur schwafeln. Wenn sie einen neuen Angriff wagten, hatte ich Zeit, den Troll zu übernehmen.

Aber dann gingen sie zu einer anderen Taktik über.

»Ich sag dir mal was über KRUSCHPUK, Slobomir«, meinte Dragoslav. »In KRUSCHPUK steckt gar kein Geisterjunge.

KRUSCHPUK ist nur ein bisschen ungehorsam. Deshalb braucht KRUSCHPUK eine kleine Lektion.«

»Ich finde auch, wir sollten KRUSCHPUK ein wenig Gehorsam lehren«, griff der andere den Ball auf. »Wenn wir KRUSCHPUK ein bisschen mehr aussaugen, weiß KRUSCHPUK wieder, wo sein Platz ist. Und vielleicht saugen wir aus KRUSCHPUK gleich den Geisterjungen mit heraus.«

»Was meinst du, KRUSCHPUK? Bück dich, KRUSCHPUK!«

Ich war total weggetreten. Der Troll tat, was die Vampire von ihm verlangten. Er beugte sich vor und bot ihnen seinen Hals an. Ich war nicht mal mehr in der Lage, KRUSCHPUK zu verlassen.

Gerade als die Vampire zubeißen wollten, kam der verrückte Wolf zurück. Er warf einen von ihnen zu Boden. Ich glaube, Slobomir. Auf jeden Fall hörte ich wieder Knochen brechen. Diese riesigen Lederflügel waren empfindlicher, als sie auf den ersten Blick aussahen. Das Wolfswesen biss dem Vampir mit aller Gewalt in den Nacken.

»Es … es saugt mich aus!«, schrie der Angegriffene in Panik. »Nimm es weg, Dragoslav! Nimm es weg!«

Dragoslav gab dem Wolf auf Slobomirs Rücken einen Fußtritt, der ihn meterweit wegschleuderte. Dann sprang er blitzschnell nach vorne und wäre auf seinem Gegner gelandet, wenn der nicht noch schneller gewesen wäre. Der verrückte Wolf zischte unter Dragoslav durch und sprang Slobomir, der sich gerade aufrappelte, noch einmal in den Rücken. Er spuckte eine Menge schwarzes Blut in die Schilfbüschel, richtete beide Zeigefinger auf mich und schrie: »William! Du bist William! Mach sie fertig!«

Dann sprang er von Slobomirs Rücken und raste davon. Wie konnte ein Wolf Zeigefinger haben?

Meine Keule landete mit aller Wucht auf dem Schädel des Vampirs, ehe der sich aufrichten konnte. Er klatschte in das schleimige Gras, alle viere von sich gestreckt. Dragoslav sprang über meine zweite Keule weg und schlug mit den Flügeln, um Höhe zu gewinnen. Ich erwartete, dass er noch einmal angreifen würde, aber er verschwand in der Nacht.

Ich hob den bewusstlosen Slobomir auf und trampelte zurück zu der Stelle, wo die Mädchen reglos lagen. Jetzt konnte ich die beiden aussaugen! Zuerst das Pferd. Da war noch ein bisschen mehr Blut drin. Die andere brauchte ich noch für … irgendwas. Ich konnte mich nicht erinnern. Der Kampf war … einfach schön gewesen. Alle wollten das Blut der Mädchen trinken und ICH hatte gewonnen. ICH würde sie leer trinken!

Ich beugte mich über das Pferdemädchen. Ihren Namen hatte ich vergessen. Ganz am Rande war irgendwas sehr seltsam. Ach, ja. Meinen Namen hatte ich auch vergessen. Aber das war nicht weiter schlimm. Ich hatte gewonnen, es gab keine Herren mehr, die mir jeden Tag befahlen mich zurückzuhalten und ich konnte endlich meinen fürchterlichen Durst stillen.

Gerade, als ich zubeißen wollte, sprang etwas auf den Felsen über dem Pferdemädchen. Ich sah hoch. Es fiel mir auch schwer, mich an den Namen von dem Kerl zu erinnern, der da im Mondlicht kauerte. Mit den gelb leuchtenden Augen. Und den scharfen, blutverschmierten Zähnen. Mit den spitzen Ohren, die durch seine Wolfsmähne stachen. Ich hatte ihn mal gekannt. Aber jetzt …

Er atmete schwer. Ich glaube, er wollte etwas sagen, aber ich brauchte jetzt erst Mal einen Schluck Blut. Ich drehte das Pferdemädchen hin und her, aber irgendwie war es schwierig. Mein Trollkiefer war zu groß. Ich konnte sie nicht in den Hals beißen.

Ich musste ihr einfach den Kopf abreißen … Aber irgendwas hielt mich davon ab …

»Lorenzo!«, knurrte der Wolf auf dem Felsen.

Richtig. Lorenzo. So hieß der Kerl, den ich mal gekannt hatte. Kann mich nur nicht erinnern, wo ich den getroffen hatte. Auf Burg Venenfels? Auf Venenfels hatten wir nie so schrecklichen Durst leiden müssen …

»Ich bin Lorenzo!«, stieß das Wolfswesen hervor.

Das war richtig. Aber auf Burg Venenfels hatten wir keinen Lorenzo gehabt.

»William«, sagte der Wolf auf dem Felsen.

Ich war William, schon richtig. Aber ich musste jetzt trinken und ich war noch nie auf Burg Venen …

Ich war WILLIAM!

»Lorenzo!«, rief ich.

»William«, sagte Lorenzo.

»Komm, wir müssen die Mädchen und den Vampir zum Wagen bringen.«

»Ganz genau. Ich weiß den Weg.«

Ich trug den Vampir in der einen Hand und die Zentaurin in der anderen. Lorenzo, der jetzt wieder auf zwei Beinen lief, hielt Esmeranda in den Armen.

Plötzlich bewegte sich Slobomir.

»Lass mich los, Krusch…«, begann er. Weiter kam er nicht, weil er von Lorenzo dermaßen eine geballert kriegte, dass er gleich wieder weg war.

»Schnauze halten!«, knurrte Lorenzo mit dieser Stimme, die er zum ersten Mal in unserer Turmkammer hatte hören lassen, nachdem er eine senkrechte Wand hochgelaufen war.

»Du bist William!«, sagte er zu mir mit normalerer Stimme. Ich blickte zu ihm hinunter.

»Du bist Lorenzo«, stellte ich mit meiner Trollstimme fest.

»Verdammt richtig. Du bist William, ich bin Lorenzo«, wiederholte er. »Wie machen wir das hier?«

»Ganz große klasse.«

Verdammt, das war die härteste Gerade gewesen, die ich je erlebt habe. Meine schwere Trollfaust war zur Seite gerissen worden. Lorenzo hatte die Nomadin dabei locker im anderen Arm gehalten. Wenn der Kerl in meiner Hand ein Mensch und kein Vampir gewesen wäre, hätte ihm der Schlag das Genick gebrochen.

Lorenzo veränderte sich. Aber er hatte die Mädchen nicht angegriffen und darüber war ich sehr froh.

»Sieh mich nicht so an. Er hatte es verdient. Ich bin Lorenzo. Und du bist …«

»… William. Ich weiß. Wieso bist du so klein?«

»Bin ich nicht. Du bist verdammt groß.«

»Ach ja? Oh, jetzt weiß ich wieder, warum!«

»Sag den Namen nicht!«

»Hatte ich nicht vor.«

Wir gingen zurück zum Wagen und bestätigten uns ungefähr alle 20 Meter, dass wir Lorenzo und William waren.

SLOBOMIR UND DIE SONNE

Ein ganzes Stück vom Wagen entfernt stießen wir auf Schnick. Er sah uns und war verschwunden, ehe wir etwas sagen konnten.

Keine Minute später kamen sie alle angerannt. Merellyn hatte sein großes Schwert gezogen. Arpad hatte ein schwarzes Instrument in der Hand, bei dem ich nicht wusste, ob es zum Musikmachen oder zum Abhacken von Gliedmaßen gedacht war. Wahrscheinlich für beides. Gleichzeitig.

Das Macronomicon öffnete sich, während es auf uns zuflog. Seine Seiten zeigten das hingeschmierte Bild eines Dämons, vor dem ich selbst auf dieser Kinderzeichnung mehr Angst hatte als vor Glitschwiç, der leibhaftig aus dem Buch gestiegen war.

»Wartet!«, brüllte Lorenzo. »Wartet! Ich bin Lorenzo. Wir haben einen Gefangenen gemacht!«

»Das ist Lorenzo«, sagte ich idiotisch. »Ich bin William.«

Die Angreifer stutzten und bremsten ab. Ich musste mich jetzt zusammenreißen und etwas Intelligenteres sagen.

»Wirklich, ich bin's, William … ich stecke hier in … ich darf seinen Namen nicht sagen«, erklärte ich. »Es ist kaum zu glauben, aber er ist … es ist in seinem Blut. Er wird von Vampiren kontrolliert. Sie haben ihn gebissen. Ganz oft. Er muss ihnen gehorchen und ich wage es nicht, ihn zu verlassen, solange der Mond noch nicht untergegangen ist. Sagt bloß nicht seinen Namen, sonst …«

Ich hätte den Mond nicht erwähnen sollen. Mir lief allein bei dem Wort ein Schauer den Rücken hinunter und ich wollte endlich Blut trinken. Lorenzo wusste sofort, was mit mir los war.

»William, William, William!«, rief er immer lauter. »Du bist William!«

»Richtig. Der Geisterjunge«, sagte ich und streckte die Hand mit dem reglosen Slobomir von Venenfels darin aus. »Hier, das ist einer von ihnen. Der andere konnte entkommen.«

Ich ließ den Vampir zu Boden fallen. Merellyn drehte ihn mit dem Stiefel auf den Rücken. Er stellte sich über ihn und legte die Spitze seines Schwertes genau dort auf den Brustkorb des Vampirs, wo das Herz war. Der Zauberer drückte auf einen versteckten Knopf am Heft des Schwertes. Zwei kleinere Klingen sprangen aus Vertiefungen in der großen Klinge und klappten seitlich aus. Plötzlich sah die Waffe aus wie ein Kreuz.

»Warum ist er bewusstlos?«, wollte Merellyn wissen.

»Lorenzo hat ihn geschlagen«, sagte ich. »So fest, wie ich noch nie jemand zuschlagen gesehen habe. Ich bin William.«

»Er wollte den anderen Namen sagen«, erklärte Lorenzo. »Und ich bin Lorenzo.«

»Sehr gut«, meinte der alte Zauberer. »Kr… William, Lorenzo tragt die Mädchen in den Wagen.«

Wir gingen über zu unserem Gefährt und legten Esmeranda in ihr Bett und Palomina auf den Boden daneben.

Als wir zurückkamen, hatte Merellyn sein Schwert mit einer Hand so gepackt, dass er jederzeit zustoßen konnte.

Mit der anderen hielt er seinen Zauberstab. Er wies auf den bewusstlosen Slobomir und murmelte etwas, das meine Trollohren nicht verstanden. Der Vampir stöhnte und versuchte sich aufzurichten. Die Schwertspitze stoppte ihn.

Er sah hoch.

»Ah. Der alte Mann!«, stellte er mit der gleichen Überheblichkeit fest, die er schon am Tümpel gezeigt hatte. »Der letzte Zauberer Fantasmaniens. Nicht wichtig genug, um an der großen Schlacht vor zwölf Jahren teilzunehmen. Glück gehabt. Nimm dein blödes Messer weg.«

Als Antwort stach Merellyn dem Kerl seine Schwertspitze ungefähr einen Zentimeter unter die Haut.

»Von welcher Burg, Abschaum?«, fragte er mit eiskalter Stimme. »Was ist dein Auftrag? Was hat dein Fürst vor?«

»So viele Fragen …«, flüsterte der Vampir. »Ich kann gar nicht richtig darüber nachdenken, wenn deine Schwertspitze an meiner Herzkammer kratzt.«

Die Schwertspitze fuhr noch ein kleines bisschen tiefer zwischen die Rippen. Merellyn machte mir echt Angst, wenn er so war wie jetzt.

»Du kannst zustoßen«, keuchte Slobomir. »Aber wer beantwortet dann deine Fragen? Krusch…«

Diesmal konnte er nicht ausreden, weil ihn meine geballte Trollfaust traf. Ich hatte die ganze Zeit darauf gewartet, dass er es wieder mit dem Namen versuchen würde.

»Er heißt Slobomir von Venenfels«, sagte ich. »Der andere, der geflohen ist, nannte sich Dragoslav, auch von Venenfels. Und ich bin William.«

»Kr… der Troll sollte uns weiter nach Norden locken«, ergänzte Lorenzo. »Der Vampir meinte, dann kämen wir in Reichweite ihrer Truppen.«

Das Verhör ging noch eine ganze Weile so weiter. Der Vampir wich den Fragen aus, versuchte immer wieder den Namen des Trolls auszusprechen und wurde fürchterlich geschlagen. Dann spürte ich plötzlich, dass ich und mein Gastgeber unglaublich müde wurden. Lorenzo sah wieder vollkommen wie Lorenzo aus. Ein todmüder Lorenzo. Der Mond war untergegangen. Im Osten zeigte sich ein blassblauer Streifen am Himmel.

Plötzlich wurde der Vampir nervös. Er versuchte auf Händen und Füßen rückwärts in Richtung des Wagens zu kriechen. Aber die Schwertspitze nagelte ihn auf den Boden.

»Mein Name ist Slobomir von Venenfels«, stieß er hervor. »Mein Auftrag ist, Kr... schon gut!«

Slobomir hob abwehrend die Hände. Meine und Lorenzos Faust waren schon unterwegs gewesen zu seinem übel zugerichteten Schädel.

»Ich begleite diesen Troll und sorge dafür, dass er seine Aufgabe erfüllt«, fuhr der Vampir fort. »Die lautete, euch hierher zu bringen. Mehr weiß ich nicht. Ich gehöre nicht zum Inneren Kreis auf Venenfels.«

Der Streifen am Osthimmel wuchs und begann heller zu strahlen.

»Was für Pläne hat dein Herr?«, bohrte Merellyn weiter nach. »Warum will er uns nach Norden locken? Was haben wir, das ihn interessiert?«

»Ich weiß es wirklich nicht, Herr.« Der Vampir klang verzweifelt. »Bitte, Herr, die Sonne geht bald auf.«

Merellyn nahm das Schwert nicht weg, aber er wandte sich zu unserem Dsinghani-Fahrer um.

»Arpad, dringt eigentlich viel Licht in deinen ... Maschinenraum?«, fragte der Zauberer. »Ich meine unten, wo die große Trommel sitzt?«

»Kätöriybäiy? Kein Licht. Kann schwimmen. Ist dicht wie Schiff.«

Merellyn nahm sein Schwert von der Brust unseres Gefangenen und klappte die seitlichen Messer wieder ein.

»Du hast Glück, Slobomir von Venenfels«, meinte er. »Versteck dich im Wagen. Die Klappe in den Maschinenraum liegt im Boden der Kabine. Du siehst sie sofort.«

Slobomir sprang auf und hastete zum Wagen. »Danke, Herr!«, rief er im Rennen. »Euer Diener, Herr!«

Mit einem Sprung war er die Leiter hinauf und im Wageninneren verschwunden. Wir hörten, wie er die Luke zuknallte.

Erster Dunst stieg aus den Tümpeln und Wasserlöchern ringsum auf. Bald würde es wieder sehr neblig sein. Merellyn wies auf den Streifen im Osten, der jetzt golden strahlte.

»Die Sonne …«, erklärte er. »Davor hat unser Herr Slobomir am meisten Angst. Sie würde ihn bei lebendigem Leib verbrennen. Ich habe ihn festgehalten bis knapp vor Sonnenaufgang. Vielleicht weiß er wirklich nichts.«

Aber als der Blutsauger sagte, »Ich weiß es nicht.«, hatten seine Augen ganz kurz in Richtung Lorenzo gezuckt.

Plötzlich war ich wieder nur William. In dem Troll schlief alles ein. Sowohl er selbst, der sowieso nie richtig wach gewesen war, als auch sein Vampir-Ich, das mit mir um die Kontrolle gekämpft hatte.

Es war ganz leicht, mich aus Kruschpuk zu befreien. Ich konnte auch an den Namen denken, ohne dass ich mich selbst verlor. Aber es war ein Schock, plötzlich keinen Körper mehr zu haben, nachdem man eine halbe Nacht lang mit ungefähr tausend Kilo Muskeln herumgelaufen ist.

Ich war frei und hinter mir kippte der Troll krachend um. Gleich darauf begann er zu schnarchen.

Merellyn hatte etwas von dem Vampir erfahren wollen. Etwas, das ich wusste. Oder von dem ich zumindest Erinnerungsfetzen gesehen hatte. Ich hätte ihm das sagen sollen, aber ich hatte mich zu sehr darauf konzentrieren müssen, William zu sein in einem Körper, der mehr als eine Tonne wog.

»Ihr habt das sehr gut gemacht, Jungs«, lobte uns Merellyn. »Ich bin stolz auf euch. Ihr habt die beiden Mädchen gerettet und seid trotz des Vollmonds ihr selbst geblie…«

In dem Moment fiel Lorenzo auf die Knie und dann nach vorne aufs Gesicht. Sein Schnarchen war leiser als das von dem Troll, aber auch gut zu hören.

Merellyn sah von ihm zu Kruschpuk und dann zu mir. »Ihr müsst ja eine Nacht hinter euch haben …«, meinte er kopfschüttelnd.

»Wie habt ihr überhaupt herausgefunden, was vor sich ging?«, fragte mich der Zauberer, als wir endlich weiterfuhren. Es hatte eine ganze Weile gedauert, Kruschpuk dazu zu bewegen, neben Glubschnak hinter dem Wagen herzulaufen.

»Das war Lorenzo. Ich hab gar nix rausgefunden«, gab ich zu. »Ich hab geschlafen! Und ihr alle auch. Irgendwas ist in diesen Sümpfen, das einen unheimlich müde werden lässt.«

»Sumpfgas«, erklärte Merellyn. »Wir müssen aus der Tiefebene heraus, dann wird es besser. Ich dachte, du schläfst nie?«

»Ich habe sogar geträumt. Es war ein schrecklicher Traum von einer großen Schlacht«, berichtete ich. »Und mitten in dem Traum war Lorenzo und er sagte mir, dass Esmeranda gleich stirbt, wenn ich nicht aufwache. Ich bin in die andere Dimension gesprungen und dort war ich hellwach. Ich habe Lorenzo entdeckt, der hat wieder wie ein Wolf ausgesehen. Er raste kreuz und quer durch den Sumpf und ich hinterher. So eine Art Katz-und-Maus-Spiel. Damit hat er mich so nah an die Vampire herangeführt, dass ich sie hören konnte, und ist verschwunden. Sie wollten Esmeranda das letzte Blut aus den Adern saugen. Kruschpuk hat sie ihnen gebracht. Mir fiel nichts anderes ein, als in den Troll zu fahren.«

»Das war das Schlaueste, was du tun konntest. Erstaunlich«, lobte Merellyn. »Woher wusstest du, dass du das kannst?«

»Weil es mir ganz kurz im Schwimmenden Hafen mit einem Echsenkrieger passiert ist«, berichtete ich. »Und heute Morgen versehentlich mit Glubschnak. Er ist überraschend aus dem Nebel aufgetaucht und ich steckte in ihm drin, ehe ich bremsen konnte. Aber in Kruschpuk war es ganz anders. Ich meine, das Trollhirn war das gleiche. Ziemlich langsam und ziemlich verwirrt. Aber da war noch was anderes. Ein Gift in den Adern, das fast … aber nur fast das Denken für den Troll übernimmt.«

»Erzähl mir mehr davon!«, verlangte der Zauberer.

»Es ist etwas, das in seinem Blut schwimmt«, versuchte ich zu beschreiben, was ich gefühlt hatte. »Wenn die Vampire da sind und dem Troll Befehle geben, sorgt es dafür, dass er sofort gehorcht. Wenn sich die Vampire entfernen … oder einmal, als dieser Slobomir verletzt war … wenn es eine Chance sieht, zu gewinnen … dann kippt dieses Zeug total um und treibt den Troll dazu, die Vampire anzugreifen. Es ist eine hinterhältige Arschkriechersuppe.«

»Ha, genau das sind diese Blutsauger auch!«, rief Merellyn. »Sie sind hinterhältig und gleichzeitig totale Arschkriecher. Sie haben eine gigantische Arschkriech-Vampirgesellschaft aufgebaut. Jeder kriecht und schleimt so viel wie möglich beim nächsthöheren Blutsauger – und ist so brutal und ungerecht und hinterhältig zu jedem Untergebenen, wie es nur geht.«

»Aber sag mal, Merellyn …«, fragte Schnick. »Wenn die Sonne den Vampiren so schadet und Kruschpuk so oft gebissen worden ist, wieso kann er dann da draußen in der Sonne laufen?«

»Wenn man von Vampiren gebissen wird, wird man zwangsläufig selber einer. Aber es gibt ein Zwischenstadium«, erklärte der alte Zauberer. »Man ist nicht mehr ganz die Person, die man einmal war, aber auch noch kein Vampir. Ein schrecklicher Zustand, den ein Mensch nicht lange überlebt. Das Dsinghani-Kind und die Zentaurin sind nicht tot, weil sie meinen Trank bekommen haben. Und natürlich, weil William und Lorenzo sie davor bewahrt haben, ihr letztes Blut zu verlieren. Kruschpuk ist nicht tot, weil er zur stärksten Trollart gehört, die es gibt, den Bergtrollen. Jedes Wesen außer denen wäre nach so langer Zeit in diesem Zwischenzustand längst tot. Oder zumindest wahnsinnig. Aber wahnsinnig ist er auch nicht, weil er dazu, wie alle Bergtrolle, einfach zu blöd ist. Wenn wir auf der Isla sind, werde ich versuchen auch ihm zu helfen. Hier geht das nicht, weil ich niemals die Mengen an Kräutern und Zutaten zusammenbringen könnte, die so ein Riesentroll braucht.«

»Aber er ist jetzt längst nicht mehr so … blöd wie zum Beispiel Glubschnak«, sagte ich. »Ich war in beiden Gehirnen und das von Kruschpuk ist ganz schön … aufgeputscht, könnte man sagen. In Kruschpuks Gehirn habe ich gesehen, wie …«

DER SCHATTENSEE

Auf einmal bremste der Wagen, und zwar so hart, dass alles, was nicht niet- und nagelfest war, einschließlich der Passagiere, durch die Kabine schlitterte. Die aufgehängten Töpfe und Pfannen schwangen wild hin und her.

Merellyn beugte sich hinaus auf den Kutschbock. »Was ist?«, wollte er wissen. »Warum halten wir?«

Statt einer Antwort wies Arpad wortlos auf das Gelände vor uns. Nur, da war kein Gelände. Zwischen den hohen Baumwurzeln erstreckte sich ein See. Man konnte sehen, wie das Wasser an ihnen hochkroch. Ich sah hinten hinaus auf das Land, über das wir bis hierher gefahren waren, aber das schien inzwischen auch irgendwie abhandengekommen zu sein. Die Trolle standen bis zu den Knien in einer Suppe, die mich schwerstens an den sogenannten Spinat-Freitag im Waisenhaus erinnerte. Einmal im Monat hatte es etwas gegeben, das genauso aussah wie das Wasser hier, aber nicht ganz so stark nach faulen Eiern gerochen hatte. Der heilige Patrick hatte immer behauptet, es wäre Spinat. Vielleicht hatte er ihn direkt von hier importiert …

»Das ist der Schattensee!«, rief das Macronomicon. »Wir werden für zwei, drei Tage kein festes Land um uns haben.«

»Wagen schwimmt«, stellte Arpad fest. »Aber Wasser nicht tief für Schwimmen. Also Fahren. Aber fahren in Sumpfloch? Wagen weg. Wasser nicht klar. Sumpfloch nicht sehen.«

Merellyn nickte nachdenklich. Wieder einmal klopfte er sich mit dem knochigen Zeigefinger seitlich an die Nase.

»Der Wagen kann in diesem Gelände nicht fahren und auch nicht schwimmen«, stellte er schließlich fest. »Es bleibt nur eins: Er muss fliegen!«

»Fliegen? Hm, daran habe ich auch schon gedacht«, sagte das Macronomicon. »Deshalb habe ich in meinen Verzeichnissen nachgesehen. Ich habe fünf Levitationszauber und zwei echte Flugzauber gefunden. Das Problem bei der Levitation ist: Der Zauberer muss auf einem festen Punkt stehen und das Objekt mit Willenskraft oder einem Zauberspruch von Punkt A nach Punkt B bewegen. Ich habe nur einen Levitationszauber, den ein Zauberer auf sich selbst oder eine Gruppe anwenden kann.

Das ist der Itinererium, den du selber schon verwendet hast, Merellyn. Der könnte weder den Wagen noch die Trolle mitnehmen.«

»Ich weiß, ich weiß!«, rief Merellyn. »Die Trolle sind wirklich das größte Problem. Den Wagen zum Fliegen zu bringen, halte ich für machbar. Aber ich weiß einfach nicht, wo wir die Riesentrolle hinpacken sollen, wenn die Kiste erst mal fliegt.«

»Dann verkleinern wir sie halt«, warf Schnick ein.

»Wie bitte?«

»Es gibt die Maximator-Sprüche. Die vergrößern Dinge«, fuhr der Kobold fort. »Zum Beispiel Salamander-Häute. Da muss es doch auch einen Spruch geben, der Dinge verkleinert.«

Merellyn sah ihn verwundert an. »Den gibt es in der Tat. Sogar mehrere. Aber die bei lebenden Wesen anzuwenden ….«, meinte er zweifelnd. »Mysterio hat einmal eine Herde Schweine verkleinert, die der Baron von Lebenszweck dem König von Gnomin schenken wollte. Da ist es, soweit ich mich erinnern kann, gut gegangen. Der Spruch ist aber meines Wissens noch nie auf intelligente Lebewesen angewendet worden.«

»Dann weiß ich nicht, wo das Problem liegt«, meinte Schnick. »Die beiden sind keine intelligenten Lebewesen.«

Wasser schwappte gegen die Schaufeln der großen Räder. Der Wagen rollte einen halben Meter vor und sackte links in eine Mulde, sodass Arpad hastig den Bremshebel anzog.

»Was hältst du vom ›Minifaciundum‹?«, fragte Merellyn das Zauberbuch.

»Ich würde den ›Reductativus‹ vorziehen«, meinte das Macronomicon. »Er ist leichter rückgängig zu machen.«

Merellyn sah sich die beiden Trolle an, denen die Brühe jetzt schon fast bis zu den Knien reichte.

»Dieses Land geht einfach unter«, stellte der Zauberer fest. »Schnell, weckt Lorenzo auf, er muss mir hier helfen.«

Lorenzo rieb sich die Augen mit den Handballen, als er neben Merellyn an den Hinterausgang der Kabine trat. Der legte ihm die Hand auf die Schulter.

»Heute gibt es ein hartes Stück Arbeit für einen Magier und seinen Lehrling zu bewältigen«, verkündete der spindeldürre Zauberer. »Zuerst müssen wir die beiden Trolle an Bord bringen. Dann werden wir diesem Gefährt das Fliegen beibringen. Und ich meine Fliegen. Nicht Schweben. Nicht Dahingleiten. Fliegen. Schneller als ein Kranich auf dem Weg ins Winterquartier.«

»Äh, ja, klingt gut!«, sagte Lorenzo. »Ich denke, da gibt's nur einen Haken. Dieser Karren bricht mit Sicherheit auseinander, wenn sich die Trolle draufsetzen.«

»Wir werden die Trolle verkleinern«, erklärte Merellyn. »Dazu brauche ich deine Begabung, was Levitation angeht.«

»Gern, Meister«, nickte Lorenzo. »Ich hab nur keine Ahnung, was das ist, dieses Levi…kation.«

»Du kannst Dinge mit der Kraft deines Willens bewegen«, sagte Merellyn nach kurzem Nachdenken. »Oder an einer bestimmten Stelle halten. So wie den schweren Kranhaken im Schwimmenden Hafen. Ich möchte, dass du dasselbe mit den beiden Trollen machst. Du musst sie über Wasser halten, während ich sie verkleinere. Nicht, dass sie uns noch absaufen.«

Lorenzo nickte und meinte nur: »Also los!«

Das war wieder typisch Lorenzo. Eben hatte er noch keine Ahnung gehabt, was Merellyn von ihm wollte. Im nächsten Moment war er total überzeugt, dass er das konnte, als hätte er so was schon tausendmal gemacht.

Merellyn grinste. Dann erklärte er: »Du musst sie über Wasser halten, während sie schrumpfen. Dann holst du sie in den Wagen … oder am besten setzt du sie auf die Ausleger neben den Rädern. Hier drin ist es schon rammelvoll.«

»Alles klar!«, rief Lorenzo und richtete seine beiden Zeigefinger auf die Trolle. »Kann losgehen.«

Merellyn grinste noch breiter.

»Immer langsam, junger Mann!«, meinte er. »Ich brauche etwas mehr Vorbereitung als du.«

Er nickte dem Buch zu und das öffnete zwei Seiten, die über und über mit Wörtern in einer fremden Sprache bedeckt waren. Merellyn las alles vor und wies dann mit seinem Zauberstab auf die Trolle.

Zunächst passierte gar nichts. Dann sah es plötzlich so aus, als würde der Wagen wieder losfahren und die Trolle zurücklassen. Aber die Bäume ringsum fuhren mit uns mit. Gleich darauf wurde mir klar, dass ich mich getäuscht hatte. Nicht der Wagen oder die Bäume bewegten sich. Die Trolle wurden kleiner. Und kleiner. Und immer kleiner. Als ihre schlammtriefenden Bundschuhe aus dem trüben Wasser tauchten, waren sie etwa so groß wie Braunbären und schrumpften immer noch.

Merellyn beendete das große Schrumpfen mit einem Wischer seines Zauberstabes. Jetzt waren die Trolle ungefähr noch so groß wie ich.

»Setz sie auf die Ausleger, Lorenzo!«, befahl Merellyn. »Einen auf jede Seite.«

Das war eine klare Ansage. Aber Lorenzo konnte es nicht lassen. Er hielt die Trolle mit der Kraft seines Willens in der Luft. Und plötzlich begann er mit ihnen zu jonglieren. Kruschpuk flog über Glubschnak. Und wieder zurück. Dann umgekehrt.

Die Trolle flogen mehrmals im Kreis. Sie drehten sich und schwebten kopfüber zur Wasserfläche hinunter. Ihre haarigen kleinen Köpfe tauchten kurz ein und wieder auf.

Keiner sagte etwas. Am allerwenigsten die Trolle, die das alles völlig ungerührt hinnahmen. Ich sah mich um und merkte, dass niemand sich traute, Lorenzo in seiner Konzentration zu stören. Also musste ich das machen.

»Lorenzo, du blöder Arsch!«, zischte ich. »Hör auf damit!«

»Na gut«, sagte er leichthin.

Mit einem dreifachen Salto landeten die beiden Zwergtrolle auf den hölzernen Auslegern links und rechts. Sie waren bei der ganzen Aktion total teilnahmslos geblieben. Der Kobold Schnick klatschte begeistert Beifall.

»Tolle Show! Tolle Show!«, rief er. »Damit könnten wir auf Jahrmärkten … was ist denn?« Er merkte erst jetzt, dass ihn alle genervt anstarrten.

»Nachdem du deinen Spaß hattest und allen deine überragenden Zauberkräfte vorgeführt hast, schlage ich vor, dass wir jetzt zu den Aufgaben zurückkehren, die wir dringend erledigen müssen«, sagte Merellyn kühl zu Lorenzo. »Wie dir vielleicht entgangen ist, haben wir zwei Passagiere an Bord, die sterben werden, wenn wir die Isla Evangelista nicht rechtzeitig erreichen.«

Lorenzo sah überrascht und auch verletzt aus. »Aber wir haben doch …«, stammelte er. »Letzte Nacht … wir haben uns so angestrengt die Vampire zu schlagen … und wir haben gewonnen …«

»Ja, richtig. Du und William, ihr habt die letzte Schlacht gewonnen«, gab Merellyn zu. »Aber das war gestern. Heute haben wir eine neue Schlacht zu schlagen. Und morgen wieder eine und übermorgen wieder. So ist das Leben. Eine endlose Folge von Schlachten.«

»Und ich … werde sie alle gewinnen!«, raunte Lorenzo. Plötzlich sah er wieder ein bisschen wölfisch aus.

»Das freut mich zu hören, junger Herr Mystelzweig«, erwiderte der Zauberer. »Dann schlage ich vor, wir ziehen jetzt in unsere nächste Schlacht. Es geht darum, dieses Monstrum von einem Wagen zum Fliegen zu bringen.«

Lorenzo nickte langsam.

»Du hebst ihn an. Über die Wasserfläche«, fuhr Merellyn fort. »Ich sorge dafür, dass wir vorwärtskommen.«

»Gut«, sagte Lorenzo schlicht.

Er hob die Hände und der riesengroße Wagen erhob sich triefend aus der Spinatbrühe. Es war unglaublich, welche Fortschritte Lorenzo gemacht hatte. Aber wenn er das hier erledigt hatte, würde ich ihm unter Freunden mal sagen müssen, dass er wie ein angeberisches Arschloch aussah, wenn er die Zauberei auf diese Art erledigte.

Merellyn sah im Vergleich dazu sehr würdevoll und ernst aus, als er seinen Zauberstab hoch in die Luft hob und sagte: »Itineramus horizontem!«

Dann senkte er den Stab und deutete auf die verschwommene Horizontlinie. Der Wagen schoss vorwärts. Je tiefer Merellyn den Zauberstab auf die Stelle richtete, wo sich Himmel und Erde trafen, desto schneller wurden wir. Plötzlich ging die Reise in einem ganz anderen Tempo weiter. Der Wind pfiff in den Streben der seitlich hochgerollten Plane.

Aber wir waren ein bisschen zu tief. Unser Rumpf und die Räder krachten gegen tote Bäume. Hinter uns gingen Inseln, deren Bewuchs wir getroffen hatten, lautlos unter.

»Lorenzo, zieh die Kiste höher«, empfahl ich. »Wir rasieren den halben Sumpf.«

Er nickte und der Wagen stieg noch einmal ein paar Meter höher. Jetzt waren wir über den höchsten Baumwipfeln und Merellyn konnte noch einen Zahn zulegen. Wir jagten in einem Höllentempo über die endlose Seenlandschaft.

Ich vermute, wir hatten so um die Mittagszeit herum abgehoben. Bis etwa eine Stunde vor Sonnenuntergang, als sich der Himmel im Westen langsam rötlich zu färben begann, hatten wir meiner Schätzung nach mehr Strecke zurückgelegt als in den vergangenen drei Tagen. Vor etwa einer Stunde waren in der dunstigen Ferne Bergketten aufgetaucht. Während wir so dahinflogen, ließ mich ein Gedanke nicht los. Ein Gedanke, der sich versteckte. Er hockte immer genau am Rand meiner Wahrnehmung im Dunkeln. Wenn ich sozusagen im Geiste einen Schritt auf ihn zumachte, wich er zurück. Ich wusste, dass er wichtig war, aber nicht, warum. Im Laufe des Nachmittags kam ich zu der Überzeugung, dass ich wissen würde, wo die beiden Zeichen der Lords waren, wenn ich den verdammten Gedanken zu fassen kriegen könnte. Aber das ging nicht.

BRUCHLANDUNG

Schließlich ließen wir den Schattensee hinter uns und sahen wenigstens ab und zu wieder festeres Land zwischen den Mangrovenbäumen. Doch keiner von uns wusste, wie viel Energie Merellyn und Lorenzo in ihre Zauberkünste pumpten. Wir bemerkten erst, dass sie am Ende ihrer Kräfte waren, als der alte Zauberer plötzlich taumelte. Er hatte den ganzen Nachmittag mit erhobenem Zauberstab hinter dem Kutschbock gestanden und hatte den Wagen Richtung Horizont gelenkt. Jetzt wies sein Stab hierhin und dorthin und der Wagen schoss im Zickzack über die Schwarzfiebersümpfe. Lorenzo fuhr herum, um zu sehen, was mit seinem Lehrmeister los war. Im selben Moment verlor er seine Konzentration und der Wagen stürzte ab. Er versuchte zwar sofort wieder Kontrolle über das Gefährt zu bekommen, aber es gelang ihm nur, den Sturz nach unten in eine Wellenbewegung zu verwandeln. Jedes Mal, wenn er die Hände hob, machte der schwere Wagen auf seinem Weg zurück zur Erde eine leichte Kurve nach oben, aber Lorenzo verlor ihn immer gleich wieder.

Schnick war so geistesgegenwärtig, Merellyns Arm mit dem Zauberstab nach oben zu drücken, sodass wir wenigstens anfingen zu bremsen. Myrabella schoss zum Ende des Wagens und packte das oberste Brett der hinteren Bordwand. Sie stemmte sich mit wildem Flügelschlag gegen den Absturz, aber auch die stärkste Fee der Welt konnte ihn nur etwas verlangsamen. Der Wagen prallte krachend auf den Boden, sprang noch einmal hoch und raste dann schlammspritzend durch einen Tümpel.

Arpad zog an allen möglichen Hebeln, aber das Gefährt wollte nicht anhalten. Einer der Hebel brach ab und Arpad wurde nach hinten in die Kabine geschleudert. Er knallte mit dem Kopf gegen eine Kiste und blieb reglos liegen.

In dem Moment tauchte eine dichte Gruppe von Birken ein ganzes Stück voraus auf. Wir hatten zum ersten Mal Bäume vor uns, die noch nicht von der Schwarzfieberkrankheit angesteckt waren. Und die lagen genau auf unserer Route und rasten auf uns zu. Aber niemand steuerte.

Merellyn hing erschöpft an Schnick, der weiter seinen Arm mit dem Zauberstab senkrecht in die Luft hielt, damit der Stab uns nicht wieder schneller werden ließ. Myrabella versuchte immer noch den Zauber, der uns weiter vorantrieb, mit Feenkraft zu bremsen. Die Trolle saßen grinsend auf den Auslegern und genossen den Fahrtwind und das wilde Gehopse. Lorenzo lag neben der reglosen Palomina auf dem Kabinenboden und versuchte vergeblich, sich wenigstens auf Hände und Knie zu erheben.

Mir blieb nur eines: Ich schoss vorwärts und packte den Lenker. Ich spürte glattes Holz, abgegriffen von Generationen von Dsinghani-Händen. Ich zog scharf nach links, wo es für mich am ehesten so aussah, als könnten wir der Baumgruppe entrinnen und zwischen den Wasserlöchern einen Bremsweg finden. Aber ich hatte keine Erfahrung im Lenken von Dsinghani-Wagen. Ich hatte viel zu scharf eingeschlagen. Damit wurde die Kiste bei dieser Geschwindigkeit nicht fertig. Das linke Rad hob ab und der Wagen begann zu kippen. Ich lenkte dagegen. Wir fielen zurück auf beide Räder, rasten aber jetzt wieder auf die Gruppe von Bäumen zu, die viel massiver mit dem Boden verwurzelt waren als die im Spinatseeland. Mir blieb nichts anderes übrig, als noch einmal nach links herumzureißen, und das linke Rad verlor wieder den Kontakt mit dem Boden. Unsere Plane wurde von den längsten Ästen des Baumes ganz links in der Gruppe fortgerissen. Dadurch gerieten wir noch mehr in Schräglage und plötzlich konnte ich lenken, wie ich wollte, der Wagen reagierte nicht mehr darauf. Während er rasend schnell dahinschoss und einem Kurs folgte, den ich nicht mehr bestimmen konnte, kippte er ganz langsam immer mehr auf die rechte Seite. Dann krachte der Ausleger auf den Boden und wurde abgerissen. Kruschpuk folgte in dem losgelösten Kanu seinem eigenen Kurs, immer noch völlig teilnahmslos. Und jetzt wusste ich es! Der Gedanke im Dunkeln kam nicht aus meinem Denken, es war eine Erinnerung von Kruschpuk. Ich sah durch seine Augen, wie er die Kiste mit den Zeichen der Lords an sich nahm. Und zwar in den Ruinen des Sommerpalastes, ehe er Palomina und Esmeranda aufhob und uns entgegenging. Er wollte nicht, dass wir den Palast betraten, weil dort die beiden Vampire schliefen. Kruschpuk hatte die Zeichen an sich genommen und er hatte sie noch bei sich! Aber jetzt war keine Zeit, sich darum zu kümmern.

Wir schlitterten auf dem rechten Rad durch den Schlamm, einem Tümpel entgegen, der überhaupt nicht vertrauenswürdig aussah. Unsere Kiste jagte mit einem gewaltigen PLATSCH! mitten hinein und kam so abrupt zum Stehen, dass ich den Kontakt mit der Lenkstange verlor und einfach durch sie durchraste.

Hinter mir hörte ich dumpfes Stöhnen, als Passagiere, die nicht wie ich durch festes Material gleiten konnten, gegen Bordwände, Kojen und Staukisten knallten.

Ich flog zum Wagen zurück. Soweit ich auf den ersten Blick sehen konnte, war niemand herausgeschleudert worden. Doch jede Menge Ausrüstungsteile markierten unseren Weg vom ersten Aufprall bis in den Tümpel.

Und dieser Tümpel hatte nicht vor, seine Beute wieder herauszurücken. Er gab ein fettes Schmatzen von sich und der Wagen begann ganz langsam zu sinken.

Lorenzo kletterte über die Streben der abgerissenen Plane und sprang neben dem Tümpel auf einigermaßen trockenes Land. Er und Myrabella kämpften darum, den Wagen mit Zauber- und Muskelkraft an der Oberfläche zu halten. Schnick stemmte sich gegen Esmeranda, die kurz davor war, über die Bordwand in den Sumpf zu fallen. Arpad und Glubschnak mühten sich mit vereinten Kräften, Palomina im Wagen zu halten. Merellyn war über die vordere Bordwand auf den Kutschbock geschleudert worden. Er hielt sich mit letzter Kraft an der Lenkstange fest.

»Wir müssen die Trolle wieder auf ihre alte Größe bringen«, stöhnte er. »Die können den Wagen mit Leichtigkeit aus dem Sumpf ziehen. Aber ich bin am Ende meiner Kräfte.«

Das Macronomicon blätterte auf.

RETROREDUCTIVUS lautete die Überschrift auf der Seite, an der das Buch anhielt. Aber Lorenzo schüttelte den Kopf, als Merellyn ihm den Zauberstab hinhielt. »Keine Chance«, flüsterte er. »Ich kann die Karre vielleicht noch ein paar Minuten so halten. Aber für einen neuen Spruch, noch dazu einen mit Stab … reicht's nicht mehr.«

»Ich würd's machen, wenn mir jemand das Mädel abnimmt«, sagte Schnick. »Aber ich kann nicht lesen.«

Ich sah ins Buch. Drei Wörter. Es war niemand übrig, der den Job machen konnte. Außer mir. Also noch mal. Bloß nicht dran denken, dass ich das nicht konnte. Eben mit dem Lenker hatte es wunderbar funktioniert. Aber ich hatte auch keine Zeit gehabt, nachzudenken. Ich schwebte zum Kutschbock und nahm dem überraschten Merellyn den Zauberstab ab. Dann flog ich zum Macronomicon, las die Wörter und sagte: »Retrodicto Reductio. Remaximative!«

Dabei wies ich mit dem Stab auf Glubschnak. Nichts passierte.

»William, jetzt mach schon!«, stöhnte Lorenzo. »Ich kann nicht mehr!«

Ich versuchte mich richtig darauf zu konzentrieren, dass ich derjenige war, der dem Zauberstab Befehle gab. Ich zeigte noch mal auf Glubschnak und rief: »Retrodicto Reductio. Remaximative!«

Drei blaue Blitze zuckten über Glubschnak. Dann gab es ein Geräusch, als würde ein Riese seine Fingerknöchel knacken lassen. Der Troll begann zu wachsen.

»Glubschnak, runter vom Wagen!«, befahl Merellyn.

Der Wagen knirschte und krachte in allen seinen Verbindungen, als Glubschnak auf festes Land sprang. Da hatte der Troll ungefähr die Hälfte seiner alten Ausmaße erreicht.

Lorenzo fiel auf den Rücken, als hätte er den Dsinghani-Wagen mit einem Seil gehalten, das plötzlich gerissen war. Sofort begann das Gefährt zu sinken. Mit Schnick, Merellyn, Palomina, Esmeranda und Arpad an Bord. Dann endlich hatte der Troll seine ursprüngliche Größe zurück. Seine Pranken schossen vor und packten den Ausläufer. Er hob den Wagen ein Stück. Aber der Sumpf wollte seine Beute nicht so leicht wieder hergeben. Eine Querstrebe brach. Anderswo wurden Nägel aus dem Holz gedrückt. Es krachte und Glubschnak hatte den zweiten Ausleger in der Hand. Der Wagen sank wieder.

Der Troll warf das nutzlose Stück Holz weit fort in die Büsche. Dann packte er das große Schaufelrad. Er zog mit aller Macht. Sein Hals schwoll so an, dass er breiter wurde als sein Kopf. Die Muskeln in seinen Armen pumpten, als bewegten sich ausgewachsene Zugochsen unter der Haut. Einer der eisernen Reifen, die seine grünen Oberarme schmückten, zerbarst. Aber irgendwie stand er auf der falschen Seite. So wie er jetzt zog, hätte er den Wagen einmal auf den Kopf und dann wieder auf die Räder rollen müssen, um ihn aus dem Loch zu bekommen. Hätte er von der anderen Seite her anpacken können, wäre es viel leichter gewesen. Aber dort gab es keinen festen Boden.

Wieder hatten wir ein Patt. Der Troll und die Fee zogen nach oben. Der Sumpf zog nach unten.

Gleichzeitig wurde es dunkel. Der Sonnenuntergang in den Sümpfen war auch so eine seltsame Angelegenheit. Kurz davor hatte die Sonne noch eine Handbreit hoch über dem Horizont gestanden. Man glaubte, man hätte mindestens noch eine Stunde, bis sie versank, und danach noch zwei Stunden Helligkeit. Fünf Minuten später war es so, als hätte jemand den Nagel herausgezogen, der die Sonne am Himmel hielt. Sie fiel einfach hinter den Horizont und die Dunkelheit war da.

Ich sah mit Schrecken, dass Esmerandas schwarzes Haar bereits in der Sumpfbrühe schwamm. Bald würde ihr Kopf untertauchen. Erst jetzt merkte ich, dass ich immer noch den Zauberstab in meiner Geisterhand hielt. Vielleicht konnte ich noch irgendwas zaubern, um uns aus dieser blöden Lage zu befreien.

Mir schoss ein Gedanke durch den Kopf. Vergrößern! Genau das hatte ich gerade zustande gebracht. Ich musste den Troll noch mal vergrößern, bis er stark genug war den Wagen aus dem Sumpf zu ziehen. Aber ich konnte nicht denselben Zauberspruch benutzen. Der war ja nur dazu da gewesen, einen anderen Spruch rückgängig zu machen. Dann fiel mir Schnicks Geschichte von den Salamanderhäuten ein. Merellyn hatte dem Kobold eine Frage gestellt. So in etwa, war es dieser oder jener Zauberspruch? Was hatte er bloß gesagt? Irgendwas mit Maxi… zwei verschiedene Wörter und beide hatten mit Maxi begonnen. Auf das zweite Wort würde ich nie kommen, aber das erste lag mir auf der Zunge. Maximaximus. Oder Maximaximiefus. Nein. Das klang nach Gestank, nicht nach Wachstum.

Maximattimus? Bestimmt nicht.

Maximassenmus. Ja! Nein. Es war … es war …

Maximassivus! Maximassivus. Ja. Das war das Wort.

Ich richtete den Zauberstab auf Glubschnak und sprach das verdammte Wort aus. Sofort schossen wieder diese blauen Blitze über den Troll und seine Knochen knackten wie berstendes Holz. Glubschnak wuchs weiter. Und wuchs. Und wuchs. Und plötzlich fiel mir auf, dass ich keine Ahnung hatte, wie man das wieder abstellen konnte.

Das Buch schoss von der anderen Seite des Sumpflochs über den Wagen hinweg an meine Seite. »Sprich ›Magicum conficium‹!«, rief es. »Und beweg den Zauberstab einmal quer über den Troll, als ob du etwas ausstreichen würdest.«

Ich tat, was das Macronomicon verlangte. Endlich hörte das Wachsen auf. Glubschank war jetzt so groß, dass er die Sterne am Himmel verdeckte. Der Dsinghani-Wagen steckte nicht mehr im Sumpf, sondern hing an seiner Hand, wie die Spielzeugkutsche eines reichen Oberstadtbübchens. Nur die geschnitzten Pferde fehlten. Der Troll stellte den Wagen auf festen Grund, aber er war dabei nicht sehr behutsam. Dumpfes Stöhnen und ein paar Schmerzensschreie ertönten, als die Passagiere erneut durchgeschüttelt wurden.

Das Macronomicon neben mir blätterte auf.

»Du musst jetzt ganz schnell diesen Zauberspruch anwenden!«, rief es. »Sonst könnte der Troll sich in Rauch auflösen. Ich weiß nicht, wie stabil seine Struktur in dieser Größe noch ist.«

Ich hatte keine Ahnung, was eine stabile Struktur war und warum Glubschnak so was eventuell nicht mehr hatte, aber ich wollte auf keinen Fall, dass er sich in Rauch auflöste. Also versuchte ich den Zauberspruch in der Dunkelheit zu entziffern. Aber die Buchstaben waren wieder von der krakeligen, spinnenbeinigen Sorte. Ohne Licht war es sehr schwer, den richtigen Wortlaut herauszufinden.

Ich las die Worte wieder und wieder. Aber ich war mir an manchen Stellen nicht sicher. Doch als ich den Spruch zum ungefähr zwanzigsten Mal durchlas, war er plötzlich gut zu erkennen.

Ich sah hoch. Hinter dem Troll war der Mond ungefähr genauso schnell aufgegangen wie vor kurzer Zeit die Sonne unter. Da stand: »Retrodicto Eskalatio. Relatiative!«

Die drei Wörter sprach ich sofort aus. Glubschnak schrumpfte. Und gab mehr und mehr den Blick auf den Vollmond frei.

Die Nomadenkutsche hinter ihm erzitterte plötzlich. Wieder erklang das Krachen von Holz. Die Bodenklappe, die zum Maschinenraum führte, segelte in hohem Bogen durch die Luft.

DORNENLORD

Etwas Großes schoss in die Höhe und landete auf einer verbogenen Stützstrebe unserer verlorenen Plane. Als es seine dunklen Flügel vor dem riesigen, hell leuchtenden Mond ausbreitete, sah das Ding auf der Strebe aus wie ein Todesengel auf einem Grabstein.

Slobomir! Den hatte ich total vergessen.

»Danke, dass ihr mich bis hierher mitgenommen habt«, raunte die dunkle Gestalt. »Aber bemüht euch nicht weiter. Den Rest des Weges finde ich allein.«

Der Vampir schlug mit den Flügeln und hob ab. Er gewann schnell an Höhe und war im dunklen Nachthimmel verschwunden, sobald er den Lichtkreis des Mondes verlassen hatte.

Da meldete sich eine andere Stimme, die ich jetzt schon mehrmals gehört hatte. Aber heute Nacht klang sie bedrohlicher als die von Slobomir.

»Ich kann ihn zurückholen«, behauptete sie.

Im nächsten Moment hetzte eine dunkle Gestalt mit einer wilden Mähne und deutlich sichtbaren, spitz zulaufenden Ohren wie ein riesiger Wolf die Anhöhe hinauf und verschwand zwischen Felsen und Gestrüpp.

Lorenzo. Was mit dem in Vollmondnächten passierte, hatte ich in dem ganzen Trubel auch vergessen. Aber das machte sowieso keinen Unterschied. Der Trank, der ihn in Merellyns Turm noch einigermaßen ruhiggestellt hatte, wirkte hier draußen überhaupt nicht mehr. Gestern Abend hatten sie ihn gefesselt und er hatte sich losgebissen. Den konnte keiner aufhalten.

»William, such ihn!«, befahl Merellyn. »Du bist der Einzige, der noch die Kraft hat und schnell genug ist, um Lorenzo einzuholen. Irgendwo da draußen ist ein großer Trupp Vampire unterwegs. Ich möchte nicht, dass er denen in die Arme läuft.«

Ich wechselte in die andere Welt und raste hinaus in die Nacht. Etwa eine Minute lang jagte ich über verdreht gefärbtes Gelände dahin, in dem nichts Lebendes mir irgendetwas über seine Bewegungen mitteilte. Dann fühlte ich plötzlich weit entfernt etwas am Himmel, das ein großer Vogel sein konnte. Oder auch ein Vampir. Und gleich danach etwas anderes am Boden, nicht ganz so weit entfernt, das alles Mögliche sein konnte. Ein Mensch. Ein Wolf. Oder ein Vampir, der nicht flog, sondern abwechselnd auf zwei oder vier Beinen lief.

Ich näherte mich den Bewegungslinien, die am Boden dahinjagten. Das musste Lorenzo sein. Aber was war Lorenzo? Oder, zu was wurde er, wenn der Vollmond am Himmel stand?

Auf einmal schlug er einen Haken und dann ging es nach Süden. Ich flog noch etwa eine Sekunde weiter nach Norden. Dann explodierte plötzlich der Himmel über mir in Bewegungswellen. Vielen Bewegungswellen. Möglicherweise zog ein Schwarm sehr großer Vögel nach Südosten. Oder der Trupp Vampire, von dem Slobomir gesprochen hatte. Kurze Zeit später hielt der große Schwarm in der Luft an. Aber nicht lange, dann brach er wieder auf. Und er hatte den Kurs gewechselt. Jetzt zogen die großen geflügelten Wesen geradewegs nach Süden. Vögel waren das nicht, soviel war sicher. Slobomir zeigte den anderen Vampiren den Weg zu unserem Wagen.

Ich raste so schnell durch die Nacht wie nie zuvor. Der Eindruck von Bewegung am Himmel verblasste hinter mir. Ich überholte einen dunklen Schemen, der unter mir durch das hohe Gras in dieselbe Richtung hetzte. Genau als ich über diesen wolfsartigen Schatten hinwegjagte, passierte etwas Seltsames damit. Aber das sah ich nicht wirklich. Es war nur eine Art Bewegung oder Veränderung, die ich für den Bruchteil einer Sekunde im Augenwinkel erspähte. Ich hatte keine Zeit, mich umzudrehen. Mein Blick sprang rasend schnell von Flugziel zu Flugziel. Ich konnte auch kaum darüber nachdenken, was ich da gesehen hatte. Irgendwie hatte sich die Form des dahinjagenden Schattens im Gras verändert. Als würden ihm … Flügel wachsen. Das war so verrückt wie der ganze Rest der Nacht. Ich habe mich auch erst jetzt, im Nachhinein, wieder daran erinnert.

Ich erreichte den Wagen. Außer dem Macronomicon waren alle erschöpft eingeschlafen. Ich wechselte in die richtige Welt und schrie: »Wacht auf! Wacht auf! Die Vampire kommen!«

Ich habe noch nie jemand so schnell auf die Beine springen sehen wie den alten Merellyn. Ich hatte das Wort »Vampire« noch nicht mal zu Ende gesprochen, als er mit seinem irren Schwert in der Hand kampfbereit dastand.

»Legt die Zentaurin und die Nomadin unter den Wagen«, befahl er. »Dann bildet einen Ring darum, den Wagen im Rücken.«

Der Kerl war wirklich ein altes Schlachtross.

Die anderen brauchten etwas länger. Glubschnak wachte gar nicht auf. Er drehte sich zähneknirschend zur anderen Seite und murmelte: »He! Nachtwächter! Wenn es heißt: ›Die Papiere kommen!‹, darf man sie nicht essen, zum Flieger falten, draufmalen oder in der Toilette an den Ihr-wisst-schon-Haken hängen! Klügere Leute als ihr können lesen und schicken sich Papiere, auf denen Nachrichten stehen. Das nennt man Briefe!«

Alle starrten den Troll mit seinen Albträumen von der Nachtwächterprüfung an. Schnick sprang auf sein riesiges Fledermausohr und brüllte hinein: »Nachtwächter, Alaaaarm! Vampirangriff!«

Der riesige Troll kam taumelnd auf die Füße.

Merellyn drehte sich zu mir um.

»Wie weit sind sie noch entfernt?«, wollte der Zauberer wissen. »Wie viele sind es? Wo ist Lorenzo?«

Ehe ich antworten konnte, sagte Lorenzo direkt hinter mir mit fast normaler Stimme: »Ich bin hier. Die Vampire sind in etwa zwanzig Minuten da. Es sind achtunddreißig.«

Mir fiel Kruschpuk wieder ein, der auf einem abgebrochenen, sehr flachen Auslegerkanu über den Sumpfboden geschlittert und im Unterholz verschwunden war. Die Zeichen der Lords! Er durfte sie auf keinen Fall den anrückenden Vampiren geben. Ich flog entlang dem Kurs, den der Wagen über den Sumpfboden genommen hatte, bis zu dem Baum, an dem unsere abgerissene Plane hing. Ich entdeckte auch die Spur, die das Kanu hinterlassen hatte. Es hatte eine richtige Schneise ins Unterholz geschlagen.

Ich folgte ihr und fand den Ausleger. Er steckte tief in einem dornigen Gestrüpp, das sich zwischen den Mangroven bis zum nächsten Tümpel erstreckte. Von den Dornen tropfte eine grüne Flüssigkeit und der Kanuboden war mit grünen Flecken gesprenkelt. Von Kruschpuk keine Spur.

Zuerst dachte ich, dass der grüne Saft aus den Dornen käme. Aber dann wurde mir klar, dass es Blut war. Grünes Trollblut. Kruschpuk musste völlig durchlöchert sein. Kleine Löcher, aus denen Blut tropfte. Schmerzhaft und lästig, aber nichts, woran man starb.

Aber der Troll war nicht mehr da. In alle Richtungen erstreckte sich Dornengestrüpp. Es gab nur einen Weg hier raus: durch die Schneise, die der Ausleger geschlagen hatte. Als ich mich zu ihr umdrehte, sah ich im Augenwinkel vor dem Kanuausleger etwas im Mondlicht blinken. Dort, im dichtesten Gestrüpp, lag Kruschpuks Rucksack. Etwas hatte ihn an der Seite aufgeschlitzt. Dieses Etwas lag in den Trümmern der Truhe, die wir quer durch Fantasmanien verfolgt hatten. Die Zeichen der Lords hatten dem Verkleinerungszauber widerstanden. Und dabei offensichtlich die Kiste gesprengt, in der sie aufbewahrt worden waren. Aber ich entdeckte nur einen der beiden Anhänger.

Ich nahm wieder mal alle Konzentration zusammen, die ich in meinem müden Hirn noch finden konnte. Dann hob ich das Ding auf. Es zuckte in meiner Hand und veränderte sich für einen Moment. Aus Engelsflügeln wurden ganz kurz Vampirflügel. Das war das Zeichen des Mundovoros. Vielleicht war das andere noch in Kruschpuks Rucksack.

Wenn ich das Zeichen halten konnte, sollte das hier auch funktionieren: Ich zog die aufgeschlitzte Plane des Tragegestells beiseite und sah hinein. Ich fand ein Kochgeschirr, das nach dem Verkleinern gerade richtig für Menschen gewesen wäre, ein paar schmutzige Decken, ein Heft mit Bildern von haarigen grünen Trollfrauen, die wenig anhatten und sich komisch verrenkten, und einen Gurt, gespickt mit Ersatzdornen für Kruschpuks Keulen. Sonst nichts.

Wind kam auf, rauschte durch die Weidenzweige, kräuselte das Wasser der Tümpel. Und ich konnte ihn fühlen. Nicht am Körper. Er war eher ein kühler Gedanke. Plötzlich hatte ich ein klares Bild von Kruschpuk im Kopf. Wie das Kanu in die Dornen rauschte.

Ich zuckte zusammen, als eine Stimme neben mir flüsterte: »Der kleine Troll hat viele Stiche abbekommen.«

Im Augenwinkel erspähte ich das Gesicht eines bärtigen alten Mannes zwischen den Mangrovenwurzeln. Doch als ich hinschaute, war es nur ein Muster aus Flechten auf der Rinde.

Ich sah, wie Hunderte von Dornen die grüne Haut des Trolls aufrissen. Manche von den Zweigen peitschten richtig heran, um ihn zu treffen.

»Nicht nur von einer Pflanze«, wisperte die Stimme. Ich wirbelte herum. Ein Windstoß fuhr durch die herunterhängenden Zweige einer Weide. Für einen Moment formten sie die Gestalt eines Mannes in einem langen Umhang.

»Der Troll ist jetzt kein Vampir mehr.«

Die Stimme kam ständig aus einer anderen Richtung. Ich drehte mich um mich selbst.

»Präge dir die Pflanzen genau ein!«

Immer nur am Rande meines Blickfelds, immer nur für einen Augenblick sah ich einen großen, bärtigen Mann in den Wellen des Tümpels, den Schatten unter den Dornen, den Moosflecken auf den Baumstämmen oder in den Blättern der Dornbüsche. »Aber da ist noch etwas.«

In meinen Gedanken krümmte sich Kruschpuk und griff an seine linke Seite. Als er die Hände wegzog, um zu sehen, was ihn getroffen hatte, bemerkte ich, dass eines der beiden Zeichen unter seinen Rippen steckte.

»Metall und Dornengift wirken zusammen«, flüsterte der Wind. »Merellyn wird wissen, wie er …«

Plötzlich war alles still. Kein Lufthauch regte sich. Kein Tier gab ein Geräusch von sich. Sogar die Grillen, deren Konzert sonst die Nächte erfüllte, waren verstummt. Eine schreckliche, schwarze Angst wuchs in meinem Brustkorb und kroch hinauf bis in die Kehle. So etwas hatte ich nicht einmal beim Anblick meiner eigenen Leiche gefühlt.

Die Dornbüsche erzitterten. Dann begannen sie sich zu erheben. Ranken schlängelten sich dichter und dichter ineinander und wuchsen empor zum Bild eines Mannes. Er streckte einen dornigen Arm nach mir aus.

»Gib … mir … das … Zeichen!«, verlangte er mit einer Stimme, die wie eine eiskalte Schlange durch mein Denken kroch. Ich war drauf und dran, der Dornenhand das Zeichen zu geben.

Da fuhr ein anderer, wärmerer Windhauch durch meinen Hinterkopf. Die Stimme des alten Mannes zischte: »Versteck es in Anderland!«

Ohne darüber nachzudenken, ließ ich das Zeichen in der anderen Dimension verschwinden. Ich selbst wechselte nicht hinüber. So etwas hatte ich vorher noch nie getan. Ich hatte gar nicht gewusst, dass es möglich war.

Der Dornbuschmann schwankte kurz unentschlossen, dann peitschten die Zweige zurück in ihre ursprüngliche Form. Es sah fast so aus, als wären die Pflanzen sauer, dass jemand sie zu diesem seltsamen Kunststück gezwungen hatte.

»Nimm so viele von den Bleiplatten, wie du aus der Kiste lösen kannst«, befahl die Stimme des alten Mannes. »Bedecke das Zeichen damit. Umwickle die Platten mit Lianenstricken. Dann versteck das Bündel dauerhaft in der anderen Dimension. Das wird mein Tor schließen, aber das Zeichen wird dann auch den Mundovoros nicht mehr rufen.«

Meine Hand wanderte zu der Kiste. Ich packte zu, löste Blei von Holz. Ich nahm das Zeichen und klemmte es zwischen zwei Bleiplatten. Eine weitere unversehrte Platte bog ich um eine offene Seite herum. *Ich* verbog Metall!

Als ich alles an Blei auf den Schlüssel gepackt hatte, was ich finden konnte, wickelte ich das flache Paket dick mit den fasrigen Lianen ein, die mir der alte Mann gezeigt hatte.

»Hör mir zu!«, sagte die Stimme, jetzt viel leiser. »Auch die Zauberer der weißen Magie sehen den Weg zurück nach Fantasmanien. Aber die schwarzen Magier werden eher da sein. Die erste Schlacht in diesem neuen Krieg werdet ihr ohne uns schlagen müssen. Präge dir die Pflanzen ein. Du wirst viele Leben retten.«

Ich schob das Paket unter mein Hemd und nach Anderland.

Die Grillen begannen wieder zu zirpen. Schreie von Tieren, die ich mir nicht mal vorstellen wollte, hallten durch den Sumpf. Es war vorbei. Ein Schattenbild von Mysterio Mystelzweig hatte mit mir gesprochen. Lorenzos Opa. Und ich hätte beinahe dem Schwarzen Lord sein Zeichen in die Hand gedrückt. Wenn sie auch nur aus Dornen geformt war. Keine Ahnung, was dann passiert wäre.

Ich schaute mir die Büsche noch einmal ganz genau an. Ich fand heraus, dass es vier verschiedene Pflanzen waren, an denen Kruschpuks Blut hing. Dornen hatten sie alle.

Als ich mir sicher war, die vier Pflanzen in allen Einzelheiten zeichnen zu können, flog ich zurück zu den anderen.

DER SCHLECHT GELAUNTE ZWERGTROLL

Kurz bevor ich den Wagen erreichte, begann der Angriff der Vampire. Seltsamerweise ging er mit den Schmerzensschreien von Vampiren los. Es dauerte einen Moment, bis ich die Ursache fand: Glubschnak spuckte wie verrückt in den Nachthimmel. Eklige grüne Klumpen flogen davon und trafen klatschend in das Geschwader aus Vampiren, das versuchte auf unser Lager herabzustoßen.

Ich Idiot! An diese ekelhafte Kampfkunst der Trolle hätte ich mich gestern Nacht erinnern sollen. Dann wäre Slobomir wahrscheinlich erledigt gewesen, ehe er den Namen des Trolls aussprechen konnte. Glubschnak gelang es tatsächlich, den ersten Angriff abzuwehren. Zu viele Vampire rieben sich schreiend die Augen und brachen aus der Flugformation aus. Ein sehr großer Vampir, der hinter den anderen flog, flüsterte: »Abdrehen! Abdrehen! Neu formieren!« Es war ein schreckliches Flüstern. Es war heiser und leise und kroch einem doch durch Mark und Bein, auch wenn ich so was gar nicht mehr hatte.

Die Vampire stiegen mit kräftigen Flügelschlägen in den Nachthimmel auf. Zwei oder drei von ihnen schossen allerdings über den Wagen hinweg und stürzten weit hinten in die Sümp-

fe. Knurren und Kampfgeräusche zeigten, dass da schon irgendwelche Sumpfbewohner auf Nahrung gewartet hatten.

Natürlich! Unsere Reisegesellschaft war in dieser Nacht zum ersten Mal zu erschöpft gewesen, um ein großes Feuer anzuzünden oder wenigstens in den Wagen zu klettern. Dieses Viehzeug hatte sich an uns herangeschlichen! Andererseits war es nicht wirklich eine Erleichterung, durch einen Vampirangriff davor gewarnt zu werden.

Und die Vampire kamen zurück. Diesmal griffen sie nicht in einem großen Schwarm von vorne an. Ich hörte Flügelrauschen aus drei Richtungen. Da ich sie nicht sehen konnte, wechselte ich in die andere Welt, um zu fühlen, was sie taten. Sofort war alles klar. Ich sprang zu Merellyn, der mit erhobenem Schwert den Nachthimmel absuchte.

»Sie kommen aus drei Richtungen«, meldete ich. »Von da, von dort und von dahinten. Jetzt fliegen sie nicht mehr in einer großen Gruppe, sondern in Reihen hintereinander.«

Als ich dem Zauberer die Angreifer zeigte, verstand ich, dass sie alles taten, um nicht zwischen uns und den Mond zu geraten. Vor der großen, bleich leuchtenden Scheibe wären sie wunderbare Zielscheiben gewesen. Aber Glubschnak schien in der Nacht sehr gut zu sehen. Er begann wieder mit seinem Spuckfeuerwerk, und nach dem, was ich so hörte, war jeder einzelne Schleimbatzen ein Treffer. Doch diesmal schrie keiner der Angreifer. Sie rasten weiter auf uns zu.

Dann waren sie über uns. Glubschnak, der den hohen Wagen noch überragte, bekam einige schwere Hiebe von krallenbewehrten Händen ab.

Jetzt sah ich, warum der Spuckangriff des Trolls ohne Wirkung geblieben war. Die Vampire trugen lederne Kopfmasken mit Augenfenstern.

Plötzlich erklang ein Schrei von der anderen Seite des Wagens. Ich schoss durch das Holz dorthin. Arpad lag mit einer blutenden Kopfwunde neben dem großen Wagenrad. Ein Vampir saß auf seiner Brust. Ein zweiter kroch gerade unter den Wagen, wo Esmeranda und Palomina lagen.

»So, meine Süßen!«, sagte er. »Jetzt feiern wir Bluthochzeit!«

Slobomir und Dragoslav!

Sie hatten die Angriffsformation verlassen, um sich die Mädchen zu holen. Es wunderte mich nicht wirklich. Ich hatte am eigenen Leib … na ja, am Leib eines Trolls gespürt, wie erbarmungslos dieser Durst nach Blut war. Ich wollte gerade Alarm schlagen, als eine dornenbewehrte Keule das Bein des Vampirs traf, das noch nicht unter dem Wagen verschwunden war. Er schrie auf. Die Dornen am Keulenende hatten sich tief in seine Wade gebohrt. Daran wurde er unerbittlich unter dem Maschinenraum herausgezogen.

»Die lasst ihr in Ruhe!«, quäkte eine Stimme. Am anderen Ende der Keule hing Kruschpuk und er hatte richtig Mühe, den Vampir hervorzuzerren.

Mist, der war ja noch klein. Aber er kämpfte!

»Kruschpuk?«, fragte Dragoslav ungläubig und sprang von Arpads Brust. Er machte drohend einen Schritt auf den Troll zu. »Kruschpuk, du lächerlicher Zwerg! Lass sofort Slobomir los! Wir werden dich ...« Weiter kam er nicht. Kruschpuks zweite Keule traf ihn voll auf den Kopf. Er brach in die Knie.

»Jetzt ist Schluss mit Befehlen, Meister!«, krähte der kleine Kruschpuk, riss die andere Keule aus dem Bein des aufheulenden Slobomir und rammte sie ihm unters Kinn. »Wegen euch Blutsaugern hatte ich drei richtig beschissene Monate. Und das kriegt ihr jetzt alles zurück.«

Nicht zu fassen. Der kleine Troll prügelte die beiden Vampire kreuz und quer durch den Sumpf. Sie riefen immer wieder seinen Namen, aber es hatte überhaupt keine Wirkung auf ihn. So klein, wie er jetzt war, war er noch schneller geworden. Die Keulen wirbelten nur so durch die Luft. Die beiden Vampire hatten keine Chance, irgendwie an ihn heranzukommen.

»Eine Fußballwette, was?«, zeterte der Troll. »Wenn! Wir! Verlieren! (Jedes Wort war begleitet von einem furchtbaren Schlag mit einer der beiden Keulen.) Müssen wir euch zum Essen einladen?«

»Kruschpuk, jetzt hör do... auuaa!«

»Einen Vampir einladen, was? Einladen!«

»Nein, das war doch nicht ... ughhh!«

»Dabei weiß jedes Kind, dass man einen Vampir, den man einlädt – hiergeblieben!«

Kruschpuk war auf den am Boden liegenden Slobomir geklettert und holte Dragoslav, der davonfliegen wollte, herunter, indem er ihm einen Flügel kaputt schlug.

»... dass man einen Vampir, den man einlädt, zum Herrn über sich und all sein Hab und Gut macht.«

»Wir befreien dich von der Wette!«, heulte Slobomir.

»Wir geben uns geschlagen!«, stöhnte Dragoslav.

»Nein, ich geb's euch geschlagen!«, kreischte der kleine Troll. »Die ganze verdammte Nacht lang!«

Mit einem Mal verstand ich, warum die Stimme im Dunkeln von mir verlangt hatte, mir die Pflanzen einzuprägen, an denen der Troll sich gestochen hatte. Das Gift aus den Dornen hatte ihn geheilt! Und die beiden Blutoholiker bekamen, was sie verdienten. Ich schwebte zum Wagendach.

Glubschnak hatte ein paar schwere Wunden an Hals und Ohren. Aber gerade schoss seine Faust hoch und schleuderte einen der Angreifer aus der Reihe, die über uns vorbeizog.

Plötzlich jagte Myrabella wie eine glitzernde Libelle an der Riesenfaust des Trolls vorbei und ein weiterer Angreifer wurde aus der Reihe gerissen. Er gab ein würgendes Geräusch von sich und verschwand in der Dunkelheit. Das Glitzern kam zurück. Die Fee musste den Blutsauger am Kragen gepackt und weit in die Nacht hinaus geschleudert haben.

Dann war der zweite Angriff vorbei. Wieder waren ein paar der Angreifer erledigt worden. Aber bei denen wusste man nie, wie schnell sie sich erholten. Rundum in den Sümpfen klangen die Kampfgeräusche nicht ab. Die Beute war nicht so wehrlos, wie sich die Sumpfbewohner das wohl gewünscht hätten. Aber die angegriffenen Vampire konnten sich auch nicht davonmachen. Ich sah, wie einer aufstieg und in etwa zehn Meter Höhe von einem gewaltigen hochschnellenden Fangarm gepackt und in den Sumpf zurückgezerrt wurde.

Die »Au's« und »Oh's« von Dragomir und Slobodan kamen mal von hier, mal von da. Wenigstens waren diese Vampire beschäftigt und konnten nicht in den Kampf eingreifen.

Ich sprang zu Myrabella und rief: »Hörst du das?« Als sie nickte, fuhr ich fort: »Ihr habt kein Feuer angezündet. Deshalb haben sich da draußen jede Menge fiese Viecher angeschlichen. Wenn du dir einen Vampir schnappst, schleuder ihn nicht auf festes Land. Wirf die Mistkerle in die Sumpflöcher.«

Die Fee nickte. »Verstanden!«

Als ich in die andere Dimension wechselte, spürte ich, dass sie zurückkamen. Und sie flogen genau das gleiche Manöver noch einmal.

Ich tauchte wieder in die richtige Welt ein und rief Merellyn zu, was gerade passierte. Er kletterte in die Kabine des Wagens und stieg von dort auf den Kutschbock. Dann wartete er mit erhobenem Schwert. Ich verstand immer noch nicht, wie ein spindeldürrer alter Mann, der aussah, als könnte er dieses Riesenschlachtermesser gar nicht heben, so gefährlich wirken konnte.

Der dritte Angriff endete furchtbar für die Vampire. Merellyn hackte mit seinem Kreuzschwert wie ein Irrer durch ihre Reihen. Ich glaube, dass er auf diese Weise zwar keinen Vampir töten konnte, aber zurückzukommen und noch mal anzugreifen würde den verletzten Vampiren bestimmt ziemlich schwerfallen. Die konnten sich nur noch irgendwohin in die Dunkelheit retten und versuchen die Wunden mit ihren seltsamen Kräften zu heilen.

Die glitzernde Libelle schoss hin und her und schleuderte Angreifer in die Sümpfe, wo sie sofort von hungrigen Sumpfkreaturen angefallen wurden. Und ab und zu auch von dem vorbeikommenden Kruschpuk, der seine Ex-Bewacher kreuz und quer durch die Gegend prügelte.

Manchmal leuchtete nah über uns ein kleines Licht auf und Glubschnak spuckte hart und zielgenau in diese Richtung. Es dauerte ein bisschen, bis ich kapierte, dass Schnick als Poltergeist immer wieder Vampiren in den Nacken sprang und ihnen die Ledermasken vom Kopf riss. Gleichzeitig klappte er die Abdeckung von einer Laterne weg, die er vom Wagen genommen hatte, und zeigte dem Troll damit das Ziel. Der traf jedes Mal. Dann war da oben noch jemand, der Vampire aus ihrer Bahn stieß. Es war kaum zu glauben, aber dieser jemand konnte nur Lorenzo sein.

Immer weniger von diesen großen Vögeln zogen ihre Bahnen durch den Nachthimmel. Es sah ganz danach aus, als ob wir die Schlacht gewinnen würden!

Und dann verließ uns das Glück.

Myrabella wurde von einem Hieb getroffen, der sie außer Sicht mitten in die Sümpfe schleuderte. Vier oder fünf Vampire mit Schwertern landeten auf dem Kutschbock und rissen Merellyn durch den Schwung ihres Angriffs mit sich nach unten. Aber das Schlimmste war, dass ich in der anderen Dimension plötzlich eine neue Welle von Bewegungen fühlte. Eine große neue Truppe von Vampiren jagte das, wozu Lorenzo in dieser Vollmondnacht geworden war. Eine Art fliegender Werwolf.

Die Bewegungslinien zogen davon in die Nacht, Richtung Norden. Lorenzo kämpfte, aber es waren zu viele und sie trieben ihn unerbittlich vor sich her.

Der Angriff auf unsere Reisegesellschaft ging trotzdem weiter. Merellyn, Arpad und Glubschnak bluteten. Jetzt waren die Vampire nicht mehr zu halten. Aber hier konnte ich nichts tun.

Eigentlich konnte ich auch Lorenzo nicht helfen, aber darüber dachte ich nicht nach. Ich nahm mir einen der größten Sterne am Nordhimmel als Sprungziel und jagte hinaus in die Nacht.

Niemals vorher war ich so schnell unterwegs wie bei diesem Sprung. Ich schoss in wenigen Sekunden an dem Schwarm Vampire vorbei, der wie eine massive fliegende Wand ein Wesen vor sich her trieb, das ihnen ähnelte und doch etwas anderes war. Plötzlich wurde mir klar, dass ich einen Riesenfehler gemacht hatte. Merellyn hatte uns erklärt, dass die Sterne Millionen von Millionen Meilen entfernt sind. Ich war zu einem unterwegs, und in der finsteren Nacht gab es nichts, was ich als nächstes Sprungziel benutzen konnte!

Und dann kam doch etwas in Sicht. Ein kleiner orangefarbener Stern, der plötzlich unter mir auf der dunklen Erde aufflammte und schnell näher kam. Er flog in einem Bogen an mir vorbei und ich sah, dass es ein Brandpfeil war.

Egal, es war etwas, an dem das Auge festmachen konnte. Ich nahm den brennenden Pfeil als nächstes Sprungziel. Ehe ich in die entgegengesetzte Richtung flog, fühlte ich mich für kurze Zeit wie eine lang gezogene Nebelwand, die aufpassen musste, dass sie nicht komplett auseinandergerissen wurde. Dann folgte ich dem Pfeil und … landete auf einem Vampir. Der Pfeil war zur Hälfte durch die ledrige Haut seines Flügels gefahren. Er brannte immer noch, hatte die Schwinge aber nicht entzündet.

Der Blutsauger sah fassungslos von seinem Flügel zu dem Geist, der ihm um den Hals hing. Ich grinste ihn so freundlich wie möglich an. Keine Ahnung, was Vampire Geistern antun können. Er dachte offensichtlich auch darüber nach. Dann traf er eine Entscheidung und schnappte nach meiner Kehle. Ich ließ mich durch ihn hindurchgleiten, wendete und folgte der brennenden Pfeilspitze, die sich mit dem Vampirflügel auf und ab bewegte. Ich weiß nicht, wie unangenehm das Erlebnis, mit einem Geist zu verschmelzen, für den Vampir war, aber für mich war es die Hölle. Jetzt bekam ich eine Ahnung davon, was Lorenzo und andere Leute, die ich als Geist berührt hatte, empfunden haben mussten. Tod, Grauen, Hoffnungslosigkeit. Hass, Blutgier, Hinterhältigkeit. All das steckte in diesem Vampir. Und die abgrundtief grauenhafte Erinnerung, dass er nicht so geboren worden war, sondern das Opfer anderer Vampire geworden war.

Weitere Brandpfeile stiegen aus der Dunkelheit auf. Jeder einzelne traf einen der Vampire, die Lorenzo vor sich her trieben. Die Getroffenen scherten aus der Flugformation aus und stürzen nach unten. Wir ließen eine Spur von Feuern zurück, die im hohen Steppengras tanzten. Das waren Vampire, die versuchten die Flammen zu löschen, indem sie sich auf dem Boden wälzten.

Inzwischen gab es so viele Lücken im Vampirschwarm, dass ich ab und zu einen Blick auf Lorenzo erhaschen konnte. Er war nicht getroffen worden.

Der Beschuss drängte die Vampire zuerst nach Westen ab und schließlich in einem Bogen weiter südwestlich. Da der ganze Schwarm sehr schnell unterwegs war, hatte ich überhaupt keine Ahnung mehr, wo wir eigentlich waren. Ich meine, das wusste ich sowieso von Haus aus nicht. Aber bisher hatte ich eine klare Vorstellung davon, wohin ich mich wenden musste, um zurück zu Merellyn und den anderen zu gelangen. Falls wir den Vampiren entkommen sollten. Diese klare Vorstellung war jetzt weg.

»Weiter, weiter!«, kroch eine flüsternde Stimme in meine Gehörgänge. »Wir sind gleich außerhalb ihrer Reichweite. Dann wenden wir uns wieder nach Norden.«

Es war nicht derselbe Vampirflüsterer, wie der beim Angriff auf unser Lager. Diese Stimme klang eindeutig jünger, aber nicht weniger machtvoll.

Ich drehte den Kopf. Der Kerl flog neben mir. Und ich hatte ihn bis jetzt nicht bemerkt!

Dabei war er der größte und eindrucksvollste Vampir, der mir bis dahin begegnet war. Ob er mich sehen konnte oder nicht, weiß ich nicht. Er beachtete mich jedenfalls überhaupt nicht. Er blickte sich die ganze Zeit nervös nach der Stelle am Erdboden um, von der die Brandpfeile aufgestiegen waren.

Ich wechselte in die Zwischenwelt, weil ich fühlen wollte, was sich außer dieser stark ausgedünnten Horde von Blutsaugern noch durch die Nacht bewegte. Das war verwirrend. Der Kerl neben mir sandte so viele Signale aus, dass es mich beinahe zu ihm hinzog. Während er vorwärtsflog, peitschten seine Schwingen die Nachtluft. Das zu spüren, war schon eine Menge. Aber gleichzeitig empfing ich die Bewegungswellen seines schnell und machtvoll pumpenden Herzens und des Stoffes, der statt Blut durch seine Adern jagte.

Und dann war da noch etwas anderes. Unter und hinter uns. Eine Gruppe von fliegenden Wesen, vielleicht neun oder zehn, die schnell näher kamen. Aber sie flogen auf andere Weise. Ich fühlte keine schlagenden Schwingen. Nur lebende Wesen, die sich auf uns zu bewegten. Sie kamen von dem Ort, von dem aus auf die Vampire geschossen worden war.

Ich wechselte in die echte Welt, um zu sehen, was da angeflogen kam. Aber das war schwierig. Das Land war dunkel und jagte so schnell unter uns weg, dass man einzelne dunkle Flecken, die sich vielleicht bewegten, nicht ausmachen konnte.

ICH HATTE NIE FLÜGEL!

Ich beschloss, mich zu Lorenzo durchzuschlagen und sprang einem Vampir, dessen Mantelsaum noch brannte, auf den Rücken. Ein Stück weiter vorne war einer, der ständig die Flammen an seinem linken Stiefel ausschlug, die im Flugwind immer wieder aufflammten. Als ich zwischen seinen Flügeln landete, konnte ich über seinen Kopf hinweg Lorenzo sehen. Ich sprang auf seinen Rücken.

Er wurde nicht langsamer, aber er sah sich um. Im ersten Moment dachte ich, dass ich mich total getäuscht hatte. Das war nicht Lorenzo! Aber dann wieder doch. Er war irgendwie … alles Mögliche. Sein kastanienbraunes Haar wuchs über seinen Nacken in seine Kleidung und in sein Gesicht hinein. Es sah aus wie der zu lang geratene Winterpelz eines großen Wolfes. Er hatte die gleichen Flügel wie die Vampire, die ihn vor sich her jagten. Und lange, spitz zulaufende Ohren, fast wie Schnick. Oder Myrabella. Und er war schöner als jemals zuvor. Ich hatte nie darüber nachgedacht, ob Lorenzo hübsch oder hässlich war. Er war nicht so schön, dass sich deswegen für ihn alle Türen geöffnet oder die Leute darüber geflüstert hätten. Er war aber auch bestimmt nicht hässlich. Aber jetzt … jetzt sah er aus wie ein Elbenfürst. Allerdings ein sehr haariger. Mit großen ledrigen Flügeln. Und gelb leuchtenden Augen.

Aber er schien mich nicht zu erkennen. Er blickte mich genauso an wie der brennende Vampir, bevor er beschloss mich zu beißen.

Ich erinnerte mich an gestern Nacht und sagte einfach laut: »Lorenzo!«

Augenblicklich verschwand das gelbe Leuchten aus seinen Augen. Trotzdem dauerte es noch ein bisschen, bis er heiser flüsterte: »William! Wo kommst du denn her?«

Ich grinste. »Aus dem Waisenhaus des heiligen Patrick in Arkanon. Und du?«

Lorenzo starrte mich überrascht an, ehe er sagte: »Ich auch, verdammt! Was passiert hier eigentlich?«

»Ich glaube, dass die Vampire gleich angegriffen werden«, flüsterte ich ihm ins spitze Ohr. »Keine Ahnung, von wem oder was. Aber wenn es so weit ist, denke ich, dass wir beide flitzen sollten.«

Lorenzo nickte.

»Denke ich auch«, flüsterte er zurück. »Pass auf, wenn's so weit ist, klapp ich meine … ähh, meine, meine … na ja, sieht so aus, als hätte ich Flügel bekommen. Und die klapp ich ein und dann machen wir einen Sturzflug.«

Nach einer halben Minute, in der wir stumm dahinflogen, wandte er sich wieder zu mir um. »Du bist William?«, stellte er ungläubig fest.

»Ich bin William«, bestätigte ich. »Du bist Lorenzo.«

»Ja, ja, schon klar. Ich bin Lorenzo«, sagte er. »Und du bist William. Wir waren im Waisenhaus des heiligen Patrick. Aber seit wann habe ich Flügel?«

»Soweit ich weiß, erst seit heute Nacht«, antwortete ich gedehnt.

»Und glaubst du, dass ich damit umgehen kann?«

»Bis jetzt sieht's gut aus.«

»Okay. Dann also Sturzflug, sobald der Angriff...«

Weiter kam er nicht, weil der Angriff in diesem Moment losging. Er fraß sich von hinten durch das Geschwader der Vampire, mit Schwertern, Lanzen, Äxten nach allem hackend, was sich bewegte. Und auf einmal wusste ich, wer die Angreifer waren.

Nebelhexen! Es waren nicht viele, aber genau wie letzten Sommer sah es aus, als würde eine ganze Armee angreifen.

Aber wie konnten sie fliegen?

Die Antwort bekam ich sofort, als eine Hexe direkt vor dem Mond mit einer großen Doppelaxt nach den Flügeln eines Vampirs hackte, der versuchte unter ihr weg in die Dunkelheit zu entkommen. Die Hexe ließ sich fallen und jagte die Axt mit solcher Wucht durch die Luft, dass das wilde Weib unter ihrem Besen durchschwang und am Schluss wieder darauf saß.

Es war also wahr. Hexen ritten auf Besen.

Nur sahen die Nebelhexen wirklich nicht so aus, wie man sich eine besenreitende Hexe vorstellte. Ich meine so eine ganz in Schwarz gekleidete, bucklige, warzige Alte mit einer Krähe auf der Schulter, die irre kichert und den Bauern die Milch sauer werden lässt, wenn sie am Kuhstall vorbeifliegt.

Die Nebelhexen waren wilde Kriegerinnen, denen wir letzten Sommer zum ersten Mal begegnet waren. Sie liefen alle herum wie Nica. Sie trugen die Schädel von Raubtieren als Helme und deren Felle als Umhänge. Sie schmierten sich Blut- und Lehmstreifen in die dicken, verfilzten Strähnen, zu denen sie ihr Haar drehten. Diese Mähnen reichten ihnen bis in die Kniekehlen. Ihre dünnen, sehnigen Körper versteckten sie mehr unter der Blut- und Lehmbemalung als unter ihrer Kleidung, die sie auch damit vollschmierten. Sie kleideten sich in kniehohe Stiefel, lange Lendenschurze und mit Reißzähnen und Tierklauen verzierte Lederwesten. Und, ich glaube, ich sagte es bereits, jede einzelne von diesen Hexen trug mehr Waffen am Körper als die achtköpfige Stadtwache von Arkanon zusammen.

Lorenzo tat das, was wir ausgemacht hatten. Er legte die Flügel an und ließ sich nach unten kippen. Das dunkle Land raste

uns entgegen. Lorenzo breitete die Flügel aus und versuchte den Sturz in eine Kurve nach Süden zu verwandeln. Aber irgendwie kam er durcheinander und bewegte die Flügel abwechselnd, wie ein Mensch das mit seinen Beinen und Armen eben macht, wenn er geht oder läuft. Dadurch kamen wir so ins

Trudeln, dass ich mich schließlich von ihm lösen musste, weil er sich die ganze Zeit um sich selbst drehte.

Ich raste neben ihm her der Erde entgegen. Aber ich konnte ihn nicht mehr packen, wie zuvor.

»Lorenzo!«, schrie ich. »Die Flügel! Fahr die Flügel aus! Du musst sie gleichzeitig bewegen. Gleichzeitig!«

Er versuchte es, aber sie wurden ihm vom Wind weggerissen.

»William, ich will keine Flügel«, rief er, als ob ausgerechnet ich daran etwas hätte ändern können und wir gerade jetzt Zeit für ein Gespräch darüber gehabt hätten. »Ich will mich nicht verwandeln.«

Es war nicht zu fassen. In etwa zehn Sekunden würde er auf dem Boden aufschlagen und ein verdammt tiefes Loch hinterlassen. Und sonst nichts. Und diesen Moment suchte er sich aus, um die Flügel nicht zu mögen, die das Einzige waren, was ihn retten konnte.

»Fahr sie aus!«, brüllte ich. »Brems ab!«

»Ich hatte nie Flügel!«, erwiderte er stur.

Mir blieb keine Zeit zum Nachdenken. Ich rollte mich herum, verschränkte dabei meine Arme, wie er es gerade tat, und fuhr in ihn hinein. Es war, als starrten wir uns aus solcher Nähe an, dass sich unsere Augäpfel berührten. Ich nutzte seine Überraschung und breitete die Flügel aus, die auch in meinem Geist ein schrecklicher Fremdkörper waren. Ich konzentrierte mich auf diese eine einzige Sache. Die Flügel gegen den Fahrtwind halten. Mit allen Muskeln und Sehnen, die dafür da waren.

Langsam, langsam, langsam wurde aus dem Pfeil nach unten ein Bogen nach Süden und dann rasten wir zwischen die Bäume, schlugen ein paarmal nutzlos mit den Flügeln und landeten in einem Tümpel. Augenblicklich schoss ich aus Lorenzo hinaus.

Lorenzo war immer noch … Lorenzo. Er war kein Werwolf und kein Vampir. Er war so furchtbar verwirrt, dass er keinen klaren Gedanken gedacht hatte, während ich Teile seines Gehirns steuerte. Das war auch gut so.

Ich wollte auf keinen Fall seine Gedanken denken oder seine Gefühle fühlen. Das war irgendwie … nicht richtig. Nein. Nicht nur nicht richtig. Es war eklig. Nicht, weil Lorenzo ekliges Zeug dachte. Er hatte ja überhaupt nicht gedacht, solange ich in ihm drin war. Es war einfach … zu nah.

»Der Junge ist nicht mehr am Himmel«, stellte die schreckliche Flüsterstimme fest. Der riesige Vampir musste eine Meile entfernt irgendwo da oben sein, aber seine Stimme drang immer noch durch Mark und Bein. »Landet und sucht ihn! Der Herr will ihn unbedingt haben.«

Ich wechselte die Dimension. Sofort spürte ich die Bewegungsmuster von zwei Dutzend riesigen Fledermäusen, die aus dem Himmel herabsegelten. Gleichzeitig spürte ich viele andere Bewegungslinien am Boden auf uns zukommen. Wahrscheinlich die Vampire, die von den Nebelhexen abgeschossen worden waren.

Lorenzo stand knietief im Wasser und schwankte, als ob er gleich ohnmächtig werden würde.

»Ich hatte nie Flügel!«, murmelte er undeutlich.

NEBELHEXE UND VOGELSCHEUCHER

In dem Moment sauste ein Speer an Lorenzo vorbei und landete mit einem lauten Platsch direkt hinter ihm im Wasser. Lorenzo machte einen gewaltigen Satz auf festes Land. Und fiel keuchend auf den Rücken. Ein zweibeiniger Wolf trat hinter einem Busch hervor. Er hielt das Ende einer Lederschnur, die an dem Speer befestigt war.

»Sag mal, bist du verrückt?«, wollte der zweibeinige Wolf von Lorenzo wissen. »Wie kannst du mitten in den Schwarzfiebersümpfen in einen Tümpel steigen?«

Eine Mädchenstimme. Die Hexe Nica. Wie beim ersten Mal, als sie bei unserem Bolzplatz aufgetaucht war, hatte ich mich von dem Wolfsschädel, den sie wie einen Helm trug, täuschen lassen. Sie war ein bisschen größer und womöglich noch dünner geworden. Ich konnte gar nicht sagen, welche Augen ich bedrohlicher fand: die leeren Augenhöhlen des Werwolfschädels oder ihre eigenen, die weiß aus der Blutbemalung blitzten.

Sie kam näher und wickelte dabei die Lederschnur zwischen Hand und Ellbogen auf.

Mit großer Anstrengung hob sie den Holzspeer aus dem Wasser. Lorenzo stieß ungläubig das letzte bisschen Atem aus,

das er noch in den Lungen hatte. Mir fiel der Unterkiefer herunter. An dem Speer hing ein Tier, das aussah wie ein riesiger, lang gestreckter Molch mitten aus der Hölle. Es war größer als Lorenzo. Der Speer hatte sich tief in seinen Hals gebohrt. Rücken, Kopf und Gliedmaßen waren schwarz, der Bauch war schmutzig weiß. Obwohl es tödlich verwundet war, versuchte das Biest immer noch an Lorenzo heranzukommen. Es ruderte mit allen Beinen und streckte eine lange erdbeerrote Zunge nach ihm aus, an deren Ende Stacheln wie gläserne Nadeln ausfuhren und wieder eingezogen wurden.

Die Nebelhexe zog eine Machete aus einem der Gurte um ihre schmalen Hüften.

»Unten bleiben!«, befahl sie Lorenzo.

Dann nahm sie Maß, holte weit aus und schlug dem ekligen Vieh den Kopf weg. Es gab ein Geräusch, als würde ein Kürbis zerhackt. Schleimige rote Klumpen flogen davon in den Nebel. Dann glitt der Körper vom Speer, fiel in den Tümpel und versank. Im dunklen Wasser sah es plötzlich so aus, als würden Wellen von schwarzer Tinte den Kadaver umschlingen. Das Wasser begann zu brodeln und wurde ganz trüb. Als es sich langsam wieder beruhigte, tauchten ein paar Stückchen von rosa Molchfleisch und Fetzen schwarzer Haut auf. Nica wies auf die Wasserfläche, wo das Tier verschwunden war.

»Das ist ein Nadellurch gewesen. Heißt so wegen der gläsernen Röhren, die in seiner Zunge sitzen. Ich verstehe gar nicht, warum du keine davon abbekommen hast, obwohl er schon so nah war. Hat wohl gedacht, er kann etwas, das blöd genug ist, zu ihm ins Wasser zu steigen, in einem Happs verschlingen, ohne dass er ihm vorher seine Giftstacheln unter die Haut jagen muss.«

Lorenzo starrte mit aufgerissenen Augen in den Tümpel, dessen Wasser immer noch trüb war.

»Nadellurch«, wiederholte er. »Werd ich mir merken. Aber was war das andere … diese schwarze Welle, die von allen Seiten kam und den Lurch verschlungen hat?«

«Schilfkäfer. Die nagen einen Waran in fünf Minuten bis auf die Knochen ab. Das Wasser sieht dann aus, als ob es kochen würde.« Lorenzo wurde noch blasser, als er ohnehin schon war.

»Woher wusstest du, dass der Nadellurch sich an Lorenzo anschleicht?«, fragte ich. »Das Wasser ist dunkel und du warst viel weiter weg als wir.«

Die Hexe machte eine wegwerfende Handbewegung.

»Ich wusste gar nix. Aber in den Sümpfen schleicht sich immer irgendwas an. Ich habe mit dem Speer einfach dahin gezielt, wo das Wasser tief genug ist, dass sich was anschleichen kann. Seid bloß froh, dass ihr nicht an das wirklich gefährliche Zeug geraten seid.«

»Das wirklich gefährliche … was meinst du damit?«, wollte Lorenzo wissen.

»Giftige Baumschlangen. Giftige Wasserschlangen. Zitteraale. Blutsaugende Riesenfledermäuse«, zählte Nica auf. »Giftige Rennechsen. Warane. Ungiftig, aber riesengroß. Schlammtaucher. Lagunenmonster. Vampirschnecken. So lang wie mein Unterarm. Kraken in den größeren Teichen. Sumpfhechler. Moorleichen. Grüne Förster. Kranke Kadaver. Schwere … Pschschsch!«

Die Hexe legte einen Finger vor den Mund. Dann wies sie in die Richtung, aus der wir gekommen waren.

Plötzlich erstarb das ewige Zirpen, Fiepen und Zwitschern, das die Nächte im Sumpf erfüllte. Es war wie in den Dornbüschen, als der Schwarze Lord erschien. In der plötzlichen

Stille hörten wir Blätter rascheln und das Knacken eines Zweiges.

»Vampire!«, flüsterte Nica. »Kommen in einer langen Reihe auf uns zu. Zeit, zu rennen!«

Es war schwer, der Hexe zu folgen. Sie war erstaunlich schnell. Nicht ein unsicherer Tritt in diesem schwierigen Gelände.

Ich sah, dass Lorenzo ab und zu taumelte und schwer nach Luft schnappte. Klar, er hatte am gestrigen Tag und fast die ganze Nacht Unmenschliches geleistet. Der war einfach am Ende.

Schließlich stolperte er und fiel über eine Wurzel. Ohne sich irgendwie abzustützen, knallte Lorenzo gegen einen Baumstamm und blieb reglos liegen. Dann fing er an, auf diesen nassen, seegrasartigen Pflanzenbüscheln langsam seitwärts zu rutschen. Der Baum stand an der Böschung eines Bachbetts. Jedenfalls glaubte ich, dass die lange Reihe von trüben Tümpeln und Pfützen mal ein Bach gewesen sein muss. Was hätte sonst diese Böschung auswaschen können, über die Lorenzo gerade rutschte?

Ich sprang neben Nica, die schon viel weiter war.

»Komm zurück!«, rief ich. »Lorenzo ist …«

Weiter kam ich gar nicht. Sie hatte sofort kehrtgemacht, als ich neben ihr auftauchte.

Nica packte Lorenzo am Kragen, gerade noch rechtzeitig, bevor er ins Wasser rutschte. Die Welle der ersterbenden Sumpfgeräusche kam auf uns zu. Die Hexe zerrte Lorenzo zu den Wurzeln des Baumes, gegen den er geknallt war. Darunter hatte der Bach in besseren Zeiten, als er mehr Wasser geführt hatte, ein Loch ausgespült. Dort hinein stopfte die Hexe Lorenzos reglosen Körper mit mehreren Fußtritten. Sie schlug ihren Wolfsfellumhang zurück. Die ganze Innenseite war übersät mit verschieden großen Taschen, Beuteln und Schlaufen. Darin hingen kleine Flaschen, getrocknete Pflanzen und ein paar weitere Waffen, wie Dolche, Wurfsterne und Totschläger. Nica griff in den größten Beutel und zog die Hand mit einem Batzen von irgendeinem dunklen Dreck wieder heraus. Den schmierte sie an den Stamm und die Wurzeln über Lorenzos unfreiwilligem Versteck. Dann kletterte sie blitzschnell den Baum hinauf und verschwand in der Krone. Ich verzog mich in die andere Dimension.

Keine Sekunde zu früh. Im nächsten Moment brachen die Schemen vieler geflügelter Wesen aus dem Unterholz ringsum. Sie marschierten in einer losen Kette dahin. Einige von ihnen sprangen ins Bachbett. Bei dem Baum direkt neben Lorenzo blieben sie stehen und sahen sich unsicher um.

»Hier stinkt's!«, stellte einer der Vampire fest.

»Hast recht«, stimmte ein anderer zu. »Los, weiter!«

Damit verschwanden sie in der Nacht. Ich wurde wieder sichtbar und Nica kam vom Baum herunter. Sie deutete auf die dunklen Streifen, die sie auf die Wurzeln und die Rinde des Stammes über Lorenzo geschmiert hatte.

»Gestocktes Waranblut«, erklärte die junge Hexe, während sie Lorenzo aus seinem unbequemen Versteck zerrte. »Das verjagt jeden Blutsauger. Vom kleinsten Moskito bis zum Königsvampir.«

Dann kramte sie ein kleines Kürbisfläschchen aus einer anderen Tasche in ihrem Wolfsumhang. Sie zog den Stöpsel heraus und träufelte Lorenzo ein paar Tropfen des Inhalts in den Mund. Nach kurzer Zeit sprang er auf, als hätte ihn was gestochen.

Er stand mitten in einer großen, flachen Pfütze, sah sich kampflustig um und meinte grimmig: »Ich hatte nie Flügel!«

»Hallo, Lorenzo«, sagte Nica. »Alles in Ordnung?«

Lorenzo starrte sie ungefähr eine halbe Minute an, dann sah er an sich herunter und entdeckte, dass er in einem Bach stand. Mit einem Sprung war er draußen und meinte: »Könnte mir nicht besser gehen. Ich habe nur …«

Aber Nica stoppte ihn mit einer erhobenen Hand. Sie starrte über die Schulter in die Nacht. Lorenzo sah eingeschnappt aus.

»Der Suchtrupp von Burg Venenfels kommt zurück«, stellte die Hexe fest. Ich konnte spüren, dass sie recht hatte.

Nica schaute zum Mond. Er stand tief und groß am Himmel.

»Zu spät zum Fliegen«, entschied sie. »Noch einmal auf den Baum! Schnell!«

Lorenzo starrte ihr nach, wie sie behände den Stamm hinaufkletterte.

»Jetzt mach schon!«, forderte ich. »Hinterher, oder du kannst dich wieder von den Blutsaugern nach Norden treiben lassen.«

Dann wechselte ich in die Geisterwelt.

Lorenzo kletterte den Baum noch schneller hoch als die Hexe. Das musste er auch, denn im nächsten Moment brachen die Schemen von geflügelten Wesen überall aus dem Unterholz, immer noch in einer langen, geschlossenen Reihe nebeneinandermarschierend.

»Hier stinkt's immer noch«, stellte einer der Schemen fest, als er an mir vorbeiging, und ein paar andere nickten. Keiner kam auf die Idee, den Ort näher zu untersuchen.

Sie verschwanden zwischen den Bäumen und langsam kamen die Geräusche der Sumpfnacht zurück.

Und diesen Moment suchte sich Lorenzo aus, um bewusstlos vom Baum zu fallen. Blätter raschelten, mehrere Äste krachten und er landete mit einem lauten Platschen in der großen Pfütze unter dem Baum.

Sofort war es wieder still. Als hielte der ganze Sumpf den Atem an. Lorenzo setzte sich benommen auf. Nica landete mit einem Sprung neben ihm. Sie hielt ihm ein kleines Kürbisfläschchen hin.

»Trink einen Schluck!«, befahl sie. »Und dann LAUF!«

Sie begann zu rennen.

»Oder besser: FLIEG!«, schrie sie über die Schulter zurück.

Lorenzo sah von der kleinen Flasche zu der Stelle, wo Nica verschwunden war. Dann zu mir.

»Ich hatte nie Flügel!«, sagte er mit verzweifelt großen Augen.

»Scheiß drauf!«, rief ich. »Trink und renn!«

Er kippte das Zeug hinunter. Die Vampire brachen aus dem Unterholz. Lorenzo warf die Flasche weg und rannte.

Ich weiß nicht, was in der Flasche war. Aber plötzlich legte Lorenzo einen Zahn zu und dann noch mal einen und noch mal … man könnte sagen, er legte ein ganzes Gebiss zu. Er schoss durch den Sumpf wie ein geisteskrankes Gespenst. Wir ließen die Vampire hinter uns und holten Nica ein.

Lorenzo jagte an ihr vorbei.

»Wie viel … hat er … getrunken?«, rief sie mir keuchend zu.

»Die ganze Flasche.«

»Die ganze … verdammter Mist!«

Nica riss etwas aus einer Halterung an ihrem Rücken. Ich hatte das Ding für einen weiteren Speer gehalten, aber jetzt sah ich, dass es ein Reisigbesen war. Hinter uns erklang das Schlagen vieler großer Flügel. Die Hexe drückte einen kleinen silbernen Hebel am Besenstiel. Er rastete mit einem lauten »KLICK!« ein. An der Spitze des Stiels drehte sich ein gewölbter silberner Ring. Dadurch öffneten sich kleine Löcher in dem Ring. Ein Pulver, das wie Elfenstaub glitzerte, verteilte sich daraus über den

Besen, es gab noch ein KLICK! und der Silberring hatte sich wieder geschlossen. Durch den Besen lief ein Ruck. Im Laufen sprang die Hexe auf. Sie musste die Beine hochreißen, weil ihr Fluggerät sofort einen Bogen nach unten machte. Dann fing sich das Ding und stieg auf.

Nica öffnete einen Beutel, der oberhalb des silbernen Rings am Besenstiel festgebunden war. Dichter grauer Rauch quoll daraus hervor und verteilte sich hinter der Hexe fächerförmig als Nebel, dick wie Erbsensuppe. Daher hatten die Hexen also ihren Namen.

Ich konzentrierte mich auf die Borsten am Ende des Besens und flog hinterher. Nica holte alles aus dem Kehrgerät raus, was drin war. Allerdings war die junge Hexe nicht die allergrößte Fliegerin. Sie stieg hoch und fiel wieder, machte Schlenker nach links und rechts und wich vielen Hindernissen nur mit Müh und Not aus. Mehrere Male hing sie unter dem Besen, ehe sie das Ding wieder richtig rum drehte. Aber dadurch verteilte sich der Nebel aus ihrem Beutel noch besser. Und schnell war sie auch. Jetzt holten *wir* wieder Lorenzo ein.

Nica drehte sich halb zu mir um und deutete auf ihn.

»Folge ihm!«, rief sie. »Er weiß den Weg. Ich muss höher steigen, um mehr Nebel zu machen.«

Ehe ich fragen konnte, wie Lorenzo sich hier in der Gegend auskennen sollte, war sie verschwunden. Wieso kannte er den Weg? Den Weg wohin? Ich hatte gedacht, wir liefen einfach nur davon. Außerdem sah es für mich nicht so aus, als ob er irgendwas wüsste. Gerade war er noch bewusstlos von einem Baum gefallen und jetzt raste er im Zickzack durch den Sumpf. Er war noch schneller als in der Nacht, in der er mich zu Kruschpuk und den Vampiren geführt hatte.

Aber es half alles nichts. Ich konnte mich kaum umsehen, weil ich mich auf Lorenzo konzentrieren musste. Wenn ich es doch tat, sah ich nichts als Nebel und verkrüppelte Bäume, die darin verschwanden. Der Nebel wurde immer dichter. Er überholte uns. Man konnte keine drei Meter weit mehr sehen. Alle Geräusche wurden irgendwie gedämpft. Nur das Rauschen vieler großer Flügel wurde nicht leiser. Das Beunruhigendste war, dass es nicht mehr nur hinter uns, sondern auch links und rechts von uns erklang.

Links von Lorenzo flog ein Schatten durch den Nebel. Er wuchs und nahm immer mehr Gestalt an. Schließlich wurde der Schatten zu einem Vampir und dieser stürzte sich auf Lorenzo.

»LORENZO, PASS … auf!«, schrie ich.

Lorenzos Kopf zuckte im Laufen nach links, aber da war kein Vampir mehr. Seltsam. Etwas wie eine grüne Peitsche war aus dem Nebel gekommen und hatte sich blitzschnell um den Hals des Vampirs gewickelt. Dann hatte es ihn mit einem Ruck zurück in den dichten Nebel gezerrt.

Ein anderer Vampir kam von rechts, aber ihm passierte das Gleiche. Diesmal sah ich Blätter an der Peitsche. Was die Vampire da angriff, war so was wie fliegende Lianen. Die Fangarme einer Pflanze.

Immer mehr davon peitschten durch den Nebel. Und sie schlängelten sich kreuz und quer am Boden. Ringsum hörte man scharfes Klatschen und dumpfes Stöhnen, wenn ein Peitschenarm auf einen Vampir traf. Aber nicht einer dieser Fangarme griff Lorenzo an.

Der deutete plötzlich voraus in den Nebel und keuchte: »Da vorne … da vorne … ist es!«

Lorenzos Finger wies auf ein winziges orangefarbenes Licht, das vor uns in der Nebelsuppe schwamm. Wir kamen näher und es sah so aus, als schwebte das Licht über einem Hügel, der schemenhaft vor uns auftauchte.

Dann stolperte Lorenzo über einen Kürbis. Klein und ziemlich grün. Der nächste, gegen den er stieß, war schon größer und reifer. Der Hügel entpuppte sich als ein Haufen von verdammt großen Kürbissen. Die peitschenden Schlingpflanzen gingen von diesem Kürbishügel aus. Sie erstreckten sich nach allen Richtungen in den Nebel. Kürbisse im Frühjahr?

Lorenzo stürzte halb in den Haufen hinein und kletterte dann auf Händen und Knien höher.

Ein mit Lumpen oder zerfetzten Fahnen behangener Pfahl, auf dem das kleine orangefarbene Licht befestigt war, begann sich zu drehen. Ein Kreuz wurde sichtbar und eine Art ... na ja, Gesicht aus orangefarbenem Licht.

Dann war auch ich bei dem Hügel aus Kürbissen angelangt und sah, dass der lumpenbehangene Pfahl eine Vogelscheuche war, die sich uns jetzt ganz zugewandt hatte. Ihr Kopf war ein Kürbis, in den jemand ein Gesicht geschnitten hatte, mit zwei Löchern für die Augen und einem gezackten Schnitt für den Mund. Aus diesen Löchern kam das orangefarbene Leuchten. Die Nase war nur ein Stock, den man in die Schale gerammt hatte. Der Kürbis trug einen uralten, breitkrempigen Hut mit zerfetzter Spitze.

Eine Menge Vampire drehte beim Anblick der kreuzförmigen Gestalt heulend ab. Der Kürbiskopf beugte sich nach unten, als würde die Vogelscheuche Lorenzo ansehen.

»Da seid ihr ja!«, sagte eine Stimme in meinem Kopf. Der orange leuchtende Mund grinste.

Im nächsten Moment landete Nica ein bisschen zu heftig neben uns und brachte den ganzen Kürbishügel ins Rutschen. Der Kopf der Vogelscheuche wandte sich ihr zu.

»He, pass doch auf!«, schimpfte die Stimme in meinem Kopf. »Meine schönen Früchtchen!«

Nica rappelte sich auf und deutete auf die Vogelscheuche. »Das ist Zarathustra«, erklärte sie. »Ein Ruriko.«

»Sagt einfach Zappenduster, wie die meisten«, meinte die grinsende Vogelscheuche. »Wenn ihr nicht wisst, was ein Ruriko ist, nennt mich einen Vogelscheucher. Männliche Form, bitte!

»Wir müssen was unternehmen!«, rief die Hexe. »Die Vampire kommen wieder. Und deine Kürbisse fangen schon an zu verfaulen.«

Die Vogel ... der Vogelscheucher sah sich um.

»Ja, zugegeben, das war nicht meine beste Züchtung«, sagte die Stimme. »Ziemlich frühreif.«

Er wandte sich an uns. »Äh, wundert euch nicht über reife Früchte im März. Wo ein Ruriko auftaucht, ist immer Erntezeit.« Er starrte in den Nebel. »Ich fürchte, wir müssen noch einmal rennen.«

Zappenduster stakste auf zwei langen, dünnen Beinen los. Damit war er erstaunlich schnell. Er sah über die Schulter.

»Auf geht's, Lorenzo!«, rief die Stimme. Der gezackte Mund bewegte sich nicht. »Nur noch ein kurzes Stück, das verspreche ich.«

»Was war in der Flasche?«, wollte ich von Nica wissen.

»Kürbis...saft?«, meinte sie unschuldig, aber sie sah mich dabei nicht an. Plötzlich änderten die Kürbisse auf dem Haufen ihre Farbe. Das reife, pralle Rotgelb wechselte zu Braun, dann Schwarz. Die riesigen Früchte zerfielen zu Matsch, als würden sie schmelzen. Die Lianen lagen schlaff auf dem Boden und verfaulten genauso schnell.

Wir hörten, wie ringsum die Vampire starteten. Lorenzo rappelte sich noch mal auf. Wir folgten dem Vogelscheucher, der auf seinen langen, steifen Beinen durch den Nebel taumelte. Wieder sah er sich nach uns um.

»Lasst sie rankommen«, empfahl die Stimme. »Die Mistkerle müssen dicht hinter uns sein. Wenn ich ›JETZT‹ rufe, sind wir am Nest. Tretet ja nicht rein! Lauft linksrum oder rechts, springt drüber, aber macht bloß keines von den Eiern kaputt!«

Keine Ahnung, was der Kürbiskopf meinte.

Wir brachen durch eine Lücke mitten hinein in ein Gestrüpp aus Stechginster, der sich hoch vor uns auftürmte. Erst dann sah ich, dass es kein dichtes Gebüsch war, sondern eher eine aus Stechginster geformte Halle. Es ging einen Abhang hinunter. Wir befanden uns in einer großen, trichterförmigen Senke. Das Gestrüpp, durch das wir gekommen waren, wuchs ringsum in die Höhe und bildete ein Dach über der Bodenmulde. Na ja, Mulde wird der Sache nicht gerecht. Es war eher schon ein kleines, von Ginster überdachtes Tal.

Der Vogelscheucher rief: »Jetzt!«, und sprang über eine Grube in der Mitte der Senke weg, etwas, das ich ihm gar nicht zugetraut hätte. Lorenzo warf sich in letzter Sekunde nach rechts herum. Nica, die ihren Besen wieder in der Hand trug, wandte sich nach links. Ich musste keine solche Entscheidung treffen und flog einfach über das Loch im Boden. Darin lagen fünf riesige unförmige Eier mit braunen und schwarzen Flecken auf den beigen Schalen. Als ich nach rechts sah, entdeckte ich einen Graben, der von der Senke wegführte und in einer finsteren Höhle endete. Ich hatte sofort das Gefühl, aus dem Dunkeln heraus angestarrt zu werden.

Im nächsten Moment brachen die Vampire durch den Stechginster und rutschten den Abhang hinunter. Drei oder vier trampelten durch das Nest, ohne es überhaupt wahrzunehmen. Es krachte und knirschte und etwas Schleimiges klatschte an den Rand der Grube. Die Vampire rannten einfach weiter. Roher Eiglibber und Stücke von dicken Schalen klebten an ihren Hosenbeinen.

Wir hielten auf ein Zeichen des Vogelscheuchers am gegenüberliegenden Rand der Grube an.

»Jetzt geht's los«, meinte er.

Im nächsten Moment brach in der Senke die Hölle los. Mit einem ohrenbetäubenden Brüllen schoss ein riesiges schwarzes Etwas aus der Höhle heraus und warf sich auf die Vampire. Ein Maul, so groß wie ein Scheunentor, schnappte zu. Mehrere von den Blutsaugern wollten abheben, aber das dornige Dach der Senke hielt sie auf. Ein gigantischer, schwarz geschuppter Echsenschwanz klatschte sie wieder zu Boden. Das Monster, das hier komplett durchdrehte und mit riesigen, dreizehigen Klauen auf Vampiren herumtrampelte, war groß genug, um Glubschnak zu verspeisen.

»Falls ihr noch keinen gesehen habt …«, sagte der Vogelscheucher, »… das ist ein Schwarzfieberwaran.«

Jetzt verstand ich, warum nicht mal Glubschnak auf die Jagd nach so einem Vieh gehen wollte.

Zappenduster drehte sich um. »Die sind erst mal beschäftigt«, meinte er. »Lasst uns gehen.«

DER WUNDE WARAN

Nach nicht allzu langer Zeit verließen wir den Nebel und erreichten das Ufer eines Sees. Hier war nichts schwarz, nass-verfault oder mit Seegras behangen. Alle Pflanzen sahen sehr gesund aus.

Na ja, See ist vielleicht zu viel der Ehre. Aber von allen Tümpeln, die ich bisher in diesem verdammten Sumpf gesehen hatte, war er eindeutig der größte. Also, es war eigentlich schon ein See. Aber in seiner Mitte lag eine Insel wie ein runder Buckel, voller alter Bäume. Und die war so groß, dass der See nur ein breites Band aus Wasser um die Insel herum war.

Erst auf den zweiten Blick sah ich, dass eine Menge kleiner Boote, Kanus und Einbäume am Ufer der Insel lagen. Es gab auch einen flachen Steg. Dann entdeckte ich, dass ein Abhang unterhalb der Bäume, den ich zuerst für eine natürliche Böschung gehalten hatte, künstlich ausgebaut war. Eine ganze Reihe verschieden großer, schilfgedeckter Hütten, die alle miteinander verbunden waren, wuchs aus dem Hügel heraus. Es gab Wohnhütten, Schuppen und Tierställe. Davor häufte sich eine unglaubliche Ansammlung von teilweise völlig unbrauchbaren Jagd- und Fischereigeräten, alten Fässern und Trockenge-

stellen voller schwarz schimmernder Häute. In dem Moment kapierte ich auch, dass die Schwaden, die über die Insel zogen, nicht noch mehr Nebel waren, sondern Rauch aus einem Schornstein, der weiter hinten aus dem Hügel ragte.

»Wir sind da«, flüsterte Nica. »Das ist die Isla Evangelista.«

Zappenduster zog einen flachen Einbaum aus einem Versteck unter ein paar Büschen und deutete auf Lorenzo und Nica.

»Rein mit euch!«, befahl er. Mit einem Blick auf mich meinte er: »Du brauchst ja wohl keine Überfahrt.«

Sobald Lorenzo und Nica darin knieten, stieß der Vogelscheucher das Boot vom Ufer ab und hüpfte selbst hinein. Es hatte nicht so ausgesehen, als könnte er seine Beine abknicken, aber das tat er jetzt. Er kniete sich ganz hinten ins Kanu, nahm ein seltsam geformtes Paddel mit sehr kurzem Griff vom Einbaumboden und jagte das Gefährt mit wenigen gekonnten Schlägen über die Wasserfläche. Ich schwebte hinterher. Ich durfte gar nicht daran denken, was in dem dunklen Wasser alles lauern mochte, das die drei in einem kleinen Einbaum ohne nennenswerte Bordwände überquerten. Als hätte Zappenduster meine Gedanken erraten, drehte er sich halb zu mir herum und flüsterte: »Keine Angst, das Wasser hier ist sauber. Die ganze Gegend ist absolut sicher.«

Der Einbaum rammte die Uferböschung. Der Vogelscheucher und die Hexe sprangen ins seichte Wasser und schoben den Einbaum weiter an Land. Lorenzo stieg auch aus, aber er achtete sorgsam darauf, das Wasser nicht zu berühren. Er glaubte Zappenduster wohl nicht so richtig. Aber er half das Boot an Land zu ziehen.

Über der größten Tür hing ein grob zusammengenageltes Schild. Die spinnenbeinigen fantasmanischen Buchstaben darauf sagten: »Zum Wunden Waran«.

Eine Kneipe mitten in den Sümpfen?

Der Vogelscheucher öffnete die Tür. Warmes Licht und dicker Rauch quollen heraus. Wir huschten hinein.

Und standen tatsächlich in der Gaststube eines Wirtshauses. Sie war niedrig und verräuchert, aber viel größer, als es von außen den Anschein hatte. Eine überraschend große Menge an Gästen hörte sofort auf zu trinken und durcheinanderzurufen. Stattdessen starrten uns alle an. Schließlich brach einer das Schweigen und sagte: »Sind sie das?«

Ein anderer sprang auf, packte die Umhängetasche, in der Lorenzo Tag und Nacht seinen Fußball mitschleppte, und warf einen Blick hinein. Der Kerl wandte sich freudestrahlend zu den anderen Gästen um. Er merkte gar nicht, wie Lorenzo ihm die Tasche aus den Händen riss.

»Sie sind's!«, verkündete er. »Die Erfinder des Fußballs sind bei uns angekommen!«

Die ganze Kneipe schien mit einem Freudenschrei aufzuspringen. Krüge wurden aneinandergestoßen.

»Kruschpuk hat's geschafft!«

»Ein Hoch auf Kruschpuk!«

»Wo ist der alte Keulenklopfer eigentlich?«

»Kruschpuk geht's gut«, behauptete ich. »Als ich ihn das letzte Mal sah, prügelte er gerade zwei Vampire mit seinen Keulen durch die Sümpfe.«

»Juhuu! Das ist Kruschpuk, wie er leibt und lebt!«

»Groß wie ein Haus!«

»Gefährlich für alle Vampire!«

Ich beschloss dazu nichts zu sagen. Groß wie ein Haus war der Troll nicht mehr, aber gefährlicher denn je für Vampire.

Als alle so herumtanzten, sah ich, dass hier viele Völker vertreten waren. Es gab Menschen, Zwerge und Kobolde, ein paar Wesen, die ich nicht kannte, und Trolle in allen Größen, aber keinen von der riesenhaften Sorte, wie Glubschnak und Kruschpuk. Die Gäste sahen alle irgendwie gefährlich aus ... aber auch ziemlich kaputt. Vielen fehlte irgendwas. Eine Hand, die durch einen eisernen Haken ersetzt worden war. Oder gleich ein ganzer Arm. Ein Auge oder ein Bein. Narben überall. Viele trugen schmutzige Verbände, durch die Blut in großen, wässrig-roten (oder grünen) Flecken gesickert war.

Diese Kneipe war eindeutig das Hauptquartier der Waranjäger.

Lorenzo wurde plötzlich total schlaff und fiel nach vorne. Wenn ihn der Kerl, der in seine Tasche geschaut hatte, nicht aufgefangen hätte, wäre er mit dem Gesicht auf den festgestampften Boden geknallt.

»Ich hatte nie Flügel!«, war das Letzte, was er murmelte, bevor er zu schnarchen anfing. Ich merkte auf einmal, dass ich auch schläfrig wurde. Das kam nicht vom Sumpfgas, das in dieser höhlenartigen Kneipe gründlich ausgeräuchert worden war. Wir hatten einfach an die 40 wache, unglaublich anstrengende und aufregende Stunden hinter uns. Wir konnten uns nicht mal mehr richtig Sorgen um den Rest unserer Gruppe machen.

Zwei Waranjäger schleppten Lorenzo tiefer in das dunkle Höhlensystem, das sie in den Hügel gegraben hatten. Ich folgte ihnen müde. Nica sah ich an diesem Abend nicht mehr. Irgendwann waren wir in einer Kammer mit zwei Betten. Es waren eigentlich keine richtigen Betten, sondern Erdhügel mit Strohsäcken und ein paar lumpig aussehenden Decken obendrauf. Die Männer, die Lorenzo getragen hatten, warfen ihn auf einen von den Hügeln und verzogen sich. Nur Zappenduster blieb zurück.

Der Vogelscheucher wies auf eine dunkle Öffnung in der Ecke zwischen zwei Wänden und der niedrigen Decke, aus der Wurzeln ragten. »Es gibt frische Luft durch das Loch hier«, erklärte er mir.

Lorenzo war das egal. Der schnarchte längst wieder. »Aber das erzähle ich wohl gerade dem Falschen. Du brauchst ja keine Luft mehr.«

Ich schüttelte den Kopf.

»Pass auf, du musst nicht nervös sein«, fuhr er fort. »Auch nicht wegen deinem Freund hier. Die Insel ist ablosut sicher. Keine Vampire, keine Sumpfmonster. Völlig sicher!«

Mit diesen Worten ging er hinaus.

Keine Sekunde danach war ich auch eingeschlafen.

Wildes Geschrei und das Trampeln von vielen Füßen weckte mich. Eine Glocke bimmelte wie verrückt und jemand schrie immer wieder: »Alarm! Alarm! Alarm!«

Es dauerte eine Weile, bis ich mich erinnerte, wo wir waren. Wieder hatte ich ganz ungespenstisch tief geschlafen. Lorenzo auf dem anderen Bett wachte nur langsam auf. Er blinzelte mit einem verklebten Auge in der Kammer herum und murmelte: »Is 'n los?«

Schließlich rappelten wir uns so weit auf, dass wir mit dem Rest der Waranjäger mitstolpern konnten. In der Gaststube drängten sich viele Bewaffnete. Sie stauten sich am Ausgang und versuchten, schreiend und fluchend, alle gleichzeitig nach draußen zu kommen. Ich sauste einfach durch die Wand.

Die Waranjäger sammelten sich brüllend und waffenschwingend am See. Vom gegenüberliegenden Ufer klangen schwere Fußtritte wie Donnerschläge herüber. Eine Stimme, die ich kannte, schrie: »Schneller, Mann, SCHNELLER!«

Im nächsten Moment brach Arpads Wagen durch das hohe Gestrüpp unter den Bäumen am Ufer. Er fuhr schnurstracks auf das Wasser zu und hinein. Er schwamm auch ohne die Kanuausleger, wurde aber stark abgebremst. Direkt dahinter kam Glubschnak. Auf seinem Rucksack hockte Schnick und trieb ihn an. Der Troll krachte ins Wasser und versuchte mit aller Kraft weiterzurennen. Dadurch schob er den Wagen mit einer großen Welle auf uns zu.

Die Bäume hinter Glubschnak schienen zu explodieren. Sie bogen sich nicht zur Seite oder brachen an irgendeiner Stelle, sie wurden richtig pulverisiert.

Ein schwarzer Riesenwaran landete mit seiner vorderen Hälfte im Wasser und schnappte nach Glubschnak. Er erreichte ihn nur deshalb nicht, weil er selbst eine Flutwelle auslöste, die den Riesentroll von ihm wegschwemmte. Aber mit dem nächsten Satz würde er ihn haben. Es war unfassbar. Der hausgroße Glubschnak hätte doch tatsächlich in das Maul dieses Höllenbiests gepasst. Schnick verschwand und tauchte am Ufer wieder auf.

»Jetzt mach schon, du lahme Ente!«, rief er. Wie hilfreich!

Der Wagen rollte ans Ufer und wurde von vielen kräftigen Händen (und eisernen Haken) aufs Festland gezerrt.

Aber statt sich den verzweifelt watenden Troll zu schnappen, kreischte der Waran in einer unerwartet hohen Tonlage. Er kämpfte sich zurück ans Ufer und verschwand, wobei er noch ein paar Bäume mitnahm. Sobald er weg war, machte sich Glubschnak überhaupt keine Mühe mehr, die Insel zu erreichen. Stattdessen tauchte er komplett unter. Die Waranjäger, die sich gerade ein bisschen beruhigt hatten, umringten schreiend den Kobold.

»Hol den Suffkopf da raus!«

»Wenn der den See leer säuft, dann hat uns der Waran!«

»Außerdem ist das unser Engelswasser!«

»Genau, wenn Glubschnak einen heben will, soll er sich gefälligst eine von den Quellen in Trollland aussuchen!«

»Sag mal … ist der See voller Schnaps?«, fragte Lorenzo den Vogelscheucher. Der wiegte den Kürbis, der ihm als Kopf diente, bedächtig hin und her.

»Nicht direkt Schnaps …«, meinte er. »Es ist etwas Ähnliches. In Trollland gibt es viele solche Quellen. Aber auf dieser Seite der Faulen Zähne ist meines Wissens nur unser See hier.«

»Faule Zähne? Das hab ich doch schon mal gehört …«

»Ach, das ist der Name des Gebirgszugs, der Trollland von den Schwarzfiebersümpfen trennt«, erklärte der Vogelscheucher. »Jede Menge Ölschiefer im Gestein. Deshalb sehen die Gipfel schwarz aus wie verfaulte Zähne.«

»Der Waranjäger hat gesagt, in dem See wäre Engelswasser«, erwiderte ich.

»Richtig«, bestätigte Zappenduster. »Irgendwo im See befinden sich Sumpfgasquellen. Ein starkes Nervengift. Jedenfalls für Leute, die Nerven haben.«

»Merellyn sagte auch was über Sumpfgas«, erinnerte ich mich. »Wir waren alle immer furchtbar müde.«

»Genau. In Verbindung mit Luft macht es müde«, erklärte der Vogelscheucher. »In Verbindung mit Wasser aber unglaublich besoffen.«

»Und die Jäger trinken das Wasser?«, fragte Lorenzo ungläubig.

»Nein, nein! Das Zeug bringt einen um. Nur ein Schlückchen vor und nach Waranjagden ...«

»Ja, was war eigentlich mit dem Waran?«, wollte ich wissen. »Warum hat er plötzlich geschrien und ist weggerannt?«

»Seltsamerweise können weder Warane noch Vampire über eine Engelswasser-Barriere vordringen. Den Echsen verätzt es die Haut. Und die Blutsauger werden ohnmächtig, wenn sie übers Wasser fliegen und die Dämpfe einatmen.«

Schnick verschwand und tauchte an der Stelle über der Wasseroberfläche wieder auf, wo der Troll untergetaucht war. Aber er fiel nicht ins Wasser, wie er es auf dem Schimmelwein getan hatte. Anscheinend stand er auf Glubschnaks Kopf.

»Komm sofort da raus!«, brüllte er. »Ich hab immer noch den kleinen Zauberstab. Wenn du nicht brav bist, lass ich wieder Veilchen zwischen deinen Zähnen wachsen!«

Für Schnick ging es ungefähr einen Meter aufwärts, als der Kopf des Trolls aus dem See auftauchte. Glubschnak spuckte in hohem Bogen Wasser wie ein Springbrunnen. Wieder schrien die Waranjäger alle durcheinander. »Igitt, das ist ja absolut ekelhaft!«

»Was er im Maul hat, soll er gefälligst auch runterschlucken!«

»Ja, genau! Ich hab keine Lust, heute Abend Trollspucke zu saufen!«

Der Troll watete triefend an Land. Er sah grinsend von einem Schreier zum nächsten. Dabei schwankte er wie ein entwurzelter Baum. »Schschöön, wieda ssu Hause ssu sein!«, lallte er.

Es gab noch mal ein Gedränge, als die versammelten Waranjäger versuchten von Glubschnak wegzukommen. Zum Glück schafften es alle, ehe der Troll krachend auf die Schnauze fiel.

Einen Moment lang standen alle um ihn herum, ohne durcheinanderzuquatschen. Dann ging es wieder los.

»Spinnt ihr eigentlich, einen lebenden Waran hierher zu bringen?«, fragte irgendjemand.

»Wir haben ihn nicht hergebracht«, widersprach Schnick. »Es war eher so, dass er uns hergebracht hat.«

»Ach ja? Seid ihr darauf geritten, oder was?«

»Wir haben ihn eine Zeit lang als Schutzschild benutzt«, erklärte der Kobold. »Eine Bande von Vampiren war hinter uns her. Solange wir den Waran zwischen uns und ihnen halten konnten, waren wir in Sicherheit.«

»In Sicherheit? Mit einem Waran als Wachhund? Es stimmt schon, was sie über euch sagen: Ihr beiden seid die zwei hirnlosesten …«

Glubschnaks Arm zuckte und seine kartoffelsackgroße Faust donnerte neben dem Sprecher auf den Boden. Der sprang mit einem Satz rückwärts.

»Sprich ruhig weiter«, forderte Schnick ihn spitz grinsend auf. »Glubschnak und ich hören dir zu. Weißt du, dieser Troll verträgt ein bisschen mehr, als mancher ihm zutraut.«

Der Wirt nickte.

»Dabei fällt mir ein: Ihr schuldet mir noch sechsunddreißig Fantasmo!«

»Davon weiß ich gar nichts«, behauptete der Kobold. »Wofür denn?«

»Für die drei Bierfässer, die dein Trollfreund letztes Mal klammheimlich ausgesoffen hat.«

»Und viertausend Fantasmo für den Waranschenkel, den er sich voriges Jahr gebraten hat. So viel war das Leder wert!«

»Darüber haben wir doch schon gesprochen!«, wehrte sich Schnick. »Das hat niemand gesehen. Also ist so eine Behauptung nichts weiter als üble Nachrede.«

»Aber mein Pferd! Das hat er gefressen und dafür gibt's Zeugen! Wie soll ich Bier in die Sümpfe bringen, ohne ein Pferd für mein Fuhrwerk?«

»Was, es gibt kein Bier mehr?«

»Sagt mal, wollen wir uns nicht diesen verletzten Waran vornehmen?«

»Ja, gute Idee! Wenn wir den erlegen, könnten wir ein neues Pferd für Augusts Fuhrwerk anschaffen.«

»Und er kann wieder Bier bringen. Der gute August!«

»Seht ihr?«, warf Schnick ein. »Glubschnak hat das Pferd gefressen, richtig. Aber wir haben euch auch diesen neuen Waran hierher gebracht.«

»Ach ja? Gerade sagtest du noch, er hätte euch hierher gebracht.«

»Wie auch immer. Vom Verkauf seiner Haut könnt ihr hundert Fuhrwerke für den Biernachschub kaufen. Das ist unser Geschenk an den Wilden Waran. Abgesehen von der Provision. Sagen wir fünfzehn … oder lieber zwanzig Prozent. Das ist nur fair. Und deckt noch nicht mal alle meine Unkosten.«

»Immer noch das alte Großmaul. Wird von einem Waran hierher gejagt und behauptet, er hätte ihn als Geschenk mitgebracht.«

»In die Boote, Männer!«

Wo auch immer Schnick und Glubschnak hinkamen: Sie waren schon mal da gewesen und jedes Mal schien es Ärger gegeben zu haben. Aber sie wurden trotzdem überall wie Freunde begrüßt. Mehr oder weniger.

Die Waranjäger jagten ihre Boote, Kanus und Einbäume übers Wasser. Als endlich wieder Ruhe war, deutete Arpad vom Kutschbock herunter auf Zappenduster.

»Du Ruriko?«, wollte er wissen. Als der Vogelscheucher nickte, meinte Arpad: »Kommen Wagen, bitte. Zauberer sagt, du machen Trank, gegen beißen Vampir.«

Zappenduster sah verständnislos von einem zum anderen.

»Wir haben zwei Vampiropfer an Bord«, erklärte Merellyn, der die Leiter am Heck von Arpads Wagen herunterkletterte. Er sprang zu Boden und verzog das Gesicht. »Und einen verletzten Zauberer«, quetschte er zwischen den Zähnen hervor. Er hob die Hände, als Lorenzo und ich zu ihm stürmen wollten. »Halb so wild«, beruhigte er uns. »Ich habe ein Schwert in die Rippen bekommen und eines in den Arm. Aber ich bin nicht gebissen worden.«

»Merellyn!«, rief Zappenduster. »Lass mich die Wunden sehen. Ich kann eine Salbe machen, die die Heilung beschleunigt.«

»Später«, meinte Merellyn. »Mach zuerst einen Trank für die Gebissenen, der sie heilt. Ich weiß, du kannst das.«

»Kommt darauf an«, meinte der Ruriko. »Nicht, wenn sie schon gestorben sind. Denen kann man nur noch mit einem Pfahl helfen.«

»Sind sie nicht. Wir haben sie mit einem Trank aus Bilsendorn und Schwarzschlehe am Leben erhalten.«

»Sehr gut. Ich habe ein ähnliches Rezept, aber stärker. Färberkraut ist besser als Schwarzschlehe«, sagte Zappenduster. »Lass mich die Patienten sehen.«

Er stakste zu der Leiter, die hoch in die Fahrgastkabine von Arpads Wagen führte, und kletterte steifbeinig hinauf. Nach einer Weile kam er zurück. Er schüttelte den Kopf.

»Die jungen Damen haben fast kein Blut mehr in sich«, stellte er fest. »Die sind nicht nur einmal gebissen worden. Es wird Monate dauern sie in die Welt der Lebenden zurückzuholen.«

»Ich muss euch was sagen!«, rief ich. »Ich hatte bis jetzt keine Gelegenheit, es loszuwerden.«

Dann erzählte ich die ganze Geschichte von der Begegnung mit den beiden Kriegsherren, dem Zeichen des Mundovoros und dem geheilten Troll Kruschpuk.

»Aber das kann nicht sein«, warf Zappenduster ein. »Um eine Giftmenge zusammenzukriegen, die ein Riesentroll überhaupt spüren würde, müsste man die halbe Welt ...«

»Aber das ist es ja gerade«, unterbrach ich ihn. »Er ist kein Riesentroll mehr. Merellyn hatte die Trolle verkleinert, damit sie in den Wagen passen. Er war nicht größer als ich, als er in die Dornen gerauscht ist.« Plötzlich wurde Merellyn ganz steif.

»Kruschpuk!«, rief er. »Er ist noch da draußen. Unsere Flucht kam so überstürzt. Und wir haben ihm seine alte Größe nicht zurückgegeben. Er ist den Vampiren schutzlos ausgeliefert!«

»Das glaube ich nicht«, sagte ich. »Es ist eher so, dass die Vampire ihm ausgeliefert sind. Seit er klein und geheilt ist, ist er ein furchtbarer Giftzwerg. Er hat die beiden Vampire, denen er in der Nacht davor noch gehorchte, furchtbar verdroschen.«

Danach bat ich den Wirt des Wunden Waran um Material zum Zeichnen. Ich bekam einen Kohlestift und ein paar alte Rechnungen, auf deren Rückseite ich die Pflanzen malte. Dann zeigte ich die Zeichnungen dem Ruriko.

»Gute Bilder!«, meinte er. »Mal sehen. Das ist Bilsendorn … Rachwurz … das da ist Färberkraut … ich kenne die vierte Pflanze, aber ich habe sie schon so lange nicht mehr in den Händen gehalten, dass ich den Namen vergessen habe.«

Nica sah ihm über die Schulter.

»Das ist Drachenzahn«, erklärte sie. »Ich habe noch nie ein lebendes Exemplar gesehen, aber wir haben einen getrockneten Zweig in unserer Kräuterkammer.«

»Richtig, Drachenzahn!«, rief Zappenduster. »Ich werde vergesslich. Seltsam, dass du ausgerechnet diese vier Pflanzen zeichnest.«

»Warum seltsam?«

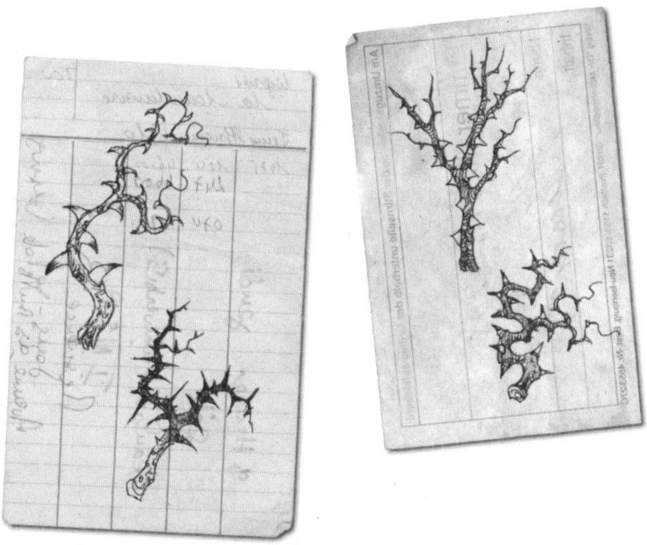

»Weil man niemals zwei von ihnen am selben Ort findet«, erklärte der Vogelscheucher. »Wo Rachwurz wächst, haben die anderen keine Chance. Bilsendorn und Färberkraut würgen sich gegenseitig ab. Und Drachenzahn ist sowieso so selten, dass ich mich manchmal frage, ob er nicht schon ausgestorben ist.«

»Ist er nicht«, widersprach ich. »Ganz im Gegenteil, von dem wuchs an der Stelle am allermeisten. Es war der größte Busch. Von den drei anderen wuchsen nur so kleine Triebe dazwischen.«

»Das ist es!«, rief Zappenduster. »Das hat meine Oma immer gesagt! Drachenzahn schlichtet Kämpfe. Alle möglichen Pflanzen, die sich nicht ausstehen können, gedeihen im Schutz von Drachenzahn prächtig nebeneinander. Aber als meine Oma das erzählte, gab es schon nirgendwo mehr Drachenzahn.«

»Er wächst unweit von der Stelle, wo uns die Vampire zum ersten Mal angegriffen haben«, sagte Merellyn. »Das ist etwa neun Meilen von hier. Es hilft alles nichts, jemand muss noch einmal dorthin gehen.«

»Ich habe keine Ahnung, wie wir hierher gekommen sind«, erklärte ich. »Wir sind in einem ganz weiten Bogen geflogen. Aber wenn mich jemand zu dem Kampfplatz bringt, kann ich ihm die Stelle zeigen, wo das Zeug wächst.«

»Ich komme mit!«, rief Lorenzo. »Ich kann die Stelle finden.«

Als sich alle zu ihm umdrehten, sah er ausnahmsweise ein bisschen verlegen aus.

»... äh, glaube ich«, fügte er hinzu. Schnick legte ihm eine Hand auf die Schulter.

»Lass gut sein«, meinte der Kobold. Er deutete auf mich und dann auf seine eigene Brust. »Sieht so aus, als würden wir beide jetzt mal wieder einen Ausflug auf Geisterart unternehmen. Schnell hin, schnell zurück.«

»Wir brauchen unbedingt eine vollständige Pflanze. Wurzeln und alles«, mahnte Merellyn.

»Wir brauchen zwei«, bemerkte der Vogelscheucher. »Eine weibliche und eine männliche. Dann kann ich sie nachzüchten.«

»Aber davon verstehe ich nichts«, stöhnte der Kobold. »Ich bin eher ein Hausgeist. Erblich bedingt.«

»Dann gehe ich mit William«, meldete sich die Hexe Nica. »Ich weiß, wo der Kampf stattgefunden hat, und ich kann die Pflanzen unterscheiden.«

Schnick sah verdutzt von mir zu Nica und wieder zurück.

»Ich muss nicht gehen?«, fragte er vorsichtig. Die Hexe und ich schüttelten den Kopf. Der Kobold drehte auf der Stelle um und lief am schnarchenden Glubschnak vorbei zur Tür des Wunden Waran.

»He, Wirt!«, rief er. »Mach mir mal Frühstück! Einen großen Humpen Kräuterbier, einen kleinen mit Engelswasser und irgendwas scharf Gebratenes. Von mir aus sogar Waran.«

Mit diesen Worten verschwand er in der Kneipe.

»Prägt euch ein, wie viel von welcher Pflanze am Unfallort wächst«, empfahl der Ruriko. »Das ist später unser Mischungsverhältnis. Mitbringen müsst ihr nur Drachenzahn. Die drei anderen habe ich im Überfluss hier.«

»Ich komme trotzdem mit«, sagte Lorenzo plötzlich. »Zu eurem Schutz.«

Nica sah ihn mit aufgerissenen Augen an. Bei all der Bemalung in ihrem Gesicht konnte man nicht ganz genau sehen, was sie sich dachte. Ich war aber froh, dass sie alles, was sie hätte sagen können, hinunterschluckte. Stattdessen holte sie ihren Besen hervor. »Willst du bei mir mitfliegen?«, fragte sie. Es klang weder vorwurfsvoll noch spöttisch. Lorenzo antwortete nicht.

Mir war klar, dass er weder fliegen noch dem wilden Mädchen zu nahe kommen wollte. Und an die Flügel, die ihm gestern Nacht gewachsen waren, wollte er bestimmt nicht mal denken.

Merellyn sprang ihm bei. »Es kommt überhaupt nicht infrage, dass du die Insel jetzt verlässt«, bestimmte er. »Du könntest die beiden nur mit Zauberei beschützen und die würde wiederum unsere Feinde anlocken.«

Merellyn wandte sich an Nica und mich. »Die Nebelhexen treiben die Hauptstreitmacht der Vampire nach Norden, aber wir wissen nicht, wohin sich die verzogen haben, die uns verfolgten«, erklärte er. »Fliegt tief, fliegt schnell, seid vorsichtig.«

DER HALBTOTE UNTOTE

Wir flogen also nach Norden. Ich folgte den Reisigborsten von Nicas Besen. Das heißt, wir machten einen wilden Zickzack-Ritt. Ihr Flugstil war heute auch nicht besser als gestern Nacht. Mir war klar, dass wir nicht über die Baumwipfel aufsteigen konnten, wo wir weithin sichtbar gewesen wären. Aber sie hätte unterhalb der Baumwipfel eine gewisse Flughöhe einhalten können. Doch sie flog mal über, mal unter tief hängenden Ästen durch, wich Baumstämmen oft nur ganz knapp aus und war mehrmals in Gefahr, auf den Boden zu krachen.

Nur gegen ihre Geschwindigkeit war nichts einzuwenden. Sie raste mit einem Affenzahn durch die Landschaft. Aber von der Landung hatte sie meiner Meinung nach keinen Plan. Sie zog nach unten, bremste in mehreren Hopsern, lief ein kleines Stück ganz eierig mit dem Besen mit, ließ ihn dann sausen und rollte sich mehr oder weniger freiwillig ab. Der Besen bohrte sich in den Schlamm neben dem Tümpel, in dem gestern fast Arpads Wagen abgesoffen wäre. Es gab überall Fußspuren, mehrere zerfetzte Ledermasken mit Augengläsern lagen herum, eine von Arpads Pfannen und eine abgebrochene Schwertspitze. Tiefe Radspuren führten von dem Tümpel weg. Kein Zweifel, Nica war genau auf den Kampfplatz gefallen.

»Fliegst du immer so?«, fragte ich, als sie den Besen aus dem Schlamm zog. Sie zuckte mit den Schultern.

»Ich kann machen, was ich will«, gab Nica zu. »Meine Fliegerei wird einfach nicht besser. Ich denke zu viel beim Fliegen, sagt meine Hexenmutter.«

»Ha, das kenne ich«, sagte ich, während wir die Strecke zu dem Dornengestrüpp zurücklegten. »Immer wenn ich was greifen soll, wird's schwierig. Wenn ich nicht daran denke, dass ich es nicht kann, klappt's meistens. Aber wie soll man nicht an etwas denken, von dem man sich merken muss, dass man nicht daran denken darf?«

Nica nickte heftig.

»Das bringt die Sache auf den Punkt«, rief sie. »Sie bringen einem tausend Sachen bei und verlangen dann, dass man sie tut,

ohne daran zu denken. Das kann ich einfach nicht. Manchmal denke ich, ich bin gar keine Nebelhexe.«

»Wie, keine Nebelhexe?«, rief ich. »Aber du … du bist doch … der Besen und die Waffen … und das Waranblut …«

»Du weißt nicht viel über uns, oder?« Nica war stehen geblieben und sah mich an.

Ich schüttelte den Kopf.

»Ich lebe hier, seit ich denken kann«, sagte die Hexe. »Aber ich habe nie den Ruf verspürt.«

»Was heißt das?«

»Nun, man wird nicht als Nebelhexe geboren«, erklärte Nica. »Irgendwann weiß ein Mädchen oder eine Frau, dass sie dazu berufen ist. Dann muss sie ihren Weg hierher finden und von den Nebelhexen aufgenommen werden.«

Ich nickte, aber Nica merkte gleich, dass ich immer noch nicht richtig verstanden hatte, was sie mir sagen wollte.

»Die meisten ereilt der Ruf mit sechszehn oder siebzehn Jahren. Manche erst viel später«, fuhr sie fort. »Die Jüngste, die sich je ihren Weg durch die Sümpfe erkämpft und alle Prüfungen bestanden hat, war zwölf. Sie ist jetzt die Große Mutter, unsere Anführerin. Ich schätze, ich bin auch etwa zwölf. Aber ich musste weder hierher finden noch eine Prüfung ablegen.«

»Was bedeutet das?«

»Ich weiß es nicht«, gab Nica zu. »Vielleicht, dass ich keine von ihnen bin. Ich bin ganz gut in Kräuterkunde und ich denke, auch im Kämpfen. Aber das mit dem Besen kriege ich nicht hin. Dafür kann ich in die Ebenen sehen wie keine andere.«

»Was für Ebenen sehen?«, musste ich nachhaken. »Entschuldige, aber ich bin … war nur ein Mensch. Wir wissen nicht so viel über …«

»Ich glaube nicht, dass du je ein Mensch warst!«, unterbrach mich die Hexe. »Das meine ich mit ›in die Ebenen sehen‹. Der Zauberer würde sie wahrscheinlich Dimensionen nennen. Ich kann viele Dimensionen sehen, wenn ich will, und bei dir kann ich nicht sehen, dass du ein Mensch warst oder jetzt tot bist. Du hast dich sehr verändert, seit wir uns das letzte Mal in Arkanon gesehen haben. Du bist auch hier in Fantasmanien nicht aus Fleisch und Blut. Aber tot bist du nicht.«

Sie ging weiter.

»Zeig mir das Dornengestrüpp«, verlangte Nica. »Wir vertrödeln unsere Zeit.«

Das fand ich nicht. Ich zischte an ihr vorbei Richtung Dornenfeld.

»Was meinst du damit, ich bin nicht tot?«, drängte ich. »Sag mir, was du siehst!«

»Oh, es tut mir leid, ich hätte gar nichts sagen sollen.« Die Hexe hob abwehrend die Hände. »Ich kann dir keine Antwort geben, die dich zufriedenstellen würde. Ich glaube, du bist nicht in der Menschenwelt geboren und konntest dort auch nicht sterben. Aber mehr sehe ich nicht, weil …«

Sie war stehen geblieben und starrte auf die Büsche.

»Das ist ja ein Wald aus Drachenzahn!«, flüsterte die Hexe. »Das ist ein Wunder. Diese Pflanze wächst nirgends sonst.«

Nica war sofort so damit beschäftigt, Büsche auszugraben und ihre Zweige aus dem Dornengewirr zu entflechten, dass ich nicht weiter nachhaken konnte. Ich schwebte über das Dornenfeld zu dem Auslegerkanu hin. Vielleicht konnte ich im Tageslicht doch noch das zweite Zeichen entdecken. Aber da war nichts. Ich wollte noch mal in den Rucksack schauen. Doch der war verschwunden. Und der Ausleger war umgedreht. Die gewölbte Unterseite schaute nach oben. Etwas bewegte sich im Schatten unter dem Kanu. Ich schaute genauer hin. Da lag eine zitternde, dünne Gestalt in einem Lederanzug, der den ganzen Körper bedeckte, samt einer Kopfmaske mit golden verspiegelten Augengläsern. Ich war wie versteinert. Da lag ein Vampir!

Er drehte den Kopf zu mir und sagte leise: »Hilf mir. Bitte!«

Dann hustete er. Schwarzes Blut lief aus den Atemlöchern der Maske. Ich zuckte vor Schreck zurück. Die Stimme kam mir bekannt vor.

»Dragoslav?«, fragte ich. »Bist du das?«

»Das, was von mir noch übrig ist«, stöhnte er. »Nimm einen Pfahl. Töte mich!«

»Das kann ich nicht!«, rief ich entsetzt. Und das war zweimal die Wahrheit. Ich hatte noch nie jemanden getötet. Nicht einmal einen Vampir. Und einen Pfahl halten, geschweige denn, ihn in einen Brustkorb stoßen, konnte ich sowieso nicht.

»Slobomir ist tot«, flüsterte der Vampir unter dem Kanu. »Was hat Kruschpuk mit seinen Keulen angestellt? Was sind das für Dornen, durch die er uns wieder und wieder geschleift hat? Er hat uns völlig vergiftet. Ich kann kein Vampir mehr sein. Ich kann mich nicht mehr selbst heilen.«

Mit den Keulen vergiftet? Was meinte er damit?

Dann fiel es mir ein! In Kruschpuks Rucksack! Ich hatte geglaubt, er hätte Ersatzdornen für die Keulen darin, aber das waren die Original-Dornen, die er herausgeschraubt hatte. Kruschpuk hatte seine Keulen mit Antivampir-Dornen gespickt! Er hatte die Vampire damit geschlagen und sie dann auch noch durch das Gestrüpp gezerrt.

»Geh zur Seite, William!«, sagte Nica hinter mir leise. »Ich habe einen Pfahl und einen Hammer.«

»Warte noch!«, rief ich und hob die Arme. »Er sagt, dass er kein Vampir mehr ist.«

Die Nebelhexe schnaufte verächtlich.

»Das sagen sie tagsüber immer«, meinte sie. »Nach Sonnenuntergang hat er dazu eine andere Meinung.«

»Nein, du verstehst nicht«, widersprach ich. »Kruschpuk hat ihn und seinen Partner fürchterlich verprügelt. Seine Keulen waren gespickt mit Dornen von diesen Büschen hier. Und dann hat er die Vampire auch noch mittenrein geworfen. Vielleicht können wir …«

»… Vampire heilen?«, sprach Nica den Satz zu Ende. Sie ließ ihre Waffen sinken.

»Na gut. Wir nehmen ihn mit«, sagte sie nach langem Schweigen. »Wir hängen das Kanu an meinen Besen. Dann legen wir ihn hinein und schleifen ihn zur Insel. Der Zauberer und der Ruriko sollen ihn sich ansehen. Dann sollen sie entscheiden, was mit dem Vampir geschieht.«

Nica bohrte mit einer ihrer Waffen ein Loch in die Nase des Kanus. Dann zog sie eine Lederschnur durch, die sie an ihrem Besen festmachte. Sie schleifte den stöhnenden Dragoslav aus den Dornen und warf ihn in den Ausleger. Die Sonne stand jetzt hoch am Himmel. Der Vampir krümmte sich zusammen und wimmerte. Erst jetzt sah ich, dass sein Lederanzug viele winzige Löcher hatte. Die Hexe entrollte eine dünne Decke, die sie an einem Riemen über der Schulter getragen hatte, und legte sie über ihn. Dann warf sie den Sack mit den ausgegrabenen Büschen ebenfalls ins Kanu.

Der Flug ging mühsam voran. Ein paar Mal verhedderte sich das geschleppte Kanu im Unterholz. Dann fanden wir ein dünnes Rinnsal, kein richtiger Bach, sondern eine Kette aus Pfützen und kleinen Tümpeln, so wie der gestern. Vielleicht war's sogar der Bachlauf von letzter Nacht. Hier ging es für Nica leichter, das Kanu am Besen hinterherzuschleifen.

Schließlich erreichten wir die Isla Evangelista. Merellyn kam ans Ufer, als die Hexe das Kanu aus dem Wasser zog.

»Was habt ihr da mitgebracht?«, wollte er wissen. »Das ist der Ausleger von Arpads Wagen.«

Als Nica die Decke zurückschlug, sprang der alte Zauberer einen Meter zurück und zog blitzschnell sein Schwert.

Dragoslav bewegte sich nicht. Er versuchte nicht sich vor der Sonne zu schützen. Er war bewusstlos. Ich flüsterte Merellyn zu, was der Vampir mir gesagt hatte.

»Interessant«, meinte er. »Aber vielleicht gelogen. Auf jeden Fall ist es nicht verkehrt, einen Gefangenen zu haben. Vielleicht erfahren wir diesmal mehr. Wir müssen ihn irgendwo anketten, wo wir ihn später befragen können. Jetzt müssen wir uns um den Trank kümmern.«

»Es würde genügen, ihn hier am Ufer liegen zu lassen«, sagte Nica. »Solange er die Dämpfe vom See einatmet, wird er nicht aufwachen.«

»Wir werden beides tun«, bestimmte Merellyn. »Wir ketten ihn an. Und stellen ein Holzfass voll Engelswasser vor ihn hin. Sicher ist sicher.«

Ich sah dabei zu, wie Zappenduster und Nica das Gift aus den Pflanzen in Metallschalen sammelten. Der Drachenzahn musste dazu ausgepresst werden. Bei der Rachwurz genügte es, mit der Hand zu wedeln. Jedes Mal peitschte mindestens einer der Äste in ihre Richtung und verspritzte eine rötlich-braune Flüssigkeit, die man in der Schale auffangen konnte.

Merellyn und das Macronomicon wollten jetzt alles über die Ereignisse in den Dornbüschen wissen. Allzu viel gab es da nicht zu erzählen. Aber ich konnte mich daran erinnern, dass die Pflanzengifte und Metall zusammenwirken mussten.

»Aber welches Metall?«, fragte der Zauberer. »Und wie wirkt es mit den Pflanzen zusammen?«

»Merellyn wird wissen ...«, hatte die Stimme gesagt. Dann war der Schwarze Lord in die Dornbüsche gefahren.

»Ich habe Bilder gesehen«, erklärte ich. »Bilder von dem, was Kruschpuk passiert ist. Die Dornen haben ihn überall gestochen. Manche von den Ranken drängten sich richtig vor, um ihn zu erreichen. Und gleichzeitig hat sich eines der Zeichen in seine Seite gebohrt.«

«Mysterios Zeichen oder das des Mundovoros?«, wollte das Macronomicon wissen.

»Keine Ahnung«, gab ich zu. »Sooo genau waren die Bilder dann auch wieder nicht.«

»Wahrscheinlich das von Mysterio«, vermutete das Zauberbuch. »Es wird noch in ihm gesteckt haben, als er sich davonmachte. Er ist damit verschwunden. Was machen wir jetzt?«

Ich zog das Bleibündel aus meinem Hemd und gleichzeitig aus Anderland. »Wir haben das Zeichen des Mundovoros.«

»Nein, nein, William!«, rief das Macronomicon entsetzt. »Lass es, wo es ist. Wir dürfen auf keinen Fall seinen Aufenthaltsort preisgeben.«

Also schob ich es zurück in sein doppeltes Versteck.

»Außerdem hat dieses Zeichen eine andere Legierung als das von Mysterio Mystelzweig«, erklärte Merellyn.

Das Wort hatte ich noch nie gehört.

»Was ist eine Legierung?«

»Die Zusammensetzung des Metalls«, antwortete der Zauberer. »Diese Zeichen sind einzigartig. Es gibt keine anderen Gegenstände, die aus demselben …«

Er brach ab und starrte mich aus aufgerissenen Augen an.

»Falsch«, verbesserte er sich. »Völlig falsch. Es gibt Gegenstände, die zum Teil aus demselben Metall wie Mysterios Zeichen sind. Genau das, was wir brauchen.«

Er nahm den ledernen Umschnallbeutel ab, den er seit Beginn der Reise unter seinem Umhang auf dem Rücken getragen hatte. Nachdem er mehrere Lederriemen und Metallschnallen geöffnet hatte, klappte er den einst runden Beutel zu einem großen Rechteck auseinander. Darin sah es aus wie in Nicas Wolfsfellumhang. Es gab jede Menge Schlaufen, Beutel, Taschen und Fächer, vollgespickt mit Fläschchen, Kästchen, Döschen. Und fünf großen Glasspritzen mit langen Nadeln, so wie die, mit der er Lorenzo den Aasdistelsud ins Knie gespritzt hatte. Merellyn klopfte mit dem Finger auf eine davon.

»Ich hab sie immer dabei«, erklärte er. »Das sind Mysterios Spritzen. Die Nadeln sind aus derselben Legierung wie sein Zeichen. Damit spritzen wir den Opfern das Gegengift. Perfekt!«

KÄMPFENDES BLUT

Drei Personen sollten heute Nacht mit den Spritzen behandelt und ins Leben zurückgeholt werden. Aber es wurde eine verrückte Nacht. Am Ende kehrten vier ins Leben zurück. Na, sagen wir, dreieinhalb. Drei kehrten ganz zurück und einer … ein ganzes Stück weit. Und das kam so:

Merellyn, Zappenduster und Nica, die so gut in Kräuterhexerei war, stellten den Trank her. Als er fertig war, versammelte sich unsere Reisegesellschaft in einem eilig geleerten Lagerschuppen. Dragoslav war dort zwischen zwei schweren Stützbalken angekettet. Wie Merellyn befohlen hatte, stand ein Fass voll Seewasser nahe bei dem Vampir. Er hing ohnmächtig in den Ketten, sein Kopf mit der Ledermaske auf die Brust gesunken.

Der Zauberer zog die grün und rötlich schillernde Flüssigkeit auf eine der Spritzen. Er ging zuerst zu Palomina. Sie lag auf dem größeren von zwei Tischen, die von den Vampirjägern aus der Gaststube herübergeschleppt worden waren. Die Zentaurin war kreidebleich, mit einer Haut wie Wachs. Sie schnaufte so schnell und flach, dass man es fast Hecheln nennen konnte. Merellyn setzte die Spritze an der Innenseite des rechten Armes an. Doch er zögerte und sah von einem zum anderen.

»Tu es!«, forderte Zappenduster. »Wenn es nicht das Richtige ist, kann es kaum noch mehr Schaden anrichten als das Zeug, das bereits in ihrer Blutbahn fließt. Wenn wir jetzt nichts tun, sterben sie.« Merellyn stach zu. Die Nadel glitt unter die Haut und der Zauberer drückte langsam den ganzen Inhalt der Spritze in den Arm der Zentaurin. Nichts geschah. Palomina lag weiter mit geschlossenen Augen da und hechelte.

»Vielleicht … nicht genug?«, sagte Arpad nach einer ganzen Weile. »Sie groß. Groß wie Pferd.«

Merellyn zog eine weitere Spritze auf und jagte sie der Zentaurin in den Hinterlauf. Wieder keine Reaktion.

Merellyn und Zappenduster rannten hinaus zu dem Tisch vor dem Schuppen, wo sie den Trank gemischt hatten. Sie fingen an durcheinanderzureden und über die Menge der Zutaten zu streiten. Nica tauchte neben Lorenzo auf und packte ihn am Arm.

»Was ist?«, fragte er unwirsch, mit einem Blick auf ihre blut- und lehmverkrustete Hand.

»Schau, was passiert!«, flüsterte die Hexe und deutete mit einem Kopfnicken auf die Zentaurin. Lorenzo packte Nicas Handgelenk und wollte ihre Hand wegziehen. Aber das gelang ihm genauso wenig wie letzten Sommer auf dem Bolzplatz, wo sie beinahe unseren Ball mit einem Speer zerstochen hätte. Sie zerrte ihn herum. Lorenzo stand wie eingefroren da, Nicas Hand auf seinem Arm, seine Hand um ihr Handgelenk, und starrte auf die Zentaurin. Aus den beiden Einstichstellen, aber auch aus den Bisswunden am Hals trat die grüne Flüssigkeit mit den roten Schlieren darin aus.

»Das Vampirgift drückt das Gegenmittel wieder heraus«, sagte Nica. »Du bist der Zauberer. Sorge dafür, dass es wieder hineingeht und kämpft!«

Diesmal machte Lorenzo keine großartigen Gesten. Kein angeberisches Gewedel mit den Händen. Im Gegenteil, er stand stocksteif da, hielt Nicas Arm umklammert und starrte mit weit aufgerissenen Augen. Plötzlich kehrte sich die Richtung um, in der die grüne Flüssigkeit über Palominas Körper lief. Sie bahnte sich ihren Weg zurück in die Einstiche, bis alles verschwunden war. Ein letzter Tropfen flog von der Tischplatte hoch und glitt durch die winzige Halswunde unter die Haut.

Lorenzo und Nica hielten sich immer noch gepackt. Niemand sagte etwas. Alle starrten wie gebannt auf den Körper der Zentaurin, der sich plötzlich aufbäumte. Sie riss Augen und Mund auf. Aber sie schrie nicht. Der menschliche Oberkörper verkrampfte so sehr, dass er den großen Pferdekörper in einem hohen Bogen von der Tischplatte hob. Palomina blieb eine unmöglich lange Zeit in dieser Haltung. Dann fiel sie zurück.

Und wieder begann Flüssigkeit aus ihren winzigen Wunden zu laufen. Aber sie war nicht grün mit roten Schlieren. Sie war dickflüssig und schwarz wie Pech. Als sie auf die Tischplatte und von dort auf den Boden tropfte, kam plötzlich Leben in die Suppe. Die einzelnen Tropfen rollten aufeinander zu und vereinigten sich zu einer großen schwarzen Lache unter dem Tisch. Die Flüssigkeit bewegte sich hin und her. Manchmal gab es Buckel auf ihrer Oberfläche, als wollte sie sich erheben. Schnick, der die ganze Zeit einen Krug in der Hand gehalten hatte, sprang plötzlich vor und schüttete den Inhalt auf das schwarze Vampirblut. Es zischte und brodelte und etwas wie ein heller, wimmernder Schrei erklang. Dragoslav fuhr stöhnend auf und sank bewusstlos wieder in die Ketten. Eine Dampfwolke zog Richtung Schuppentür. Merellyn hielt die anderen mit ausgestreckten Armen zurück.

»Atmet den Dampf nicht ein!«, mahnte er. »Was war in dem Humpen, Schnick?«

»Engelswasser«, sagte der Kobold grinsend. »Vielleicht hätten wir uns die Mühe mit den Dornen gar nicht machen müssen. Ein kräftiger Schluck aus dem See hätte wahrscheinlich genügt.«

Palomina wälzte sich herum und sprang vom Tisch. Einen Moment schwankte sie unsicher, dann straffte sie sich. Ihr Gesicht sah frisch und rosig aus. Die tiefen schwarzen Ringe unter den Augen waren verschwunden. Sie fasste sich an den Brustkorb.

»Mein Herz schlägt wie wild!«, stellte sie fest. »Bin ich gelaufen? Wie spät ist es? Ich habe Hunger.«

Alle lachten und jubelten. Merellyn umarmte die Zentaurin.

»Es hat geklappt!«, rief er. »Rachwurz, Bilsendorn, Färberkraut und Drachenzahn! Der Trank hat das Vampirgift ausgetrieben und ihr Blut ersetzt. Seht euch ihre Gesichtsfarbe an!«

Palomina beugte sich unsicher zu dem alten Zauberer hinunter und umarmte ihn zaghaft. Dann sah sie Lorenzo und Nica, die sich immer noch aneinanderklammerten. Lorenzo starrte sie mit großen Augen an. Die Zentaurin ließ Merellyn los und deutete auf Nica.

»Eine gute Wahl«, sagte sie kühl. »Das Wesen passt zu dir. Zumindest ist es zweibeinig.«

Palomina machte kehrt und trabte aus dem Schuppen. Alle sahen Lorenzo und Nica an. Die merkten anscheinend erst jetzt, dass sie sich gegenseitig an den Armen gepackt hielten und ließen los.

»Vom Totenbett zur Zicke in nur zehn Minuten«, bemerkte Lorenzo kopfschüttelnd. »Das muss ihr erst mal einer nachmachen! Kümmern wir uns um Esmeranda.«

Merellyn gab der Nomadin auch zwei Spritzen, aber mit wesentlich weniger Flüssigkeit. Das Spiel wiederholte sich, bis Schnick der schwarzen Vampirsuppe mit einem weiteren Becher Engelswasser ein Ende machte.

Esmeranda zickte nicht so herum. Sie lächelte mich an. Dass sie wütend auf mich gewesen war, hatte sie vergessen.

Merellyn deutete auf den angeketteten Vampir.

»Wir müssen das hier zu Ende bringen.«

Der Zauberer rief Glubschnak und bat ihn das Fass zu entfernen, damit der Vampir nicht mehr von den Dämpfen benebelt wurde. Der Troll konnte das Lagerhaus nicht betreten, aber er steckte seinen Baumstamm-Arm herein, nahm das Fass und stellte es am Eingang ab. Dann hielt er Wache vor der Tür. Seine Keule war bereits auf Antivampir-Dornen umgerüstet.

Nach einer Weile stöhnte Dragoslav und bewegte sich in seinen Ketten. Merellyn zog sein Schwert. Die versteckten Klingen klickten, als sie seitlich ausfuhren und der Waffe die Form eines Kreuzes gaben.

»Kannst du mich hören?«, fragte Merellyn.

Der Vampir nickte schwach.

»Wir werden versuchen dir zu helfen«, erklärte der Zauberer. »Aber zuerst wirst du uns einige Fragen beantworten.«

»Ihr könnt mir nicht helfen«, flüsterte Dragoslav. »Und ich euch nicht. Tötet mich jetzt. Die Hexe hatte den Pfahl schon in der Hand.«

»Vielleicht ändern sich die Dinge«, meinte Merellyn. »Vielleicht gibt es Hoffnung sogar für Wesen wie dich. Wir haben eben die zwei Mädchen geheilt, die ihr seit Nächten ausgesaugt habt. Und du hast ja am eigenen Leib gespürt, dass der Troll geheilt ist. Wir haben noch genug Gegengift.«

Der Vampir sagte so lange nichts, dass ich schon dachte, er wäre wieder ohnmächtig geworden. Dann hob er den Kopf.

»Nehmt mir die Maske ab«, bat er. »Hier drinnen ist es dunkel genug.«

Lorenzo öffnete die Verschnürungen. Dann packte er das Lederding und zog es dem Vampir hastig vom Kopf, bemüht, so schnell wie möglich außer Bissweite zu kommen.

Dragoslav sah furchterregend aus. Sein linkes Auge war so schwarz verschwollen, dass es nicht mehr zu sehen war. Er hatte überall im Gesicht dicke Beulen, in denen es grausig zuckte und pulsierte. Aus Mund, Nase und Ohren war schwarzes Blut gelaufen, das ihm wie Teer auf der bleichen Haut getrocknet war.

»Sie waren keine Vampire«, sagte er leise. »Sie waren noch nicht den ganzen Weg gegangen. Bei mir wird es nicht funktionieren.«

»Aber als ich dich fand, sagtest du, du könntest kein Vampir mehr sein«, erinnerte ich ihn. »Nica meinte, du würdest deine Meinung nach Sonnenuntergang ändern. Die Sonne ist untergegangen. Hast du deine Meinung geändert? Kannst du jetzt wieder ein Vampir sein?« Dragoslav schüttelte stumm den Kopf.

»Dann bist du ja schon ein Stück auf dem Weg, von dem du sprichst, zurückgegangen. Du könntest genauso gut versuchen ihn zu Ende zu gehen.«

Dragoslav sah auf das Schwert in Merellyns rechter Hand und dann auf die Spritze in seiner linken.

»Würdest du das auch tun, Geisterjunge?«, fragte er mich. »Den ganzen Weg zurückgehen, auch auf die Gefahr hin, dass du aufhörst zu existieren?«

»Wenn es einen Weg gäbe, ja.«

»Wenn es einen Weg gäbe.« Der Vampir nickte. »Wie oft habe ich mir das in den letzten Jahrhunderten gedacht. Wenn es einen Weg gäbe …«

Er ließ wieder für lange Zeit den Kopf auf die Brust sinken. Dann hustete er und spuckte viel Blut. Aber es war nicht das schwarze Zeug. Es war grün mit roten Schlieren darin.

Dragoslav hob den Kopf und sah Merellyn an.

»Also gut, Zauberer. Stell deine Fragen. Ich werde versuchen dem Blut von Venenfels in mir Widerstand zu leisten und sie wahrheitsgemäß zu beantworten. Dann jag mir dieses Zeug in die Adern. So viel du davon hast. Ich werde heute meinen Weg zu Ende gehen. Auf die eine oder andere Weise.«

Merellyn nickte grimmig.

»Wer steckt hinter dem Plan, die Zeichen der Kriegsherren zu stehlen?«

»Die Elben von der Königsburg. Die neuen Ungeheuer, die alles gleichzeitig sind. Unsere Baronie liegt dem Königsberg am nächsten. Eines Tages tauchten die Gesandten von der Königsburg auf. Sie richteten ein furchtbares Gemetzel unter den Leibwachen des Barons an. Als sie sicher waren, dass er ihnen zuhören würde, machten sie ihm den Vorschlag, beim Diebstahl der Zeichen mitzuwirken. Dafür versprachen sie Hilfe gegen unsere Feinde. Wir werden seit Langem bedrängt vom mächtigen Grafen von Grauenstein, der sich die Ländereien von Venenfels einverleiben will. Der Baron ging auf den Vorschlag ein.«

Dragoslav sank zusammen und hustete wieder ausgiebig.

Zappenduster kam mit einem kleinen Topf voller dampfender Flüssigkeit an. Den hielt er dem Vampir vors Gesicht und sagte: »Trink!«

»Was ist das?«

»Kein Blut, wenn du das denkst«, erklärte der Vogelscheucher. »Aber es wird dir helfen. Ich weiß es. Ich habe schon Leute deiner … Art behandelt.«

Dragoslav trank in großen Schlucken. Danach schien er sich etwas zu entspannen.

»Und wer steckt hinter dem Plan, die neuen … Ungeheuer zu betrügen?«, fragte Merellyn.

»Baron Voronin von …«

Dragoslav krümmte sich plötzlich und verdrehte das eine Auge so sehr, dass nur noch das Weiße zu sehen war.

»Mein Herr«, stöhnte er.

»Aha. Dass ihr einen Troll ausgewählt habt, war sehr schlau«, sagte Merellyn. »Wer käme auf die Idee, dass ihr eines der gefährlichsten und gleichzeitig harmlosesten und vor allem dümmsten Wesen des Königreichs für eure Zwecke einsetzt. Wie er uns ausgetrickst hat, wissen wir ja inzwischen. Wir wissen auch, dass die Sirene Arachnua diejenige war, die die Zeichen stehlen sollte, während wir den Turm verlassen hatten und unsere Schutzzauber ausgeschaltet waren. Aber wer oder was ist ihr zuvorgekommen?«

»Ein sehr seltenes Tier, eine besondere Züchtung des Barons von Venenfels«, erklärte Dragoslav. »Ein ganz junger Mischling zwischen einer Riesenfledermaus und einem Nachtmar. Wir wussten, dass ihr Stiefmütterchen als Alarmsystem benutzt. Auf dieses Tier haben die Blumen nicht reagiert, weil der Nachtmar in ihm noch zu jung ist, um seine schwarzen Kräfte zu entfalten.«

»Aber die Blumen waren doch total vertrocknet!«, wandte Myrabella ein.

»Das war Arachnua!«, rief ich. »Sie flog als Geier in den Turm, als wir im Halben Humpen waren, aber sie kam zu spät.«

»Ein fliegendes Wesen.« Merellyn nickte. »Das erklärt, warum sich die Zeichen so schnell nach Westen bewegten. Der Troll hat sie in der Ruine des Königspalasts übernommen, stimmt's? Warum hat er denn den Nachtmar nicht weiter vor uns herfliegen lassen? «

»Die Bastard-Fledermaus war am Ende ihrer Kräfte«, antwortete der Vampir. »Sie hat die Truhe mehrere Male geöffnet, um euch aus eurem Turm zu locken und den Verdacht von dem Troll abzulenken. Das hätte sie nicht tun dürfen. Die magischen Kräfte der Zeichen konnte der Nachtmar in ihr nicht ertragen. Slobomir und ich konnten die Kiste nicht mal anfassen, obwohl sie bleiverkleidet war. Also blieb nur der Troll.«

»Aber was wollte Voronin von Venenfels mit den Zeichen anstellen, wenn ihr sie gar nicht berühren könnt? Welcher Plan steckt hinter dem Diebstahl?«

»Aber das wusste er nicht. Das haben wir erst im Königshafen herausgefunden. Er wollte das Macronomicon zusammensetzen und mit seiner Hilfe die Herrschaft über die Welt übernehmen.«

»Ist euer Baron geisteskrank?«, wollte Merellyn wissen. »Auf jeden Fall ist er größenwahnsinnig. Ein Vampir könnte dieses Buch niemals beherrschen. Und er hat ja nicht mal einen der beiden Teile.«

Dragoslav sah den Zauberer lange an.

»Du weißt es wirklich nicht, oder?«, fragte er dann.

»Wovon sprichst du? Was weiß ich nicht?«

»Also zunächst mal: Baron Voronin von Venenfels …«

Diesmal stöhnte er nicht nur vor Schmerzen, er knurrte. Mehr schwarzes Blut lief aus seinen Ohren, aber der Vampir sprach weiter.

»… ist durch und durch geisteskrank. Und absolut größenwahnsinnig. Aber das hat nichts mit seiner Überzeugung zu tun, dass er das Buch beherrschen könnte. Er hat die Hälfte, die auf der Königsburg war. Und die wurde von einem Vampir geschrieben.«

»Waas?«, riefen wir so ziemlich alle gleichzeitig.

»Was sagst du da?«, fragte Merellyn. »Die andere Ausgabe des Macronomicons wurde von Lord Zerberon von Fantasmanien geschrieben, einem Hochelfen aus der ältesten Dynastie der Elben, dem Bruder des Königs.«

»Ja. Er ist der Bruder des Königs und ein erhabener Hochelf. Und er ist auch ein Vampir.« Diesmal rief niemand irgendetwas.

»Kann ich noch etwas Suppe haben?«, fragte Dragoslav den Ruriko in die Stille hinein. Der gab ihm einen Schluck und der Vampir bedankte sich.

»Ich verstehe nicht, dass niemand etwas davon wusste«, fuhr er fort. »Zerberon hat vor vielen hundert Jahren alle Vampirfürsten zu sich gerufen. Ich weiß nicht wie, aber er hat sie alle gefangen gesetzt. Und dann hat er sich von jedem einzelnen beißen lassen. Dadurch ist ihm etwas gelungen, was kein anderes lebendes Wesen je geschafft hat. Hätte er sich nur von einem Vampirfürsten beißen lassen, wäre er dessen Sklave geworden, Hochelf hin oder her. Aber er hat das Gift aller Fürsten im Blut. Er ist unser oberster Herr.«

Merellyn taumelte, als hätte ihn jemand geschlagen.

»Ich hätte nie gedacht …«, murmelte er. »Ein Prinz der Elben … gibt seine Existenz auf, um … die Menschheit …«

»Warte, Zauberer«, forderte der Vampir. »Glaub nicht, du hättest schon alles gehört. Dasselbe hat er mit allen Anführern der Werwolfrudel gemacht. Sie gefangen gesetzt und ihnen dann

Gelegenheit gegeben, ihn zu beißen. Er trägt auch das Werwolf-Virus aller Rudel in sich. Das weiß ich sicher. Wir treffen die Wölfe ja jedes Jahr auf den Schlachtfeldern von Nord-Elbia. Man sagt aber auch, er habe sich von Nachtmaren beißen lassen und Finsteralbe in seine Träume gelassen. Er hat angeblich das Blut von Sirenen getrunken, um ihre gestaltwandlerischen Fähigkeiten zu erlangen. Er kann jedes Ungeheuer sein, das er will. Er vereint die Macht vieler Völker.«

Das hatte ich schon einmal gehört …

»Aber die Gesandten …«, begann Lorenzo zaghaft. »Die sind wie er. Woher kommen …«

»Sie sind seine Kinder. Seine Nachfahren. Schwächer als er, weil es kein zweites solches Monster wie ihn gibt, mit dem er sein Blut vereinen könnte, aber immer noch schrecklicher, als alles, was euch von uns droht. Voronin ist vollkommen wahnsinnig, wenn er glaubt, er könnte sich mit einem dieser neuen Ungeheuer anlegen. Aber es wäre möglich, dass er sich wieder mit ihnen verbündet, und dann würdet ihr nicht gewinnen.«

»Warum glaubst du das?«, fragte Nica. »Euer Angriff ist abgewehrt, ihr habt die Zeichen nicht bekommen und …«

»Täusch dich nicht, junge Hexe«, fuhr ihr der Vampir ins Wort. »Unser erster Angriff ist abgewehrt. Es war eine gute Gelegenheit, ihr wart allein, gestrandet im Sumpf. Sie wurde vertan, ihr Nebelhexen wart zu gut vorbereitet. Aber es war nur ein Ausloten eurer Stärke. Die beiden Hälften des Macronomicons sind hier, eine davon im Besitz meines Fürsten, die andere im Besitz der Elbenungeheuer. Die Zeichen sind hier, in Reichweite der Vampire. Der kleine Troll ist schrecklich, aber irgendwann werden sie ihn und die Zeichen schnappen.

Und euch auch, obwohl ihr dann gar nicht mehr wichtig seid. Diese Insel ist sicher, aber ihr werdet sie irgendwann verlassen müssen.«

Lorenzo beugte sich zu mir herüber.

»Er weiß gar nicht, dass du eines der Zeichen gefunden hast«, flüsterte er. »Und wenn die immer noch glauben, dass sie unsere Hälfte des Macronomicons haben, sind Sir Holdmund und seine Truppe besser, als ich dachte.«

»Wieso hat Baron von Venenfels die andere Hälfte des Buches?«, fragte Merellyn.

»Er hat sie als Unterpfand gefordert«, antwortete der Vampir. »Nach dem Diebstahl der Zeichen sollten die neuen Ungeheuer nach Grauenstein fliegen und den Grafen und seinen Sohn töten. Das war die Bedingung, dass Venenfels mitmachte. Danach sollten sie ihre Hälfte des Buches zurückbekommen. Natürlich …« Er hustete wieder ausgiebig. »Natürlich wollte der Baron sie betrügen. Während sie unterwegs waren, hat er bereits angefangen, seine Armee zusammenzuziehen. Gestern Nacht hatte Venenfels die Zeichen und die beiden Hälften des Buches fast schon in der Hand. Er glaubte, mit dem Macronomicon sei er stark genug, die Gesandten abzuwehren.«

Dragoslav, der für eine Weile fast den Eindruck gemacht hatte, dass er zu seiner alten Stärke und Überheblichkeit zurückkehren könnte, brach plötzlich zusammen und hing in seinen Ketten.

»Handeln die angeblichen Gesandten im Auftrag Zerberons?«, fragte Merellyn. »Oder steckt jemand von der Königsburg dahinter?«

»Sie haben den Mundovoros nicht erwähnt«, stöhnte der Vampir. »Aber sie sprachen einmal davon, dass der Prinzregent sie zu euch geschickt habe. Mit einer Botschaft, die sie euch aber nicht überbringen wollten.«

»Eine Botschaft? Worum ging es?«

»Sie haben nicht über den Inhalt gesprochen. Sie sagten nur, dass sie euch nicht erreichen sollte.«

»Was weißt du über den Brief des Baron von Fresseisen an den Regenten?«, bohrte Merellyn weiter.

»Gar nichts. Ich kenne keinen Baron dieses Namens«, flüsterte Dragoslav. »Ich kann nicht mehr. Ich habe euch alles gesagt. Wissen ist Macht, heißt es. Aber ob euch dieses Wissen noch etwas nützt ... ich weiß es nicht. Jetzt gib mir deine Spritze, Zauberer, und sieh dir an, was sie bewirkt.«

Merellyn, das Macronomicon und Zappenduster flüsterten miteinander. Dann holten sie auch noch Nica dazu. Schließlich bat der Zauberer Lorenzo, ihm in einem Messbecher einen Viertelliter von dem Engelswasser zu bringen. Lorenzo, der bleich und krank aussah, maß es genau ab. Merellyn nahm ihm den Becher ab und goss das Wasser in die Schale mit dem Dornengift. Der Ruriko verrührte es vorsichtig. Dragoslav sah nicht hin. Er hing wieder wie ohnmächtig in seinen Ketten.

Ich wusste, warum es Lorenzo schlecht ging. Diese sogenannten ›neuen Ungeheuer‹ konnten sich in alles Mögliche verwandeln ... Und Lorenzo hatte das auch getan. Zuerst war er senkrechte Wände hochgelaufen, um dem Mond näher zu sein. Dann hatte er ein kleines bisschen wie ein Wolf ausgesehen und mit seltsam rauer Stimme gesprochen. Inzwischen hatte er sich für kurze Zeit wirklich in einen Wolf verwandelt und zu guter Letzt waren ihm Vampirflügel gewachsen, mit denen er eine halbe Nacht lang geflogen war. Auf geheimnisvolle Weise war er den neuen Ungeheuern ähnlich.

Merellyn zog zwei Spritzen auf und trat zu dem Vampir. Ohne ein weiteres Wort stieß er ihm die Nadeln links und rechts in seine Halsschlagadern. Er drückte den gesamten Inhalt der Spritzen in die Blutbahn des Vampirs. Dann trat er zurück und fragte: »Lorenzo, bist du bereit? Nur noch einmal. Wenn das schwarze Gift kämpfen will … dann sorg dafür, dass es einen Gegner hat.«

Mit einem Schrei fuhr Dragoslav hoch. Er warf den Kopf in den Nacken und zerrte mit durchgedrücktem Rücken an den Ketten. Dann warf es ihn herum. Es schien, als versuche er sich umzudrehen, obwohl er straff gefesselt war. Man hörte, wie eines seiner Schultergelenke mit einem lauten Knacken auskugelte. Die grüne Flüssigkeit, die jetzt mit dem Engelswasser darin heller war, sickerte aus seinen Augen, den Ohren, der Nase und aus den Wunden in seinem Gesicht. Aber da war noch mehr. Ich konnte fühlen, dass sie auch aus den Wunden unter dem Lederanzug austrat. »Unter dem Anzug läuft ganz viel Gegengift aus ihm heraus!«, rief ich.

»Das kann ich nicht kontrollieren!«, stöhnte Lorenzo.

Das grüne Zeug spritzte jetzt förmlich aus dem Vampir heraus. Es schwebte in Wölkchen um ihn herum, wo Lorenzo es festhielt. Merellyn sprang zu Dragoslav. Einen Moment dachte ich, er würde ihn erstechen, aber er schob nur sein Schwert durch den Kragen in den Schutzanzug und zerschnitt ihn mit einem Ruck. Der Vampir riss die Augen auf und schnappte nach Merellyn. Ein zweites Knacken verriet, dass er sich auch den anderen Arm aus dem Schultergelenk gerissen hatte. Die grünen Wolken um Dragoslav schossen plötzlich wieder auf ihn zu. Es schien, als würde seine bleiche Haut die Flüssigkeit aufsaugen. Obwohl er sich beide Arme ausgekugelt hatte, riss er so stark an den Ketten, dass einer der Stützbalken ein Stück weit verschoben wurde. Erde rieselte herab.

Eine Zeit lang tobte er so sehr in seinen Fesseln, dass ich jeden Moment damit rechnete, er würde sich wirklich eins seiner Gliedmaßen abreißen. Aber plötzlich schwitzte der Vampir lauter pechschwarze Tröpfchen. Sie schwebten ganz langsam von ihm fort. Dragoslav brach zusammen und hing reglos in den Ketten. Die schwarzen Tropfen regneten sanft zu Boden. Aber kaum waren sie angekommen, rasten sie hin und her und versuchten sich mit anderen zu vereinigen. Schnick rannte immer wieder zum Fass und füllte seinen Becher mit Engelswasser, das er auf die größeren Vampirblutlachen schüttete. Während Dragoslav ganz still da hing, tobte sein Blut auf dem Boden des Lagerschuppens.

»Schnick, geh da weg!«, schrie Merellyn. »Du atmest die Dämpfe ein!«

Der Kobold hielt sich erschrocken die spitze Nase zu und rannte aus dem Blutnebel. Dann passierten alle möglichen Dinge ganz schnell hintereinander, fast gleichzeitig. Sobald kein Engelswasser mehr herabregnete, sammelten sich die einzelnen Blutlachen schnell zu einer großen, die sich erhob und auf uns losging.

Lorenzo streckte seine Hand nach dem Blutschwall aus und riss ihn mit einer Armbewegung nach oben. Plötzlich schoss der Vampir nach vorne und versuchte Schnick zu erreichen, der viel zu nah bei ihm stand. Der Kobold sprang wie von der Tarantel gestochen von Dragoslav weg und stieß Lorenzo um. Der hatte es fast geschafft, das schwarze Blut bis zu dem Fass mit Engelswasser zurückzudrängen. Aber durch den Zusammenprall mit Schnick schleuderte er die schwarze Flüssigkeit seitwärts. Das Vampirblut traf mich. Doch es rauschte nicht wie Regen durch mich durch. Es blieb in mir stecken und begann sich in meinem Körper – oder in dem, was davon in dieser Welt zu sehen war – zu verteilen, als gehörte es zu meinem Blutkreislauf. Die Welt war plötzlich in Düsternis und Rot getaucht. Merellyn, Schnick und Lorenzo schienen darin zu glühen wie pulsierende weiße Flammen. Nica leuchtete viel schwächer. Etwas verdeckte mir die Sicht auf sie, wie ein schwarzes Tuch über einer Laterne. Ich sah auch das Macronomicon und den Vogelscheucher. Aber sie hatten keine schlagenden Herzen, die Blut wie flüssiges Leuchtfeuer durch ihre Adern trieben. Ich hatte plötzlich schrecklichen Durst. Den gleichen Durst, den Kruschpuk gespürt hatte.

»Oh nein, das darf nicht sein!«, rief Merellyn. »Vampirgeist! Weg! Rennt weg!«

Der glühende Körper von Lorenzo und der schwach schimmernde von Nica stürzten links und rechts aus meinem Blickfeld. Merellyn blieb stehen und hob sein Schwert. Was konnte er damit ausrichten? Ich war nichts weiter als ein durstiger schwarzer Blutnebel. Ich würde den Alten anfallen und ihn durchdringen. Mir so viel von seinem Blut holen, wie ich konnte.

Der Zauberer ließ das Schwert sinken und hob dafür den Zauberstab.

»Inhorrescio!«, rief Merellyn, den Zauberstab auf mich gerichtet. Ich erstarrte. Wahrscheinlich sah das aus, als wäre schwarzer Nebel in der Form eines Jungen mitten in der Luft gefroren. Aber im nächsten Moment wusste ich, dass der Zauber gar nicht wirkte. Ich hatte nur angehalten, weil ich erwartet hatte, dass er wirkt. Ich bewegte mich wieder auf den Zauberer zu und ich sah, wie erschrocken er darüber war.

»Neeiiiin!«, schrie eine Stimme aus weiter Ferne. Sie kam mir bekannt vor. Ach ja, der dumme Junge, wie hieß er denn noch? William.

Ich hielt an. Wieso ließ ich mich von einem Kind aufhalten? Es war nicht mal am Leben. Aber ehe ich wieder vorwärts stürzen konnte, schrie er wieder den Namen. Er und zwei andere Stimmen links und rechts von mir.

«Wiiilliiiaaaam!«, schrien die Stimmen.

Von links traf mich ein Schwall Engelswasser und schoss eiskalt durch mich durch. Gleichzeitig kam von rechts etwas, das wie flüssiges Feuer in mir explodierte. Alles durchdrang mich und kämpfte in mir. Der Rotschleier vor meinen Augen zerriss. Die Welt wurde hell und scharf. Und plötzlich schwarz.

Schwerkraft und Sonnenlicht

Als ich aufwachte, lag ich in einem Bett. Irgendetwas stimmte nicht. Ich sah an mir herunter. Jemand hatte mich zugedeckt. Aber die Decke war nicht durch mich durch aufs Laken gesunken, wie sonst immer. Sie wölbte sich über meinem Körper, den Knien und den Füßen. Meine Arme, die auf der Decke lagen, drückten sie links und rechts herunter. Ich hielt die Hand ins Fackellicht. Immer noch war die Fackel durch meine Hand hindurch zu sehen. Immer noch war ich also ein Geist. Aber etwas hatte sich verändert.

»Hallo, Geisterjunge«, flüsterte eine Stimme neben mir. Ich drehte verwundert den Kopf. Im Bett neben meinem lag Dragoslav. Er schien fast so durchsichtig wie ich. Aber seine Wunden waren alle sauber und der Bluterguss um sein Auge herum war verschwunden.

»Ich danke dir«, flüsterte der Vamp… Ex-Vampir. »Ich möchte euch allen danken. Ihr habt mir nicht das Leben gerettet, ihr habt es mir zurückgegeben.«

Er schloss die Augen und blieb völlig reglos. Als ich schon dachte, er wäre ohnmächtig geworden, sagte er plötzlich: »Mein Name war … nein, ist Karol Kleinkrempel. Lächerlich, was? Ich war Übersetzer an der Universität von Kronstadt. Bis zu einer Nacht vor 283 Jahren. Deshalb konnte ich die Hochelfen verstehen, als sie in ihrer Sprache die Botschaft an euch erwähnten. Ich werde die Sonne wiedersehen.«

Danach war er endgültig weggetreten. Ich brauchte ungefähr eine halbe Minute, dann folgte ich ihm in die Finsternis der Bewusstlosigkeit.

Ich hatte keine Ahnung, wie viel Zeit vergangen war, bis ich wieder aufwachte. Als ich mich hochstemmte, merkte ich kaum, dass ich die Decke zurückschlug. Aber dass meine Stiefel schwer auf den Boden prallten, als ich aus dem Bett sprang, das fiel mir dann doch auf.

Dragos… ich meine, Karol Kleinkrempel, Übersetzer aus Kronstadt, wo immer das war, streckte mir die Hand hin.

»Nimmst du mich mit?«, fragte er.

Kein Problem, sie zu packen. Aber seine war nur bleich. Meine war immer noch durchsichtig.

Wir schlichen aneinandergelehnt nach draußen. Meine Hand strich über die Wand des Gangs. Staub und kleine Steine lösten sich. Karol grinste.

»Wir beiden haben uns gestern Nacht ganz schön verändert, was?«, meinte er.

»Aber wie …? Hast du gesehen, was passiert ist?«

»Nicht richtig. Ich hing zwischen Leben und Tod. Das Vampirblut hatte mich verlassen. Aber das Dornengift hatte sich noch nicht in Blut verwandelt. Da ist es schwer, am Leben zu bleiben.« Ich nickte.

»Aber ich sah, dass alles in dir war. Engelswasser. Dornengift. Mein Blut. Oder zumindest das, was Vampire stattdessen haben. Dein Freund schüttete das Wasser aus dem Fass über dich. Und die Hexe alles, was von dem Dornengift noch in der Schüssel war. Du hast ausgesehen, als würdest du dich in Nebel auflösen, in dem gleichzeitig ein Gewitter tobt. Aber plötzlich hat sich der Nebel zusammengezogen und da stand ein Junge mit zu großer Kleidung und schwarzem Haar. Und der ist zusammengebrochen.«

Der Wirt ließ ein Glas fallen, als wir durch die Gaststube wankten. Er starrte uns mit offenem Mund nach. An der Tür blieben wir stehen. Ich legte die Hand darauf und schauderte, als ich jeden Kratzer und Splitter im Holz fühlte.

»Bist du dir ganz sicher?«, fragte ich den bleichen, verschwitzten Übersetzer. Er nickte. Ich stieß die Tür auf. Karol Kleinkrempel stöhnte, als wir ins Tageslicht traten. Mir war scheißegal, dass meine Hand, die ihn stützte, in der Sonne wie immer kaum zu sehen war. Ich stand auf festem Boden, ich fühlte den Stoff seiner Kleidung, und ICH hatte die Tür aufgestoßen. Der Ex-Vampir zuckte. Als ich zu ihm hochsah, merkte ich, dass er weinte. Er fiel auf die Knie und wandte sein Gesicht der Sonne zu.

»Zweihundertdreiundachtzig Jahre!«, schluchzte er. »Zweihundertdreiundachtzig Jahre ohne Sonne!«

Plötzlich fiel ein Schatten auf sein bleiches Gesicht.

»Und du wirst an ihr sterben, wenn du nicht sofort wieder reingehst!«, sagte Merellyns Stimme.

Der Zauberer hatte sich so vor Karol Kleinkrempel gestellt, dass die breite Krempe seines Hutes das Gesicht des Übersetzers vollkommen beschattete.

Lorenzo und Esmeranda kamen aufgeregt hinter Merellyn angelaufen.

»In deiner Haut befinden sich keine Pigmente mehr«, erklärte der dem knienden Ex-Vampir. »Du musst sie ganz langsam an die Sonne gewöhnen.«

Wir halfen Karol zurück in die Gaststube. Der Wirt stand immer noch genau so mit offenem Mund da, wie wir ihn verlassen hatten. Merellyn bestellte zwei Kräuterbier und zuerst drei, dann mit einem Blick auf mich vier Limonaden.

»Limo. Naden«, wiederholte der Wirt und glotzte dann wieder mit offenem Mund.

»Richtig, Limonaden«, bestätigte der Zauberer. »Man macht sie aus Wasser, möglichst nicht aus dem Engelsee, und Zitronensaft. Und vielleicht ein bisschen Zucker, wenn du welchen hast.«

»Zucker. Zitronensaft. Wasser. Limonade«, stöhnte der Wirt. »Geht klar.«

Er wankte nach hinten in die Küche.

»Zucker. Zitronensaft. Wasser. Limonade«, murmelte er. »Ach du großer grüner Grolletroll!«

Schnick kam dazu und bestellte noch ein Kräuterbier.

Lorenzo haute mir zum fünften Mal auf die Schulter, um mich dann wieder zu umarmen, bevor er mir noch mal auf die Schulter haute. Und so weiter.

»Will! Du bist wieder da!«, rief er immer wieder. »Du hast ausgesehen wie ein explodierter Regenbogen, aber du bist wieder da!«

Irgendwann packte ich seine Hand.

»Ist ja gut, Lorenzo!«, sagte ich. »Ich bin wieder da, aber das ist doch kein Grund, mich zu Brei zu klopfen.«

Er hörte gar nicht hin. Er deutete auf meine Hand an seinem Handgelenk. Hier im Zwielicht der Gaststube war sie besser zu sehen als draußen im hellen Sonnenlicht.

»Kein Grab!«, rief er. »Du hältst mich gepackt. Du rutschst nicht durch mich durch. Es ist nicht eiseskalt und ich sehe auch kein Grab.«

Als ich ihn von einem Ohr zum anderen grinsen sah, musste ich auch lachen. Dann fragte ich Merellyn: »Was ist passiert? Wieso ist jetzt alles so anders?«

Der Zauberer wartete, bis der Wirt die Getränke auf den Tisch gestellt hatte. Dann sagte er: »Das Gift der Vampire tötet und schenkt gleichzeitig Leben über den Tod hinaus. Es ist so stark, dass Vampire ihre Opfer auf keinen Fall in einer einzigen Attacke vollständig aussaugen dürfen, wenn sie einen neuen Vampir erschaffen wollen. Sie müssen das Blut des Opfers langsam durch ihr Vampirgift ersetzen. Sonst tötet es einfach.«

Er nahm einen Schluck von seinem Kräuterbier und schob Karol Kleinkrempel den anderen Krug zu.

»Probier, ob dir so was schon wieder schmeckt. Es ist sehr nahrhaft. Also zurück zu den Giften. Du hast die volle Ladung in einer einzigen Sekunde abbekommen. Aber das Gift konnte dich nicht töten.«

»Nein, das hat schon jemand anderes besorgt«, warf ich ein.

»So ist es«, bestätigte Merellyn. »Aber es hat dich mit Leben erfüllt. Vampirleben. Du wärst der schrecklichste aller Vampire geworden. Ein Blutsauger, der durch die dicksten Mauern geht und von keinem Pfahl oder Schwert durchbohrt werden kann. Ein Nebel aus schwarzem Vampirblut, der Durst auf immer mehr Blut hat. Aber so weit ist es ja zum Glück nicht gekommen.«

»Du hast ganz schön erschrocken ausgesehen, als du gemerkt hast, dass dein Zauberspruch nicht wirkt«, sagte ich.

»Allerdings. Mir wurde plötzlich klar, dass die Plasmawolke, die du warst und in der sich das Vampirblut verteilt hatte, materiell gesehen nicht genug Dichte aufweisen konnte, um die Wirkung …«

»Myrabella!«, brüllte Lorenzo.

Die Fee kam angeflattert und Merellyn sagte ihr dasselbe noch mal. Sie nickte und wandte sich zu mir um.

»Du hast dich in Suppe verwandelt«, erklärte sie schlicht. »Fliegende, untote Blutsuppe. Suppe kann man nicht mit dem Schwert schneiden und man kann ihr keinen Pfahl ins Herz bohren. Deshalb hätten wir dich komplett vernichten müssen, ex und hopp, wenn nicht …«

»Wenn nicht Lorenzo und Nica gleichzeitig die richtige Idee gehabt hätten«, fuhr Merellyn fort. »Das Dornengift und das Vampirgift greifen sich gegenseitig an. Das Engelswasser vernichtet den Vampirsaft. Dann wird der Dornensaft zu Blut und das Engelswasser konserviert den Heilungsprozess.«

»Konserven … was?«, rief Lorenzo.

»Es sorgt dafür, dass alles gut ist«, sagte die Elfe gelangweilt.

»Du wurdest von Vampirgift zum Leben erweckt«, erklärte Merellyn weiter. »Das Dornengift hat dafür gesorgt, dass du wieder normal bist. Und das Engelswasser dafür, dass die Wirkung der beiden vorangegangenen Mittel anhält.«

»Warum habt ihr das nicht gleich mit dem Jungen gemacht, wenn er gar kein Geist sein will?«, fragte Karol.

»Weil wir erstens nicht die geringste Ahnung hatten, dass so was gehen könnte«, gab Merellyn ehrlich zu. »Und zweitens kein Vampirblut hatten. Du bist der erste Vampir, der geheilt wurde, aus dessen Körper das schwarze Gift komplett ausgetrieben wurde. Und William ist der erste Geist, der damit behandelt wurde. Ich habe nie zuvor davon gehört, dass man einen Geist mit Gift und Gegengift behandeln kann.«

Ich auch nicht. Vielleicht lag es ja daran, dass Nica recht hatte. Vielleicht war ich wirklich nicht in dieser Welt geboren und war in ihr auch nicht gestorben.

Schnick schob etwas über den Tisch, das ich zuerst gar nicht erkannte. Es war ein zerknautschter Stofflappen mit einem silbernen Anstecker. Ein Ball mit Hörnern dran. Jetzt wusste ich, was das war.

»He, das ist ja meine alte Mütze!«, rief ich. »Mit der Silbernadel dran!«

»Ich sagte doch, die kriegst du wieder, wenn du so weit bist«, verkündete der Halbkobold. »Ich bin doch kein Dieb!«

ZUCHTBÄLLE

Am nächsten Tag regnete es. Der Wirt murmelte was von mehr Feuerholz und machte sich auf den Weg nach draußen. Aber ich kam ihm zuvor und rief stolz: »Ich mach das schon!«

Der Regen trommelte auf meine Mütze und fiel nicht durch mich durch. Ich hob einen Arm voll Holzscheite auf und ging zurück in die Gaststube. Als ich das Holz neben dem Kamin auf den Stapel warf, dachte ich plötzlich: »Wirf mich nicht weg, ich öffne dir ins Mittelalter eine Tür. Ich bin ein wahrer Zeitverbieger, mach dich in jedem Fall zum Sieger.«

Zwischen den Scheiten lag ein schlanker Holzstab, der am dünneren Ende ziemlich versengt war. Ich hob ihn auf. Ein Zauberstab.

»Den hatte ich ganz vergessen«, sagte Karol Kleinkrempel von der Bank neben der Wirtshaustür her. »Es ist der Stab, den wir dem Troll mitgegeben hatten.«

Ein Zeitverbieger. Da fiel mir etwas ein. Ich rannte sofort zu Merellyn, der in einer Ecke der Gaststube über seinen Kristallkugeln saß und erklärte ihm, welche Art von Zauberstab ich gefunden hatte.

»Interessant«, meinte er. »Ein spezialisierter Zauberstab. Holz von der Jahresblume, nehme ich an.«

Er wollte ihn mir zurückgeben.

»Nein, warte!«, rief ich. »Ich hab da eine Idee. Wir haben doch die Truhe mitgenommen, die Schnick auf der Gladiola geklaut hat.«

Merellyn nickte.

»Wie wär's, wenn du den Zauberstab ein bisschen mehr spezialisierst?«, fragte ich. »Und den Retrozauber damit noch einmal versuchst? Vielleicht finden wir dann heraus, was der alte Fresseisen dem Prinzregenten Puck geschrieben hat.«

Merellyn klopfte mir auf die Schulter. Ich zuckte ein bisschen weg, weil ich mich nur langsam daran gewöhnen konnte, dass eine Hand, die mich berühren wollte, nicht mehr durch mich durchwischte.

»Eine gute Idee«, lobte der Zauberer. »Eine sehr gute Idee. Geradezu hervorragend gut.«

Er sprang auf.

»Ich muss mit Zarathustra reden!«, rief er im Hinauslaufen. »Wenn es wirklich das Holz der Jahresblume ist, weiß er sicher, wie er es behandeln muss, damit wir …«

Weg war er.

Zwei Tage lang arbeiteten Merellyn und der Vogelscheucher an dem Zauberstab. Dann sperrte Merellyn sich mit der Truhe in seiner Kammer ein. Wir standen ein bisschen verloren vor der Kneipe herum, weil wir eigentlich erwartet hatten, dass wir dabei sein dürften, wenn er den Stab ausprobierte. Immerhin war es meine Idee und Lorenzo war schließlich der Lehrling des Zauberers.

»Wollt ihr jetzt die Früchte sehen?«, fragte Zappenduster. »Ich habe sie genau so gezüchtet, wie Merellyn sie bestellt hat. Bin gespannt, ob sie für eure Zwecke taugen.«

Der Vogelscheucher saß auf dem Grasdach des Wunden Waran, er hatte sich ein Pfeifchen angezündet und genoss die Abendsonne.

Lorenzo und ich sahen uns fragend an und schüttelten beide achselzuckend den Kopf. Er hatte genauso wenig Ahnung wie ich, wovon der Ruriko eigentlich sprach. Zappenduster war aufgestanden, anscheinend ganz wild darauf, uns seine Früchte zu zeigen. Also taten wir ihm den Gefallen und folgten ihm den Hügel hinauf. Wir kletterten praktisch auf den Wunden Waran. Was für Früchte konnten »unseren Zwecken taugen«? Was waren überhaupt »unsere Zwecke«?

»Merellyn hat Früchte bestellt?«, wiederholte Lorenzo. »Wie bestellt?«

»Vor ein paar Wochen«, erklärte Zappenduster. »Wir haben seit Langem eine Kristallkugelverbindung.«

Wir folgten dem Vogelscheucher tiefer ins Innere der Insel.

»Wisst ihr, wir Rurikos sind alle Gärtner«, erzählte er unterwegs. »Wir haben den sogenannten ›Grünen Daumen‹.«

Er hielt den ziemlich hölzern aussehenden Daumen seiner rechten Hand hoch, an dem tatsächlich ein zartgrünes Blatt knospte.

»Es ist ein ständiges Wachsen und Gedeihen, Ernten und Verfaulen …«, murmelte der Ruriko-Vogelscheucher vor sich hin. »Merellyn hat die Dinger vor einiger Zeit bestellt. Das mit der Form war leicht. Dass alle Früchte die gleiche Größe haben sollten, war schon schwieriger. Aber sie haltbar und trotzdem elastisch zu machen … hoho, das war nicht einfach!«

Dann hatten wir sein Gemüsefeld erreicht. Ich dachte, dass wir ein Kürbisfeld vor uns hätten und wusste nicht recht, was wir damit anfangen sollten. Aber Lorenzo hatte erkannt, was es wirklich war.

»Fußbälle!«, stieß er erstaunt hervor. »Du hast Fußbälle gezüchtet!«

Jetzt sah ich es auch. Ich hatte die Dinger für Kürbisse gehalten, weil sie ganz unterschiedliche Farben und Größen hatten. Aber wenn man genau hinsah, merkte man, dass die ganz Grünen und die Grüngelben kleiner waren, Feldfrüchte im Wachsen eben, und die Gelbroten und Rotbraunen oder ganz Braunen alle genau die gleiche Größe hatten. Die braunen Kugeln waren also die ausgewachsenen Fußbälle. Sie sahen dem Ball in Lorenzos Tasche verdammt ähnlich. Die Oberfläche war ledrig und wie unser Ball in Streifen eingeteilt, immer drei längs, drei quer, wie Kacheln. Zappenduster pflückte einen von diesen Fußballkürbissen und hielt ihn Lorenzo hin. Der nahm ihn und lächelte dankbar, aber ich sah seinem Gesicht sofort an, dass etwas nicht stimmte. Noch ehe er testweise zu kicken anfing, sah ich es auch: Die Streifen sollten glatt sein und miteinander die Wölbung des Balles bilden. Aber diese Streifen waren jeder für sich leicht gewölbt. Dieser Ball hatte überall Beulen. Der würde selbst auf dem gepflegtesten Stadionrasen nicht rund laufen. Wenn man ihn hochkickte, konnte man nicht vorhersagen, wohin so ein Ball springen würde, wenn er wieder aufkam.

Lorenzo probierte ihn aus, aber selbst er mit all seinem Können hatte Mühe, das Ding unter Kontrolle zu halten. Schließlich gab er auf und schüttelte den Kopf.

»Stimmt was nicht?«, fragte Zappenduster besorgt.

Lorenzo holte seinen Ball aus der Tasche.

»Schau dir mal den hier an«, empfahl er. »Die Oberfläche sollte so glatt wie möglich sein. Deine Kürbisbälle sind jedoch gewellt. Schade. Ein ganzes Feld voller gewachsener Bälle ...«

Der Vogelscheucher runzelte die Stirn und strich mit der Hand über den echten Fußball.

»Aber das ist doch überhaupt kein Problem!«, rief er. »Jetzt, wo ich zum ersten Mal einen echten Fußball aus der Nähe sehe, kann ich meine Früchtchen natürlich genau so züchten.«

Plötzlich sprang Schnick hinter einem Busch hervor. Er war völlig aus dem Häuschen. Der Kobold packte den Ruriko an seinem zerlumpten Hemd.

»Du kannst Fußbälle wachsen lassen?«, krähte er. »Wir sind im Geschäft! Sag mir deinen Preis! Nein, warte, sag nichts!«

Er rupfte einen Kürbisball vom Stängel und klopfte auf die Schale.

»Hörst du das?«, wollte er wissen. Der Kobold zitterte wie im Fieber. »Ganz minderwertige Ware! Ich kann höchstens fünf Senkel pro Stück bezahlen ... und damit gehe ich ein hohes Risiko ein! Weißt du, die Produktwerbung, der Vertrieb, die vielen Außendienstler, dann die Verwaltung ... eigentlich kann ich nur drei, nein, sagen wir zwei Senkel pro Kürbis, äh ... Ball bezahlen.«

Obwohl sein Gesicht nur in einen Kürbis geschnitzt war, sah Zappenduster so verdutzt aus, wie jemand, dem gerade ein sprechendes Huhn oder ein Hund mit kariertem Fell über den Weg lief. In einem Moment, in dem der Kobold ausnahmsweise mal ruhig war, sagte er schlicht: »Aber du brauchst nichts zu bezahlen.«

Schnick tobte noch eine halbe Minute weiter, bis er verarbeitet hatte, was der Ruriko eben gesagt hatte. Dann wurde er für einen Augenblick ganz starr, ehe er sich zu Zappenduster herumdrehte.

»Nichts bezahlen?«, fragte er lauernd.

»Nein. Merellyn hat gesagt, dass ich euch so viele Samen wie möglich mitgeben soll. So könnt ihr die Früchte unterwegs wachsen lassen und an die Fantasmanier verteilen.«

»Verteilen?«, echote Schnick. »Ja, das ist gut. Das ist sehr gut. Das werden wir tun. Mal sehen … fünf Fantasmo für einen Ball … das ist nicht zu viel verlangt … aber wir sollten auch Sondermodelle herausbringen. Zu Sonderpreisen. Zehn Fantasmo. Oder … zwölf? Jubiläumsbälle, zum Beispiel. Gedenkball zwölf Jahre Schlacht auf der Königsburg, zwölf Fantasmo. Klingt gut.«

»Jetzt lass mich doch erst mal die Früchte so züchten, dass sie genau so funktionieren wie der Ball von Lorenzo!«, beschwichtigte der Vogelscheucher.

»Züchten?« Schnick, der wieder angefangen hatte, nervös auf und ab zu wandern, fuhr herum. »Aber das dauert ja Monate. Jahre. Eine Ewigkeit!«

»Nein, nein! Beruhig dich«, rief Zappenduster. »Zwei Tage, wenn's hochkommt. Wenn die Form stimmt, noch einen Tag für die Haltbarkeit.«

»Und dann bekommen wir die Samen … umsonst?«, hakte Schnick nach.

»Umsonst.« Merellyns Hand legte sich von hinten auf Schnicks Schulter. »Aber ich glaube, wir müssen uns noch einmal eingehend unterhalten …«

Er drehte den Kobold zu sich herum.

»Zarathustra wird uns Samen geben, mit denen wir Fußbälle wachsen lassen können«, sagte der Zauberer. »Auf unserer

Rückreise verteilen wir so viele Bälle wie möglich unter den Fantasmaniern.«

»Machen wir, machen wir, machen wir!«, nickte Schnick wie aufgezogen.

»Aber wenn mir zu Ohren kommt, dass bestimmte Personen … Halbkobolde zum Beispiel … oder gefährlichste Räuberbanden der Welt …«, fuhr Merellyn fort. »… anfangen, für die gewachsenen Fußbälle Geld zu verlangen, könnte es sein, dass diese Personen für lange Zeit im Verlies unter meinem Turm landen. Ist das klar?«

Schnick schluckte. »Klar wie Nebelhexen … äh, Nebel!«

Sobald der Zauberer ihn losließ, war der Halbkobold verschwunden.

PUCKS WETTE

Merellyn ließ die Schultern sinken. Und die Mundwinkel. Erst jetzt sah ich das Blatt Papier in seiner Hand.

»Es hat nicht geklappt, oder?«, fragte ich.

»Doch. Ich hätte es fast nicht für möglich gehalten, aber es hat funktioniert«, sagte der Zauberer. »Jedenfalls beinahe. Ich bin in der Zeit ein bisschen zu weit zurückgerutscht. Der Brief ist nicht ganz fertig geschrieben.«

»Aber … kann man irgendwas lesen?«, fragte Lorenzo.

»Ja, alles. Nur die Unterschrift fehlt.«

»Dann verstehe ich nicht, warum du so betrübt aussiehst. Gib doch mal her!«

Er nahm Merellyn den Brief ab. Er las ihn mit dem Zeigefinger auf dem Papier und der Zunge zwischen den Zähnen.

»›Lieber verehrter Prinzregent … bestätige ich mit Verlaub …‹ Was is 'n ein Verlaub?«, nuschelte er. Er las nur die wichtigsten Wörter laut vor und die manchmal nur halb. »›Freundschaftsspiel … Monster Soccers … und … hochverehrte … fantasmanische National … Für den Fall … Monster … gewinnen … Einladung nach Fantasmanien … neuen Besitzer … Festbankett. Bitte um schrift… Bestätigung.‹«

Lorenzo sah auf. »Hochverehrte fantasmanische Nationalfußballmannschaft?«, rief er. »Es gibt eine Nationalmannschaft?«

»Nicht, dass ich wüsste«, sagte Merellyn und dachte kurz nach. »Das Schreckliche ist, dass dieser Brief nicht einen Vorschlag enthält, sondern eine Bestätigung. Die haben also schon was ausgemacht. Der liebe, verehrte Prinzregent hat sich auf eine Wette eingelassen. Genau wie Kruschpuk. Aber der hatte ja wenigstens seine schlechte Trollmannschaft. Puck hat gar nichts. Selbst wenn er jetzt noch eine Mannschaft aufstellt … die wird haushoch verlieren.«

»Was ist so schlimm daran?«, fragte Zappenduster. »Dann verlieren sie halt. Der Prinzregent muss einen ausgeben, Festbankett und so, und die Sache hat sich. Ist vielleicht ganz lehrreich für ihn.«

»Ihr versteht nicht«, sagte Merellyn sehr leise. »Für den Fall, dass die fantasmanische Nationalmannschaft verliert, muss Puck den neuen Besitzer der Monster Soccers zu einem Festbankett auf die Königsburg einladen.«

»Neuen Be…«, begann Lorenzo. »Du denkst doch nicht etwa … Lord …«

»Oh doch. Genau das denke ich«, sagte Merellyn düster. »Der neue Besitzer der Monster Soccers. Das Monster aller Monster. Unter anderem ein Vampir. Und wer einen Vampir zu sich nach Hause einlädt …«

»… der macht ihn zum Herrn über sich und all sein Hab und Gut«, ergänzte ich.

»Puck ist auf dieselbe Masche reingefallen wie Kruschpuk«, bestätigte der Zauberer. »Leider ist sein Zuhause die Königsburg und sein Hab und Gut ein ganzes magisches Königreich. Vielleicht wurde die Wette nicht schriftlich festgehalten. Und deshalb braucht der Mundovoros diese unterschriebene Bestätigung.«

»Jetzt weiß ich, wie die Botschaft des Prinzregenten lautet!«, rief Lorenzo.

Merellyn sah ihn zerstreut an.

»Ach ja? Das ist schön.«

Dann schüttelte er den Kopf, als wolle er sich wachrütteln.

»Von welcher Botschaft sprichst du?«

»Von der, die uns die Gesandten überbringen sollten. Was sie aber nicht getan haben.«

»Und du weißt, wie sie lautet?«

»Genau so wie die von Kruschpuk«, erklärte sein Lehrling. »Kommt und trainiert die Nationalmannschaft. Die gleichen Probleme, die gleichen Botschaften. Ist doch logisch.«

Typisch Lorenzo. Letztes Jahr noch Anführer der Verdammten Rotznasen. Dieses Jahr Trainer der fantasmanischen Nationalmannschaft. So einfach war das für ihn.

Und dann sagte Merellyn auch noch: »Ich glaube, du hast recht. Sobald Zarathustra die Bälle in der richtigen Form gezüchtet hat, werden wir zur Königsburg aufbrechen. Aber wen um alles in der Welt möchte Puck in eine Nationalmannschaft berufen?«

»Wir haben eine Mannschaft!«, rief Lorenzo. »Will und ich, Palomina, die Querwölfe ... noch ein paar Leute dieses Kalibers und wir spielen die Monster Soccers in Grund und Boden!«

»Davon versteht ihr viel mehr als ich«, sagte Merellyn. »Auf jeden Fall müssen wir versuchen dem Regenten zu helfen. Ich fürchte nur, dass die Mannschaft, die für den Mundovoros spielt, nicht mehr so harmlos ist wie die, die ihr gekannt habt.«

Drei Tage später ging ich mit Karol Kleinkrempel in der Abenddämmerung am Ufer entlang spazieren. Irgendwie war ich zu so was wie seinem Krankenpfleger geworden. Ich half ihm aus dem Bett heraus, wenn er dafür zu schwach war. Und ich sorgte dafür, dass er zu bestimmten Zeiten aß und trank. Essen war er gar nicht mehr gewohnt und das Trinken vergaß er immer. Er sagte dann, dass man als Vampir so sehr daran gewöhnt sei, Durst zu haben und ihn nicht stillen zu können, dass er den Zustand für völlig normal hielt. Er war jedes Mal ganz erstaunt, wenn er etwas getrunken hatte und der Durst weg war. Er war ganz anders als dieser Dragoslav. Der Übersetzer war eine nette, sanfte Person, die ungefähr alle fünf Minuten in Tränen ausbrach. Und zwar immer dann, wenn er wieder irgendwas sah, was er seit 283 Jahren nicht mehr zu Gesicht bekommen hatte.

Wir waren vor dem Eingang zum Wunden Waran angekommen, als über das Dach der Kneipe etwas geflogen kam. Das Ding sprang zwei Mal auf und rollte mir dann vor die Füße. Ich stoppte es. Ein Fußball.

Aber es war nicht Lorenzos angekokelter Ball. Dieser hier war makellos. Rundes braunes Leder mit geraden Nähten. Aber als ich ihn aufhob, fühlte ich, dass es kein Leder war. Plötzlich kam ein Hagel von Bällen angeflogen. Einige davon rollten oder hüpften bis in den See, wo sie langsam dahintrieben. Das waren Zappendusters neue Kürbisfußbälle. Sie waren perfekt!

Palomina, Nica und Esmeranda tauchten am Rand des Kneipendaches auf. Ich wunderte mich, als ich sah, dass Palominas Hand freundschaftlich auf Nicas Schulter lag. Aber wer konnte schon Mädchen verstehen. Esmeranda winkte mich mit einer Handbewegung hinauf.

»Komm, spielän!«, rief sie fröhlich.

Wir spielten bis in die Nacht hinein. Nica und Palomina spielten gegen Lorenzo und Esmeranda, alle auf ein Tor. Darin stand ich und versuchte es sauber zu halten. Dann, als es schon fast zu dunkel zum Spielen war, passte Lorenzo auf Esmeranda, und die stürmte von rechts auf mich zu. Ich stürzte heraus, um den Winkel zu verkürzen. Sie trat auf irgendeinen Erdhügel, den sie im Dämmerlicht übersehen hatte. Ich sprang und rutschte ihr entgegen. Sie knickte um und fiel. Gleichzeitig versuchte sie noch dem Ball mit der Schuhsohle einen Tritt Richtung Tor zu geben. Sie traf aber mich. Und zwar in eine Gegend, wo es so wehtat, dass ich mir wünschte, wieder ein richtiger Geist zu sein, den so ein Tritt nicht treffen konnte. Wir lagen ineinander verkeilt da und ich stöhnte vor Schmerz. Esmeranda lachte verlegen und sagte etwas in ihrer seltsamen Sprache.

»Ich versteh kein Wort!«, quetschte ich heraus.

Da beugte sie sich zu mir herüber und küsste mich zum dritten Mal. Der Wunsch, wieder ein richtiger Geist zu sein, verging ganz schnell.

So war das also. Ich konnte einen Tritt in die … Kronjuwelen spüren, oh ja, und wie! Aber auch einen Kuss und das war wunderbar. Ich war wieder da!

FANTASMANIA VON A BIS Z

Arachnua
ist eine Sirene, eine Gestaltwandlerin. In ihrer ursprünglichen Gestalt sieht sie aus wie eine große schwarze Echse. Doch sie muss nur einen Tropfen Blut von jemandem lecken, dann kann sie sich jederzeit in ihn verwandeln. Sie arbeitet für Baron von Fresseisen und ist Williams Mörderin.

Die Stadt Arkanon
liegt auf der Landbrücke unterhalb der ausgebrannten Blutenden Burg mit ihrem uralten Friedhof und dem unheimlichen *Knochenloch*, einem Stadtviertel, das vermutlich älter ist als der Rest der Stadt. Das wildeste und bevölkerungsreichste Viertel nennt sich schlicht »An der Straße«. Es entstand entlang der inzwischen zugewachsenen Karawanenstraße, eingepfercht zwischen dem Wilden Wald und der Stadtmauer um die viel bessere Oberstadt, dem Mystelberg und dem klippenreichen Strand des adamantischen Ozeans.

Der Avatar
ist ein Stellvertreter des Schwarzen Lords, der im bösen Bruder des Macronomicons auf seinen Einsatz gewartet hat. Er kann

sich beim Zusammenschluss mit der anderen Hälfte des Buches befreien. Da aber Sir Holdmund die Rolle des echten Macronomicons spielt, erlangt der Avatar nicht seine volle Macht. Er sieht aus wie eine kleine schwarze Mumie, die jahrelang in einer Räucherkammer eingesperrt war.

Die Bettelnde Bruderschaft und die Jenseitsdruiden
sind der menschliche und der elbisch-zwergische Teil einer Verbindung, die es sich zur Aufgabe gemacht hat, jedem zu helfen, ob arm oder reich, Mensch oder Fabelwesen, gut oder böse.

Dragoslav von Venenfels
ist ein Vampir im Dienst von Baron von Venenfels. Nachdem Merellyn ihn mithilfe des Dornengifts geheilt hat, stellt sich heraus, dass er eigentlich Karol Kleinkrempel heißt und vor seiner Verwandlung zum Vampir vor zweihundertdreiundachtzig Jahren Übersetzer war.

Erik »der Hammer« Eisenerz
ist ein Zwerg und von Beruf Schmied. Überraschenderweise fällt die Wahl des obersten Druiden Eskatos auf ihn als nächsten König der Zwerge.

Eskatos
ist der oberste Druide des Zwergenvolks. Wie alle Druiden ist er ein Halbblut, hervorgegangen aus der Verbindung eines Zwergs mit einer Elbenfrau von den Jenseitsinseln. Seine Aufgabe ist es, den sogenannten »Königsnagel«, das Symbol für die königliche Macht des Zwergenvolkes, dem nächsten König der Zwerge zu überreichen.

Esmeranda
gehört zum Stamm der Dsinghani. Zusammen mit ihrem Bruder Arpad begleitet sie Lorenzo, William und die anderen auf ihrer Reise zur Isla Evangelista.

Fantasmanien
ist die Heimat der Kobolde, Zwerge und Trolle, der Zentauren, Elfen und Feen, der Vampire, Werwölfe und vieler weiterer Wesen. Das Schicksal des Königreichs hängt davon ab, ob Mysterio Mystelzweig oder Zerberon zuerst zurückkehrt und den Thron besteigt.

Baron Frasbert von Fresseisen
ist der reichste, mächtigste und fieseste Mann in Arkanon. Und mit Sicherheit der fetteste. Da er einmal im Besitz des Zeichens des Schwarzen Lords war, scheint er mit den dunklen Mächten Fantasmaniens in Verbindung zu stehen.

Die königlichen Gesandten Niobe und Amantua
sind Hochelfen wie Oberon und Zerberon. Sie sind nicht nur magisch begabt, sondern auch außergewöhnlich schön. Aber sie können sich ebenso in Monster wie Vampire oder Werwölfe verwandeln. Niobe ist Amantuas Mutter.

Glubschnak
ist ein Bergtroll, also riesengroß, grün und blöd wie Bohnenstroh. Der Kumpan von Schnick schleppt ständig eine lange Keule mit sich herum, die in einem dicken Wurzelknoten endet, der mit giftigen Dornen gespickt ist. Lorenzo hat Glubschnak seine Knieverletzung zu »verdanken«. Aber dann haben Schnick

und Glubschnak William und Lorenzo zu Merellyn, dem letzten Zauberer Fantasmaniens, gebracht.

Sir Holdmund von Hofesang
ist ein sprechendes Buch, das Lorenzo geschenkt bekommt. Mit seinen ständigen Benimm-Regeln nagt es an seinen Nerven. Außerdem hat das Buch eine gespaltene Persönlichkeit. Andauernd tauchen ganz schräge Vögel aus anderen Büchern auf. Aber Sir Holdmund lässt sich anstelle des Macronomicons entführen und plötzlich ist diese Armee von verrückten Typen so was wie eine Wunderwaffe.

Der immerwährende Krieg
in Nord-Elbia ist eine irrsinnige Veranstaltung, in der niemand mehr genau weiß, wer gegen wen kämpft. Vor allem scheint es völlig belanglos, worum es in diesem Krieg geht. Denn das Land, das beide Völker für sich beanspruchen, ist vom Krieg völlig zerstört.

Isla Evangelista
ist eine Insel am Südwestende der Schwarzfiebersümpfe. Dort befindet sich auch das Hauptquartier des Ersten FC Wunder Waran – die Kneipe *Zum Wunden Waran*.

Die Jenseitsinseln
liegen weit im Südwesten vor der Küste Fantasmaniens. Die Elben, die diese Inseln bewohnen, sind für Normalsterbliche unsichtbare Geister. Aber ihre Toten und deren Grabbeigaben erscheinen manchmal in unserer Welt.

Die Königsburg
war vor dreizehn Jahren Schauplatz eines Kampfes zwischen den guten und den bösen Mächten Fantasmaniens. Er endete mit einer gewaltigen Explosion, bei der alle Magier wie auch Mysterio, Oberon und Zerberon in Raum und Zeit davongeschleudert wurden. Königin Titania liegt seitdem in todesähnlichem Schlaf in der Gruft der Burg, und die Kronprinzessin Titanica, bei deren Taufe die Schlacht ausbrach, ist spurlos verschwunden.

Kronstadt
ist die einzige Menschenstadt in Fantasmanien. Dort tut man gern so, als gäbe es die anderen Einwohner des Königreichs, die Trolle, Vampire, Zwerge, Kobolde und Elfen, nur im Zirkus. Trotzdem gibt es in Kronstadt geeignete Gefängnisse für all diese Wesen.

Kruschpuk
ist der Cousin von Glubschnak, also ebenfalls ein Troll. Kruschpuk war Teamchef des Ersten FC Wunder Waran, einer ganz miserablen Fußballmannschaft, und hat William und Lorenzo als Trainer engagiert. Bei der Gelegenheit hat er aber auch die Zeichen der Kriegsherren aus Merellyns Turm gestohlen. Niemand wusste, dass er unter dem Einfluss von Vampiren stand.

Lorenzo (Mittelsturm)
ist der beste Freund von William, der meint, Lorenzo sei der beste Fußballer der Welt – trotz keinerlei magischer Begabung. Doch seit er in Fantasmanien ist, zeigen sich bei Lorenzo, dem Enkel von Mysterio Mystelzweig, immer mehr erstaunliche Fähigkeiten.

Das Macronomicon
ist das mächtigste Zauberbuch der Welt. Es ist von Lord Zerberon und seinem ehemaligen Schüler Mysterio Mystelzweig geschrieben worden. Als es vor dreizehn Jahren zu einer gewaltigen Explosion auf der Königsburg kam, ist das sprechende Buch in zwei Hälften geteilt worden. Die eine Hälfte des Buches arbeitet mit Merellyn zusammen, die andere Hälfte versucht dem Schwarzen Lord zur Rückkehr nach Fantasmanien zu verhelfen. Mit den Zeichen der Lords, zwei dolchförmigen Schlüsseln, lassen sich beide Teile des Buches verbinden. Unglücklicherweise hat William Lord Zerberons Zeichen, während dieser im Besitz von Mysterio Mystelzweigs Zeichen ist.

Malicia von Wolfswald
ist eine Werwolfprinzessin. Sie ist die Halbschwester von Mysticia und damit Lorenzos Tante, obwohl sie kaum älter aussieht als er.

Merellyn
ist der letzte Zauberer Fantasmaniens, da er zum Zeitpunkt der Explosion nicht auf der Königsburg war. Mithilfe von Lorenzo und William versucht er die Rückkehr des Schwarzen Lords nach Fantasmanien zu verhindern.

Die Monster Soccers
sind die Fußballmannschaft der Stadt Arkanon. Ursprünglich war Baron von Fresseisen ihr Besitzer, doch jetzt scheint es Lord Zerberon zu sein. Pucks Wette mit dem Besitzer der Monster Soccers besagt, dass der Verlierer den Sieger zu einem Bankett einladen muss. Das ist verhängnisvoll, weil sich herausgestellt

hat, dass Lord Zerberon unter anderem ein Vampir ist. Und wer einen Vampir einlädt, macht ihn zum Herrn über sich und all sein Hab und Gut – in Pucks Fall zum Herrn über Fantasmanien.

Monstrovien
ist die westlichste Provinz der Menschenwelt. Eine schmale Landbrücke verbindet sie mit dem Kontinent Fantasmanien, aber der Wilde Wald verhindert, dass Menschen diesen Kontinent betreten können.

Myrabella
ist eine Fee, ungefähr drei Handbreit groß und sehr hübsch – abgesehen von den blauen Tätowierungen, die ihren ganzen Körper bedecken, und den riesigen, spitz zulaufenden Ohren. Sie hat Bärenkräfte und kann sehr streng sein. Sie ist die Sprechstundenhilfe von Merellyn.

Mysterio Mystelzweig
wendete sich von seinem Lehrmeister, Lord Zerberon, ab, nachdem er in Erfahrung gebracht hatte, dass dieser die Menschheit vernichten will, und gründete den Mystelzweigorden. Seitdem steht Mysterio, mittlerweile selbst ein mächtiger Magier, auf Seiten von König Oberon.

Der Nagel des Königs
fehlt seit Jahrhunderten in der Krone der Zwergenkönige. Doch niemand denkt daran, ihn wieder in die Krone einzusetzen. Er wird dem zukünftigen König als Einladung zur Krönung überreicht.

Nica
ist eine Nebelhexe – Nebelhexen sind sehr mutige Monsterjäger – und ungefähr so alt wie Lorenzo und William. Ob sie hübsch oder hässlich ist, kann man nicht sehen, da sie den Schädel eines Wolfes als Helm trägt und selbst das Gesicht mit Blut und Lehm bemalt. Obwohl sie Lorenzo ständig hilft, kann er sie offensichtlich nicht leiden.

Nord-Elbia
ist das alte Kernland der Elben, die für viele Jahrtausende Fantasmanien beherrscht haben. Doch die Elben ziehen seit Jahrhunderten fort aus dem Königreich. So ist Nord-Elbia verlassen und zum Kriegsgebiet zwischen den Vampiren und den Werwölfen geworden.

König Oberon
ist ein Hochelf und der Zwillingsbruder von Zerberon. Oberon hat über 2000 Jahre in Fantasmanien regiert, bis er durch die Explosion auf der Königsburg in Raum und Zeit geschleudert wurde, wie auch Mysterio Mystelzweig und alle anderen guten wie bösen Magier.

Palomina
hat den Rumpf eines Pferdes und einen menschlichen Oberkörper. Sie ist eine Zentaurin.
Für Zentauren ist es nicht schicklich, wie ein Pferd zu rennen oder zu springen. Aber Palomina liebt es, sich zu bewegen, und spielt verdammt gut Fußball.

Puck
vertritt Oberon auf dem Thron. Er ist ein Waldfaun und bereits fünftausend Jahre alt, aber er sieht aus wie ein Achtjähriger und denkt auch so. Der Prinzregent hat sich auf eine sehr riskante Wette eingelassen.

Graf Romano von Grauenstein
ist ein Urvampir. Er trinkt Blut, aber er macht seine Opfer damit nicht zu Vampiren. Anders als die neuen Vampire kann er im Tageslicht wandeln. Ein dunkles Geheimnis verbindet ihn mit der Werwölfin Malicia von Wolfswald.

Schnick
ist ein Halbblut: halb Kobold und halb Poltergeist. Er ist Boss einer Räuberbande, zu der noch Glubschnak gehört. Die beiden haben für Baron von Fresseisen gearbeitet. Letztlich ist Schnick aber ein guter Kerl.

Die Schwarze Anna
ist Kapitänin der *Jenseits*, des einzigen Schiffes, das den Schimmelwein gen Norden befährt.
Arachnua hat ihr eine Narbe vom Haaransatz über den Nasenrücken bis zur Oberlippe verpasst. Die Schwarze Anna war auch schon auf den Jenseits-Inseln, wo Geister leben, die ihre Toten im Diesseits bestatten.

Sirenen
sind in der Lage, jedermanns Gestalt anzunehmen, von dem sie einen Tropfen Blut geleckt haben. Sirenen ist es so wenig wie allen anderen finsteren Mächten möglich, durch den Wilden

Wald nach Fantasmanien zu gelangen. Aber sie haben ein geheimes Tor, das von einem Brunnen in der Blutenden Burg durch die nordische Tiefsee in die Höhlen im Norden der Zwergenminen führt. Nach dem magischen Gewitter, das Lorenzo und William ausgelöst haben, tauchen immer mehr von diesen Gestaltwandlern auf.

Vadyuscha von Venenfels
ist die ehrgeizigste Vampirin aller Zeiten. Sie steigt zur Baronin auf, als Voronin vernichtet ist. Doch sie ist nur ein Spielball in dem viel größeren Kampf um die Macht in ganz Fantasmanien.

Baron Voronin von Venenfels
ist der Herr über die zweitgrößte Burg in den Vampirgebieten. Doch sein größenwahnsinniger Plan, die beiden Hälften des Macronomicons zu vereinen, wird ihm zum Verhängnis.

Walter, der Wahnsinnige Würger,
ist ein Baum. Er hat Lorenzo gleich nach dessen Geburt das Leben gerettet. Dabei hat er zwei Sirenen erwürgt, die sich als Holzfäller getarnt hatten. Zur Strafe wurde er entwurzelt und muss seitdem die Liftkabine zu Merellyns Turm spielen.

Der Wilde Wald
ist nach der Explosion auf der Königsburg entstanden. Unaufhaltsam und rasend wucherte er über die Straße, die von Monstrovia ins magische Königreich führte, und bildet seitdem eine undurchdringliche Barriere, die ohne sein Einverständnis niemand bezwingen kann.

William
ist 11 Jahre alt, Waise und war Torwart der Verdammten Rotznasen. Er hat die magische Begabung, zu spüren, wann sich etwas bewegt und in welche Richtung. Seit ein Armbrustbolzen auf ihn abgeschossen wurde, ist er ein Geist.

Woomba
ist ein Yeti-Schamane, der mit seinem Zauberstab erkennen kann, ob jemand ein Gestaltwandler ist. Er kommt den Gefährten zu Hilfe, als sie von Sirenen in den äußersten Norden des Zwergenminensystems verschleppt werden.

Zappenduster
sieht aus wie eine Vogelscheuche, ist aber ein Vogelscheucher. Sein richtiger Name ist Zarathustra. Der Ruriko, kann aus Pflanzen alles züchten, sogar magische Dolche und Fußbälle.

Lord Zerberon
wird auch der Schwarze Lord oder der Mundovoros genannt, was so viel wie »Weltenfresser« bedeutet. Der mächtige Magier ist der Meinung, dass man die Menschheit vernichten muss. Nachdem sich der Lord entschlossen hatte, diesen Weg zu gehen – den Weg der absoluten Zerstörung –, wandte sich das Macronomicon von ihm ab und folgte Mysterio.

Die Zwergenminen
liegen zum größten Teil unter den sogenannten Skelettbergen nördlich von Nord-Elbia. Sie sind Teil eines viel größeren Höhlensystems, das sich von der Drachenwüste im Süden bis zu den eisigen Nordmeerküsten erstreckt.

FANTASMANIA
WERWOLFGEBIET
NORD ELBIA
KRONSTADT
KÖNIGSBURG
VAMPIRLÄNDER
GRAUENSTEIN
VENENFELS
TROLLING
DRACHENWÜSTE
SCHWARZF
ISLA EVANGELISTA
LINVERMIS

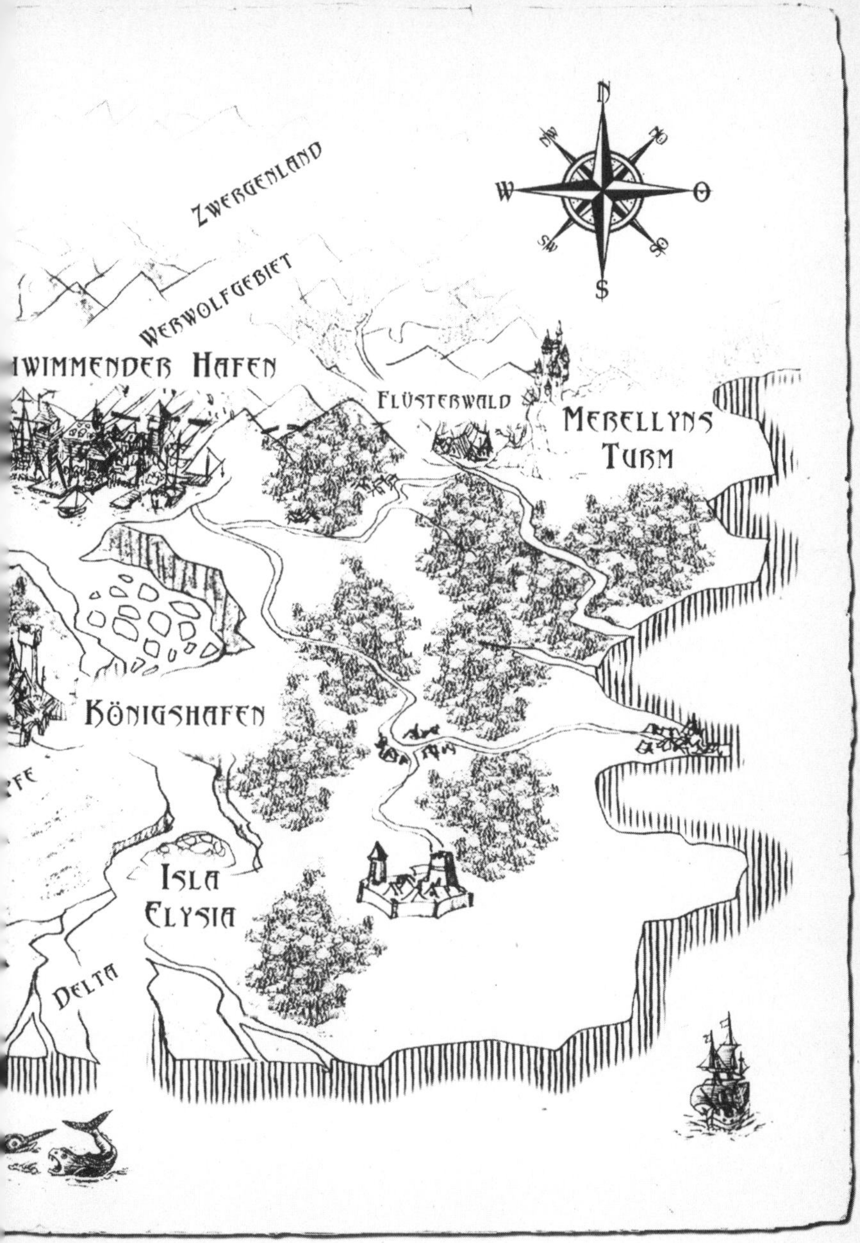
N
NW
NO
W
O
SW
SO
S
ZWERGENLAND
WERWOLFGEBIET
IWIMMENDER HAFEN
FLÜSTERWALD
MERELLYNS
TURM
KÖNIGSHAFEN
PFE
ISLA
ELYSIA
DELTA

Ein Leseabenteuer bei dem die Zeit still steht!

Val Tyler
Die Greenwich-Chroniken
Zeitenwirbel
ab 9 / 448 Seiten / Hardcover /
€ (D) 16,95 / € (A) 17,40 / SFr 31,00
ISBN 978-3-8157-9270-4

Val Tyler
Die Greenwich-Chroniken
Die Zeitdiebe
ab 9 / 432 Seiten / Hardcover /
€ (D) 16,95 / € (A) 17,40 / SFr 31,00
ISBN 978-3-8157-9269-8

Ein verhängnisvoller Diebstahl! Zeitvater Tim ist entsetzt. Jemand ist in seine geheime Werkstatt eingedrungen und hat den Tick, das Herzstück des neuen Zeitmessers, gestohlen! Wenn der Chronometer nicht in der ersten Sekunde des neuen Jahres zu schlagen beginnt, wird die Zeit für immer und ewig stillstehen. Alles deutet darauf hin, dass die fiesen, hinterhältigen Wrackas den Tick in ihr finsteres Reich unter der Erde verschleppt haben. Der Wettlauf gegen die Zeit beginnt!

COPPENRATH

www.coppenrath.de

Chris D’Lacey
Feuerträne

320 Seiten, ISBN 978-3-570-28009-6

Ein ganz besonderer Drache

Als der Student David in den chaotischen Künstlerhaushalt von Liz Pennykettle und ihrer Tochter Lucy zieht, spürt er sofort, dass dort etwas nicht mit rechten Dingen zugeht. Welches Geheimnis die beiden vor ihm zu verbergen versuchen, begreift er jedoch erst, als er Bekanntschaft mit Gadzooks macht, einem ganz besonderen Drachen ...

Joan Lennon

Questors

Die Weltenretter

416 Seiten ISBN 978-3-570-22039-9

Den drei Welten Trentor, Kir und Dalrodia droht der Untergang. Und nur drei Kinder mit besonderen Fähigkeiten können dies der Prophezeiung nach verhindern. So schickt man die strebsame Madlen, den hitzköpfigen Bryn und den verträumten Cam los, die Gegenstände zu finden und zu vereinen, die die Welt retten sollen. Es beginnt eine abenteuerliche Reise mit drei unfreiwilligen Helden, die nicht unterschiedlicher sein können, und einer Suche nach ... nach was eigentlich?

5450

www.cbj-verlag.de

Michelle Paver

Chronik der dunklen Wälder

Dunkel und gefährlich sind die Wälder vor 6000 Jahren, als der 12-jährige Torak von seinem sterbenden Vater den Auftrag erhält, den Berg des Weltgeistes zu finden. Nur so kann die böse Macht aufgehalten werden, die in den Wäldern für Angst und Schrecken sorgt. Zusammen mit einem Wolf und dem Mädchen Renn macht sich Torak auf den Weg durch die geheimnisvolle und gefährliche Wildnis.

Wolfsbruder
288 Seiten
ISBN 978-3-570-21961-4

Seelenwanderer
320 Seiten
ISBN 978-3-570-21990-4

Seelenesser
320 Seiten
ISBN 978-3-570-22024-5

5452/3

cbj

www.cbj-verlag.de